祝勇故宮系列

血

祝勇 著

The Palace
in Blood

朝廷

人民文学出版社

人是生而自由的，但却无往不在枷锁之中。

——［法］让·雅克·卢梭

当父亲看见水从欹器倾泻而出，他的脸都会陡然变色，扬起手，给我一顿暴打。当时我还不明白，他为什么不喜欢玩这只奇妙的玩具，为什么每次我碰它时，他都格外紧张。

李晨 图

姐姐，自从先帝咽气那一刻起，妹妹的心就变硬了。因为从那一刻起，就不再有人保护我们姐妹了。

李晨 图

荣禄来了，他的面孔在穿越了无边的风霜之后抵达我的面前。

李晨 图

天转暖后，园子里热闹起来，我进园子的时候，固伦公主、三格格、四格格，众星拱月一般，把太后围在当中，叽叽喳喳吵个不停。

李晨 图

据说那天晚上，皇上独自走到涵元殿铺满落叶的石阶前，凭栏远眺，他看到的只是一片空虚和黑暗。突然间，他大声咆哮道：『我——要——飞——』

李晨 图

那时我已经在这座宫殿里待了近四十年，虽然面孔像一只山药蛋一样平淡无奇，但在宫殿中的地位已经举足轻重，对宫殿中的一切更是了如指掌。

李晨 图

大清帝国的圣母皇太后，在一个名叫榆林堡的小地方，坐在一片烂泥里，哭得无所顾忌，像一个受了委屈的孩子。

李晨 图

他高而瘦，双颊深陷，眼袋垂挂着，里面仿佛装着两个核桃，白胡须的末端倔强地向上耸着；青缎的官袍在风中抖动着，发出哗啦啦的声响，很有气势。

李晨 图

目　录

前卷

长发如瀑布般飘落下来，被满含花香的风吹拂着，他的朝廷、他的姬妾、他的子民、他的江山，终于沉入一片黑暗。他以死的方式，完成了一次真正的逃亡，从此再也不会有人知道他的下落。

公元一六四四年，大明王朝末代皇帝崇祯，披发跣足，踉踉跄跄地攀上景山，在寿星亭附近一棵大树下，投缳而死。

　　崇祯就这样，死在众所周知的史书里。很多年后，当人们登临景山时，还为崇祯究竟在哪棵树下吊死而争论不休。他们或许并不知道，在这个强盛朝代行将落幕的最后几分钟里，最令人震惊的事实，不是皇帝的死，而是宫殿里四处升起的火光。崇祯在自杀前的最后一刻，透过白绫围成的取景框，看到了他的浴血宫殿。他伸向白绫的头颅于是停顿了一下，不是对死亡的犹豫，而是被眼前的一切惊呆了，大火映红了他吃惊的表情。那是他从未目睹过的景象，那座被无数诗人和铺张、奢靡的句子描绘过的神秘宫殿，正在大火中战栗和挣扎。空气在晃动，大火灼伤了空气，使它不停地抽搐，眼前的景物也跟随着它晃动，像水流里的倒影，虚幻，缥缈，但它又那么近，那么真实，他感觉得到火的温度，也听得到宫殿在火中的呻吟，他的皮肤和内心，都感到灼痛。那些零散的火光，在风中聚拢起来，变成一个巨大的火把，那些洁白坚硬的玉石栏杆，仿佛冬天的残雪，转眼间就融化了。他沉默了，手攥白绫，不知所措。

公元一六四四年的阳春三月，北京的天气格外异常。不久前刚刚降了一场瑞雪，暖湿气流便接踵而至，天气突然间变得温煦起来。气候，像时局一样，动荡不定。崇祯在坤宁宫里搂着一个陌生的妃子度过最后一晚的时候，李自成的军队已经破了平则门、彰义门、德胜门和西直门，向皇城弥漫过来。崇祯听到内侍的报告后，沉默片刻，只说了四个字："大势去矣。"取出宝剑，向妃子的心窝刺去，那名年轻的妃子，还没来得及叫出声来就咽了气，俊秀的面孔定格成一尊狰狞的蜡像。崇祯提着剑，跑到寝宫外面，借着清晨的光线，用袍袖拭去剑刃上的血迹，然后，把那把剑举到半空，爱惜地欣赏着。就在他把宝剑从视线中移开的一刹，他看见庭院里的花都开了，红的桃花，白的玉兰，在宫墙的映衬下，典雅艳丽。憔悴的花香令他感到有些恍惚，他打了一个喷嚏，然后，定了定神，就向后宫一路杀来。在他的身边，后宫嫔妃依次倒下，他来不及辨识她们的面孔，喷溅的血，像一道光环，跟着他跑。当他的剑举向他的女儿——长平公主的时候，他停顿了片刻，因为他看见女儿白玉似的面孔上挂着两行泪，他闭上眼，手起剑落，长平公主用胳臂一挡，那只玉臂便飞了出去，落在她父亲的脚边，温柔的手指，如小时候的撒娇，轻轻拢住了父亲的脚跟。

现在，在他的宫殿里，有数不清的刀刃在飞舞，此起彼伏。他的宫殿，正在变成一台巨大的杀人机器，农民军的刀刃，如机器上的齿轮，精准地啮食着它昔日的主人。三大殿空空荡荡，朝臣们都跑光了，所有的刀刃向后宫席卷而来，继续着崇祯未竟的事业。刀刃与冰肌玉肤撞击后，发出玉磬般的声音，像音符一样，彼此连接，悦耳动听。血在飞，在清晨的阳光下显得珠圆玉润，女人们寻找着火的缝隙，惊慌地奔逃。景山上的崇祯看清了一切，玉碎宫倾的景象，只有崇祯这一名观众。他看到的是一幅无比神奇的景象，他看到了后宫里无边的花海，在宫墙间交织错落，看到猩红的血，正在花丛中蔓延，直到红色，弥合了所有的缝隙，在他的视野里连成一片。

宫殿在他的眼里正在变成一座鲜血淋漓的坟墓，这似乎更接近于宫殿的本质——它本身就是一台杀人机器，它的功能，就是不拘一格地杀人，而它的奢华，只是它的诱饵而已。崇祯在这里不知杀了多少人，即使在大明王朝历史的最后一天，他雪白的刀刃也没有停止工作，而最后一个被杀者，就是崇祯自己。昨夜与妃子做爱的时刻，他心里仍然牵挂着农民军攻城的进度。现在，太阳已经升起，他终于什么都不用想了。他的唇边，漾出一缕如释重负的笑意。他知道，这一诱饵再一次发挥了它的功能，新的受骗者已经应运而生。他暂且不知道，宫殿新的主人是谁，是那个头戴毡笠、身穿缥衣、乘乌驳马的李闯王，是他的陕北同乡张献忠，还是远在山海关外以静制动的多尔衮，但这并不重要，重要的是，在经过一系列野蛮的绞杀之后，终会有一个不知深浅的屁股，坐在太和殿的龙椅上，他得到的将不只是荣耀和权力，还有死亡和恐惧。宫殿以恢宏的口吻重复着它的谎言，过去发生过的一切，都将在未来重演。只有景山上的崇祯，能够看到宫殿未来的景象。他不是一个短暂的皇帝，紫禁城二百年的历史，好像都施加在他一个人的身上，所以他对宫殿的咒语了如指掌，尽管他励精图治，但他的决心在宫殿的咒语面前不堪一击。他对宫殿未来皇帝的年号一无所知，不知道自顺治、康熙至光绪、宣统，将有十只形态各异的屁股坐在他从前的位置上，但他知道那咒语在未来的岁月中依然存在，他甚至已经看到了那个王朝的结局。景山上的崇祯，高瞻远瞩，看到了二百多年后的景象 —— 它就像二百多年以来的景象一样地清晰 —— 不是歌舞升平，而是一片狼藉。他依稀看见一个皇帝，在太后、妃嫔们的陪伴下，突出重围，在北方一条荒寂的道路上苟延残喘，他看到宫殿里的阴盛阳衰，原因是宫殿本身就是一个阴气极盛的场所，男人们曾经剽悍的生命力急剧枯萎，宫殿里的皇帝，将一个比一个虚弱，皇帝子嗣的难以为继，就是证明，而宫殿里几百年的阴气，都将聚拢在某一个妃子的身上，使他有朝一日凌驾于所有的男人之上。

他闭上眼，感觉到血液正在薄薄的眼皮里汨汨流动，他眼前的景象没有消失，而是变成了红色，一种黏稠的半透明状，像是蒙上了血的颜色。他拔下发髻上的金簪，将头发拢到他的面前，覆盖了他年轻瘦削的面孔。后人说他以发覆面，是因为他无颜再见列祖列宗，也有人说这只是他金蝉脱壳的一个计策，因为每次宫变之后，前任皇帝的下落都会成为悬念，他会像朱允炆一样，神不知鬼不觉地溜走。如果他知道这些，他也许会发笑，因为他这样做，只为让那个如影随形的血朝廷从他的眼前彻底消失。他不愿意那一景象在他死后仍然缠绕着他。长发如瀑布般飘落下来，被满含花香的风吹拂着，他的朝廷、他的姬妾、他的子民、他的江山，终于沉入一片黑暗。他以死的方式，完成了一次真正的逃亡，从此再也不会有人知道他的下落。他有一种解脱感，这种解脱感使他在向着白绫纵身一跃的时候，感到身体轻飘飘的没有分量。他无法分清那是真实的肉体，还是已经化成了鬼魂。

第一卷

黑与白

他看到血，在太和殿里汹涌，顺着洁白的台基流下来，黏稠的血，在台基上留下丝网般的痕迹。血在太和殿广场上蔓延，在丽日晴空下，泛着白沫，偶尔可以看见人骨浮动，广场上的桃花正盛开着鲜艳的粉红色……

第一章

　　如果我能够回到我的昨日宫殿，一定是以鬼的身份。宫殿里到处是门、是墙、是清规、是戒律、是无法突围的宿命，只有鬼，才能在这里来去自由，在每一个角落畅通无阻。我就是这样回到我的旧宫殿的，或者说，我从来就不曾离开过它，像风，循着从前的老路，漫无边际地飘。我会穿越所有的屏障，在雕栏、廊柱、夹道之间，一点点捡拾我前世的记忆。

　　关于鬼的传说在这座巨大的宫殿里经久不衰。漫无边际的紫禁城，像一座起起伏伏、绵延不止、包罗万象的山峦，是各种神奇事物的寄生之地，鬼便是其中之一。明清两季五百年，不知有多少人的生命在这里戛然而止，而所有的冤魂，都会纠结在他死去的地方，徘徊不去。所以有两个迥然不同的世界在紫禁城里并存，一个是生者的世界，一个是死者的世界，而且我相信，后者比前者更加阵容庞大。宫殿如同坟墓，收纳着越来越多的尸体，这使它几乎成为一个死亡的容器。很少有人意识到这一点，因为在白天，宫殿像华丽的服饰铺展在人们面前，晃得人睁不开眼。它修饰着一个王朝庄严、绚丽的神话。只有在夜晚，太阳隐去，月亮成为它唯一的光源，它所有艳丽动人的色彩才会遽然消退，只剩下两种颜色——黑与白，就像宫殿上空飞翔的乌鸦与白鹤那样黑白分明。那时，那些品级不同的文武百官们，带着对于宫殿的恢宏印象各自离去，钩心斗角的喧哗回音在廊柱间慢慢消失，七十二万平米、八千七百零七间房屋的紫禁城内，总共只有一名男人，就是我——大清帝国的皇帝，城楼宫阙耀眼的血红便在夜里流失殆尽，变成巨大的黑影，与宫殿里的广场、庭院、花园、树丛融合在一起。所以，黑白宫殿，只为它真正的主人存在。一片漆黑中，很难把宫殿里的各种事物区分开来。在夜里，宫殿成为一片海，忧郁、浩瀚、恐怖、深不可测。

但鬼却是白的，像一团气，是一种若隐若现的白。因此，在阳光下我们看不见它，是黑夜，衬托了它们的存在。在夜里，弥漫在夜色里的所有传说中，它们异常活跃。它们在宫殿内部幽深的回廊和纵横交错的岔路间徘徊，也在宫女们传布是非的舌间上流窜。但是人们越是描述，它们的影像就越是模糊，因为所有看见它们的人都得死，在它们的指引下去了另一个世界，那些散布鬼的消息的人，并没有见证过它们的存在。有一名太监曾说，他曾在一座废弃多年的冷宫里看见白影晃动，他不顾劝阻，一定要到里面看个究竟，他小心翼翼地迈过断墙残瓦，刚走进去，等候在外面的人们就听到他一声惨叫，人们冲进去，他已气绝，睁着两只惊恐的眼睛。还有一名太监，在熟睡时悄悄站起来，溜出他居住的北五所，第二天清晨，值早的太监发现他时，他居然躺在中和殿前面冰凉的台阶上，七窍流血。对于鬼的存在，只有他们有发言权，但他们一言不发，只留下一具具冰冷的尸体，在人们疑惑的表情前守口如瓶。

但我知道那不是传闻。它们就在我的身边，在我熟睡的时候，从窗外悄悄掠过。它们掠过时有风，不是树丛里酝酿出来的风，是骨子里散发出来的风，轻飘飘的，若有若无，却冰凉、阴森，很容易渗透到人的骨子里。我不止一次地被那股冰凉的阴森惊醒，浑身起满鸡皮疙瘩，向窗外看，只有树影晃动，什么也看不见。我也不止一次在黑夜里穿过长长的夹道，两侧是高耸的墙，我感到身后有一只手在推我，让我的脚步停不下来，让我越走越快。风声呼啸，仔细听，风声里隐约传出一阵阵的哭声，那哭声就掩藏在风声里，被风声包裹起来，只有全神贯注，才能把那哭声挑选出来。那哭声很真切，如泣如诉，由远及近，追赶着我。我就快跑，一路跑回寝宫，把门撞上，然后喘着粗气，瘫软在门里。

我居然就那样瘫在门边，睡着了。睁开眼时，天已经亮了，阳光从高处滑下来，宫殿巨大的黑影如落潮般，正沿着宫殿层层叠叠的台阶一步步退下去，夜的残留部分，在阳光中一点点地融化。宫殿里的颜色正在复原，血红的颜色回到了宫殿里，在宫墙上，在朝阳的映照下，像燃烧的火，一点一点地浓烈起来。

第二章

不知怎的，王府里的人都知道了那个梦。

梦里的火光映红了阿玛①的脸。我出生那天，我的阿玛做了

---

① 阿玛，满族人对父亲的称呼。

一个关于火的梦。当夜色褪去，宫殿一点点明亮起来，他发现照亮宫殿的并非曙色，而是前赴后继的火焰。那些高耸的檐脊、飞扬的屋角，已经与火焰融为一体。我的阿玛——那位年轻的醇亲王后来才明白，最初的火焰，来自几案上随风摇曳的烛火。他是独自坐在思谦堂里，对着烛火入睡的。火苗便由几案出发，一路烧到他的梦里。等他倏然惊醒，眼前的火苗仍然没有熄灭。动荡的火苗吸引了他的视线，他开始仔细研究着烛芯，似乎想破解它的隐喻。

他的王府，在康熙年间是清初大学士纳兰明珠的宅第。明珠的儿子纳兰性德，就是在这里成为一代词家，后来明珠获罪，王府又被和珅所占，成为和珅的别墅。嘉庆四年（1799年），嘉庆诛了和珅，把花园和附近的府邸一起赐予了成亲王，随即按王府规制改建。传至毓橚时，被赐予醇亲王奕譞。我未来的皇后——隆裕，那时已经三岁，正在不远处的桂公府里玩耍，但在选亲之前，我从来没有见到过她。思谦堂是醇亲王府的正堂，它的名字，表明了阿玛的谨小慎微。老佛爷在咸丰十一年里垂帘听政，醇亲王立了大功，但越是如此，他越知道自己的危险。他深知，身处贵胄之家，这种康平富贵、钟鸣鼎食的生活是多么脆弱，他必须十二倍小心地做人，否则，眼前的一切转瞬间就会灰飞烟灭。思谦堂中堂挂着的条幅上写着：

　　　　福禄重重增福禄，恩光辈辈受恩光。

　　他还特意让人仿制了一只周代欹器，上面的铭词，是他亲笔写的，一面是"谦受益"，一面是"满招损"，中间写着"月盈则戻"。这只欹器，如果放入一半水则可保持平衡，如果放满水，水就会倾泻而出，最终全部流光。

　　我小的时候，最喜欢背着父亲，往这只欹器里加水。水从欹器的一端加进去，又从它的另一端流出来，在青砖的地上漫漶着，每次都会出现不同的图形。那只欹器，是我童年中一件最奇妙的玩具。但每次，当父亲看见水从欹器倾泻而出，他的脸都会陡然变色，扬起手，给我一顿暴打。当时我还不明白，他为什么不喜欢玩这只奇妙的玩具，为什么每次我碰它时，他都格外紧张。

　　他编了一首顺口溜给我背诵，时至今日，我依然可以倒背如流：

　　　　财也大，产也大，
　　　　后来儿孙祸也大。
　　　　借问此理是若何？

子孙钱多胆也大，

天样大事都不怕，

不丧身家不肯罢。

财也少，产也少，

后来子孙祸也少。

若问此理是若何？

子孙钱少胆也小，

些微产业知自保，

俭使俭用也过了。

    中国蜡烛的灯芯，是由一种耐燃材料制成，在蜡烛消融时，也不会完全烧毁，而是在火焰中，残留一截黑梗。仆人会不时剪去烛芯，使火焰燃得更加明亮。两支蜡烛旁，都放着盛水的小碗，烛芯的残余部分就丢在里面，以免房间里充斥着燃烧过的烛芯散发的气味。

    醇亲王叹了口气，剪去烛芯，一朵燃黑的残芯，软弱无力地沉向有花纹的碗底。

    他又去剪另一支蜡烛。在剪落的灯芯落水时，升起一缕红烟，这是因为他剪灯芯的位置太靠近水面。一缕若有若无的轻烟，悄然升起，又旋即消失。那截黑梗，则在水里开始蔓延、膨胀。残芯在水面上变幻的形状深深地吸引了他。醇亲王注视着它，简直入了迷。他自言自语道：

"这是一种真菌生长的形状，和我打猎时在树节上看到的一模一样。"

他语音未落，那段黑色的灯芯，忽然炸裂开来，无数黑色的微粒在水面上散开，然后，一一沉入水底。这是一种奇怪的兆头。他想请占卜师，或许，出于对命运的畏惧，他没有。

他感到一种莫名的不安。为了缓解这种不安，他伸手取出那本武英殿刻本的《明季北略》，另一个朝代在里面活着，一个年号崇祯的末代皇帝正在大明王朝的末日光景中痛苦挣扎，而此时，在二百多年前那场骇人的大火之后，金色的宫殿早已重新耸立起来，除去换了主人，一切几乎都和从前一样。他慢慢地翻动纸页，自己的目光，却没有与纸页上的文字发生任何联系。仆人几次给他倒茶，又去剪烛芯，他都毫无察觉。渐渐地，疲乏终于胜过了焦虑，他的双眼闭了起来，手垂落到床边，手指松开，那部精美的武英殿刻本，轻轻滑落到地上。

很多年后，他都对他那天晚上做的梦无法释怀。梦中，他看见一个微小的火舌，轻轻舔着宫殿的飞檐。接着，火舌变得茁壮起来，照亮了半个夜空，阴暗的宫殿，在火焰的背景下显示出清晰的轮廓。他大惊失色，想喊，却喊不出声。直到最后，他被人摇醒。他一下子坐了起来，发现许多人站在他的房间里。他不知道发生了什么，直到他听见有人说：

"大喜，大喜！王爷得了一个阿哥。"

不知为什么，我出生后，一百天没发出过任何声音，没有哭闹，连哼叫都没有。他对此困惑不解。他无法静静地站着，总是走来走去，他的影子在墙上飘浮不定。终于，他派仆人去前门外，请来了京城里最著名的两位占星师傅，一位是张瞎子，另一位是刘铁嘴。

张瞎子在分析灯芯的形状时说："王爷，我担心那是个凶兆。因为，大人，您瞧，那一菌状物还没有完全成形，就破裂开来，这意味着这位嗣子可能少壮之年就会遇到风险，甚至……"

他顿了一下，抬眼看了一下醇亲王。

醇亲王急不可耐地说：

"讲。"

他于是接着说：

"甚至在立嗣之前便会早逝。"

醇亲王的脸色立刻阴沉起来。他接着问：

"那我梦中看到的火光，又意味着什么呢？"

"意味着厄运、毁灭、灾祸和痛苦。"

醇亲王沉默不语了。

"但是,"张瞎子说,"每一个凶兆都有好的含义。熊熊大火也可能意味着这位嗣子将会飞黄腾达。"

醇亲王的脸色略有缓和。

刘铁嘴问:

"嗣子是什么时辰出生的?"

"辰时。"

张点点头:

"今天是虎日,小王子既属龙又属虎,龙虎常斗,世人皆知嘛。大人,这就是说他的人生既无坦途也无舒适安乐,这意味着既有反对他的斗争,也有为尔进行的战斗 —— 连他自己,内心里也将充满矛盾。"

醇亲王看见张瞎子和刘铁嘴悄悄耳语几句,相互点点头,又同时沉默下来,半天没有讲话。

醇亲王有些急不可耐,他勒令他们大声讲。

刘铁嘴说:

"这位嗣子可能成为天子。"

"大逆不道!"

一股血向醇亲王的头上涌来,他感到一阵晕眩:

"我主尚且年少，尔等竟出如此恶毒之语。若叫皇上太后得知，何止你们的脑袋要搬家，我们全家也要满门抄斩了！"

两人连忙叩首：

"小人有罪，但小人只说知道的，别的小人一概不知！不过……"

醇亲王疑惑地盯着他们。刘铁嘴说：

"百日之内，他在世上的生命是很不可靠的，任何生人不可去看嗣子。如果熬不过百日，嗣子就会夭折；熬过了百日，嗣子就会异常雄健，未来一片坦途。"

当醇亲王从老佛爷口中听到"载湉"两个字时，突然呆立在那里，半天没有动弹。那时，朝廷里所有的重臣都立在老佛爷面前，猜测着谁将被立为新的皇帝。从那以后，他对刘铁嘴的预言几乎坚信不移，以至于他的命，就丧在他坚信不移的预言里。王府里的人们听到了年轻的醇亲王捶胸顿足的痛哭，哭声似乎在宫殿里压抑了太久，在自己的王府里突然释放出来，声音放肆而嘹亮。我被他慷慨激昂的哭声吓住了，蜷缩在母亲的怀里，一动也不敢动。我甚至不知道究竟发生了什么。父亲竟为了一件莫名其妙的事情任性地大哭，而平常，在这个贵胄之家，只有我，拥有这个特权。在纷纭的安慰声中，父亲带着一声悲壮的抽泣昏厥了过去，所有人都冲上前去，搀扶他，企图用尖利的嗓音把他唤醒，但他固执地昏迷着，拒绝着所有人的好意。

很多年中，我认为他是在表演。故弄玄虚。我一直把他当作一个表演艺术家，像我喜欢的梅竹芬。现在我才知道，他是绝望。那天他是在给我提前报丧。他在那一刻就已经看见了我的今日。现在，我反而听不见他的哭声。他早就完成了这项任务。所以，即使他得到我的死讯，我想，他也不会再哭了。他是咸丰皇帝的弟弟，老佛爷的小舅子，我的妈妈又是老佛爷的亲妹妹，兄弟俩娶了姐妹俩，在旗人中，这叫亲上亲；他站在皇族血缘一个十分重要的交叉点上，没有人比他 —— 这个三十五岁的年轻亲王 —— 对宫殿内部的秘密更了如指掌。咸丰的儿子、我父亲的侄子、我的堂兄 —— 载淳，六岁的时候，穿上了龙袍，一件前所未有的微型龙袍。自从他穿上那件龙袍以后，他就像被鬼魂附了身，一天也没好好活过。翁师傅说，载淳 —— 不，同治皇上 —— 得了怪病，西太后 —— 哦，老佛爷 —— 命令太监们，将原先供奉在大光明殿的"痘神"娘娘迎到养心殿，根据老佛爷的指示，所有的宫殿都铺上了红地毯，贴上了红对联，一派喜气洋洋的节日气氛，年轻的皇上就在这一片喜庆气氛中苟延残喘。三天后，躺在床上的皇上看到一片耀眼的红光，他

攥住太后的手 —— 他忘记有多少年没有攥过这只手了，病入膏肓的他拥有了平时所没有的特权，现在，它就搁在他枕头的边上，伸手可及。他攥住那只苍白的手，有气无力地说：

"额娘，着火了。"

太后向窗外望望，没有火。

年轻的皇上说："着火了。"

太后有些不耐烦："没有火。"

皇上又说："真的 …… 着火了 …… 城门 …… 着火了 …… 额 …… 额娘 …… 快去救火 …… 快 …… 不然 …… 不然就来不及了 ……"

皇上一连串说了许多话。很多日子以来，皇上第一次说出这么多字。他说话的时候，尖硬的喉结在他的脖子上艰难地移动。

太后说："不是城门。是大清门外，人们在恭送'痘神'娘娘。'痘神'娘娘走了，你的病就好啦。"

大清门离养心殿很远。

在那里，一场隆重的仪式正在举行。

太监们将纸扎的龙船、金银、玉帛投入火中，嘴里振振有词。于是，所有静止的事物，那些虚拟的财富，都在火焰中运动起来，仿佛在火焰的指挥下舞蹈。它们飞舞的节奏，与火焰的节奏遥相呼应。火焰仿佛受到了金银的贿赂，在一瞬间明亮了许多。它们用各自的方式接受了对方，然后，一起消失了。

"什么都没有了。"

"什么？"太后把面孔凑向皇上。

"那些金银财宝，还有火，都没有了。"

太后把手扶向皇上的额头。她冰凉的指套令皇上浑身一抖。

"孩子，你在发烧，睡一会儿吧。"

他慢慢扬起手，想抓住那只手。但他什么也没有抓到。

床头是空的，那只手不在了。

太后走了。

"皇额娘，儿疼。"

没有回答。

现在我知道，太后是害怕了。儿子的将死，使她对自己的命运感到恐惧。

但她不是第一次面对这样的恐惧。她的丈夫咸丰皇帝在热河驾崩之后，她几乎被一种无法言说的恐惧所击垮。皇帝手下几乎所有重臣，都在一夜之间成为她的敌人。但她没有坐以待毙。她活了过来，而死亡，却降临在她的对手身上。此后，这样的危机不止一次降临在她的身上。她已经熟悉了这种恐惧，并且习惯了它。她开始接受它。在她看来，只有恐惧能使自己兴奋起来，激发起自己的全部斗志。

她跨过一道门，又一道门，最后出现在一座宫殿中。早已有无数焦灼的面孔等在那里。

恭亲王奕䜣、醇亲王奕譞、惇亲王奕誴、惠郡王奕详，大学士徐桐、翁同龢，总管内务府大臣英桂、崇伦……一张张纠结的面孔，在灯光下依次出现。

错愕无言时，太监宣恭亲王、醇亲王觐见皇上。

他们本能地抬眼看了一下太后，被太后严厉的目光阻击，眼皮放下了。

那时的他们不会想到，皇上会命醇亲王执笔，写下他最后一道诏书，诏书的内容，是向恭亲王托孤，任命他为摄政王，确保皇后腹中的婴儿生下来后继承大统。

两位王爷的脸都白了。

命悬一线。那根线就是恭亲王。

一个孤立无助的皇妃，等待着他的援手，同样的事，在恭亲王的生命里出现过两次。他想起十三年前的热河，焦灼中那个汗津津的贵妃，不停地用手帕当扇子。如今，那个贵妃正站在西暖阁里，面容冷峻。她看不见他，但他能感觉到她凌厉的目光。

阿鲁特注视着他，解读着他的反应。她的眼神如同一只待救的羔羊。

他把视线移向一边。

他知道，他只有一次选择的机会。他已经选择过了。

"快帮朕翻个身，朕疼死了。"

阿鲁特皇后把皇上的身子翻过来。她吃了一惊。

皇上的腰已经烂成一个深洞，那个洞比以前更深、更大，各种复杂的事物——脓、血、汗、脂肪——正从里面，带着各种鲜艳的色泽，一股一股，涌现出来。它像一只越张越大的嘴，贪婪地，吞噬着皇上年轻的肉体。

"额娘，儿疼得受不了。"

说完这句话，皇上就再也没有声息了。

翁师傅后来对我详详细细说过当时的景况，皇上死得蹊跷，那时他刚刚十九岁，正是活得健旺的时候。

同治皇上咽气的时候，他的孩子还在阿鲁特皇后的腹中蠢蠢欲动。在漆黑的腹中，那个正在发育的胎儿想，父王只要再坚持两个月，自己就会安然降生，成为宫殿中那把龙椅的合法主人，然而事与愿违，父母的接连死去，阻挡了他前往人世的道路，他与他从未抵达过的那个世界的距离，不是两个月，而是永远。

据说太后目光焦灼地扫视着眼前那些焦灼的面孔，终于，她的目光在一个人的身上停了下来。醇亲王被那目光烫了一下，把头低下了。与此同时，他听到太后的嘴角里挤出一个词：

"载湉。"

就在太后道出我的名字的一刹，我突然无端地哭了。我被自己的哭声噎住了，透不过气来。我的额娘把我搂在怀里，拼命地拍打我的后背，过了好久，我的呼吸才重新通畅起来。那时的我和我的额娘都不知道，我将从此离开她的怀抱 —— 他们要我去填充那个年轻的身体消失后空下来的龙椅。它曾经是多少人梦寐以求的目标，所有的幸福，都潜藏在那把龙椅里。所有的道路都通向那把高高在上的龙椅，它是所有道路的终点，在龙椅的背后，已经不可能再有道路。而在父亲看来，那仅仅是开始，并且是一个可怕的开始。父亲对那把美不胜收的椅子充满了恐惧，它接二连三地给这个家族带来厄运。一旦与那把椅子发生联系，死亡就不期而至。它更像一座墓碑，上面的纹饰就是墓碑的铭文，而坐在上面的人，无异于一个活的尸体。那是一把死亡之椅，坐上去，就等于已经预约了死亡。死神就躲在不远处，它终将在某个时刻，不期而至。

我在睡梦中的时候，蟒袍补服就已经穿在我的身上。石青色的缎子在夜里变成黑色。奶妈轻轻摇着我的头，把我叫醒。在她的注视下，一丝绽亮的口水涌出我的嘴角，向龙袍滑去，在绣龙的嘴上稍事停留，变得小小的一汪水，又顺着衣褶，蜿蜒而下，像一条真正的游龙。

我看见所有人都向我跪下。

我吓哭了。

母亲把我抱过去。

父亲醒了。他伸手来接：

"给我。"

"不给。"

"给我！"

"不给！"

父亲开始动用武力。母亲一边抱住我，一边与父亲争抢、扭打。这使她的动作难度极大，终于在父亲的攻势下一败涂地。父亲把我抢在手里，失去重心的母亲重重摔在地上。

"我去求她！她毕竟是我亲姐姐！"

这句话显然取得了意想不到的效果，已经走出几步的父亲，动作突然定格。半晌，才转过头，用一种近乎狠毒的目光，盯着自己的福晋。

母亲与父亲逼视的目光，软弱下来。

父亲背着我，义无反顾地把母亲的哭声甩在后面。父亲把我背进暖轿，小心翼翼地放好，然后把厚厚的轿帘，严严实实地码放好。父亲的面孔，在轿帘的另一端消失了。暖轿忽悠一下抬起来，失去了根的感觉，令我心中一慌。风中的轿子，如同水中的航船，飘忽不定。但没有人能够听见我惊恐的哭声。那微弱的哭声早已被寒夜的狂风所掩盖。轿子像船一样，在风中寻找着方向。宫殿深处，一把寂寞的椅子在那里等待多时。

我终于被安放在那把椅子上，就像安放一件有用的摆设。

第一刻，我就如坐针毡。

第三章

正当我被别人像安放一件玩具那样安放在那把椅子上，接受百臣朝贺的时候，五十米外的一座宫室里，一位皇妃正气息奄奄地躺在床上，极为耐心地等待着死亡。她是一个我不认识的人，她的死与我无关，这样的死亡，宫殿里每天都在发生。对此，宫殿早已习以为常。很多年后，我才对宫殿里的新陈代谢有深刻的认识。每一种死，都不是偶然发生。

那个人是阿鲁特，同治皇帝的皇后。没有人杀她，她死的时候，身上没有一丝一毫的伤痕。太监们打开宫门的时候，看见她已在凤榻上断了气。门缝透出的一缕光线，照亮了她苍白的脸。

她是被渴死的。

皇后在自己的宫殿里被断了水。为她断水的是另一个皇后——咸丰皇帝的皇后，她的徽号是慈禧。一个过时的皇后，垄断着宫殿内部的所有权力。她对宫殿的权力走向有着自己的设计，所有与她的设计不吻合的事物都将受到她的排斥，阿鲁特皇后，无疑是其中之一。

在太后看来，宫廷中最危险的事物，莫过于阿鲁特皇后日渐隆起的肚子。宫殿中，再也找不出什么比那个圆圆的肚子更有碍观瞻。阿鲁特腹中的婴儿，已经八个月。如果她早怀孕一两个月，她的孩子（如果是儿子）就会成为宫殿的主人，而阿鲁特自己，将以太后的身份垂帘听政。皇帝的骨血加上皇帝的遗诏，等于无法撼动的权力。未来的皇帝在母亲的肚子里日渐成熟，在他即将抵达那把虚位以待的龙椅之前，突如其来的死亡封锁了他的道路。这很像一次艰难的逃亡，她要逃出囚困她的城堡，然而，就在她冲出闸门，奔上吊桥，距离终点只剩咫尺之遥的时候，桥突然断了，把她送入万劫不复的深渊。未来的皇帝还没来得及出生就已经死亡。

弥留之际的同治皇帝对此一无所知。那天，太后离去以后，病榻上的同治抓住恭亲王的手，用恳求的目光看着他，流着泪，说：

"现在朝廷中，只有六皇叔说得上话了！"

醇亲王遵命，拟了旨，同治皇帝眼睛紧紧盯着那道圣旨，亲眼看着圣旨上钤了章，脸上露出一丝怪异的笑容。

一连串的变故跟随在这道遗诏的后面——恭亲王被罢黜，皇后被囚禁，而醇亲王——我的亲阿玛，在度过若干年如履薄冰的日子后，一命呜呼。

一把铁链哗啦一声锁住了华丽的宫门，每隔几天，会有人拉动宫门，在铁链的束缚中把门缝拉到最大，突如其来的光线会刺痛她的眼，她会看到有一块干粮，在穿越门缝之后，滚落在她的脚下。

这是一种近乎喂狗的方式，让皇后感到无尽的屈辱。即使在饥饿难忍的时候，阿鲁特皇后也从没有正眼看过它们一下。作为统摄六宫的一国之母，她不愿没有尊严地活着。她决定饿死自己。这位年轻的皇后当时并不知道，她的父亲崇绮，那位年迈的翰林院侍讲，大清帝国历史上唯一一位考上状元的蒙古贵族，正在想方设法营救她。

那些扔进来的食物，散落在地上，饥荒中的耗子蜂拥而至，吱吱叫着，兴奋地表达着对小太监的感激之情，在阿鲁特皇后奄奄一息的时候，它们正茁壮成长。

她用手轻轻抚摸着肚子，滚圆的肚子内部，她清晰地感到孩子轻轻动了一下，他的小脚丫，在她隆起的腹部划过一道隐约的弧线。她心软了。

透过繁密的老鼠叫声，她听见鸟的声音，隔着门扇，她听见有一只鸟从远处飞来，在院子里的树上落下，东张西望，片刻之后，又飞走了，但鸟叫的声音一直没有消失，只是变得有些空洞，残留在她的脑海里，并且一点点地扩张。很多天，她一直被鸟的叫声纠缠着，她不知道是否真的有鸟飞到了院落里，不知道它是真实还是想象。

她纤细的手指，终于艰难地穿越宫门的封锁，从缝隙中夹取一点地上的积雪，塞进嘴里。

白雪还没有到达胃部，就在温暖的喉管里悄无声息地融化了。

一股冷风从门缝钻进来，瞬间就吹透了她的身体。她打了一个寒战，然后颤抖着，把手指伸出门缝。

门边上的积雪渐渐消失，青砖的缝隙间，晃动着枯黄的草梗，她望着草梗发呆，心里盘算着还能不能活到草梗泛绿的时刻。

远处的雪，在阳光下莹莹地闪光，在她手臂的范围之外，诱惑着她。她无能为力。

她抬头看天，指望着新的雪花飘落。

但光秃秃的天空，一无所有。

没有太阳，没有云，也没有雪。

像一块冷漠的铁。

她决定吃饭。不是因为饥饿，而是因为她要活到婴儿降生。在老鼠的牙缝间，寻找着那些干粮的渣滓，这是一项无比艰辛的劳动，这不仅因为老鼠已经实行坚壁清野，而且，在尘埃中搜寻那些食物的颗粒，几乎是不可能的。她把一些颗粒塞进嘴里，又迅速吐出来，因为它们不是食物，而是一些细碎的石子。她已经很多天没有梳头，蓬头垢面，面容阴森，牙齿已经被尘土染成黑色，人们想象中的厉鬼、紫禁城里的阴人，大概就是这个样子。

她开始喝尿。

她顾不上耻辱，用寝宫中那只印度玉制成的嵌宝石碗接尿。零零星星的尿液，滴落在碗上，发出玎玞的声音，宛如一件精妙的乐器。温黄的尿液在洁白无瑕的玉碗里晃动着，碗壁上用金片镶嵌的枝叶，以及用红宝石镶嵌的大小花朵，也清晰地浮现出来。她把它捧在手心，端详着，一饮而尽，她眼前的一切，模糊晃动起来。

太监们偶尔会向宫门内望一眼，他们看到的是一个伤感流很多年后，一直没人敢走进这座寝宫，因为这里总在夜晚传出女人嘤嘤的哭声。宫殿里的人都听说过这里发生的事。

珍贵的尿液，就这样在她的身体里循环了很久，渐渐隐遁于身体的内部，变得越来越稀少。

她身体里汁液日益枯萎，终于有一天，连尿也枯竭了。

现在，她唯一能做的事情，就是什么都不做，只是在床上躺着，尽可能均匀地喘气。那时她才知道，连喘气都要耗费体力。她不知自己已经在床上躺了多少天。突然，一阵强烈的腹痛让她感觉到自己还活着，她知道，关键的时刻到了。她伸手去解衣袍，手不听使唤，在衣袍间徘徊了半天，然后，她艰难地叉开双腿，把浑身的力量运到腹部，力贯丹田，脸憋得通红。当她听到某种破裂的声音时，喉咙里发出撕心裂肺的惨叫。

太监们传说，皇后那时手触到了一团绵软的肉体，散发着一种白惨惨的光。她绵软无力的手试图抓住它，但它像一团雪，寒气逼人。大清帝国那个虚拟的皇帝未经出生就已死亡，然后，就牵着他母亲的手，与他的父亲团聚去了。

太监循声赶过来时，皇后的寝宫已经安静下来。透过门缝往里看，他们被眼前的一幕惊呆了——

不知什么时候，皇后已经死了。凄冷的月光中，一丝怪异的笑容停留在她僵死的脸上。她穿着皇后的朝服，用大清帝国皇后最隆重的服饰，把瘦削的身体严严实实地包裹起来。按照《大清会典》的规制，那是只在嘉礼庆典和吉礼祭祀时才会穿戴的礼服。她头上戴着朝冠，一丝不苟，朱纬之上，缀着金凤七只，每只金凤上缀饰着东珠九颗、猫眼石一颗、珍珠二十一颗；当太监们把宫门打开的时候，石青色的朝服上织绣的五爪金龙，正缓缓地从五色云纹中浮现出来。

一具血肉模糊的死婴，正在她的身边安睡。

宫门哗啦一声打开，成片的雪花，悠然飘落。

第四章

"朕渴了。"我说。

太监说："太后懿旨，皇上须自己倒水。"

我从寝宫，穿越漫长的穿堂，跑到庭院里，跑过养心门，跑到膳房，气喘吁吁，把火炉上的铜壶拎下来。火炉比我还高，铜壶嘘嘘地冒着蒸汽。我两只小手攥紧提手，用尽全身力气，把它提下来。我的手不稳，铜壶跟随我的手摇晃着，我不敢撒手，坚持着把它放在地上。铜壶重重地落在地上的时候，有水花从壶口溅出，落在我的手上，我"啊"地大叫，声势壮烈地哭了。

"朕饿了。"我说。

我真的饿了。

对于我日渐壮大的身体而言，许多困难都可以克服，只有饥饿无法克服。肉身的增长不仅没有增加我抵御饥饿的能力，而且事实恰恰相反，饥饿的势力，竟然与我的身体同步增长。我长得越快，胃的欲望就越发放肆。

那个名叫范长禄的太监，对保育员的职位表现出十分不满，作为一种抗议，他对我的胃漠不关心。我喊饿，他不理睬。我继续喊饿，他说，那你给我磕个头吧。我愣了一下。尽管我还是个孩子，我仍然知道这不符合规矩。然而，我的犹疑只持续了一秒，就在胃的催促下屈服了。我跪在地上，给他磕头。哪哪哪。很响。我以响亮的磕头声，表明自己对食物的态度。他理会了我的态度，退出去，没过多久，就用托盘，把御膳陆续端上来，摆满一桌。他上菜的时候，身体还保持着标准的躬姿，不敢抬头，但我能够看到他脸上阴鸷的笑容，几道深深的横纹在他的脸上丑陋地拧在一起。我头有些晕，但头的感受无关紧要，此刻，我的动作只听命于胃的调遣。吃一口，是剩菜，冰凉，还有发霉、馊臭的。我挑好吃的吃。不需要训练，这是本能。时间久了，我训练出一种高超的本领，不需要尝试，就知道哪道菜能吃，哪道菜不能吃。

　　饿变本加厉。我的嘴就像泥瓦匠填抹的一处怎么也填不满的小坑。现在我才知道，死亡在那时就已经发生了。我的身体从来没有获得过正常生长的权利，尽管我是皇帝。我的体质很差，比起我的前任皇帝强不了多少，一开始就受到了病痛和死亡的纠缠。有一天 —— 忘记了我那时几岁，总之还小 —— 我悄悄地溜进李总管的房间。范长禄正躺在床上睡觉，鼾声如雷。我慢慢腾腾蹭进去，蹭到柜子边上。我曾经看见他把好吃的东西藏在柜子里。他翻了个身，没有醒。我就慢慢打开柜门，我的心在怦怦地跳，小手哆哆嗦嗦向里面摸索。我的小手指在一团软软的东西面前停住了，拿出来，果然是点心。我把它放进自己的小嘴里，咽下；又拿一个，又咽。我吃不饱，饥饿把我焊牢在作案现场，直到范长禄在我嘴巴和牙齿的搅拌与咀嚼声中醒来。他盛怒地跳起来，劈手打我。与其说是因为我偷吃，不如说是因为他的秘密被人发现。所以，他的手落下时特别重。十多年后，我的脖根子还隐隐作痛。

　　我撒腿就跑。他的巴掌雨点似的紧追不舍。突然一个人拦住去路，我重重地扑进她的怀里。抬头，是东太后，是我的皇额娘。范长禄跪下：

"给太后请安。"

我目光战战兢兢，望着皇额娘，嘴部的工作并没有停止。皇额娘抚摸着我的小脑袋，把我抱在怀里。

我看见皇额娘的眼睛里有泪光。她一边抚摸我，一边声音轻柔地说：

"皇上，不怕，皇上想要什么？"

"朕想回家。"我想我的亲额娘。而我娘的面孔，在我的想念中，一天天模糊了。

第五章

就在阿鲁特皇后垂死挣扎的时候，他的父亲——翰林院侍讲崇绮来到醇亲王府。见到他的时候，醇亲王的脸上露出诧异的表情。崇绮一见到醇亲王就匍匐到地上，磕了三个响头，醇亲王连忙躬身去扶他，但他坚持不起，说：

"醇亲王答应了老夫的请求，老夫才肯起来。"

醇亲王无奈，只好也跪在地上，说：

"崇大人如果坚持不起，我也只好跪在地上说话了。"

醇亲王一抬头，看见崇绮枯瘦的脸上布满泪痕，泪水沿着他脸颊的沟槽蜿蜒而下，在鼻沟间汇流，最后在弯曲的山羊胡子内部消失了踪迹。

崇绮抽泣着说："请醇亲王救我的女儿！"

一提到"女儿"这两个字，崇绮突然感到一阵剜心之痛。醇亲王看见他的脸上抽搐了一下，一股泪水涌出来，流到他的嘴里。他张着的嘴停顿了片刻，才继续说：

"皇后被太后打入了冷宫，怕是……怕是活不了几天了。可怜我的女儿，生于贵胄之家，乃金玉之身，从小娇生惯养，从没吃过一天苦，蒙先皇帝恩宠，做了我大清国的皇后，吾儿自入宫起，一向谨言慎行，尽忠尽孝，谁能想到落得如此下场！更可怜的是，她的腹中，尚有一个活物，那是先皇帝的遗腹子，是皇家的骨血，还未见得天日，就要不明不白地死去，我等于心何忍？当今朝中，唯有醇亲王位高权重，您抬抬手，就可救我父女两条性命。老夫昏蒙，过去上过弹劾醇亲王的折子，老夫罪该万死，虽千刀万剐也在所不辞，只求小女苟全性命。如今新皇上早已登基，只要他们母子在宫中留得一条性命，老夫以身家性命担保，绝无篡逆之心！"

　　醇亲王知道，有一句很重要的话，崇绮没有说破，那就是，当年阿鲁特皇后入宫，是醇亲王遵照东太后的旨意操办的，慈禧太后对阿鲁特皇后百般挑剔，也是因为她的儿媳妇不是她亲选的，是东太后的人。崇绮给醇亲王留了面子，也把他推入两难之境。他知道太后在想些什么，更知道太后的决定，没有任何人能够推翻，皇后唯有一死，后宫才能太平；但是，崇绮久跪不起，让他不知所措，特别是想到先皇帝同治的骨血，尚在阿鲁特皇后腹中，醇亲王的心就一阵阵地发麻。他恨。他不敢恨太后，只恨这皇子来得太迟，若是早些，在同治皇帝生前立嗣，他们母子也不至有此性命之忧，而他的儿子载湉，也不会被送到森严的宫殿中——我会在醇亲王府安然成长，世袭朝廷的官禄。想到这里，他发出一声黏长的叹息："唉——"他想对崇绮说：

　　"太后主意已定，恐万难回转，在下无能，一时想不出太好的办法，只有一法……我进宫觐见太后的时候，崇大人可随我一同前去，去时可以藏些顶事儿的干粮在官袍里，宫廷禁卫看到我，未必会查，进宫以后，崇大人再安排太监设法给皇后送去。不要你去，以免有人猜疑。此事虽然简单，但须万无一失，否则你我身家性命难保。如若事成，虽不能救了皇后，毕竟可解一时之难，只要皇后不死，我们就有时间再想办法。"

　　这一番话几乎要脱口而出，但在经过他大脑的过滤以后，他决定把它们永远留在肚子里，烂掉。所以，崇绮听到的话是：

"崇大人，不是我不帮您，是实在帮不上您。"

崇绮听罢，脸上露出绝望的表情，但他仍心有不甘地说：

"恭亲王被罢了官，七王爷又不肯帮忙，难道皇后就这样不明不白地死定了吗？！"

说着，老人又呜咽起来。

醇亲王说："崇大人，您还记得前段日子，我上折子辞官的事吗？"

崇绮略微点了点头。

醇亲王接着说：

"崇大人想想，我为什么辞官？载湉当了皇帝，我应该更加得意才是。"

崇绮慢慢停止了抽泣，说：

"《易经》有云：君子安而不忘危，存而不忘亡，治而不忘乱……载湉虽然当了皇帝，但垂帘的是两宫，那个危险，正是留给七王爷的，所以，七王爷才知难而退。"

醇亲王点头："对。"

很久以后，当亲阿玛倒在我的怀里，快要咽气的时候，他流着泪告诉我，这一生令他自责的事很多，其中一件，就是没有保住同治皇帝的骨血，还出卖了他的岳父崇绮。不过那一天，

他还没有想到自己会在太后的面前出卖崇绮，他只想离后宫的
是非越远越好。醇亲王握住崇绮的手，盯着他那张像缩水的苹
果一样布满皱褶的老脸，沉吟半晌，说：

"崇大人，对不住了。我在这给您磕头了。"

说完，醇亲王趴在地上，狠狠地磕了三个响头。

第六章

上百道菜摆在我的面前，我的眼睛都快花了。凤肝龙髓、
玉液琼浆，在精美的器皿里泛着光，这实在是天下最美妙的组
合。但这种组合，只为皇帝一人呈现。这世界上，没有第二个
人能够面对这样的排场。一个人坐在这样的排场面前，一种无
法言喻的荣耀感便会油然而生。这种权力是天赐的，征服世界
的快感，正孕育于征服食物的快感中。或许，正是与生俱来的
欲望，为权力欲望提供了生理基础；而作为世界的主宰者，皇帝
的权力，也正是通过对天下食物的征用得以完成，最终收束于
皇帝的肚腹之中。从这个意义上说，御膳的象征意义是巨大的，

它表明了世间万物与皇帝之间的隶属关系,"天下之大,莫非王土"的理念,正是通过御膳房的柴米油盐,得以实现。

当御膳房的厨役用银器装好御膳,用黄云缎包好,依次呈递上来,又由养心殿的太监一一将黄云缎打开,将银器里的御膳小心翼翼地放在那些精致的食器里,最后由范长禄摆在我的案头,他的脸上都会露出阴鸷而古怪的表情。天下最美的食物,像水一样,每天从他的掌上流过,而他,却不能享用分毫。除我以外,他或许是距离那些食物最近的人,同时,他与它们之间的距离,又是无限远。他永远无法抵达那食欲的极乐世界。他用发馊、变臭的饭菜来整治我,以此显示他的权力。他知道,他是亲爸爸亲近和信任的人,即使我到亲爸爸面前告状,也奈何不得他。但我偏不去告状,这或许令他大失所望。他希望看到我的失败,但我不给他这个机会。我的对策,是在他面前,无所顾忌地大吃,仿佛那些变质的御膳并不存在。我会在成堆的膳食中选中那可口的一道,这全凭直觉,一个孩子的直觉,别人无法明白,连范长禄这样的人都无法明白其中的奥妙。这是我与范长禄最初的战斗,饭桌上的战斗,一种未经宣战的战斗。那时,在这个人面前,我显得很幼小,我没有武器,不是他的对手,我唯一的武器就是胃。我用一个少年茁壮成长的食欲来声援自己的权力。在我的权力面前,或者说,在我的食欲面前，他无能为力。

很多年后，我能够认出所有的宝物 —— 青花山水纹盘，盘子中心，画着清隽的山水；青花缠枝莲纹盘，通体以青花为饰，花色浓艳，胎体洁白无瑕；而那色泽素净又不失鲜明透亮的三彩花蝶纹碗上，两只蝴蝶，正在花朵硕大的枝叶上飞舞，最能吸引我的目光。但在当时，这一切都毫无意义。在我的眼中，它们的美都是多余的，只有其中的食物价值连城。它们像一扇扇门，通往极乐世界的门，向我发出召唤。在它们的召唤下，我义无反顾。我那只虽然稚嫩，却饱经沧桑的胃，似乎是专门为它们准备的，我笑纳它们的一切好意，在它们的援助下，我的舌头一往无前。

然而，亲爸爸的到来，使我跃跃欲试的舌头突然安静下来。当我的筷子悬在某个盘子上面的时候，她会阴沉着脸，说：

"祖宗的家法，吃菜不许过三匙。这是第几匙了？"

"第三。"

"范长禄！"她扭头对站在墙角的范长禄说。

"喳！"沉默已久的范长禄，终于又发出声音。

"下回皇上用膳时如不遵循家法，你要及时喊'撤'！"

"喳！"范长禄的声音亮了许多。

"如有违家法，即使贵为皇上，也严惩不贷！你若姑息他，我便罚你！"

"喳！"这一声底气十足。

亲爸爸扭过脸来，抚着我的头，说：

"你贵为皇帝，不能贪欲，但这还不是最重要的；更重要的，是作为皇帝，时时都走在刀尖上，处处皆需小心谨慎，切勿贪食，这样，就没有人知道你爱吃哪样菜，也就不会遭到毒害。明白吗？"

我点了点头，似懂非懂。

宫殿里的御膳房，位于紫禁城的东墙内、宁寿门的东边，距离内廷十分遥远，原因是厨役不是太监，不能接近内廷。任何闲杂人等，都不能进入御膳房。而御膳房的内部，有着严苛的管理制度，连每个洗菜、切菜、配菜、炒菜的程序，都记录在案，如果发现问题，肇事者将在劫难逃。然后，经内务府检查，这些膳食才能由太监向内廷呈递。所有的餐具，都是银制的，如果菜里有毒，这些餐具就会变成黑色，这是御膳的第二道保险。那些穿着公服、头戴顶戴的老太监，会在李连英的指挥下，排着队，从宫门里鱼贯而入，所有的程序，都处于严密的监视之下，这是第三道保险。然而，即使如此，最后的保险，仍然掌握在皇帝自己手里，只要不让太监宫女看出自己最喜欢吃哪道菜，投毒者便无从下手，因为大部分的御膳，皇帝连动都不动就会撤下。各种碗碟在桌案上布下的庞大的阵式，不仅是为了展现皇帝无与伦比的权力，它犹如迷宫，把皇帝保护下来，使谋害者无从下手。

皇帝的起居注里，记录着眼花缭乱的皇家食谱，但从不记录皇帝爱吃什么，谁知道了这一点，谁就得掉脑袋。

从某种意义上说，皇帝被剥夺了喜爱的权力。

食欲的极乐世界，向我关上了大门。它变得可望而不可即。

享乐，变成了折磨。香气扑鼻的御膳，成群结队地出现在我的面前。但它们只是作为观赏品出现的，与那些精美的器皿不谋而合，已经没有任何实用价值。相反，它们此时已经成为刑具，一种隐秘的、不动声色的刑具，只有我知晓它的厉害。它越是丰盛，惩罚就越是严厉。只有我对此心知肚明。一日三餐，还有下午和晚上的两次加餐，我需要一天五次面对它，我无法逃避。

通过食物来暗杀皇帝的路，在这座戒备森严的宫殿里，被堵死了。

滴水不漏。

但毒杀的情况，在宫殿里从来都没有停止过，皇额娘就是这样死的。

第七章

为囚禁中的皇后传递食物的，是一个姓刘的小太监。我知道他，是因为他后来被当着所有内廷太监的面用乱棍打死了，我躲在太监王商的身后，看见了他的脑浆从被击碎的颅骨中喷薄而出，如丝如缕，在空气中悠然地飘荡。但当时站在崇绮面前的，是一个脸色酱红、肌肉结实，说话带山西口音的御膳房太监。他曾在传膳的途中偷吃了一口御膳，被发现了，险些丢了性命，是崇绮保了他，说年轻人贪嘴，没什么大不了，小刘子没有说，他是饿急了，新来的太监，都会受老太监的欺负，占用他们的饭，只给他们留很少的一点，他忍住了，没有说，否则他可能真的死无葬身之地。这些都是王商告诉我的。崇绮在没人的时候，悄悄从官袍里掏出一份干粮，交到他的手上，千叮咛万嘱咐，一定躲开别人的视线，把干粮送到皇后的宫中。小刘子接过干粮，脸上绽开无邪的笑容。

据说在守卫皇后寝宫的太监中，有小刘子的山西同乡，小刘子假装去看他，然后趁人不备，将干粮悄悄塞进皇后的宫门。第一次将食物塞进去的时候，他的心嗵嗵直跳，脸上的红晕半天褪不下去。他很怕遇见别的太监，否则他们看到他的表情，一定会感到惊异，而面对他们的质问，年轻的他会张口结舌，不知如何回答。所幸的是，没有人注意到他的举动。他的紧张，纯属自作多情。想到自己偷食皇帝干粮都大难不死，他的心就安稳了许多。

他开始把它当作一种冒险，一种穿越宫廷禁令的趣味游戏，这为他枯燥的宫中岁月平添了几许刺激。或许有一天，当他老态龙钟的时候，他会向年轻的太监们夸耀他不平凡的宫中履历。那时的他不会想到，他将永远没有夸耀的机会。但不论怎样，很长时间，他成为阿鲁特皇后唯一的食物来源。但那时的他并不知道，他冒死送出的食物，皇后一口也没有动过，因为倔强的皇后把这一切都当作了太后的安排，一种蓄意的羞辱，因而她对太后制定的游戏规则不屑一顾，而那些食物，无一遗漏地被老鼠享用了，一点也没有浪费。

一场雪后，北京城就很久没有再降雪了。天气一天天地温煦起来，在小刘子的身边旋转着，透过清冽的空气，他嗅到了春天将来的时候泥土里散出的潮湿的香气，像积蓄已久的酒香在某一时刻里的突然迸发。庭院里空寂无人，海棠树的枯枝投下清晰的树影。小刘子并不知道，干枯的树枝开始变得湿润，渐渐泛出一抹绿意的时候，皇后如花的生命正在迅速枯萎，她在黑暗中伸出的手臂握不住一只救援的手。小刘子与她一门之隔，却永远挽救不了她。他只是一个太监，偌大的宫廷里一个可有可无的零件，他无力改变宫殿的规则，他甚至无法改变自己的宿命。那时他正陶醉在冬末春初夜晚空气的香甜里。他趁着夜色悄悄潜进冷宫，闭上眼睛，深深地吸了一口气，这样他身体的内部和外部，都被这种清冽的空气充盈和围绕，像酒醉般，飘飘欲仙，对即将到来的危险没有丝毫的察觉。他像往常一样，从怀里掏出干粮，迅速塞进被封锁的宫门。食物被宫门卡住了，他正想用力往里塞，他的手突然被两只枯槁、惨白的手牢牢地攥住了，他猛然回头，看到一个面容模糊的白色身影，他恐怖地大叫一声，自己的魂魄，在叫声中飞出了好远。

第八章

宫殿是皇帝的家，这里的一切，都以皇帝为中心。皇帝，是这个家的家长，这里的一切，都必须听从皇帝的旨意。这是我很多年后才明白的道理。在我的成长过程中，宫殿始终是作为一个巨大的枷锁存在的，这个巨大而沉重的枷锁，对于一个营养不良的儿童没有表现出丝毫的怜悯。我幼小的身体，必须听从宫殿的号令，根据宫殿的旨意，出现在每一个应该出现的地方。也就是说，我的身体是宫殿内部的一个零件，它不能独立存在，宫殿以不可置疑的态度取消了它独立存在的理由。

现在，空旷的寝宫需要我的存在，为此，我必须告别皇额娘温暖的被窝，回到养心殿冰冷的龙榻上。恐怖再次席卷而来，吞没我小巧的身体。我怕黑，更怕黑色中的白色，范长禄不止一次地给我讲过鬼魂的故事，以此告诫我不要在夜里在宫殿里乱跑。各种凶险在黑夜里埋伏，令我不寒而栗。那些白色的鬼魂在想象中变得日益强大。在黑夜里，我的想象异常发达，犹如我的听觉异常敏锐。我时常听见夜里的哭声。我甚至能够分辨出哭声的方位。若隐若现的哭声，如深夜里的寒气一样，从门缝钻进来，把我的身体紧紧缠绕住。我会想象在那哭声的后面，一定跟随着一个赤脚披发、一身缟素的女人，仿佛一个白色的精灵，抑或一个复仇的鬼魂。我会在第二天从太监口中得到一个消息：同治皇帝的又一个妃子，悬梁自尽了。失去了丈夫的妃子在这个女人当家的王朝里已经走投无路。太监们正忙碌着将尸体抬出西华门，埋掉。

在乾清宫的西南檐角上，有一只野猫蹲伏在那里，用它敏锐的目光扫视着宫殿的夜色。月光如水的夜里，能看到它的轮

廊 —— 它埋伏在脊兽中，一动不动。宫殿巨大的飞檐像一艘船，飘浮在漆黑的夜色里，而那只野猫，则像船头的一只怪兽，四只爪紧紧地抠住飞檐的边缘，高昂着头，发出长长的嘶叫。它每夜都叫，叫声在寂静的夜里显得格外凄厉和旷远。每天天不亮，我就会被范长禄叫醒。我的身体在昏蒙中被他拖出被窝，尽管它表现出对被窝的顽固眷恋。夜色中那条通往长春宫的漆黑道路（一条被称为西长街的漫长夹道）等待着我。有时，我在恍惚间，会透过稀薄的月光，看到那只野猫漆黑的身影，在它的北面，景山的万春亭血肉模糊地悬在高处，太监们说，那个吊死的前朝皇帝，就潜伏在那一片密集的树林中，用空洞的目光，注视着巨大的宫殿。风声夹杂着若有若无的悲鸣，从山上奔泻下来，从宫殿的每一个庭院中漫卷而过。有时我会觉得，那个吊死鬼，也会披着他巨大的黑色斗篷顺着山势飘落下来，栖落在从前的庭院里。我的脖颈可以感觉到他巨大的斗篷卷起的寒气。

　　我就这样在醒与梦之间反复游离。我的睡梦，如一条弹性十足的橡皮筋，被那条道路抻长，直到我跪在亲爸爸面前，我的头脑仍然停留在梦的世界里。在我的记忆中，我的童年是由无数个昏蒙的凌晨组成的。那个凌晨自我被亲阿玛从醇王府带到宫殿时就开始了，像一条粗黑的蛇，逶迤到现在。我会在这个严肃的场合情不自禁地打盹，并为此接受亲爸爸的严厉训斥。亲爸爸的巴掌会重重地落在我的脸颊上，我则在一声本能的惊叫中结束自己的梦。我几乎每一天都是在响亮的巴掌声中开始的。响亮的巴掌比鸡鸣更加准确地为我一日的开始报时。

有一天，当巴掌又一次准确地为我报时的时候，我发现自己正躺在乾清宫台基下面的一级台阶上。我揉搓着眼睛，看见一枚混沌的太阳正从景运门的背后升起来，一张皱纹纵横的脸遮住了太阳，是范长禄。我不知道自己怎么睡在这里，只是依稀记得夜晚恐怖的宫殿，记得夹道间鬼鬼祟祟的宫灯，我冰凉的脚板踏着宫殿里漫无边际的青砖奔跑。我想逃出那座阴森的宫殿，为此我不止一次地从范长禄的视野里失踪，范长禄会在每一个夜晚把我安放在寝宫的被窝里，但在凌晨，他来叫起的时候，却不知我在哪里。这令他苦不堪言。他在寝宫的门口设置了"岗哨"，派太监在每天晚上值班，但在枯寂的宫殿的夜晚，"岗哨"也有打盹的时候，所以他们总会在凌晨时分见到一个空空的被窝。他们从不知道，我是在什么时候离开寝宫的，巨大的宫殿为我提供足够的藏身之所，可能是某一个廊柱的背后，也可能是石兽的下面。但宫殿里什么都有，就是没有出去的路。它像一个迷宫，把所有的路纠结在一起，并最终打成一个死结。我记得自己冰凉的脚板在青砖地上发出的声响，那种细微的响动，在层层的宫墙上弹射着，发出一连串的回声。夜色里，什么也看不到，只能听见那无休止的回响，鹭鸶和白鹤飞起来，就连角楼上的风铃也不安地晃动起来。我怕了，停在一片黑暗中，不知自己在哪里。

恍惚中，我听见有一个人在叫喊我的名字："载湉 —— 载湉 ——"女人的声音，夹杂在风中，无比轻柔。我没应声，却感觉到一团白色的身影飘忽而至。我睁不开眼，所以无法看清她的面目，如果我睁开眼睛，目睹那团白色的鬼魂，或许，就会被她带到另一个世界中去。在我的梦里，她长发垂肩，又觉得那不是发，是气，是雾，在夜幕里飘。我"看见"她的"手"伸过来，捂住我的脸，嘤嘤地哭着，说：

"孩子，你咋跑这来了？额娘到处找你，找得好苦！孩子饿吗？孩子渴吗？孩子困吗？孩子回家吧，回家，自己家，你四岁时，还没断奶，就离开了家，现在总该回来了吧！额娘还以为你跑丢了，再不回家，额娘就该急疯了。"

我在梦里看到一张似曾相识的面孔。我仔细想着，试图从微弱的记忆中寻找线索。终于，我想起一张脸，一张隐藏在人群中的脸。没有人告诉过我，那个女人是谁，但是我的目光依旧能够越过面前各式各样的脸，落在那张脸上。那张脸并不显眼，总是站在别人的后面，俯下身，对我三拜九叩，隔着很远的距离，与其他人步调一致。但对我来说，只要那张脸出现，所有的脸就都不重要了。上朝时，我茫然的目光，终于在她的脸上找到了依靠。那是一张文秀、忧郁的面孔。每与我对视的时候，她的眼睛里都噙满泪水。看得出她是强忍着，眼泪才没有落下来。她很少说话，只是默默地注视着我，像我注视她一样，目不转睛。后来我才知道，是亲爸爸不让她说话。她不能单独见我，只能与众人一起，来养心殿参拜。我甚至不知道她就是我的生母，但我确信，她对我来说，是一个非同寻常的人。

终于，我碰触到一个温暖而柔软的身体。我的梦游在那里戛然而止。黑暗中有一个人抱住了我。夜风吹过紫禁城，吹进我的梦，我恍惚中睁开眼，看见月光勾勒出亲爸爸瘦削的身影，亦真亦幻。她抱得很紧，我疼得"哦"了一声，这时她的泪落下来，滴在我的脸上，又在我的脸颊上亲了一口，说：

"孩子，你还小，什么都不懂，等你大了，就什么都明白了。"

我不知那天夜里我怎样回到自己的床上，不知亲爸爸如何在深不可测的夜色中消失。范长禄再次把我捆醒之后，望着宫殿清晨飘浮的气雾，和檐脊上稀稀落落的鸟，我心里感到一片茫然。

第九章

太监小刘子扭过头时，被黑夜里那张雪白的面孔惊得魂飞魄散。他的意识已经飞出了他的躯壳，像夜晚的乌鸦，在宫殿的半空中盘旋，良久，才重新栖落在他的身体里。那时，白色的鬼影消失了，出现在他面前的，是一张熟悉的面孔。那时他才明白，自己产生了幻觉。

那张面孔并不狰狞，那是毫无特点的一张脸，而且，毫无表情。那是一张中年人的脸，但皱纹不多，眉眼都不清晰，像一只山药蛋一样，平淡无奇。宫里所有的太监没有不认识他的，他是太监总管，他叫李连英。

李连英一把夺下小刘子手里的干粮，嘴里说：

"我就知道你老往这里窜就没憋好屎。你小子真的是活腻歪了。"

小刘子的身体像打摆子一样战栗起来。他觉得自己没出息，想竭力止住颤抖，但他越是用力，身体就抖得越是厉害。他想从李总管的手里夺回食物，但他既没有力气，也没有胆量，只好眼睁睁地看着李连英拔腿离开。小刘子知道他是去向太后报功领赏了，他像水一样，瘫软在地上。

没过多久，他听到一阵杂沓的脚步声。两名大内侍卫像拎小鸡一样把他从地上拎起来，他觉得自己是那么的轻，两只脚软弱无力地拖在地上，身体仿佛腾云驾雾一般，等他从云雾中落下来的时候，他发现自己正匍匐在太后的脚前。

他磕了头，听见太后慵懒的声音：

"说吧，谁指使你干的？"

小刘子没有作声。

李连英的脚踏在小刘子的手指上，用力捻了捻，表情却若无其事。

我坐在宝座上，听见小刘子的脸像包子一样拧在了一起，同时"哎哟"叫了一声。

他没有做过多的反抗，就交代了——一切都是他自己所为。他说他受过皇后的恩典，不忍心看着皇后在禁宫里被活活饿死，所以偷偷摸摸给她送些吃的。

我看见亲爸爸把那块干粮拿到手中，仔细端详着，若有所思，然后抬眼，目光从站立的大臣们面前一一扫过，她的目光在醇亲王的脸上停留了一下，便游移过去，最终在崇绮那张苍老失色的脸上定了格，好像对所有大臣，又好像对崇绮说：

"你们都记住了，谁要让我一时不痛快，我就让他一世不痛快！"

储秀宫沉寂了片刻，仿佛每个人都在内心掂量着太后这句话的分量，终于，惇亲王沙哑的声音打破了沉默：

"依老臣之见，一个小太监，未必有如此大的胆量，他背后定有主谋，请太后明鉴！"

醇亲王脸色铁青地站在那里，现在回想起来，那时他的内心一定会感到无比紧张。他是当今皇上的生父，没人认为他会去帮助先皇帝的遗腹子，这太不合逻辑，大臣们心中的逻辑把他保护起来，使他能够安全地躲在逻辑后面，但太后的思维与众不同，她从来不受逻辑左右，她有惊人的直觉，她的直觉在现实面前屡试不爽。尽管他拒绝了崇绮的请求，但有时不做贼同样心虚，至少，崇绮的登门求助，是瞒不过太后的。

亲爸爸严峻的目光绕场一周，然后原路返回，又在醇亲王的脸上停留下来，问道：

"奕𫍽，依你说，该怎么处置？"

醇亲王心中一惊，答道：

"惇亲王所言极是，该彻查……到底。"

"那好吧，"太后说，"这事儿，就交给你办吧。"

刑罚是在北五所敬事房的庭院里执行的，由李连英监督执行，执行刑罚的太监们围成一圈，小刘子刚好在那个圆心上。李连英把手一挥，便有无数只粗壮的木棍争先恐后地落在小刘子的身上。小刘子用胳膊去挡，胳膊噼的一声断了；他想用脚去

踹，他的脚啪的一声碎了；他用双手捂住脑袋，但他的指骨在"噼
噼啪啪"的击打中，早已在皮肉深处变成了粉末，让人不由想起
《西游记》里的一副精致对联："脑浆迸万点桃红，牙齿喷几珠玉
块。"终于，他什么也顾不得了，躺在那里，任凭木棍如雨点一
般落下。殷红的血从衣服的内部弥漫开来，又渗入凸凹不平的
砖地，以至于他的尸身被收走以后，地上还留下一个血淋淋的
人形。

王商后来告诉我，就在小刘子被打死那天，阿鲁特皇后也
咽了气。她完全不知道，有一个小太监因她而惨死。彻查很快
水落石出，根据亲爸爸的旨意，被剥夺了一切官职、抄没了所
有家产的崇绮，带着他女儿冰凉的尸体离开了宫殿，然后乘一
驾马车永远离开了京城，像一家逃难者，回到了北方草原上。

对于这件事，宫殿里各种传说纷纷扬扬，经久不息。我的
亲阿玛在病入膏肓的时候对我抱怨过，阿鲁特皇后性子太烈，
不会低头，所以死得惨，只有太后，我的亲爸爸，才是成大事
的人。他一定是怯懦了，一阵本能的恐惧袭过他的心头，他知
道，在宫殿内部，没有什么事情能瞒过太后的眼睛。他当然知
道哪根大腿更粗，崇绮也因此成为他明哲保身的牺牲品。他知
道，在宫殿里，所谓良心不过是一种多余的事物，所有的一切，
不过是宫殿里进行的一场趋利避害的游戏而已。

第十章

在我的视线里，宫殿是由无数卷曲着的屋顶组成的，像一波一波的海浪，彼此推动，越荡越远。我看不到浪的尽头，如同我看不到岁月的尽头。过了许多年，宫里的人们越来越淡忘了阿鲁特皇后，她的气节，在无边而荒凉的宫殿里留不下丝毫痕迹。在这些翻卷的巨浪中，任何一个人的死都是无足轻重的，宫殿随时都会孕育另外一个人取而代之。

"你已经十八岁了，我为你安排了一件重要的事情，就是为你定亲。你要知道，我很爱你，希望你幸福。"

"谢谢亲爸爸。"

"你想选一个什么样的皇后？"

我紧抿着嘴唇，不敢作声，只听见她在说话：

"选择皇后，是否长得漂亮并不重要，一个皇后，如果太漂亮了，对朝廷来说，未必是一件好事。一个女人如果太漂亮了，她一定有某些缺陷。本朝以孝立天下，所以，孝是皇后的首要条件。你和你的皇后，都应该为天下立个榜样。"

她忘记了，她自己，就是凭借容貌，打动了咸丰皇帝。

选妃仪式是在体和殿进行的，那天，亲爸爸以家长的身份坐在御座上，这一次，她不需要垂帘了。我侍立一旁，座前摆着一张小长桌，上面放着一只如意和一对红绣花荷包，作为选定的证物。那只如意，是为皇后准备的；而那一对荷包，则是为妃子准备的。五名被选者在殿堂上站成了一排，她们都是朝中大臣的女儿。站在第一位的，是都统桂祥的女儿、是亲爸爸的侄女；后面是江西巡抚德馨的两个女儿，最后是礼部左侍郎长叙的两个女儿，就是后来的瑾妃和珍妃。我听见亲爸爸问：

"皇上选中哪个女子做你的皇后，你自己决定吧，你选定了，就把如意交到她手上吧。"

我的目光从那一行青春粉嫩的脸庞上滑过，只有最后一张面孔，让目光停留下来。那是长叙的小女儿。她站在最后，像一朵娇小的花，在暗处兀自发光。如意和荷包，将决定她们未来的命运，也在一定程度上，决定着我，甚至整个王朝的命运。

亲爸爸示意，太监将如意递到我的手中。

一种莫名的冲动，自我的内心涌起。但是我不能轻举妄动：

"此等大事，当由皇爸爸做主，儿臣不能自主。"

亲爸爸说：

"你长大了，我相信你有这个能力。"

她似乎不愿授人以柄。

我在一瞬间把心一横，手持如意，走到长叙的小女儿面前。

我在她面前停住了，近得感觉得到她呼出的空气。

我仔细打量着她的面孔。眼前这位江西小美人，说不出的瘦削和玲珑，粉团的脸，樱桃般的嘴，缠绵得让人柔肠寸断。

如果我把如意交到她的手上，那么，后来的珍妃就不存在了，后来的隆裕皇后也不存在了。那个后来被称作珍妃的女子，将被封为隆裕皇后，陪伴我的一生。

我的迟疑，在场的所有人都感觉到了。对于排在第一位的桂祥之女 —— 叶赫那拉氏来说，可能感觉到一种说不出的耻辱，或许，从这一刻起，这种无法言说的耻辱，就在她的心底里扎下了根，并将在以后的日子里发扬光大。

猛然间，我听到一声吼，从御座上传来：

"皇上！"

这是一种适时的提醒。我当然明白它的深刻含义。它以言简意赅的方式，强调了一个事实 —— 五位少女的排序，已经清楚地注明了亲爸爸的选择，而所谓让我自行决定，不过是过一下形式而已，所有无视她老人家的选择的行为，在这个强调孝道的朝廷里，都不允许存在。在亲爸爸的提醒下，我的脚步，渐渐游离了那个江西小美人，由后往前，逐个从少女们面前走过，最后，头也不抬地，把如意交到了叶赫那拉氏的手上。

桂祥的女儿，就这样成了我的皇后，她得到了"隆裕"的徽号；而我想象中的隆裕皇后，变成了珍嫔 —— 老佛爷移住颐和园后，才和她的姐姐瑾嫔一起，升格为妃。

王朝的命运，就这样不断以家族的形式展开着。一个王朝的历史，从某种意义上说，就是一个家族的历史，宫廷的纷争，本质上也是血缘亲属间的博弈，任何亲人，无论夫妻、母子，还是兄弟，都可以被宫殿定义为敌人。据说同治帝将死之际，亲爸爸坐在他的床边落泪。不知是伤心、内疚，还是为自己的将来感到担忧。毕竟，他是她的亲儿子。她不爱咸丰皇帝，或许，在这个冷漠的宫殿中，只有儿子是她的慰藉。咸丰皇帝纵情声色，再美的女人，对他而言只是一个玩物而已。从进宫第一天起，亲爸爸就在如云的美女中迷失了自己。初进宫时，在荣禄面前表现出的自信，已经荡然无存了。巨大的宫殿，如云的美女，使她有了一种溺水的感觉，虚空中，她试图抓住什么。她决心战胜所有的女人。而儿子，就是她的救命稻草。

宫殿犹如陷阱，将这个由满洲铁骑创建的王朝陷在了里面，使它曾经剽悍的生命力急剧枯萎，从这个意义上说，宫殿更像是一个华丽的阴谋，王朝的血脉日渐枯萎。尽管朝廷以狩猎的方式，在形式上维持着草原民族的传统，但一个不可回避的事实是，宫殿里的皇帝，一个比一个虚弱，皇帝的子嗣难以为继，就是证明。在咸丰的皇后和嫔妃中，只有兰儿怀孕了，她为王朝的事业做出了不可磨灭的贡献。她用百衲衣小心翼翼地把儿子——她的胜利成果——包裹起来，据说这样可以避邪，使他健康地活下去。可以说，亲爸爸的权力，来自她的儿子。而儿子的离去，又重新把她抛向虚空中。

亲爸爸是一个控制欲极强的人，对儿子权力的失控，使她极不习惯。她会害死自己的儿子吗？除了她自己，没有人能够回答这个问题。但无论怎样，她与同治皇帝的冲突是注定的，而对于同治来说，死亡，或许是他逃脱母后控制的唯一方式。

据说，同治帝临死的时候，眼前一片火光。

那天，大清门失火了。同治帝躺在东暖阁的病榻上，他看不到遥远的大清门，但他知道失火了。他的浑身被火灼得发烫。他闭着眼睛，晕眩中，向生母报告了这个消息。

火焰，如同一个恶毒的咒语，笼罩着这座宫殿。

这座无所不能的宫殿，在火焰面前，无能为力。

所有宏伟的景象，都在火焰中化为虚无。

或许，那个吊死的明代皇帝，仍然在景山上，打量着宫殿里的一切。

最后的时刻，同治想抓住母亲的手，但他什么也没有抓住。他的母亲急匆匆地奔赴西暖阁，与群臣讨论王朝的权力归属问题去了。

蹊跷的事并没有停止。

我大婚的时候，皇宫里也燃起一场大火。

那是光绪十四年十二月十五日半夜，那天，京城降了一场大雪，天气奇冷，连墙脚、树根，都在瑟瑟发抖。我批过奏折以后，倚在座榻上睡着了。我不知道房子是怎样消失的，我就这样裸露在风雪中，像一只失去重心的飘浮物，不能自已地被裹挟在风雪中，穿越路径交叉的深巷，被卷入一个巨大的广场。背景是一座深黑的门楼，作为黑夜里最黑的部分，它像一座废墟，挺立在夜幕里。屋檐上早已覆盖了厚厚的积雪，像披上了一层雪白的斗篷，但那斗篷比铠甲还要沉重，它们在坡形的屋檐上裂开，然后纷纷顺着它的抛物线滑落下来，寂静的广场上，我听到雪块不时从屋檐上砸下来的声音，从不同的方位上传来，那些不确定的声响，在空旷的夜里令人不寒而栗。

广场上的雪，像海水一样波涛汹涌，我甚至可以看清上面莲花瓣似的波纹。但那有规律的波纹很快消失了，广场上的雪越积越厚，被风雕塑着，变成一个个匍匐的人形，有头、有腰、有腿，呼之欲出。我看见那些匍匐在地的身体，如僵尸般耸立起来。无以数计的雪白的僵尸，在狂风尖厉的伴奏中，步调整齐，缓慢地移动着，一步步，向我靠近。我突然觉得自己浑身起了一层鸡皮疙瘩，身体不住地战栗起来——难道它们，就是在宫殿中出没的鬼魂？转眼之间，最前面的一个人影已经挺立在我的面前，用它冰冷而坚硬的手，卡住了我的脖子。我本能地攥住它的手，朝它的身体猛击一掌。它带着一阵怪谲的笑声消失在风中，在我温暖的掌心，有一股刚刚融化的雪水。

我曾经几次试图从噩梦中醒来，但我的努力屡屡失败，直到我被一种奇怪的声响倏然惊醒。那时我发现自己的被子已被蹬到了地上，我是被冻醒的。那时我不会想到，那巨大的声响，是楼宇在烈火燃烧中坍塌的声响。我第一次知道，火是有声音的，而且是一种令人惊骇的巨响。寂静的雪夜，使火的声音显得格外突出。有太监来报，是太和殿前的太和门失火了。这是对宫殿权威的一次极大的挑衅，这意味着即将在太和殿举行的大婚仪式，将面对一片废墟进行。

我当即披上那件黑狐皮的裘服，前往太和门。我被眼前的景象惊呆了，九楹三门的太和门，此时已经变成一个巨大的火球。火是从西侧的贞顺门烧起来的，蔓延到太和门，又一路向东，沿着回廊迂回前进，烧到昭德门。巨大的太和殿广场，已经被火从三面包围。火光照亮了太和殿，使它变成一个巨大的发光体，在夜幕中发出凛冽的光。雪仍在下，雪花漫天飞舞，自无边无际的天穹落下，为奔跑的火光提供了一道壮观的布景。雪花落进火焰里，瞬间就没了踪影，但新的雪花，又蜂拥而至。

我看到，在雪幕与火焰之间，有一条弹性十足的线，在不停地
摆动。我几乎被眼前的景象迷住了，忘记了这是一场灾难。

据说，整个北京城，都可以看见这场大火。人们聚集在城
墙内，向皇宫的方向张望，不知道发生了什么，一种不祥的预感，
在天朝子民中蔓延。此后很长时间，这场大火都成为京城百姓
议论的话题。在市井，流传着一首预言诗：

> 德宗未造靓艰难，
> 婚礼未祥事可叹；
> 先遣祝融为肆虐，
> 芦棚包裹假天安。

后来我知道，这场火灾，让醇亲王——我的阿玛，目瞪口
呆。不是因为灾难本身，他想到了从前的那场梦。

他命人又去前门外，把张瞎子和刘铁嘴找来，对他们说：

"你们还记得我儿子出生那天我做的梦吧？当时，你们没有
为我解开这个梦，现在破梦了。我敢肯定，老佛爷钦定的皇后，
就是这场火灾的原因，搞不好我的儿子，乃至大清帝国，都会
断送在她的手上。"

大火来无影，去无踪，没有人知道火是怎么烧起来的，但它很会选择时机，总是在重要的时刻发生。这次大火，刚好发生在婚礼开始前十二个时辰。不知怎的，我有些幸灾乐祸，一旦想到了亲爸爸绝望的表情，一种恶毒的快感便油然而生。皇后是亲爸爸选的，不是我自己选的，我无法接受这桩强加的婚事。但我也不能拒绝。我把这场大火视为老天的相助。

第十一章

太和殿广场上的大火越烧越旺的时辰，刚好是钦天监精心选定的皇后离母家的"良辰"——子时。大风夹杂着黄沙，在太和殿广场上掀起一圈圈弧形的波痕，仿佛墨汁溶化在水里，太和门的火，在狂风中迅速地膨胀起来，变得不可一世。后来我才知道，从方家胡同桂公府出发的迎奉皇后的队伍，在暗夜中几乎无法走动，大风不仅声援着宫殿里的大火，而且阻止着皇后进宫的脚步。队伍行走在京城的街道上，比行走在荒野大漠还要艰难。装载着嫁妆、妆奁的两百抬轿子，经过史家胡同、东单大街，转入东交民巷、兵部街，进入大清门的时候，天已经发亮。亲爸爸当年是从皇宫的后门 —— 神武门进宫的，当时的她，不得不屈尊于东太后之下，于是，她特意为我选了一名叶赫那拉氏的后裔 —— 她的亲弟弟桂祥的女儿叶赫那拉氏 —— 作为我的皇后，洗刷她昔日的"屈辱"，并且刻意要皇后从太和门光明正大地抬进紫禁城。她没想到的是，此时的太和门，已经变成一座焦黑的废墟，散发着焦煳的气息。迎亲的队伍一定会被眼前的景象惊呆了，他们一定不会想到，出现在他们面前的，不再是昨日还光彩流丽的太和门，而是一座虚拟的太和门 —— 一座木钉纸糊的临时门楼。慈禧下令从宫外找来大批搭棚、裱糊、扎彩匠人，连夜完成了这一工程。如果他们在迎亲车队到达之前还不能完工，所有的工匠都将被砍头。

午正三刻，我穿着龙袍，仿佛一个木偶，被摆在太和殿的御座上，在我的对面，大火正在燃烧，使大婚仪式显得更加隆重和怪异。我面对着起伏不定的火焰，接受着王公百官的三跪九叩，聆听礼部官员宣读册封皇后的诏书。这时，一股西风，更加猛烈地扫过太和殿广场，透过敞开的菱花隔扇槛窗，长驱直入，一直吹到我的御座上。我冷不丁猛呛了一口气，礼部官员顿了一下，又开始继续朗读。

早上，火终于被扑灭了，空气中散发着一股硫黄的气味。

司仪公主把一条红色缎带递到我们手中，我和皇后各执一端，在手持红色蜡烛的司仪公主的引导下，进入洞房。我回到那座已经成为洞房的坤宁宫的时候，已经筋疲力尽。洞房已经被打扮成一间红色的屋子，我所看到的一切都是红色的——红帐子、红褥子、红衣、红裙、红花朵、红蜡烛……让我想到宫殿里的火。龙凤喜床上的匾额是红底，上面书写着"日升月恒"四个大字，床上的百子被和百子帐也是大面积的红，各有一百个肥胖的婴孩，在上面翻滚游戏，仿佛在火里挣扎跳跃。突然想起前些日子读过的明代遗录中，崇祯在最后时刻刺死了一名妃子，或许就是在这张床上。侍从送上"子孙饽饽"的时候，我突然觉得要吐，但一夜没有用膳，我的胃里是空的，只勉强吐出一些酸水。我闭上眼睛，靠在椅背上，让身体放松下来。不知过了多久，再睁开的时候，发现身边多了一个人，一个头戴盖头的女人。我知道她是谁，但我没有理会她。我就这样与她对坐着，过了几个时辰，我们没有说一句话。这个注定要伴随我一生的人，至今我都觉得十分陌生。她比我大三岁，面容瘦削，颧骨突出，嘴唇很薄，永远是紧抿着，看不出她有欢乐，也看不出她有痛苦。在这一点上，她与亲爸爸十分接近。她一看就是一个有原则的人，她的原则，写在她棱角分明的脸上。

繁冗而漫长的婚礼令我觉得索然无味。我于是传旨，取消

了原定在太和殿举行的宴请"国丈"及整个皇后家族、在京满汉
官员的筵宴。轰轰烈烈的大婚戛然而止。整个朝廷都在议论这
件事，但我并不在乎。大婚的几日里，我躲进了养心殿三希堂，
取出王珣的《伯远帖》，一连端详了数日。

第十二章

　　跨过养心殿大门，出遵义门，穿过长长的夹道，我匆匆忙
忙赶往储秀宫。在亲爸爸榻前，我扑通一声跪倒。

　　刚才，李连英到养心殿，告知：亲爸爸气病了。

　　自从我进宫以后，下跪，便成了我的主要任务。下跪，是
我在规定场合内的规定任务。其中包括：我必须到寿皇殿及大高
殿祈雪、祈雨，到观德殿给先皇帝梓宫叩头；到奉先殿给列祖列
宗牌位跪拜，到慈宁宫给长辈女眷拜年；未亲政时，恭遇时享及
祫祭大祀，要在前一天亲诣行礼，春天，还要去丰润园行耕藉
礼；更重要的是，我每天必须到亲爸爸跟前下跪请安，如果没有
她老人家的恩准，跪上一两个时辰也是有的 …… 我像一个磕头

虫一样生活多年。很多年后我仍闹不明白，为什么自己当上了
皇上还要下跪。我是一个在跪姿中长大的皇帝。下跪，几乎成
为我面对亲爸爸的唯一方式。假如我要看她，我也只能以仰视
的角度看她。所以，我对她下巴上的痣，以及她脖子上日益增
多的皱纹了如指掌。她每次动怒之前，脖子上的筋都会事先运
动一下，那是来自她身体的警报，提醒我格外警觉。我坚硬的
膝盖硌得生疼，这是一种行之有效的身体折磨，它在无声中进
行，简单易行，无须借助任何刑具，却又足以摧垮一个人的意志。
最残忍的刑具，就来自我们自己的身体。每个人都随身携带着
制服自己的刑具，这种来自身体内部的秘密一旦被别人发现并
且掌控，那么他身体的主权就将失去。我就是在日复一日的下
跪中，懂得了下跪的真理，而我身体里所有不安分的念头，都
在跪拜中，消失殆尽了。

　　亲爸爸头向里躺着，用她油光锃亮的发髻对着我。她知道
我来了，却没有言语，我知道，她在等待着我向她认错。屋子
里的空寂是留给我的，等着我用长篇累牍的忏悔将它填满。无
论是她，还是我，都习惯了这一点，都默认了游戏的规则。但
这一次，我没有。我跪在地上，很长时间没有吭声。寝宫此刻
陷入一种可怕的死寂，那是一种万劫不复的死寂，我们都在这
种死寂中坚持着，看谁先被它压碎。此时在我心中，时间不是

一种无形的存在，它有重量，有形状，有尖锐的棱角，横亘于我和亲爸爸之间。我想搬开它，但无从下手，也没有力量。我只有等待。我知道，亲爸爸也在等待，等待我最终的屈服，我们就这样，在等待中僵持着。我们都没有说话，只听见房间里的西洋钟在缓缓地走动。沉默，成为我们共同的默契。我们的心理较量，在沉默中达成一种平衡。暂时没有人试图打破这种平衡，但我们都知道，这种平衡，不会永远维持下去。

我不知道自己跪了多久。这或许是我有生以来跪得最久的一次。没有亲爸爸发话，我是断然不敢站立起来的。这是我第一次以沉默的方式，对她表示异议。我跪在冰凉的石板上，这是王朝的礼仪，但此时，它的真实意义是体罚。对此，亲爸爸和我都心知肚明。她以沉默的方式，下达着惩罚的命令。只要她的沉默持续下去，体罚就不会终止。寝宫里没有跪垫，我坚硬的膝盖，只能跪在坚硬的石板上，我全身的重量，都集中在那小小的膝盖骨上，这或许是疏忽，但这种疏忽绝对是有意的。时间一久，那两片膝盖骨，有一种即将迸裂的感觉。我想起来，我小时候背古书，每有背错，如被亲爸爸发现，都会这样罚跪。我幼嫩的膝盖，就这样开始了与石头的较量。坚硬的石头，成为一件刑具，施加于我幼小的肉身。在宫殿里，那刑具无处不在；对于我弱小的身体而言，宫殿本身就是一个巨大刑具，无法逃脱。

趁亲爸爸不注意，我悄悄变换一下跪的位置，但它的作用是有限的，移动的瞬间，双膝的疼痛稍有缓解，但它们一落地，疼痛立即不失时机地顺着我的膝盖骨钻进来，蔓延了我的整条腿。这是一场艰难的对抗，既是与亲爸爸的对抗，也是与时间的对抗。但这一次，我决心顽抗到底。

李连英站在我的身后。我没有看见他的脸，但我的后背看到了他阴鸷的笑容。安排跪垫，是他的权力范围。他完全可以依凭自己的判断，决定是否给下跪者安放跪垫，而他的每一次决定，都恰到好处，正对太后的心思。所以，即使像翁师傅、李鸿章这样的大臣，也要拍他的马屁，否则，这样的体罚，对于像他这样的老臣而言，是吃不消的。从某种意义上说，李连英的权力比我还要大，朝廷大臣，无人不惧他三分。然而，权力越大，危险也就越大。他得意的笑容里，已经预定了某种可怕的结局。

依旧，亲爸爸没有发话，我也一声不吭，只有西洋钟喋喋不休。

我们都不知道该如何收场。

差不多过了一个时辰，亲爸爸睡着了。我听到她轻微的鼾声。我终于长出了一口气，缓缓地，站起身，此时，我的腿已经麻木，我站立了片刻，让血液回到它原来的位置上，然后，像木偶一样，艰难地，走出寝宫。在储秀宫的庭院里，我闭上眼睛，长长吸了口气，又睁开，像是刚刚从一个窒息的梦中醒来，雪后的清冽空气，让人觉得有几分醉意。一种酒醉后的飘飘欲仙。

我不知亲爸爸是否真的睡着了。或许，这只是她结束这场游戏的一个策略而已。

我对她的策略心领神会。

据说，亲爸爸当晚没有用膳，第二天仍没有用膳。

大臣们像一片蚂蚁匍匐在蚁王的榻前。我与大臣们谴责的目光不期而遇。那种目光，使我的内心有些慌乱。

第十三章

亲爸爸已经好多天没让李连英梳头了，披散的头发，加上焦黄干涩的面孔，使她往日的光辉荡然无存。见到她的时候，我心头一惊，眼前出现的，几乎是一个陌生人，一个苍老虚弱的病妇，雍容与垂老之间的鸿沟，似乎在瞬息间就被跨越了。

我的眼睛潮了，因为出现在我面前的，已不再是御座上那个仪态万方的皇太后，而是一个疾病缠身的老太婆，没有丈夫，没有儿女，只有几个不男不女的太监，和几名不谙世事的宫女，日夜陪伴着她。她能对他们说些什么呢？宫殿赋予她无边的权力，但一场病就抽了她的底，使她露出了原形，一个政治强人脆弱不堪的一面。

那一天，我抚在亲爸爸的膝头，哭了。

我第一次感觉到她怀抱的温度，它从前是冷的，是又凉又滑的织料的温度，但现在却像一只舒适的老枕头，可以依靠，整个大清的江山，都靠在了她的身上，我不靠她，又靠谁呢？

亲爸爸也哭了。

哭，有时有种迷人的魔力，仿佛此前长久的压力和委屈，都是为这次释放准备的。所以那天，在亲爸爸的寝宫，在整座宫殿中最隐秘的角落，我们娘儿俩肆无忌惮地大哭了一场。在我的记忆中，我们娘儿俩一起抱头痛哭，只有那一次。但是直到现在，我都不明白，我们是在分别为各自哭泣，还是在为一种共同的理由哭泣；我不知道我们的哭泣是否相等；不知道两种哭声，可以融为一体，还是貌合神离。但至少，在那一瞬间，我们都哭得很认真，哭得一丝不苟，哭得步调一致，哭得惊天动地。我们第一次用哭声对话，在哭声中达成默契。我们似乎都听懂了对方的态度。哭，在我们之间，成为一种最佳的沟通方式。所以，我们都对它表现出深深的迷恋。我们都不希望这场哭泣停止，但它终究会停止，我们的眼泪终将枯竭。或许，我们彼此的谅解，在哭声中开始，也将在哭声中结束。

亲爸爸边流泪边说：

"亲爸爸老了，不像从前了，辛酉年，咸丰皇帝驾崩的时候，我以一个弱女子之力，独自面对宫廷内外的明枪暗箭，为的就是对得起先帝，不让咱这大清江山落到肃顺这伙奸臣手里。这么多年，亲爸爸吃了多少苦，受了多少罪，逃过了多少暗算，才有你我母子的今天，才顺顺当当，把你扶上了皇位。亲爸爸还能活几年？将来的大清，不依靠你，还能靠谁？我巴不得皇上早日成熟起来，扛起振兴大清的责任，我也好在有生之年，享几天清福，再不为国事操心。现如今，皇上动不动耍小孩子脾气，我又怎能对你、对大清放心啊……"

我点头称是：

"儿臣知罪。"

亲爸爸又说：

"皇后乃副都统桂祥之女，端庄贤淑，你要与她勠力同心，切不可如文宗那样，沉迷酒色，误己误国。"

"儿臣谨记便是。"

"你既已大婚，依祖制，我须当撤帘，归政于你。不然，于情，于理，都说不过去。对你，对我，对大清，这都是重要的一关，眼下是内争外患，摁下葫芦起了瓢，英国人和法国人一把大火烧了咱的圆明园，红毛又在江南闹事，占了咱半个天下，刚消停几年，法国人又占了镇南关，对我大清步步紧逼，日本又趁火打劫，派伊藤博文来交涉朝鲜事宜，朝廷派李鸿章与其周旋，总算商订了《天津条约》，而今，各地教案又起，朝廷只能头痛医头，所幸朝中尚有醇亲王奕譞、礼亲王世铎、李鸿章、张之万、额勒和布、孙毓汶这些股肱之臣，辅佐我大清屹立于乱世，我把他们全部交给你，你要信任他们，倚重他们才是。"

"谢亲爸爸，儿臣定不辜负重托。"

第十四章

直到今天我也无法知道，那天在储秀宫，我和亲爸爸抱头痛哭时，我们是否在泪水中把彼此的心交给了对方。那之后不久，亲爸爸就下了一道懿旨，还政于我。

那一天，是光绪十五年二月初三，我大婚后的第六天，我永远铭记的日子。那一天天气奇冷，北风带着诡异的叫声，从宫殿中间的夹道呼啸而过，仿佛奏响了一件件沉默已久的乐器。我顶着风，从夹道中穿过。狂风把我的龙袍掀起很高，像风筝一样，在空中飘着。一群老臣跟在我的身后，东倒西歪地往前走。我们到了慈宁宫，在慈禧皇太后面前，黑压压跪倒一片，然后三拜九叩，像一阵阵起伏的海浪，而皇太后 —— 我的亲爸爸，则像是海浪中的岛屿，岿然不动。她的脸上擦着厚厚的白粉，不仅遮覆了她的皮肤，而且遮覆了她的表情。这使她看上去更像是一尊没有表情的塑像。但她坐在宫殿最核心的位置上，人们行礼如仪，匍匐在她的脚下，这使她看上去似乎拥有着无边的法力。没有任何人，能够逃脱这种法力的控制。我不知她此时在想些什么。我甚至不敢多看她一眼，这是我一生中最关键的时刻，我不愿任何小的意外打乱原定的计划。

亲政似乎已经水到渠成，但是，就在这个时候，一道闸几乎把它闸住了。这道闸，就是我的亲阿玛。他跪在地上，泪水顺着他的皱纹流下来，他声情并茂地说：

"此事重大，切不可如此草率，恳请太后且缓降旨，且俟军机起下再商。"

他的哭声令我猝不及防，在狭小的室内显得极为夸张。

仿佛一种示威，许多人都哭了，步调一致，如同经过了演练。

我低着头，屏住呼吸，一颗心悬着，一言不发。

我把阿玛的哭当成一次笨拙的表演。但他不这样看，他认为只有这样才能拯救他自己和他的儿子。这不是表演，而是他的深思熟虑。很久以后，当我成为宫殿里的囚徒，我才真正理解他的用意。

太后没有理睬他们，抬了一下手，示意宣旨：

> 　　十余年来，皇帝孜孜念典，德业日新，近来披阅章奏，论断古今，剖决是非，权衡允当。本日召见醇亲王及军机大臣礼亲王世铎等，谕以自本年冬至大祀圜丘为始，皇帝亲诣行礼。并著钦天监选择吉期，于明年举行亲政典礼。

所有人都安静下来。我那颗等待已久的头，一丝不苟地，先后九次撞响地上的金砖。那清脆的声响，在经过我头骨的传送之后，变成一连串的轰鸣，令我感到晕眩。

或许，这是我对过去时光的一次叩别。不到一个时辰，我就坐在了太和殿的御座上。在我的身后，已经不再有那道垂下的帘子，不再有一双眼睛，紧盯着我的后背。我不放心，又回头看了看，满朝文武似乎没有注意到这个动作，他们正跪着，脸伏在地上。我的背后只有一道巨大的屏风，此外什么都没有。

　　我自即位那天起，就必须习惯很多事情，其中一件，就是必须习惯我背后的眼睛。起初是两双，后来变作一双，那就是亲爸爸的眼睛。我从来不敢与那双眼睛对视，当那双眼睛跑到我的背后，就让我更加不寒而栗。我坐在龙椅上，那双目光，就隔着一道若有若无的帘子，望着我的项背。在很多时候，亲爸爸是作为一双目光存在的。那两道从眼睛里射出的视线，直抵我的后背。它们的逼视，常使我的后背觉得惊恐不安。在殿堂上，我必须正襟危坐，无论时间多长，都必须挺直自己的身板，不能有丝毫松懈。所以，对她的逼视，我束手无策。从某种意义上说，我就是为了她的观看才存在的。我是她准星里的猎物，我在明处，而她始终在暗处，尽管她距我只有咫尺之遥。这是多么不公平，但在亲爸爸的操弄下，竟变得合情合理。她的目光是那么容易就穿透我的身体。它自我四岁起就伴随着我，是我无法摆脱的宿命。时间久了，那两道目光就长在了我的身上，成了我生命中的一部分，挥之不去。我希望我能够回头，身后的真相对我充满诱惑，但我在每一个将要回头的瞬间，克制了自己的愿望。

　　那段时间，亲爸爸始终待在储秀宫，关注着颐和园的工程，此外，她似乎已经完全信任了我，对朝政没有太多的关注。她离太和殿上的宝座，已经越来越远了。从热河行宫，到北京颐和园，她对园林有着近乎疯狂的迷恋。从热河行宫出发，她在穿越了无数惊心动魄的时刻之后，一步步抵达权力顶峰。眼下，她似乎已经不再需要什么了，唯一的奢望，就是拥有一座天堂般的园林，在其中尽享天年。

我依旧每天带着隆裕皇后，和珍嫔、瑾嫔，去储秀宫给她请安。秋天转眼就来了，单调的紫禁城，也只有在这个季节，才现出她繁复而凄迷的色彩。在淅淅沥沥的雨后，肥硕的银杏树叶悠缓地飘落，如斑蝶般扑打着宫殿的纸窗。庭院里的蜀葵，正绽放出硕大而娇媚的花朵。一场夜宴，就在花丛中举行。那一天，当我刚刚走进储秀宫的庭院，就被眼前的一切惊呆了。

庭院里掌着灯，这使它看上去更像是一座戏台，具有某种非现实感。我更没有想到的是，那天亲爸爸没有穿筵宴时须穿的吉服，而是居然穿着江南民妇的土布衣裳，湖蓝色的土布上，盛开着几枝幽静的兰花，让人联想到她的乳名：兰儿，以及她曾经有过的青春岁月。植物的芳香和灵魂，与土布那带有浓郁的民间色彩的质感相互吻合。她日渐苍老的面孔，在飘忽的灯影下，显得格外白皙。难道她真的厌倦了宫廷岁月，决心回归田园了？

她见到我来，笑了，笑得很迷人，令我的心头一惊。这是我第一次目睹她的本色。一个已经决定从宫殿的御座上走下来的女人。这使我感到，她的表情，是听命于宫殿的安排的。她庄严的表情，是专门为宫殿设计的。现在，她行将离开宫殿，前往她的世外桃源，所有施加在她面部的程序都将过期作废，她的表情也生动起来，这使我第一次感受到亲爸爸的美。我可以想象，正是这种美，打动了当年的咸丰皇帝。

亲爸爸没有对这种怪异的装扮做出解释。当我坐在她的面前时，她问：

"你知道七月的月令花是什么吗？"

我深吸了一口芳香的空气，仿佛整个身体都要在空气飘浮起来，答道：

"兰花。"

亲爸爸说：

"还有蜀葵。"

我没有答话。

亲爸爸接着说：

"唐代诗人徐寅曾在《蜀葵》诗中写道：'剑门南面树，移向会仙亭。锦水饶花艳，岷山带叶青……'"

我接续道：

"'文君惭婉娩，神女让娉婷。烂熳红兼紫，飘香入绣扃。'"

亲爸爸说：

"你看徐寅把蜀葵写得多美啊，艳丽多姿，五彩斑斓，连卓文君这样的美人都比不过它，但我从来不喜欢蜀葵，其花虽美，但朝开暮落，不能长久。蜀葵的花神是汉武帝的宠妃李夫人。"

"朕知道，她的兄长李延年曾写诗赞她：'北方有佳人，绝世而独立。一顾倾人城，再顾倾人国。宁不知倾城与倾国？佳人难再得。'"

"可惜天妒红颜，李夫人风华早逝，宛如秋葵一般。"

说到这里，亲爸爸似乎显得有些忧伤，她定了定神，继续说：

"当然，七月的时令花，还有你所说的兰花。兰花多生于幽谷，故有花中幽客之称，为花中四君子之一。兰花的花期很长，从春天一直开到秋天，尤其在夏天花开最盛，芬芳馥郁，香气怡人，不像蜀葵那样红颜薄命。屈原曾经亲手在家中'滋兰九畹，树蕙百亩'，所以，后人把兰花视为'花中君子'和'国香'。"

我情不自禁地说：

"亲爸爸就是我大清帝国的一枝兰花，护佑我大清万民。"

我打量着面前这个女人。在以往的岁月里，她更多是坐在我的背后，我对她的面容与表情一无所知，只能透过她的语气，揣测她的态度。那是一个日渐成熟的女性的面孔，里面潜藏着历经磨砺之后的坚韧。在晃动的灯光的照射下，那张脸显得既有形又玄虚，在那个瞬间，我相信那张面孔是可以不朽的。

第十五章

戏是在漱芳斋庭院中的大戏台上唱的。作为现实世界里的王，我逆光坐在漱芳斋的庭院里，看宋代皇帝身穿蟒袍、发号施令。从那个已经上千岁的古老皇帝的嘴里发出的声音里，我听到了另外一种声音，类似于从宫殿的夹道里吹过去的风，空旷、幽咽、虚幻，让人觉得恍惚。一千年前的历史，即使近在眼前，也让人觉得飘忽不定，不知道它真实存在过，还是无中生有。很多年后，人们也一定这样想我。漫长的时间会掏空所有的历史，以至于所有真实发生过的故事，看上去都像是一场骗局。

白露过后，宫里渐渐凉爽起来，亲爸爸心情也好了很多，便钦点了李逐子进宫，唱一出《下河东》，众宴群臣。戏台上，赵匡胤正挥师征讨北汉，挂帅的是大臣欧阳方，而队伍最前方盔甲闪亮的先锋，是大将呼延寿廷。在戏里，欧阳方私通北汉，赵匡胤战败陷于危境，这时，呼延寿廷兄妹突然杀出，战败北汉军队，才转败为胜。欧阳方因为阴谋未能得逞，于是陷害呼延寿廷，这出悲剧，在忠臣呼延寿廷不幸被赵匡胤错杀时达到高潮。

《下河东》是李逯子的拿手戏，虚伪、阴狠，表面逢迎阿谀，背地藐视君王，都被他演绎到了极致。太后被戏台上发生的一切吸引了。群臣们不敢作声，似乎赵匡胤已经成为所有人的王，令他们臣服。这时的李逯子在太后的眼里成了两个人，一个是李逯子自己，让太后无比欣赏的京城名伶；另一个是欧阳方，一个令太后无比痛恨的宋代奸臣。欧阳方的魂灵，似乎已附着在李逯子的身体上，贯彻在李逯子的笑容、举止、声音里，终于，那个令太后无比赞赏的著名净角李逯子消失了，只留一个欧阳方在台上，宋代的欧阳方，正将一腔愤怒注入清代的孝钦皇太后的身体里，对此，欧阳方一无所知，那时他把全部思绪都交给了幽咽婉转的流水行板，没有觉察到自己的命运在某个音调的转弯处已经发生某种变化，当他在赵匡胤面前拔出宝剑，准备砍死忠臣呼延寿廷的时候，我突然听见太后愤怒的一吼，她的声音在空气中已经变形、发岔，我相信在场所有的人都为之一抖：

"住手！"

台上密集的锣鼓点突然停了，宋朝的人、清朝的人，目光同时射向太后。巨大的戏台凸显了李逯子的寂寞，方才还形完气足的他，呆呆地立在原地，等待发落。李逯子唱得太好了，让一个宋代奸相死而复活，出现在大清帝国的宫廷内，为此他要接受惩罚。我听见太后说：

"奸臣欧阳方，藐视君王，欺君误国，把他按到台上，重赏四十大板！"

我愣了一下，大臣们都愣了一下，看到几名内监冲上戏台，冲进宋朝的时空里去，像拎小鸡一样，把那个宋朝大臣拎起来，摁倒在戏台上，扒掉裤子，两根粗壮的长棍，夹带着风声，在空中划过各自的弧线，准确地落在欧阳方的臀部上。我坐在那里，纹丝不动地看着，觉得长棍划过的那两条弧线，刚好合拢成一个半圆，而处于圆心位置的，刚好是欧阳方的臀部。在那一刻，欧阳方的臀部成为在场所有人的中心，仿佛一颗肥硕的太阳，把所有人的目光照亮，但欧阳方没有痛感，感到疼痛的是他的替身李逯子，李逯子咬紧牙关，一任臀部把疼痛输送到他的全身。

欧阳方——或者说李逯子，很快昏迷了，那个翻云覆雨的宋代奸臣，在大清帝国的木棍前不堪一击。他没有听到孝钦太后后来的话，但我听见了，我听见太后站在庭院的阳光里，燕语惊声地说：

"诸位臣工，请你们听好。如今皇上亲政，倘有为臣不忠，胆敢轻藐君主者，要先算好自己有几颗脑袋！"

我的心一沉，揣测着她这句话的分量。我猜在场每一个人都掂量着它的分量。它的分量比那从空中落下的木棍还要沉重。如今整个朝廷已经没有人怀疑太后的权威。所有与太后作对的人，只有死路一条。那个看戏的早晨，再一次证明了这个颠扑不破的真理。

李逯子没有与太后作过对，他也死了。据说他抬回家以后，挣扎了两个时辰，就咽了气。但欧阳方没有死，他不会因杖责而感觉到丝毫的疼痛了，因而他的寿命远比李逯子长久。只是他的面孔随时变换，我们很难把它分辨出来。

第十六章

我没有想到的是，垂帘十年之后，她的目光已经长在我的身上，成为我身体的一部分，我已经无法把它割掉。这是一件无比恐怖的事件，除了我，这个世界上不会有第二个人，永远被一双目光锁定，他的一举一动，包括吃喝拉撒，包括做爱，都被那双视线监控着。我觉得我已经不属于自己，而是从属于那道目光，我的举手投足，都是为了讨好那道目光。这使我手足无措，使我的一切活动，都变成了一种表演。

　　我终于坐在自己的宫殿上，但不知怎的，我突然觉得自己成了一个演员被孤零零地抛在舞台的中心，皇太后，以及文武群臣，都成了挑剔的观众，我的主要工作，是背诵事先拟定的台词，我的表演要天衣无缝，就像我本人说的一样，那样的话，我的演技就会得到一致的好评。所有的人都在用演员的标准，而不是皇帝的标准来要求我，他们不习惯所有的圣旨从我的口中发出，他们习惯了那个阴柔的嗓音发出的懿旨。他们的权力，只有依赖皇太后才能存在。或许，皇太后的消失，使他们心中的那份安全感荡然无存。我是宫殿中的主角，同时，又是一个无足轻重的角色，是另一个人的影子。影子可以模拟主人的动作，惟妙惟肖，但影子不能说话。与她相比，我是多余的，是鳞次栉比的宫殿建筑群中一个可有可无的构件。太和殿的御座，把我突出在宫殿最醒目的位置上，同时，也把我摆在众人的盲点上。那么多的大臣，对我的存在视而不见。这使年轻气盛的我愈发容易暴怒。我从一开始，就与群臣处于某种对立的情绪中。

　　此时亲爸爸已经垂帘听政二十五年，历经同治、光绪两朝，早已完成了她的权力布局。那些朝臣，早已与她融为一体。此时，她的身影已经从巨大的宫殿中消失，但她无处不在。她以不在的形式存在着。整个朝廷，甚至我本人，都时时刻刻感觉得到她的存在。她像一个幽灵，附着在宫殿之上，一刻不停地，在朝堂、庭院、廊柱间徘徊。没有她，宫殿就不完整；甚至于，没有她，宫殿就不是宫殿，变成了失去灵魂的躯壳，大臣们，也变得无所事事。于是，有越来越多的大臣，绕过太和殿，穿越长长的夹道，抵达储秀宫，亲爸爸就在储秀宫召见他们。很多年后，当亲爸爸移居颐和园后，这条长长的队伍又由内城的王府、宅第出发，由轿子抬着，出西直门，经万寿寺，沿着河边一条林荫大道，一路向西向北，抵达颐和园，亲爸爸就在颐和园东大门内的仁寿殿召见他们。很多大臣甚至直接在海淀镇置下了宅子，以方便觐见亲爸爸。冷落的海淀，就这样有了人气，一点点繁华起来，客栈、商铺、烟馆、歌寮，所有的雕梁画栋，在空中彼此勾连，遮蔽了原有的蛮荒。

　　我有时会坐在无人的御座上发呆。那是退朝之后，我假装返回寝宫，待人去堂空之后，我便悄悄回来，独自坐在御座上，体会那种无人的寂静。没有了众臣的喧哗，我的脑子反而清静下来，思维也变得无比活跃。我在想，究竟有多少人，曾经在我的这把椅子上坐过，他们都怎样生，怎样死，怎样得了江山，又怎样失了江山。他们早已不在人世，变成史书中的一个名字，但他们的气息，留在了朝堂上。天下所有人都可以读到他们的故事，但只有我，与他们离得最近。如果他们愿意开口，我很愿意与他们沟通。他们会对我，说些什么呢？

"皇上，您怎么自言自语呢？"王商说。

"噢？"我猛然醒来，"朕说话了吗？"

"一直在说，只是咕哩咕哝的，听不清楚。"

我有时会在太和殿坐上一整天，不吃也不喝，一直坐到太阳西斜，才从大殿里慢慢踱出来。那时太和殿前的廊柱，在迎光的一面，被夕阳勾勒出一道道金色的亮边，从侧面看去，像一排并列的刀刃。除了那一道道的亮边，柱子的其余部分，都隐在黑暗里，几乎看不见。柱子粗大的影子，拖在凸凹不平的地面上，也是平行的，步调一致地，向一个共同的方向缓慢移动。我便会站在那里，盯着那些影子看，看着它们在金砖的地面上爬行。直到站累了，才由王商陪着，经乾清门，返回养心殿。

大臣们每天依旧像往常那样早朝，但是他们出工不出力，他们关心着储秀宫的一举一动。我已经清晰地感到，宫殿已不再是帝国的中心，帝国的权力中心，已经转移到了颐和园的山水之间。

终于，我的阿玛、醇亲王奕譞，代表群臣，呈递了一道奏折：

王大臣等审时度势，合词吁恳皇太后训政。敬祈体念时艰，俯允所请，俾皇帝有所禀承。日就月将，见闻密迩，俟及二旬，再议亲理庶务。……臣愚以为归政后，必须永照现在规制，一切事件，先请懿旨，再于皇帝前奏闻，俾皇帝专心大政，博览群书。上承圣母之欢颜，内免宫闱之剧务……

翁师傅主张亲爸爸再垂帘几年，之后"从容归政"，实现权力的平衡过渡；但醇亲王则主张"永照现在规制"，由亲爸爸"训政"，"一切事件，先请懿旨，再于皇帝前奏闻"，那样的话，是否归政于我，已经无足轻重了，只要她活着，我就成了一个摆设——紫禁城的一个活人道具，装饰她无上的权力。据说翁师傅在得知醇亲王的奏折后，只说了四个字：

"意甚远也！"

越来越多的大臣前往储秀宫，锲而不舍地跪求亲爸爸出山"训政"。亲爸爸像真正的佛爷，端坐在御座之上，不动声色地聆听他们一个个泪流满面、声嘶力竭的哭诉。这种聆听，对她来说，堪称一种莫大的享受。但她始终一言不发。

终于，亲爸爸在储秀宫度过一个幸福愉快的春节之后，大臣们听到亲爸爸纤细的声音，在穿越了储秀宫缭绕的薰香之后，抵达他们的耳鼓：

"好了好了，别哭丧了，我还没死呢。我依你们就是了。"

亲爸爸就这样回到了养心殿东暖阁，自二十五岁起，她就在这里，透过一层鹅黄色的薄纱，面对着她的朝廷、她的江山。终于，在乾清宫西暖阁召对时，她对诸臣说：

"前日归政之旨，乃历观前代母后专政流弊甚多，故急欲授政，非推诿也；诸臣以宗社为辞，余何敢不依，何忍不依乎！"

她决定出山了，当然是"从谏如流"，当然是"不得已"。

一切仿佛都在亲爸爸的预料之中，她与群臣 —— 尤其与大权在握的醇亲王之间，以一种心照不宣的方式，完成了一次默契的合作。他们都是胜者，而我，则再次受到了她的愚弄。

这些天，我常常一个人坐在空荡荡的朝堂上，一言不发。

一个孤瘦的身影，向朝堂上走来，在我的视线里，越来越清晰。

是翁师傅。

空旷的大殿内，只有我们一君、一臣。

翁师傅说：

"时事艰难，皇上总以精神气力为主，切不可亏了自己。"

突然，我的眼眶湿了。我想忍住眼泪，但没有忍住，两行清泪就这样滚落下来。

翁师傅也流泪了，洁白的胡子在下巴上一抖一抖。

翁师傅又说：

"皇上已经沉默了多日，这样执拗，太外露了，恐对皇上不利，还是应该前去皇太后那里，像所有的大臣们一样，吁恳她训政，这是眼下最合时务之举了。"

我默不作声，暗地里已经打好了主意，决不去见亲爸爸。

亲爸爸显然意识到了这一点。作为对策，她在第二天下了一道懿旨，懿旨中说，她的"训政"决定，正是在我的反复劝说之下，做出的：

> 数日以来，皇帝宫中定省，时时以多聆慈训，俾有秉承，再四恳求，情词肫挚。……

老佛爷，真正的如来佛，变化万端，但万变不离其宗。我就像孙悟空，永远逃不脱她的掌心。

我向着空寂的大殿吼道：

"总有一天，朕要做真皇帝！"

第十七章

　　我的生母总是在说，她卧房里挂着的那张古画时常发出一种低语，丝丝缕缕、嘈嘈切切，听不清楚，好像从很幽远的地方发出来。她说，在夜里，她还能看到一团白雾似的人影，在画面上晃来晃去，仿佛一团气，从很远的地方飘来，画面上的屋舍，就是它们栖息的地方，等她的脸凑上去时，那些人影就消失了。他叫家仆王家福来听，王家福的耳朵几乎趴在那幅画上，却什么也没有听见，转过头，却被我母亲的表情吓住了。那是一张因警觉而显得恐怖的脸，耳朵和脸色都严阵以待，好像随时要在空中逮住那个声音。

　　王家福成为这一事件的重要见证人，但他后来才知道那是宋人夏珪的《雪堂客话图》。画面上，江南的雪景正大范围地展开，画面很空旷，背景是被雪封锁的大山，前景有几棵枯树，一间寒屋躲在枯树后面，只占了很小的面积，透过窗格，可以隐约看见两位古人隔案而坐，画意虽然悠远，却也透着某种杀气，白里耀目的雪山，反而使整个画面显得阴郁和幽晦，使画中的景物具有一种笼罩于夕晦中的模糊感，让人觉得诡异莫测。

　　醇亲王府向来是安静的，平日里几乎没有一点声息，王府紧临太平湖，周遭很静，或许只有具有超凡听力的人，才能够听到壁虎爬动的扑扑簌簌的声音，在王府内部，任何特殊的响动都无处藏身，这份安静随时可能出卖它们。

这件事惊动了醇亲王。如同王家福一样，他几乎把耳朵贴在那幅画上，听了许久，除了自己的心跳，他什么也没有听到。他命人将王府的前后左右搜了个遍，什么异常现象都没有发现。他怏怏地离开，坐在思谦堂里发呆，手里攥着书，却对书的内容一无所知。没过多久，一声尖厉的叫声穿透了他，撕心裂肺般的惨叫声仿佛被剁断的手指，一截一截地扔过来。他急急回到妻子的房间，看到一张失血的脸，因紧张而略有扭曲，最可怕的是她的眼神，如刀刃般尖利，暗藏着随时发出攻击的可能。

她说："你听……"

阿玛听了一下，什么也没有听到，于是反问：

"你听到了吗？"

"听到了，但声音很含混，听不太清，偶尔听见几个词……你听，他们说，儿子！儿子！……还有……死！死！"

醇亲王盯着她看，表情比她更阴森。他刚才就想明白了，她产生了幻觉。

他对王家福说：

"把画收掉！"

从这一天起，那幅《雪堂客话图》就从墙上消失了。

但是惊恐的表情却仍然时常在醇王福晋的脸上徘徊不去，她用这种表情表明那种怪异的声音仍然存在，并经常趴在她的耳朵上对她窃窃私语，对他说，儿子冷了，儿子饿了，儿子快死了。终于，不是她忍受不了，而是阿玛无法承受，醇亲王奕譞为她请遍了京城有名的郎中，同仁堂的大掌柜，也献上了祖传秘方，我的亲爸爸——醇王福晋的亲姐姐，也专门为她请来了太医，但醇王福晋的病却江河日下。那时我正在一个与她隔绝的世界里兀自成长着，对此一无所知。

第十八章

亲爸爸把醇亲王叫到了储秀宫，给他赐了座。但醇亲王不敢坐，他始终跪在亲爸爸面前。亲爸爸满面春风，丝毫没有提起那道密折，而是始终在谈论着安徽巡抚刚刚贡上来的黄山毛峰，还赐给醇亲王一盏新茶，醇亲王谢恩，跪着喝了，喝完还跪着。亲爸爸说，咸丰皇帝在的时候，最喜欢黄山毛峰，安徽巡抚总是将新采摘的黄山毛峰用快马送来，为了这个，不知跑死了多少匹马。她说，只有闻到黄山毛峰的气味，就会想起先帝。

她说，先帝咽气的时候，英法联军烧了圆明园，这让先帝死不瞑目。现在天下太平，她要把圆明园重修起来，以告慰先帝在天之灵。听到这里，醇亲王心里咯噔了一下，没有答话。

这个权倾朝野的醇亲王，自我进宫那天起就如坐针毡，如临深渊。"太上皇"，这个词如同火星般，在他的心上烧出一个个的窟窿。他极力回避着这个词，他不希望朝廷上有任何人，尤其是太后，想到这个词。现在他已经被推到了枪口上，像当年的肃顺、奕䜣一样，成为整个宫殿的靶子。站在宫殿高高的台基上，他的脸被广场上空旷的风割着，透过风的声音，他似乎已经听见了那些嗡嗡的窃语，感觉到那些瞄准的眼睛。他知道那些凝神屏息的瞄准者中，早晚有人向他发出致命的一击。宫殿中存在着一条食物链、一个血连环，所有人都只是其中的一个环节而已。他们陷入一个深深的悖论：每个人都企图占据食物链的上游，这样不仅可以获得更多的食物资源，而且使自身的安全系数得以增加，然而，他们的位置越引人注目，他们的处境就愈发危险。醇亲王深知自己正置身于这样一个血淋淋的现场：他靠别人的血喂饱了自己，而自己有朝一日也必将成为别人的食物，装点他们胜利的宴会。在这个野兽丛林般的宫殿中，他只求隐蔽在暗处，悄无声息地苟活，这是他的生存策略。他不想如一个无辜的猎物，暴露在太后的射程之内，那样的话，他会死得很难看。醇亲王奕譞的兄长、辛酉年将慈禧送上垂帘听政的权力舞台的恭亲王奕䜣，正是由于功高盖主，而被慈禧太后在三言两语之间夺去了权力。那时奕䜣以他的刚武气质，着力打造一支海军，而太后则把目光投向正在修建的颐和园工程。奕䜣的固执里，包含着对慈禧太后的某种轻视。这无疑激怒了太后。奕䜣在豪华的恭王府里，听到太监高声诵读太后以同治皇帝名义颁出的懿旨："恭亲王著毋庸在军机处议政，革去一切差使，不准干预公事，方是我保全之至意。特谕。"他双膝跪地，痛哭谢罪。那是一个初春的夜晚，风从恭王府巨大的脊檐上滑落下来，有着刀片的力度，令奕䜣感到彻骨的寒凉。他想起肃顺，那位不可一世的大臣，当他沉浸在某一个梦魇里时，我的阿玛的钢刀，就穿越了黑沉沉的夜幕，抵达他筋肉饱满的脖子。现在，奕䜣站在了肃顺从前的位置上。他下意识地摸了摸脖子，想象着刀片穿越脖颈时的疼痛。

东太后的死令奕䜣失了靠山。慈禧太后罢黜恭亲王奕䜣而任用醇亲王奕譞，他们都是道光皇帝的儿子，咸丰皇帝奕詝的亲兄弟，反正都是自己家里人，放不放心都得用。然而，这并不是阿玛所希望的。他手中的权力，让他战战兢兢。

他还记得抓起肃顺的发髻时那种滑腻的感觉。他的头滑溜溜的，像一条水中的鱼。威风八面的肃顺大臣，就这样被他拎着，升了天。

那一年，慈禧 —— 咸丰皇帝的未亡人，只有二十五岁。

据说皇宫里的轿子把四岁的我抬走的那个晚上，奕谖坐在思谦堂里，呆望着那只周代敧器，嘴里反复默念着：

> 财也大，产也大，
> 后来儿孙祸也大。
> ……

后来，家中的仆人对我说，那个夜晚，他几乎彻夜未眠。没有人知道他在想些什么，只看到他书房的灯光始终亮着。子时刚过，天就下起了雨，黏稠的雨水，在拂晓以前一直飘落不停。雨水沉淀在森然苍郁的古柏上，针叶仿佛裱糊了一层不透明的乳脂。天快亮的时候，在摇曳的灯光下，他开始写一道密折。很多年后，我在军机处，查到了阿玛当年的密折，一字一句地读下去：

> ……恭维皇清受天之命，列圣相承，十朝一脉，圣隆

极盛，旷古罕觏。讵穆宗毅皇帝春秋正盛，遽弃臣民，皇太后以宗庙社稷为重，特命皇帝入承大统；复推恩及臣，以亲王世袭罔替渥叨异数。感惧难名，原不须更生过虑。唯思此时垂帘听政，简用贤良，廷议既属执中，邪说自必潜匿。倘将来亲政后，或有草茅新进之徒，趋六年拜相捷径，以危言故事耸动宸聪，不幸稍一夷犹，则朝廷徒滋多事矣。合无仰恳皇太后将臣此折留之官中，俟皇帝亲政时，宣示廷臣世赏之由及臣寅畏本意。千秋万载，勿再更张。如有以治平、嘉靖之说进者，务目之为奸邪小人，立加屏斥。果蒙慈命严切，皇帝敢不钦遵。是不但微臣名节得以保全，而关乎君子小人消长之机者，实为至大且要。……

阿玛这篇洋洋洒洒的奏折，列举了历史上的诸多先例，说明一个简单的事实：即使眼下风平浪静，但木秀于林，风必摧之，总有一天，他会成为众矢之的，被卷入权力争斗的旋涡，为此，他恳请皇太后，把这份密折留在宫中，待我亲政那天，向群臣宣示，如果有人日后对他中伤，则可明辨他的用心。这是毫无安全感的阿玛，先发制人地布置好了自卫的阵势，预先给自己站好了脚步。字里行间，我分明能够感受到他那颗战栗不安的心。

亲爸爸想必也感觉到了醇亲王的不安，这刚好符合她的本意。这样，她就可以随心所欲地控制他了。这也是她罢黜恭亲王奕䜣，任用醇亲王奕譞的原因之一。

醇亲王在心里掂量着圆明园这个词的分量。他知道，圆明园是沐浴着康雍王朝的光辉，历经一个半世纪的漫长营造，才得以完成的。"圆明"这两个字的字义，是"圆融和普照"，实际上是佛语，意味着完美和至善。但两次鸦片战争，已使这个辉煌的帝国变成一地鸡毛，一个天堂般的乐园，在这块千疮百孔的国土上，会显得无比滑稽。熟读史书的醇亲王知道，历史上最杰出的帝王宫苑，莫过于宋徽宗修建的艮岳，也正是它需要的花石纲，把这个王朝送进了坟墓。它越是完美，就越是危险。醇亲王懦弱，但并不疯狂，他知道在这国匮民贫的处境下耗巨资修建一座所谓的乐园是不切实际的，即使再造，贫弱的国度，也无法再为这座佛光"普照"的帝王宫苑提供任何庇护，但他不能有丝毫表露，因为他知道太后在重建这座失落的宫苑方面有着不同寻常的雄心壮志，他更知道如果他纵容太后的行为，将受到大臣们的一致指责，今后他将难于与他们合作，他感到一种前所未有的压力。

太后问他，对黄山毛峰感觉如何，他心中一惊，知道自己走神了，赶忙编了一通恭维的话。太后似乎没有感觉到他的走神，依旧兴致盎然地说，她不仅要重修圆明园，还要重修清漪园。她说：

"你的儿子长大了，就要亲政了，宫殿再好，我也要离开它了。我不走，我看大臣们会把我吃了。它不是我的舞台，是你儿子的。我总得给自己找一个喝茶的去处，好给你的儿子腾地方。"

"你的儿子"，这一称谓让醇亲王的身体冷不丁抽搐了一下。我是他的儿子，这是事实，却是不能说出的事实。这个无比寻常的称谓，在宫殿中则如刀刃般闪露着寒光，它是会杀人的，尤其当这个词从太后嘴里说出的时候，对此，醇亲王心知肚明。实际上，最想退隐山林的，是醇亲王。他把自己全部的安危维系于太后一人身上，这无疑使他未来命运具有极强的偶然性和不确定性。他知道，尽管自己心甘情愿地做太后的一只狗，但他更知道"狡兔死，走狗烹；飞鸟尽，良弓藏"的道理，他不止一次向翁师傅提到过范蠡，那位辅佐越王勾践灭吴复国的楚人，待到功成之后，出人意料地更名换姓，弃官从商去了，他是何等的智慧。翁师傅当然听得懂醇亲王的用意，并将他内心的苦衷转达给我。但他无法隐退，隐退意味着不合作，更将引来杀身之祸。他只能一条道跑到黑了。

据翁师傅说，那段日子，他经常请朝臣到醇王府中饮酒，除翁师傅外，还有文华殿大学士、直隶总督李鸿章，内务府大臣、协办大学士宝鋆，军机大臣文祥等。他们都是筹议海防的中坚力量，那时，李鸿章已向朝廷上了一道《筹议海防折》，文祥则是当世中国最有远见的智者，一眼看穿了日本将成为大清帝国最危险的敌人。醇亲王在心里支持他们的观点，但是，在酒筵上，他只与他们吟诗作赋，给他们看他收藏的善本书，不谈论时局。他并非不想谈，只是他觉得一切谈论都是徒劳，或许什么都不说，更好。

终于，出乎所有人的预料，一直反对重修圆明园的醇亲王，在光绪三年的冬天，上疏重修那座被英法联军焚毁之后荒废已久的清漪园，借此表现他对这位操纵儿子和自己乃至全家命运的"皇嫂"的忠心。不能圆润通融，便要孤注一掷。他终于软弱下来，把宝押在了太后的身上。他决定用自己的无耻，来获取太后的信任，并与众臣们艰难地对峙。他知道，太后的手里掌握着一个重要的人质，那就是我。他知道以己之力，将无法与她抗衡。在朝廷上，只有生存，才是第一原则，除此之外的任何原则，都是放屁。

于是才有了后来的颐和园。这显然正中了亲爸爸的下怀。作为交换，海军衙门成立时，醇亲王奕譞被任命为总理海军事务大臣。对他来说，这无疑是一种恶性循环，而他深陷其中无法自拔。光绪十二年八月十七日，醇亲王又上了一通《奏请复昆明湖水操旧制折》，把操练海军，当作修建颐和园的借口，以此报答太后的天恩。这一著名的奏折，此后一直为国人诟病，以至于此后九年，北洋海军无钱再购进一舰。甲午战起，朝廷不给钱买船，翁师傅等又力主出战，使李鸿章陷于两难境地，那时的朝廷上，只有李鸿章对战争的前景心知肚明。那天在朝堂上，面对翁师傅的义愤填膺，他古怪地笑了一声，说："天底下，主战派是最好做的，因为主战派不用自己打仗，只要高喊些空洞的爱国口号就可以赢得人心，战胜了，是他的英明，战败了，是他人的罪过。"后来的事实证明了李鸿章的判断，近十年未改造装备的北洋海军，在突飞猛进的日本海军面前不堪一击，黄海一战，我舰的命中率为百分之二，而敌舰的命中率只有百分之零点五，这表明我北洋水师的军事训练水平远远高于日本海军，我军未能歼灭日军，原因之一是我军使用的是老式炮弹，里面装的只是普通火药，虽击中敌舰，但杀伤力极小，而日军的炮弹内装的则是新式炸药，不仅爆炸威力大，而且炸后的火焰，像汽油一样流淌蔓延，直到燃烧全舰，甚至在水里亦能燃烧。甲午惨败，不是北洋军人战斗能力不足，而是装备之败，战败的罪魁祸首，不是李鸿章，而是醇亲王。李鸿章面对整个朝廷的指责和谩骂，心有不甘地说：

"假如海军经费按年如数拨给，不过十年，北洋海军船炮甲地球矣，何致大败？此次之败，我不任咎也！"

此时，醇亲王奕譞一定感觉到了廷臣们异样的目光。毕竟，内忧外患的朝廷，财政吃紧，为太后一人的雅兴挪用军费，以创建京师水操学堂为名，借洋款八十万两，对这个危患中的国度意味着什么，不言而喻。

唯唯诺诺的阿玛，在钩心斗角的朝廷上，艰难地寻找着平衡。我无法想象他面对大海时的样子，在远离宫殿的地方，在庄严的铁甲舰上，他是否表现出一股男人的豪情。如果是我，一定会面对大海，气贯丹田，长长地呼号一声：

"我要飞——"

那时，自己的五脏六腑，都会在呼号中，变得通透、清澈起来。但他不会，不敢，在他身边，站着李连英。这位连阳具都没有的冒牌男人，居然颐指气使地站在世界一流的铁甲舰上，巡阅大沽、旅顺口、威海卫、烟台等处的所有军港，实在是对我大清军威的一个莫大的讽刺。但他不仅站在上面，而且站在醇亲王奕譞与李鸿章的中间，站在北洋海军最显赫的位置上。他是代表太后，出现在铁甲舰上的，这不仅破了太监不能离京的祖制（李连英前任的太监总管安德海，就因为违背这一祖制，而被恭亲王奕䜣，与同治皇帝、东太后慈安联手除掉），而且，为了提高李连英的身价，临行前，太后还打破常规，授予他二品顶戴并赏给黄马褂，使李连英在清代太监中获得了独一无二的殊荣。而他的荣耀里，包含着整个王朝的耻辱。

终于，朝廷的沉默，被一个名叫朱一新的御史打破了。

那天，他命人抬着棺材进了紫禁城。他是不打算活着回去了。

那天，我看见宫殿的上空飞来了许多乌鸦，围绕着屋脊盘旋，刮刮地叫着，久久不去。我闻到了一股死亡的气息。

朱一新僵硬着脸，当着我和太后的面，奏道：

> 我朝家法，来驭宦寺。世祖宫中立铁牌，更亿万年，昭为守法。……是以纲纪肃然，罔敢恣肆。乃今夏巡阅海军之役，太监李连英随至天津，道路哗传，士庶骇愕，意深宫或别有不得已苦衷，匪外廷所能喻。然宗藩至戚，阅军大典，而令刑余之辈厕乎其间，其将何以诘戎兵崇体制？况作法于凉，其弊犹贪。唐之监军，岂其本意，积渐者然也。圣朝法制修明，万无虑此。而涓涓弗塞，流弊难言，杜渐防微，亦宜垂意。从古阉宦，巧于逢迎而昧于大义，引援党类，播弄语言，使宫闱之内，疑贰渐生，而彼得售其小忠小信之为，以阴窃夫作威作福之柄。我皇太后、皇上明目达聪，

岂有跬步之地而或敢售其欺？顾事每忽于细微，情易溺于
近习，侍御仆从，罔非正人，辨之宜早辨也。

所有人都屏住了呼吸，聆听朱一新的慷慨陈词，没有人敢
发出一声响动，或许，每个人都在心里问，李连英会重蹈安德
海覆辙吗？只是，如今的朝廷里，没了东太后，也找不到奕䜣
的身影，整个大殿一片寂静，只有朱一新的声音，在孤独地回
荡。这使他的声音更具有某种金属的质感，穿透了太后的心。
这是一篇精心准备的奏文，或许，朱一新把它当作他留在世上
的遗言，所以，它文辞考究，句句见血，不仅点了李连英的名字，
而且把矛头直接指向了太后和醇亲王。他的谏奏，说出了我的
心里话，但我如同群臣一样，默不作声，在暗中蛰伏，等待着
太后的反应。太后似乎被他的刀笔摄住了魂，半天没回过神来，
而阿玛的额头，则沁出汗来。

大殿突然陷入难熬的寂静，每个人都不知所措，空气仿佛
凝固了。太后垂帘以来，似乎还没有一个廷臣敢于这样指着太
后的鼻子说话。

朱一新挺立在那里，对太后的反击拭目以待。

终于，太后发话了。她对醇亲王说：

"朱一新所奏，是事实吗？"

醇亲王突然跪倒在地，连磕三个响头，说：

"此乃诬奏，绝无此事，臣以身家性命担保，请太后明鉴！"

他否认了人所共知的事实。唯有如此，他才能逃脱。

此时，一种无法言说的怒火，自我的心头油然而升。如果他不是我的父亲，我会冲上前去抽他两个耳光。他虽无耻，但我廉耻之心尚存。我的自尊受到了莫大的伤害，而他，却对此浑然不觉。

太后松了一口气，她显然没有继续查问的意思，说：

"起来吧！"

醇亲王说：

"臣不敢。"

太后又问：

"你还有什么话说？"

醇亲王说：

"当初皇帝登基之时，微臣曾有一折，上奏太后，不知太后是否记得。"

"记得。"

"微臣折子里说，'俟皇帝亲政时，宣示廷臣世赏之由及臣寅畏本意。千秋万载，勿再更张。如有以治平、嘉靖之说进者，务目之为奸邪小人，立加屏斥。'如今皇上亲政了，今日朱一新的诬奏，应验了小人的预言，若不严加惩办，无以振纲纪而肃群情。"

朱一新就这样丢了官，以诬陷之罪，交刑部严办。太后没有杀他。我知道，这不是因为她仁慈，而是因为她心虚。当太监将他的顶戴花翎当场夺去的时候，他的脸上露出一丝古怪的笑容。几名太监把他拖出大殿，他没有做任何抵抗，甚至丝毫没有表示不满。因为他知道，自己的结局不是太后为他设定的，而是他自己设定的，所以他无怨无悔。太和殿敞开的大门，如同一个取景器，我透过它，看到他就被太监们拖远的身影，他两只脚被拖在地上，瘦骨嶙峋的身体沿着太和殿广场坑洼不平的砖路弹跳着，青蓝的缎袍像一面旗，被广场空旷的风吹起很高。太和门一开一合，吞噬了他的身体。朱一新，就这样在我的视野中消失了。等待他的，是刑部深不见底的牢狱。当然，李连英会让刑部官员对他做出特别的"照顾"。

朱一新的谏奏，不但没有削弱，反而加强了李连英的权力。人们知道，只要太后在，他的权力是无人能够撼动的。

后来，大臣们注意到李连英的手指上多了一个做工精细的扳指，据说，这只扳指是用朱一新腿上的胫骨精心磨制的。

大臣们从此噤若寒蝉。

第十九章

那天早上，醇亲王突然对仆从说，要出一趟门，走得远些，多备些干粮。

他没有说去哪儿，也没有说去干什么。

他只说去看一个人。还说，他想去验证一件事情，看到那个人，很多事情就清楚了。

人们猜想，他身居高位，不可能擅离京城，走得太远。

很可能去求个神，问个卜。

随从们为他准备了三天的干粮。

他只坐着一顶四抬的小轿，几个护从跟随着，神不知鬼不觉地出了方家园的醇亲王府，沿东单北大街向南，转入骡马市大街，一路向西，出了广安门，繁华的城市街景就消失了，变成一条宽阔的官路，官路两旁是冬日里枯寂的田野。官路是土黄的，田野是土黄的，天空也是土黄的，冬日昏昏沉沉的，没有暖意，除了寒鸦在枯黄的树枝上发出嘶哑的叫声，四处就再也没有丝毫声息。郊原上不见丝毫男耕女织的迹象，帝国的国土上，看不出有丝毫的活力。那是一趟无比枯燥的旅程，途中，醇亲王没有说过一句话。

天黑下来的时候，他们刚刚走到永定河边。河水已经封冻，看上去像一面污浊混沌的镜子，寒风取代了水流，在冰面上急速地回旋，形成了无数个看不见的旋涡。他们进了宛平城，粗糙的城墙，仿佛粗布棉袄，多多少少遮挡了一些风寒。他们在街上找了一间客栈住下，没有惊动县衙。

随从们安排好后，醇亲王对领头的李四说，要马上安歇，不要出去吃酒，逛窑子。

第二天一早，他们再度上路。沿途他们看到的景象与第一天没有什么区别。晚上，他们抵达涿州。住下的时候，醇亲王对他们说了相同的话。

第三天黄昏时分，他们刚好在消耗了所有的干粮之后，进了保定城的城门。

遵照醇亲王的指令，轿夫们顺着城中那条青石铺就的凸凹不平的大街，把轿子径直抬到直隶总督府的门前。醇亲王从轿子上下来的时候，门前的衙役惊呆了。他们虽然不认识醇亲王，但醇亲王身上穿的青缎的官袍，令他们大吃一惊，那是帝国一品大员的官袍。有人赶紧跑着向里禀报，没过多久，从里面出来一位枯瘦的老者。

老者拱拳道："醇王大人驾到，有失远迎，望乞恕罪！"

醇王笑道："李中堂，哪里哪里，我是不请自来，万望不要见怪！"

北洋水师的两位领袖——醇亲王和李鸿章，在直隶总督府，会面了。

李鸿章引着醇亲王，迈过辕门，往府内走。直隶总督府，醇亲王并不陌生，但他在走戒石铭的时候，脚步还是迟疑了一下，抬头打量着石头上镌刻的黄庭坚手书的十六个字：

尔俸尔禄
民膏民脂
下民易虐
上天难欺

李鸿章把醇亲王引入后堂，落座，上茶。醇亲王才对他讲明了此行的真实用意。

醇亲王说，他此来直隶，不为北洋，但又与北洋、与日本有关，他是想看一个人。

"谁？"李鸿章问。

"李罡应。"

李鸿章愣住了，半天没缓过神来。

　　冬天的风，越来越肆无忌惮，裹挟着鞑靼高原上的黄沙，扫荡着宫殿里的庭院，把纸糊的窗户拍打得噼啪作响。快近黄昏的时候，风静了下来，天开始飘雪。寒冷随同夜晚一道，向宫殿死死地压来，让我透不过气来。我望着窗外渐浓的雪意，内心涌起一阵莫名的不安。翁师傅来了，他告诉我，醇亲王病重了。

　　翁师傅掸掉袖口的雪，把手放到火盆上，说，朝鲜出事了，发生了兵变，朝鲜王李熙的父亲、大院君李罡应掌握了政权，原先掌握实权的皇后闵妃在乱兵入宫时，化装成宫女，逃出皇宫，一路跑到忠州，通过朝鲜派在中国的使节金允植，敦请我大清出兵，作为朝鲜的保护国，大清国如果不派兵，日本人势必介入，那时候的半岛局势，将变得更加复杂，两宫皇太后已经派吴长庆出兵朝鲜，抓捕了朝鲜王李熙的父亲李罡应，平灭战乱，眼下李罡应已被带到了北京。

　　我说："这事朕知道。"

　　翁师傅说："下面的事儿，皇上就不一定知道了。"

　　我疑惑地看着翁师傅。

　　他说："李罡应是朝鲜王的父亲，是朝鲜皇族，即使是属国的王父，也是我朝的贵宾。但是，皇上可能想不出，他现在在哪里。"

　　"不是在京城吗？"

　　"从前是，但现在不是。太后已经降旨，把李罡应护送到了保定。实际上是作为我大清王朝的人质，秘密幽禁起来了，这样，控制朝鲜，就又多了一个筹码。朝鲜王几度上疏，乞求皇太后释放他的父亲，都没有得到恩准。"

翁师傅又说："醇亲王密见李罡应的事情，虽然他加了小心，但太后已经知道了。尽管他的旗号是与李鸿章商议朝鲜内乱后日本国的动向，以及在颐和园操练水师的计划，但他还是无意中揭破了太后的底，让太后很难堪。"

醇亲王向李鸿章提出了一个简单而又无比复杂的要求，但是醇亲王既然已经知道了李罡应的下落，李鸿章也很难再拒绝了。第二天，他与醇亲王分乘两顶轿子，三拐五拐就出了城，到了乡下。醇亲王看到冬日休耕的田野中一座普通的院落。

他们一起走进这个阒然无声的院落。李鸿章把他带入后院，然后拱手道：

"请醇亲王多加小心，老夫在门外等候。"

那是一个普通的三进院落，走到后院的时候，醇亲王感觉到眼前的房子有些奇怪，进了门，他才发现，原来这最后的一排房子没有窗户。

那一天看到的一切令醇亲王终生难忘，那时的醇亲王或许还并不知道，他的余生已经所剩无几。他进门一刹，屋内阴湿

的气息险些使他呛了一口气，他用了很长时间才把呼吸调整匀
称。屋子很深，他摸索着往里走，但他什么都看不见，他索性
站在原处，慢慢地，他听到空气中有呼吸的声音，不是他自己
的，而是来自不远处的一个角落，他看不见他，但他肯定在身
边不远的地方有一个人。过了片刻，当他一点点适应了屋子里
的光线，才发现有一个斑驳的人影正在地上蠕动而来，像鬼魂
般，一点一点地显形。

从门口射进来的光线被黑暗所稀释，变得微不足道。但那
个人还是循着光线爬了出来，醇亲王终于看清了他肮脏的面孔。
他的头发和胡子已经很长，遮盖了他的大半张脸，只剩下一双
呆滞、无神的眼睛，好半天才转动一下。

"你是谁？"醇亲王问。

他抬眼，迟疑地看了一眼醇亲王，然后笑了，似乎这是一
个很好笑的问题，漆黑的胡须之间，露出一截惨白的牙齿。

回去的路上，他的心情就像冬日里铁青色的天空，阴翳，
透不过气。李鸿章说，朝鲜内乱，很可能给日本出兵提供借口，
日本人早就对朝鲜半岛垂涎三尺了，他们厉兵秣马十几年，很
可能以朝鲜半岛为跳板，与大清国决一死战。数年之前，我就
给朝鲜相国李裕书去函，说：贵国之忧即中国之忧也。他叹了口

气：唉，老天把日本安排在我大清卧榻之侧，是有意跟我大清过不去啊，那日本人早晚会成我国的祸害，今日如此，一百年后，仍是如此。

李鸿章的唠叨，醇亲王一句也没听进去，蓬头垢面的李罡应，像一个鬼魂，把醇亲王纠缠住了。他此次保定之行，只有一个目的：知道太后是如何处置这位意欲夺权的朝鲜王父的，连他自己也无法解释，他为什么对此抱有如此强烈的好奇心——他对李罡应个人命运的关注显然超过了对朝鲜半岛局势的关注，尽管了解朝鲜宫廷政变的内幕，也是他这位军机大臣的职责。他把李罡应当作另一个自己，他深知宫廷政治的翻云覆雨，随时可以把他掀入万劫不复的深渊，但他还是想对深渊进行一番实地考察。作为当今皇上的阿玛，他必须对一切做好准备，只有如此，他的一切对策才可能是稳妥、周详的。他深知，自己的权力，只是太后临时借给他的，她随时可以没收，到那时，等待他的，绝不会是和风细雨，而是万钧雷霆。肃顺、载垣僵死的面孔在他的脑海里接二连三地出现，他看到隐藏于宫殿内部的一条血连环，他料到自己早晚会成为那条血连环上不能缺失的一个环节，否则，在太后眼中，那条血连环就不完美。他下意识地摸了摸自己的脖子，它暂时完好无损，但无法预测它将在何时一分为二。作为筹码的李罡应，一个黑暗中的囚徒，除了少数人，没有人知道他的来路，没有人会想到他曾经是宫殿的主人，在脱离了环境之后，他变成了一堆毫无用处的垃圾。尽管他的内心有所准备，但李罡应的处境，还是令他大吃一惊。黑暗中那两道凄厉的目光，像两把冰凉的刀，深深刺进他的心里。

阿玛没有在直隶总督府逗留，就按照原路返回京城了。路过房山县的时候，他特地去云居寺求了一个签。后来，醇王府的仆役跪在我的面前，说，醇亲王在看到那支签的一刹，脸立刻变得煞白。他把那支签带回了醇王府，张瞎子刘铁嘴看到那支签时，脸都变得煞白。

他把那以签投入炭火盆里，火盆里的火光颤抖着，忽闪了一下，差点熄灭，待那支木签燃烧起来，火盆里的火光才重新明亮起来。

第二十章

从云居寺出来，他们的小型队伍沿着田埂间的道路行走。两侧都是青山，北方冬日光秃秃的山，体积巨大，面目狰狞，除了荒芜的田野，四周看不到一户人家，小型队伍下意识地加快了步伐。他们能够清晰地听到风从脖子边上吹过，飒飒地响，刀片似的冰凉。不知走了多久，他们看到一片几乎被荒草吞没的坟地。坟地很大，年深日久，一个个土丘，轮廓已不清晰，它们彼此相连，像大地上的波浪一样，此起彼伏。上面荒草婆娑，风从上面滑过，发出蛇行般呲呲的声音。阿玛不禁打了一个寒战，说此乃不祥之地，不要停留，快速通过。李四突然捂住肚子，说可能着了凉气，肚子疼得要命，要去屙屎，实在是憋不住了。阿玛皱了皱眉，心里想，懒驴上磨屎尿多，手无奈地一挥，说，快去快回。

李四捂着肚子，像鸭子般一拐一拐地走进坟地，消失在荒草中。轿子就停在路上，随从们胡乱坐在路边擦汗。差不多一袋烟的工夫，李四还不见出来，阿玛有些着急，心里想，这里阴气很盛，说不定李四惊扰了鬼魂，被鬼魂捉走了。正想着，李四跑着回来了，脚步比从前轻快了许多，额角也微微冒出了汗。他跑到阿玛跟前，鞠了个躬，说，对不起，王爷，刚才怕脏了王爷的眼，跑得远了点，叫王爷久等了。现在好了，肚子不疼了，可以继续赶路了。

这时，坟地中突然传出女人一阵低哑的哭声。众人一怔，齐刷刷地向坟地望去。阿玛怒道：

"胡看什么，还不快走！"

于是，小型队伍又像从前一样，疾步快行。除了沙沙的脚步声和人们沉重的喘息声，听不到任何声响。所有人都陷入沉默，或许他们都在猜测着刚才坟地中的哭声究竟是怎么回事——可能有一个女人，正在给丈夫上坟，她身材矮小，荒草又太高，所以人们只闻其声，不见其人；或者，那根本不是什么哭声，而是风声，那正好是山的垭口，风聚拢过来，与荒草摩擦，才发出如此怪异的声音。他们没有相互交流，每个人的心里，都形成了各自的答案。

此时天已经暗下来，山野里的暮气漫溲过来，跟着他们的队伍走。随从们的影子，已经变得影影绰绰，一寸一寸地，与黑暗融为一体。阿玛默默地注视着他的随从们，突然，他心中升起一种异样的感觉，他不知道哪里不对，但肯定有什么地方与过去不同。他的目光透过渐浓的暮霭，仔细观察着，终于，他找到了答案。

是李四出了问题——他走路的姿态，与从前不同。

不知是暮色篡改了他的身形，还是自己太过多疑。

"李四！"阿玛突然叫了一声。

"哎！"李四先是一惊，然后爽快地答应着。

阿玛若有所思，说："没事！"

一个念头突然使阿玛浑身发麻：此时的李四，究竟是人，还是鬼？

第二十一章

阿玛原本希望一口气走到京城，但是他们进良乡城的时候，天已经完全暗下来，夜色中赶路更是危机四伏，阿玛思忖片刻，决定还是住在城内的官驿里面。

良乡官驿所在的地方叫燎石岗，这里毗京畿广阳城，扼南北交通要道，被称为"陆潞之喉"。官驿是一个三进的四合院，抬头可看昊天塔，据说辽金交战的时候，宋将杨继业被潘仁美陷害，触碑身亡，遗体就被辽将韩延寿悬挂在昊天塔上，令百名士兵每天轮番向尸体射箭。元代关汉卿的杂剧《孟良盗骨》，把这段忠烈故事演绎得荡气回肠。

小型队伍就在官驿的第三进院落中悄悄住下。阿玛住正房，随从们分别住在两厢。

阿玛睡得很轻，塔角的风铃声，仿佛自言自语，传递着那具高悬在塔顶的宋代尸体没来得及说出的话，反反复复地，不断扰乱他的梦境，使他的梦断断续续，无法真正地合拢成完整的睡眠。窗外的风声，像清澈的水流，流来流去，有鸟叫声若隐若现，夹杂其中，令他觉得蹊跷——夜色中，鸟应当早已安眠，哪来的鸟声？他翻个身，觉得那只是虚幻中的声音，转眼之间，就被汹涌的困倦湮没了。

梦境里，他看见一片血光，一把雪亮的钢刀在他的梦里神出鬼没，最终向他的脖子飞来。他大叫一声，醒来，额角沁出许多汗珠。

天亮了，他穿好衣服，跨出门槛，发现官驿里一片静寂，一种不祥之兆袭上他的心头。在这个时候，官驿应该是忙碌的，厨房应该在准备炊饭，早行的客人，应该在准备上路，人声马声与各种器具之声，应该交织成一片，他的随从，也应该伺候他起床，而此时，整个官驿里却鸦雀无声。他抬头看了看太阳，发觉时候已经不早，太阳已爬得很高，像失血的脸，是苍白的一团。他叫了声：

"李四！"

没有回答。

"李四！"

他又叫了一声，声音中带着绝望。

依旧没人回答。

他走到厢房边上，手指捅破窗纸，向里面窥望。出现在他眼前的景象，令他毛骨悚然。

他的随从轿夫，横七竖八地倒在地上，每个人的脖子上，都齐刷刷地裂开着一条深深的刀口，像张开着红肿的嘴，欲言又止，满腔热血，正是从那里，找到了喷薄的出口，在压力的作用下，喷得很远，但是此刻，那些鲜血已经凝固，变成糊状，上面微微泛起一层白色的薄膜。有几只苍蝇，如同过节一般，在上面尽情飞舞。

阿玛立刻把头缩过来，仓皇向前院跑去。不出所料，前院的几名驿官，也都倒在血泊中。他不顾一切地向门口逃去，这时，门开了，一名刀客，站在他的面前。

他逆光站着，阿玛只能看到一个黑色的轮廓。

"李四！"

他叫道。

那人笑了，慢条斯理地踱到他的面前，说：

"你好，七王爷。"

阿玛仔细看看，发现这不是李四，只是他穿着李四的衣服，长相、身材都与李四极为相似。他恍然大悟——他，就是昨天的夜路上让他觉得异样的那个人。

"你是谁？"阿玛问。

"我是阿鲁特皇后身边一个无名的小太监，小刘子死得像蚂蚁一样无声无息，对于宫殿来说，他的死无关紧要，但他是我的弟兄，我们一起净身入宫的，如果我不为他申冤，就没人为他申冤。小刘子被杖毙那天，我就悄悄溜出了宫廷，出德胜门，从昌平到怀来，过居庸关，一头扎进塞外茫漠的草原，尾随崇绮崇大人一路北行，我看得见他们，但他们看不见我。后来，我看见一匹快马，在草原上向崇大人游动，我知道要出事，就拼命向前飞奔，果然，骑马人在接近崇大人的时候，亮出一把明晃晃的钢刀，向崇大人的头颅削去，就在刀口即将抵达崇大人的头颅的时候，另一把钢刀横在了他的刀刃与那颗干瘪的头颅之间，我觉得虎口一阵发麻，他的刀却像一只鹰一样高高地飞向天空。我冲上去，我们扭打成一团，不到半个时辰，我就把他的脑袋拧下来了。在他死前，我问出了指使者的名字，你猜那个人是谁？就是您啊，我尊敬的王爷！"

阿玛疑惑地问："那你的武艺？"

那个伪李四笑了，说：

"我们家族历代习武，个个身手不凡。"

阿玛苦笑着说："我也是执行太后的旨意啊！"

伪李四说："不仅如此，你还是为自己的安危着想。你和太后联手害死了阿鲁特皇后，你害怕来自他家族的报复，所以要趁着他们丢官卸职的时刻斩草除根。"

阿玛说："遵从太后旨意也是死，不遵从太后旨意也是死，看来死对我来说，只是早晚的事。我贵为王爷，咸丰先皇帝的弟弟，当今皇上光绪的亲生父亲，身居高位，在偌大个宫廷，居然找不到生存之地，罢了，既然横竖是死，你干脆给我来个利索的吧！"

阿玛闭上了眼睛，引颈就戮。

他听见伪李四说："好吧，我现在就成全你。皇后，小闯子给您报仇了！"

说罢，他手里的钢刀夹带着风声，直奔阿玛的咽喉。两人同时大喊一声，栽倒在地。

半晌，阿玛睁开眼，发现自己没有死，而伪李四，却从左肩到右肋，被一刀劈成了两半。

第二十二章

这些全部出自阿玛垂死时的复述。我无法判断，有多少是他的幻觉，有多少曾经真实地发生。

阿玛睁开眼睛，发现站在他面前的，是一名魁梧的武士。他前面的地上，伪李四的花花肠子已经从腹腔中喷泻而出，如蝮蛇般蠕动和痉挛。此时他只觉光线一闪，武士闪出了位置，一位枯瘦的老者蹒跚着，出现在迎光的门口。

他惊呼：

"李中堂！"

李鸿章雪白弯曲的山羊胡须在阳光下一抖，笑道：

"七爷，别来无恙乎？"

他瞬间明白了，是李鸿章在暗中保护他，一种感激油然而生，一时语无伦次。李鸿章笑着说：

"我可不是专门给你当保镖来了。现在朝鲜局势虽然暂时稳住了，但日本人蠢蠢欲动，欲以朝鲜为跳板，觊觎大清。你走以后，连忙写了一封奏折，我北洋水师，要进入临战状态。另外，朝廷要尽快筹措银两，购买德国克虏伯公司制造的主力巡洋舰，那是目前世界上最先进的快速巡洋舰，我已得到情报，日本人已经盯上了这艘舰，如果被他们抢先买走，我北洋水师原先对日本海军的装备优势，就荡然无存了。醇王爷是海军大臣，可是要知道此事的利害啊。未来十年之内，必见日本富强，此乃清国的远虑，而非只眼前的近忧啊。你走后，我虽然呈了一道折子，但心里还是放心不下。我想，我们还是先统一口径，再一齐向太后当面禀报。"

两顶轿并驾齐驱，沿着车辙里长草的官道，一路回到京城。第二天，他们走到储秀宫门口的时候，太后正对户部尚书阎敬铭大发雷霆。

那天早上，我起床的时候，隔窗看见地上积了一层薄薄的雪。我叫王商打开一扇窗子，一丝凉意涌进养心殿，让我的心情澄澈了许多。突然间兴之所至，我走到书案前，挑了一只最大的提斗，浓黑的墨汁在柔软的宣纸上行走，最终出现了"颐和园"三个楷书大字。

到储秀宫请安的时候，我把我手书的"颐和园"三个字呈给亲爸爸看，亲爸爸手里举着她的金丝边眼镜，端详了许久，脸上露出微微的笑容，点头说：

"嗯，皇上的字，进步多了。这字看上去，还真是有些力道。回头刻好了，挂在颐和园的东宫门吧。"

李鸿章和醇亲王就是在这个时候觐见了太后。他们进殿的时候，太后正靠着倚枕，手里一边翻弄着一本装帧豪华的《新约全书》，一边向翁师傅和户部尚书阎敬铭问询颐和园的施工进展。书是英国维多利亚女王通过女传教士赠送给太后的生日礼物，箔金的封面，在烛火的照耀中熠熠生辉。太后随手翻弄了几页，就了然无趣地搁在了一边，抬眼向李鸿章问道：

"这维多利亚女王，今年贵庚啦？"

李鸿章答：

"她早已是古稀之年了，但仍精力充沛，大英帝国在她的统治下蒸蒸日上。"

"是吗，比我年长二十多岁呢！"太后似乎对自己的年龄感到欣慰，又问："她属什么的？"

李鸿章对答如流：

"维多利亚女王出生于嘉庆二十四年，属兔。"

"嘉庆二十四年，"太后喃喃道，"那年刚好是嘉庆皇帝的六十生辰，举国同庆，朝廷普免各省逋赋。那正是我大清国如日中天的时日啊！"

醇亲王插道：

"大清国在我圣母皇太后的恩德保佑下也一定会如东海日出一般光耀世界。"

太后听了这话，嘴里微微哼了一声，没有人能确定这一哼的准确含义。

李鸿章接着说：

"就在那一年，美利坚合众国一艘蒸汽机与风帆并用的轮船横渡大西洋，这是世界上第一艘横渡大西洋的轮船。"

太后似乎听出了李鸿章的弦外之音，说：

"你们无事不登三宝殿，有什么事，直说吧。"

李鸿章和醇亲王对望了一眼，然后说：

"眼下日本人加紧装备，矛头显然是对着我大清来的。我北洋水师，早已无力购入新舰，只能凭那几艘旧舰进行演练，况且许多机械设备，已经老化，亦无财力维修，一旦遭遇战争，形势甚危。"

太后说："形势甚危？朝廷拨了那么多银子给北洋，你们难道连个小日本也打不过了吗？"

李鸿章接着说：

"太后有所不知，我北洋水师，已长达九年未曾购入新舰，而世界上的军事技术，可谓一日千里，时不我待，我朝办洋务、兴实业，为的就是赶上这样的速度，眼下再不购入新舰、维修旧舰，亚洲第一、世界第七的北洋水师，转眼之间就会居于日本之下。道光二十年中英一战，教训至为惨痛。为此，我国已向英吉利国订购主力巡洋舰一艘，这只舰速度快，射程远，为亚洲海军所未有，实乃我北洋水师所急需也，然则我朝经费缺乏，英国人迟迟没有交货，前不久，日本国会经过激烈辩论，已通过决议，要抢先购买此舰，并命名为'吉野号'。此舰若落入日本海军之手，将来清日一旦爆发海上战争，决定胜负的，可能正是这艘军舰，此其一。其二，我北洋水师所用煤炭，皆为开滦煤矿产煤，但因水师经费缺乏，已长期拖欠煤款，开滦煤矿已停止向我供煤，转而以高价售予煤商，故此，我水师动力能源，已被切断。总之，经费奇缺，已使水师处于不利位置，如果我大清再度战败，必将跌入万劫不复的深渊。日本人的大陆野心早已昭然若揭，届时他们必将长久凌驾于我国之上，甚至发动全面的大陆战争。因而，恳请皇上、太后恩准……"

我迫不及待地问："需要多少钱？"

李鸿章答："只要白银一百三十万两。"

翁师傅终于说话了：

"一百三十万两？数十年间，朝廷拨给北洋的款项高达数千万两，事到如今，你竟然还说不是日本那弹丸小国的对手，这只证明北洋无能，恐怕再拨个一千万两，你们也还是这套说辞吧。"

李鸿章辩道："翁师傅所言极是，对于北洋水师的建立，朝廷给予了莫大支持，然而，海军的建设，绝不可一劳永逸，军队要训练，军舰要维护，更重要的，世界上军备的发展日新月异，我北洋水师如逆水行舟，不进则退，这些，都是要不断投银子的。"

翁师傅说："照你这么说，你的北洋水师就是无底洞了？"

李鸿章说："不是我的北洋水师，是大清的北洋水师。"

翁师傅说："说得好听，大清的北洋水师，谁不知道北洋是你淮系的天下，朝廷的银子拨下去，还不是肥了你淮系的腰包！"

李鸿章真的动怒了，厉声说："翁大人，天下人都知道你文章写得好，但对军国大事，你可真是一窍不通啊！"

"你们不要争了！"亲爸爸说，"朝中没人比李中堂更懂洋务，那艘洋舰，李中堂说办，那就办吧。"

然后，她把头偏向立在一边很久的阎敬铭："你说呢？"

显然，这是一个不需要回答的问话。但阎敬铭沉吟了一下，回了两个字：

"缺钱。"

亲爸爸一怔，盯着阎敬铭，半天才说：

"我大清王朝，就数你阎敬铭会理财了，怎么连你也哭穷了。"

阎敬铭回道：

"太后有所不知，北方闹洪灾，南方又闹水患，今年正月里黄河再度发生凌汛，黄河北岸济阳高家纸坊决口，三百余里一片汪洋，冰积如山，水势汹涌，田地颗粒无收，民不聊生，税银打了水漂儿，朝廷还得拨出巨款赈灾，国库日渐空虚，颐和园工程只能向洋人借款，其中，向英国汇丰银行借白银二百万两，向德国华泰银行借款五百万马克，合库平银九十八万两；光绪十三年，向英国怡和洋行借款一百五十万英镑，合库平银五百万两，除去向英国订购炮船款项外，所余二百五十万两全部用于园工。铁路借款一千万两，已全部挪用到园子工程，铁路大工已停……"

我用眼角瞥了一眼亲爸爸，发现她脸上一丝表情都没有。半晌，我听见她低微的声音：

"我大清国库，真的就一点钱也没有了吗？"

"回禀太后，户部确有积余银七百八十二万三千两，是微臣一两一两抠出来的，以备非常之需，但不久前，这笔钱也被内务府要去，用于太后寿诞的点景工程。"

亲爸爸把手一扬：

"算了，那些点景工程，就免了吧。军队乃国之根本，当年太祖太宗横扫中原，依仗的就是我无坚不摧的满洲铁骑，如今列国如狼似虎，我大清若不厉兵秣马，安能苟且偷安？北洋事大，我大清国好不容易过了几天舒坦日子，不能再重蹈道光二十年的覆辙了。"

"太后圣明。"李鸿章脸上卷曲的皱纹舒展开来。亲爸爸又问阎敬铭：

"这下你还有什么要说的？"

"微臣确有要说的。"

"说吧。"

"点景工程停工，实为杯水车薪，恳请太后把颐和园工程也停掉。"

"什么？！"

亲爸爸立即像一尊雕塑一样僵在那里，喘了几口气，才说：

"好啊，我大清国又出了一个敢于直谏的忠臣。"

翁师傅低着头站在那里，一言不发。阎敬铭回道：

"奴才不敢，只盼太后体恤民情。"

"这么说，你不答应继续修园子了？"

"不是臣不答应，是银子不答应。"

忍耐已久的亲爸爸终于爆发了，她的声音提高了八度：

"那我要你这个户部尚书有什么用？你给我滚！"

阎敬铭立在那里：

"太后母仪天下，不可如此粗鲁。"

亲爸爸几乎被他气得说不出话来，举起一只茶碗向他掷去：

"滚！"

阎敬铭说："臣是朝廷命官，磊磊落落。臣只会走，不会滚。"说完，扬长而去。

储秀宫突然陷入难耐的寂寞。我写的"颐和园"三个大字，像三个怪物，匍匐在桌案上。亲爸爸颓然地坐在御座上，似乎有些落寞和伤心。

她叹了口气，眼里浮出一层浅浅的泪光，但她的眼睛很快把泪水咽了回去。我屏住呼吸，听见她的自言自语：

"你们轮番来欺负我。我一介女流，为大清国操劳了半辈子，老了老了，想享几天清福，竟比登天还难啊。"

李鸿章赶紧回道：

"微臣体谅太后的难处，北洋事务固然重要，但天下事再重要，也没有太后寿诞重要，只有太后健康长寿，才是大清王朝巩固、黎民幸福的根本啊。"

亲爸爸沉默了半晌，才慢条斯理地说：

"你是个明白人。颐和园工程不能停下。我这个人哪，就一个毛病，叫'拦不住'，别人越是不要我干的事情，我就越是要干成。我这一辈子啊，有多少事是别人不要我干的，但他们拦来拦去，把我拦成了太后，他们自己呢，都变成鬼魂了吧。"

他们齐声答道：

"太后圣明。"

亲爸爸顿了一下，对醇亲王说：

"阎敬铭的差事，你一体兼起来吧。"

我的阿玛一怔，立刻匍匐在地，磕头说：

"谢太后天恩，只是微臣才疏学浅，且不善理财，园子工程重任在肩，臣日夜操劳，不敢怠慢，更无暇顾及户部，故恳请太后收回成命。"

"算啦，这一早晨，把我折腾得够呛，你们先退了吧，有什么话，回头再说。"

退去之前，阿玛突然说：

"微臣还有一事相奏。"

太后问：

"你有什么事？"

阿玛说：

"现在朝鲜局势平息了，驻扎朝鲜总理交涉通商事宜的全权代表袁世凯已经帮助朝鲜国王训练了一支五千人的德式新军，具有极强的战斗力。在这种情况下，囚押朝鲜王父李罡应已无必要，而且会引起朝鲜王室内部的不满，进而引发内乱。为大局计，微臣恳请皇太后释放朝鲜王父李罡应，以全父子之情。"

皇太后的脸色立刻阴了下来。

在场所有人的表情都突然变得紧张。

皇太后把《新约全书》向案上狠狠一摔，心里压抑了很久的那股火苗仿佛遭遇了合适的风力，突然燃烧起来：

　　"我就看不惯那些狗仗人势的人，儿子当了皇帝，就自以为了不起了，祖宗的江山都是他的了，我就是要煞他的威风，看他是不是能跳到天上去！"

　　听完这句话，醇亲王的脸色突然变得煞白，趴在地上，连连磕头，把头下的那块地砖磕出放射状的裂纹。看着他惊恐万状的样子，皇太后哑然失笑，显然，她对醇亲王的惊恐感到满意。她说：

　　"啊哟，我就随便说了几句，瞧你，怎么像个孩子似的，吓成了这样？得了，醇亲王不必多心，我说的是那个大院君，又不是说你的，你是我大清国的忠臣，这点，我还能不知道？"

　　翁师傅说，从那天起，醇亲王就一病不起了，而且病势日渐沉重。医生说他路走得急，劳累过度，路上受了惊吓，又触怒了太后，思虑过重引发的。我知道，他对自己在宫廷里的未来已经有了一种不祥的预感。身为皇帝的生父，又身兼朝廷重臣，这双重的身份，将使他遭受多少无端的猜忌，如今亲爸爸又把户部的重权交到他的手上，这无异于将他推入绝境。他恍惚间觉得自己站到了奕䜣从前的位置上，太后手里的那把宝剑落到他的脖子上的时刻已为时不远；而来自宫廷的明枪暗箭，更令他防不胜防。他那根时时紧绷的神经，在两种相反的拉力下，终于断了。翁师傅说话的时候，我听得见窗外扑簌的落雪声。

他说，他去醇亲王府看他时，发现他嘴唇焦裂，面色蜡黄，病榻前，还摆着颐和园的图纸。他握住翁师傅的手时，他的双手不住地颤抖，他们只倾谈了数语，醇亲王的眼泪就开始倾泻不止，实在让人难过。翁师傅说，今天世铎有奏，说醇亲王的四肢已经无法动弹，皇太后着急，我也着急啊！听到这里，我哭了，泪水顺着我的脸颊、下巴滚落。

翁师傅说，李鸿章探望他时，醇亲王正在诊脉。他主掌户部，或许给绝境中的北洋水师一线生机，将户部的银子拨给北洋，对他来说，无异于把自己的钱从左兜放到右兜。在李鸿章的想象中，那艘世界上最先进的"吉野号"巡洋舰，正威风凛凛地驶入北洋水师的编队。如果北洋水师拥有了这只战舰，后来战争的结果可能完全改变，割地赔款的，可能就是日本，那样的话，北海道，或者九州，就可以顺顺当当地划入我大清国的版图，到那时，别说一个颐和园，一百个颐和园也造得出来，而且全部让小日本埋单，甚至整个日本，都可能像朝鲜一样，成为我们的属国，让小日本人人为奴，岁岁进贡，这一心腹之患，就可以一举剪除，我们将实现当年忽必烈汗没能实现的理想，而同光中兴的大好局面，就可以得以赓续。然而，谁也没有想到，户部的肥缺，反而使醇亲王变成一只正宗的铁公鸡，户部拨给北洋的款项，比以前更加吝啬。他看见李鸿章枯槁的身体，表情上充满了歉疚，强撑着坐起来，李鸿章微笑着要他躺下，心照不宣地说：

"万事不急，唯有王爷身体要紧，北洋、大清，不能没有醇王爷。"

醇亲王充满忧伤地说："我的病，看来是好不了了，难为太后关照，每天请太医前来诊治下药，可惜太后的厚意，也救不了我了。"说到这里，翁师傅顿住了，因为我们都意识到了醇亲王这句交代里的潜台词，只是没有人，也没有必要把它说破了。

我急了，随手抓起一只宋代花瓶，向墙角狠狠掷去。

翁师傅没有吭声。

一声爆裂之后，是片刻的沉默。我知道，他的病不可能回转了。这是由宫殿决定的，任何郎中都无法扭转宫殿的意志。

我问翁师傅：

"师傅还去见否？"

翁师傅说：

"不见何也？！"

我又问：

"今日可去见否？"

翁师傅说：

"今日去。"

我说：

"吾心惦念他老人家，师傅今日如去，请一定为朕带此话。"

翁师傅的眼睛湿了，哽咽着说：

"一定为皇上带到。"

第二十三章

这段日子，我总是处于极度的焦虑不安中。我在批阅奏折的时候，总是心不在焉，仿佛眼前的每道奏折，都是醇亲王写的。我从窗口，望着庭院里枯瘦的树影在寒风中战栗，耳畔时常响起父亲的声音。随着日晷上指针影子的伸缩，时光一点一点地溜走了，把我的父亲，也悄悄带走了。不知道有多久，没有看到醇亲王的奏折了。蹊跷的是，我最怕看的，也恰恰是他的奏折，因为他的奏折，无一不是对太后意图的曲意逢迎，可谓荒唐之至。我不是把他的奏折狠狠掼在地上，就是长叹一声，把它扔进奏折堆里。我有时会自问，为什么偏偏有这样一个不争气的父亲？然而，说也奇怪，想起阿玛在病榻上痛苦辗转的样子，我对他的所有怨恨都荡然无存了，一丝咸涩的味道，落进我的嘴角。

　　时至今日，我这个皇帝，像叫花子一样一无所有。我每天坐在宫殿的中央，宫殿的一切都围绕我运行，但那只是宫殿的假象，富丽堂皇的宫殿，像波浪一样，一层一层地在我面前展开，但那是幻象，当我伸出手的时候，它们就不存在了。我甚至比叫花子还要贫穷，因为在华丽的宫殿里，我不仅以乞食为生，而且，我还失去了父母，从这个意义上说，乞丐也比我更富有。每当我坐在宫殿里，看着远处飞翔的檐角发呆，就会升起一种对父亲的思念。一切皆空，只有亲情是真实的，它就藏在我的血管里，日夜不停地奔走。纵然我的父亲令我感到莫名的耻辱，纵然他是我亲政道路上的最大障碍，他在政治上的所有努力，都与我的愿望相反，但我的血管里，永远存在着一条与他联系的隐秘通道。他把那条隐秘通道深深地隐藏起来，并将此视为一项最为艰巨的使命，越是如此，那条通道，就越是清晰地在我的生命里浮现出来。

　　早上，我踏着雪，走进储秀宫，在亲爸爸面前叩了头。终于，我得到皇太后恩准，回醇王府探望阿玛。只是如今的醇王府，已经不是朝阳门内方家园的那个醇王府，由于这座王府诞生了同治和我两位皇帝，亲爸爸认为这里阳气太重，就在什刹海，距离恭王府不远的地方，为醇王另赐了一块地，重建了醇王府。醇王府，一座对我性命攸关，又似乎毫无关系的宅邸，这是我自登基以来第一次回家。在我的心里，家，就是想象中的一件温暖干净的棉袍，家中有通红的炭火，有和颜悦色的亲眷，以及茶香和一卷诗书。家，就是一个可以安心睡觉的地方，而不像宫殿那样，连睡觉都要睁着一只眼睛。回家，这是一件多么简单的事，但对我来说，却比登天还难。没有人理解我急迫的心情。我跳上轿子，从东宫门出颐和园，经海淀，进西直门，穿越被风雪封锁的街道，直奔醇王府而去。轿子很快，轿窗外，是积水潭两岸清明上河图式的繁华街景，但我对这些热闹的尘世景象毫无兴趣。我想尽快抵达阿玛的床前，所以不断地催促：

"快！快！"

我赶到醇王府的时候，夜幕刚好垂落下来，王府建筑的最后的剪影，已经完全与夜色融为一体。我进了醇王府，大步流星地穿过前庭、一进和二进正房的穿堂，径直来到三进房屋的寝房。我看见阿玛像受伤的野兽一样，气息奄奄地躺在床上，旁边站立着我的三个弟弟——载沣、载洵和载涛，他们的面孔在烛光中忽明忽暗。阿玛显然没有想到我会到来，他的眼睛突然睁大，在一瞬间放出光来，身体挣扎着，想扑到地上，给我下跪。我急了，一步冲到父亲榻前，紧紧握住他的手。在我的记忆中，这是我们父子的手第一次握在一起，泪水几乎同时从我们父子的眼中，夺眶而出。已经没有了君臣之礼，在自己的家里，我们终于无所顾忌地大哭起来，一种不加节制的号啕。在哭声中，我终于用撕心裂肺的声音喊出一声：

"阿玛——"

他似乎被这突如其来的一声撼动了，浑身剧烈地颤抖起来。我们爷俩抱头痛哭，身体几乎以相同的频率颤抖着。那天晚上，阿玛语无伦次、断断续续地说了很多话，关于宫殿的陈年旧事，我似懂非懂地听着。他颤抖着，从身上解下一只如意，交到我的手里，说：

"这是光绪十二年，微臣巡阅海防时，太后所赐之物，微臣一直戴在身上，现交到皇上手里，盼皇上……无忘……海军。"

他的嘴唇不规律地开合着，我艰难地辨认着他的发音。他说他看见了所有死在他手下的人，肃顺、载垣、阿鲁特皇后、小闫子，从那片荒草中的坟地里冒出来，披头散发，用他们的獠牙众口一词地说，冤有头，债有主，早晚要来找他算账。他看见了一条路，从京城出发，在穿越了京西的崇山峻岭之后，抵达保定，关于那条路的每一个细节，他都可以一丝不漏地复述。他说他看见李罡应死了，临死的时候，瞪大了眼睛，大张着嘴，艰难地喘着粗气。他的尸体，一点一点消融在黑暗里。后来才发现，李罡应与自己长得一模一样。他说他看到了许多已经发生和正在发生的事。他看到血，在夜晚的太和殿里汹涌而出，顺着洁白的台基流下来，黏稠的血，不是红的，而是胶着的黑色，在台基上留下丝网般的痕迹，太和殿巨大的台阶上似乎铺展着一面巨大的渔网，而且那渔网正飞快地向四面延伸。血在太和殿广场上蔓延，在夜色里泛着白沫，偶尔可以看见人骨浮动，漆黑的背景下，有一团白色的人影，手里攥着钢刀，在追着他跑。那个人没有头颅，他的脖颈平整光滑，他向前俯冲的时候，断面上的筋络血肉清晰可见，显然，他的头，是被刽子手齐刷刷地砍掉的，这使阿玛无法辨认他的相貌和身份，不知道他的头，到底丢在了哪里。阿玛只顾逃跑。他说他跑得很累，已经拉不开步子了，那个阴人，说话间就到。突然，白光一闪，是屋子里的灯烛在闪，父亲倾尽浑身力气，向床边扑去。我听见载沣在喊：

"来人！"

仆人冲进来。

载沣说：

"快……快去前门外……请张瞎子……和刘……铁嘴……"

仆人被载沣狰狞的面目吓住了，愣在那里。

我上前，狠踹仆人一脚：

"快去！"

仆人连滚带爬地跑出屋子。

等我回过头来，发现阿玛突然定格在那里。我急叫：

"阿玛！阿玛！你怎么了？你怎么了？"

我双手抓住他的肩膀，轻轻地晃他。他的身体一经碰触，就立刻瘫软下来，扑通一声，头朝下，栽在地上，断了气。

第二十四章

乾清宫檐角上的野猫在每一个夜晚仍然执着地嘶叫。关于紫禁城有鬼的传说变得势不可挡。夜晚时分，那些值更的小太监已经不敢出门，他们害怕黑夜，更害怕黑夜中白色的鬼魂，那些白色物体，会从廊柱、座椅、铜狮、水缸的背后，从内金水河弯曲的水面，甚至从宫殿广场上粗糙的石缝间钻出来，突然出现在他们面前，所有目睹过它们的人都无一例外地被勾走了魂魄。他们甚至杯弓蛇影，害怕景山模糊不清的轮廓，害怕宫殿内长长的夹道、没有止境的琉璃宫门、环环相扣的宫殿内部接踵而至的拐角、深不见底的殿堂，以及重重的幕帷。总之，他们害怕黑夜中的一切事物，害怕宫殿在深紫色的天际线下勾勒出的那个巨大的影子，害怕走入影子的内部，因为那些巨大的黑影有着贪婪的腹和强健的胃，可以在瞬间把它们吞噬和消化掉，他们甚至害怕风，害怕声音，害怕空气。白天的紫禁城是王的天下，夜晚的紫禁城则是鬼的天下，那些形态各异的鬼与我分享着对宫殿的统治权，甚至，它们的权力比我更加强大，因为它们的势力已经开始向白天蔓延——在鲜花盛开的后宫院落、太监聚集的敬事房，甚至在大臣们上朝时走过的丹陛上，有关鬼的消息正在传播和扩散，它也因此显露出无孔不入的本性。

于是，与鬼对抗的各种方法被发明出来。鬼不怕刀、不怕枪、不怕火、不怕水，只怕光明，所以，经过一番实验和选择之后，一种用薄绢制造的明亮的灯笼，成为行之有效的武器。灯笼燃烧的是经过精心熬炼的桐油，不仅亮度高、燃烧时间久，而且会散发出一种淡淡的香味。在伸手不见五指的黑暗中，它提供了更大面积的光亮，像一把避雨的伞，为走夜路的太监和宫女们提供了一个不受黑暗侵袭的安全区域。所以，除了那些不期而至的白色鬼魂，人们会看到有一团团的火光在暗夜里一飘而过。

然而，即使这样的武器，也有它的弱点。它的光明是有限的，死角永远比光亮更大，它只能照到前路，而无法照到身后，况且，强烈的白光使黑暗变得更黑，除了眼前的一小片光明区域以外，他们几乎什么也看不见了。鬼魂仍然出其不意地出现，天亮的时候，人们会在广场粗糙不平的地面、宫殿冰凉的石阶或者废园里齐腰深的荒草间，看到一具七窍流血的尸体，灯笼里的桐油已经燃尽，变得一团漆黑，弯弯曲曲的青烟，像最后一口呼吸，很快融化在空气中。

有人说，养心殿的窗外、储秀宫的门口，都出现过白色的魅影。说这话的人，在当天就毙了命。李连英把这一恐怖的消息禀报亲爸爸时，我就站立在一边。那时亲爸爸正在念经，佛珠在她的拇指和食指间一颗一颗地滑动，整个宫室都回旋着藏香的芬芳。我眼睛盯着那均匀滑动的数珠，一言不发。半晌，佛珠终于停止了在她手指间的游走。亲爸爸说：

"知道了。"

此后的宫殿度过了一段相对平静的日子，但它没有持续太久，它的平静被一连串的尸体打破了，宫殿里重新变得人人自危。惊恐的太监似乎不太在乎这种太平，有的悄悄溜出了宫殿，开始了他们的流亡生涯，销声匿迹，因为按照清律，太监私自出宫，皆为死罪。终于，那白色的身影，飘到我的寝宫。没有丝毫声息，它就穿过了黄琉璃贴砌的影壁，穿过庭院，出现在正堂里，一步一步，向我的龙榻逼近。

那团白色的影子就立在龙榻前。龙榻是空的，只有被衾，胡乱地团着。被窝里还遗留着皇帝的体温。

那团影子转身，像一阵风，从金砖的地面上一飘而过。经过镜子的时候，它停住了，向幽深的镜子内部张望。镜子里除了一片白雾，什么也看不见。然后，它轻轻褪去了那层白衣，斑斓的龙袍显露出来。

镜子映照出我诡异的笑容。

这个鬼不是别人，正是我自己。

如果说做鬼的对手劫数难逃，那么，最安全的做法，就是把自己变成鬼。

我对自己的这一身份十分满意。

这是游戏。

却不完全是。

第二卷

刀与佛

果然，一个身影，在穿越了层层叠叠的栏杆、墙、大内侍卫的刀锋、雕花门窗、帷幔之后，出现在我熟睡的帐前。一道冰凉的刀刃，再度抵达我的脖颈。

第二十五章

当我费尽心思，终于住进颐和园的时候，一件蹊跷的事情发生了。

离别旧宫殿，这让我有些忧伤，但颐和园在前面等着我，又让我觉得兴奋。如果醇亲王活着，他也一定像我一样兴奋，因为他为这座园子操碎了心。整个朝廷都在骂他，但是碍着我的面子，没有人敢反对修建颐和园的事。于是，在从前的清漪园的废墟上，一座壮丽的园林失而复得。那个名叫王致诚的法国神甫曾经说它是"人间天堂"，在我看来，这是我们伟大王朝的象征。

　　当我从西华门离开皇宫的时候，我的心情就变得十分急切。那时侍女们，看着我出了西华门，就从神武门出发，乘马车先行抵达颐和园，我到魏公村的时候，她们已经进了园子，我想象得出，她们会像小鸟归林一样，叽叽喳喳叫个不停。我不会责骂她们，因为我的心情与她们如出一辙。抵达之前，我的内心已经储蓄了足够的期待，尽管如此，当我由东宫门进入颐和园，当轿子穿越了千回百转的花径之后，出现在昆明湖前的时候，这座水天一色的园林，还是把我惊呆了。没有人想到，在北京的平原上，会造出一片如此浩瀚的水景，无数的亭台楼阁，被高低错落的树冠所吞没，只露出几个金黄的檐顶，起伏的万寿山上，巍峨耸立的佛香阁具有双重的功能——既是这座巨大园林的灵魂建筑，无论站在园林的哪一个角度，目光都会不由自主地寻找它；同时，它又是俯瞰园林全景的最佳角度。这一切，分明是东海蓬莱仙山琼阁的翻版。那一刻，我哭了，没有人注意到我冰凉的眼泪。

　　那时盛夏已过，秋意渐深。湖面上的荷花，已经谢过，只有浮萍漂在上面，清风吹过，簌簌地响。那天，我在湖边坐了很久，让风把我吹透，心里想了很多事，当然，会触景生情，想到我的亡夫——在热河避暑山庄的烟波致爽殿里咽气的咸丰皇帝，想到我这么多年的艰辛和挣扎。

直到宫女跪在我的面前，细声细气地说"太后，该安歇了，别受凉了"，我才回过神来，用一种迷离的眼神，望着她。

或许是过于疲劳了，这一夜，我睡得最香。

或许，这就是我最需要的生活，舒适、飘逸，像一名真正的隐士，同时，又处于王朝的权力高峰，我的权力没人能够撼动，连皇帝也不能。我是名副其实的老佛爷，真正的水上神仙。在颐和园的几年，在春夏时节，几乎每天，我们都会在船坞里登船，片刻之间，船就会漂到湖面上。船是一只有篷的龙舟，舱盖用上好的木料雕成琉璃瓦的样式，漆成金黄色，金碧辉煌，仿佛一座漂浮的宫殿。舱内两边的墙壁，是珠贝镶嵌的垂花隔扇，上面挂着龙凤呈祥的流苏幔帐，用两个金钩高高挂起，这样，坐在船舱里，就可以将昆明湖的风景一览无余，仿佛我大清万代不朽的盛世光景，就在眼前了。我坐在宝座上，靠着倚枕，两边有垫肘的小枕头，它们改变了我的坐姿，在那里，我的身体可以彻底地放松下来，而不必像在宫殿中那样正襟危坐。在我面前出现的，不是那些装腔作势的臣工，而全部是女眷——金粉世家里的金枝玉叶们，有我最喜欢的固伦公主——恭亲王的大女儿，她不仅容貌美丽，而且仪态万方。她年轻守寡，我惦念她，时常召她来园子里玩，以消除我们彼此的寂寞；还有三格格、四格格——庆亲王奕劻的两个宝贝女儿,四格格嘴甜手巧,最能哄我喜欢。我们一起向湖面上看,那里,漂浮着几条小船,小太监们把它们称为"飘飘扇"。船泊在浮萍中间,一个艄公撑着船,另一人蹲着,无所事事地摆弄着那些浮萍,让人恍然以为自己到了江南。我们望着远方出了神。这时,突然有笛声自水面上传来,忽高忽低,若有若无,随风飘动;在另一个方向,有一个掌檀板的人,轻敲慢点,似乎对笛声发出赞叹;笛声消逝的时候,箫声自另一边响起,一支管子,在更远的地方呼应。四周很静,我们实际上很少能够体会这样的安静。这份静谧,使那些天籁之声显得更加悠长。它们是那么美,美得令人倍感寂寞。我们一下子沉静下来,没有了言语。我们这些对语言有着过度依赖的人,第一次发现了语言的局限。只有在这里,我能够把堆积如山的奏折推开,把宫殿内部纠缠不休的唇枪舌剑忘到九霄云外。

我会在每一个风和日丽的日子,带着固伦公主、三格格、四格格、元大奶奶这一帮姑娘们游湖。说她们是姑娘,她们都已经出嫁;说她们出嫁,她们又都是姑娘。固伦公主和四格格都是我指的婚,她们过门没几天,她们的夫婿就先后被一口棺材抬了出去;元大奶奶是内务府大臣庆善的千金,我把她许给自己娘家弟弟桂祥的儿子,结婚的日子已经定好,就等喇叭一响花轿进门了，可巧新郎官就在这个节骨眼儿上咽了气，新娘连他的面儿也没见上，但庚帖已过，就算是桂府的人了，她就这样做了"望门寡妇"。她们都是我们大清皇族的金枝玉叶，我心疼她们，把她们拢在身边，颐和园的仙境岁月，也有她们的一份。一群年轻寡妇，围着一个中年寡妇，在这硕大的园子里打发着时光。夕阳西下时分，我们就在龙舟上传膳。荣子、娟子、红子、小翠，把四副盖碗呈在我的御案前。那是四副精致的景德镇蓝瓷盖碗，上面卷曲着蓝色的枝叶图案，每副盖碗中，托碟、碗、盖、小银勺，都自成系统——一个精巧的系统世界，彼此呼应。里面放的都是消暑小吃，丫头们管它们叫甜碗子，有甜瓜果藕、百合莲子、杏仁豆腐、桂圆洋粉、葡萄干、鲜胡桃、怀山药、枣泥糕等许多花样。甜瓜果藕不是把甜瓜切了配上果藕，而是把新采上来的果藕嫩芽切成薄片，用甜瓜里面的瓤，把籽去掉和果藕配在一起，用冰镇了吃。葡萄干、鲜胡桃，是把无核的葡萄干先用蜜浸了，把南方来的青胡桃砸开，把里头带涩的一层嫩皮剥去，浇上葡萄汁，冰镇了吃。对这些工序，我都十分讲究，少一样，味道就不对。那个时候，天气已秋凉，我不敢多吃，我指哪一个，侍女就会打开哪一个，我略微尝尝，就放下了。

正餐开始的时候，李连英会在船尾用竹筒喇叭发出三声低沉的信号，两只装载着茶炊膳具的小舟，便会靠拢过来，一只在龙舟的左侧，一只在龙舟的右侧。左侧小船上的太监们，衣冠整齐，带着雪白的垫布，站在小船与龙舟之间的翘板上，将我所喜欢的食物——清炖肥鸭、鸭舌、鸭皮、鱼翅、响铃、樱桃肉、水晶肉、甜瓜果藕、莲子洋粉攥丝、冰镇荷叶粥，依次呈递上来，膳后，又会同样沿着翘板，一一撤到右侧的小船上。整个流程如同钟表一样不差毫厘，而开表的钥匙，就在李连英的手里。奏事处、寿膳房、御茶房、御药房的，会在码头上听候召唤，等没事时，再悄悄退下。太监张福高喊一声："膳齐！"乐船上就会响起乐声，在觥筹交错之间漫漶过来，令人觉得恍惚迷离。美馔佳肴一一在我面前陈列的时候，我会用目光在上面扫视一下，拣无用的往下撤。我用膳的时候，公主们始终站着伺候，我说，你们也在这儿吃罢，她们齐声谢恩，像一群小鸟，栖落在我的身边，用不了多久，就会吵闹成一团。有时会突然沉寂下来，因为我已经用完了膳，站起身来，手里端着水烟袋，踱到船头，望着远处黛青色的山影，若有所思。

我们游湖的时候，护卫军和敬事房，会分别出动军士和太监，沿着颐和园围墙的内外巡逻，颐和园外面，半里地内不准有人。这让我们这些女人高枕无忧。然而，就在这时，一个无名氏，以一种秘而不宣的方式不期而至，带来了阴森的死亡消息。他的突然出现就像他的突然消失一样，没有任何先兆，也找不出丝毫痕迹。但从那时起，一种奇特的恐怖气氛，就笼罩了这个世外桃源。

那天，太阳落山以后，整个园子里的景物都暗下来，殿堂里掌了灯。当那个名叫娟子的宫女，按照惯常的规矩，在规定的钟点锁上颐和园的大门之后，沿着通向船坞的小道走来，幽暗中，在她的前方，她发现了一个白色的身影。

她以为自己看错了，或许，那只是一名太监而已。她擦了擦眼睛，仔细看，她惊呆了——那是一个男人的身影，沿着上万寿山的岔道行走。不是太监，因为太监不会穿白色的衣服。四周空空荡荡，没有其他人，她在一瞬间不知所措，壮着胆子，喊了一声：

"喂——"

那人仿佛没有听见，按照原来的速度行走。

娟子望着他，大脑一片空白。

那团白色一闪，转瞬之间，消失在丛林后面。

在这个时候，园子里除了太监，不可能有男人。这个想法使她突然颤抖起来。当她最初看到他的背影时，她只感觉好奇，可现在，那人的背影消失了，她反而陷入深深的恐怖不能自拔。娟子越想越害怕，以至于当她跪在我的面前，向我描述刚刚发生的一切时，浑身仍在不住地打战。

"你一定是看花眼了，"

我轻啜了一口我的翡翠烟嘴，在暹罗水烟的芳香中轻微战栗着，说，

"在这个时候，不会有男人在颐和园里。要是真有的话，太监们早就来报告了。"

"可是我真的看见了，太后！"

我沉默了。我知道她没有撒谎，可我无法解释刚才发生的一切。

园子里不是女人就是太监，这里的阴气很重，据说在修园子的时候，这里也死过人，莫非真的闹鬼？

我于是命令太监们把颐和园整个搜查一遍。他们几乎搜遍了颐和园的沟沟坎坎、每个角落，最后，他们带着相同的表情重新聚集在一起，那表情显示：他们一无所获。

夜色降临颐和园的时候，这座寂静的巨大园林一改白日里的鲜活亮丽，变得死寂和阴森。这样的转换，令我猝不及防。除了水鸟偶尔自水面上滑过，几乎所有的禽鸟们都进入了梦乡，只有树影，在风中不安分地晃动。与白昼不同，在夜里，没有人敢于向园子的深处多走一步。园子里巨大的空间，可能容纳一切意想不到的事物，这使我的想象，在深夜里变得异常发达。在秋夜里清冷的空气中，我几乎能够听到人的呼吸声，离我很

近，咫尺之遥，但是当我蓦然醒来，睁开眼睛，我卧榻的帐前，却空无一人，只有浓厚的夜色。

不知过了多久，我被脖子上的一股寒气逼醒了。我努力睁开眼，发现有一团白影立在我的帐前，明亮的月光下，一个白色的人形剪影格外清晰。我挣扎着，双手试图扭住他的刀柄，但在我的双手即将触到刀柄的时候，那只刀柄不见了，我猛然坐起身，哗地拉开床帐，发现眼前什么都没有，但窗子是开着的，窗帘在夜风中微微颤动。

是风？是鬼？是梦？还是人？

一阵从未有过的惊恐，比辛酉年从热河返回北京途中遭遇过的更大的惊恐，袭遍我的全身。

第二十六章

我想起一个人。他身上的铠甲仿佛在月光中生了一层光亮的薄膜，即使在漆黑的记忆深处仍然轮廓清晰。当一道隐秘的刀刃在夜的掩护下即将抵达我的脖颈的时候，他用另一道更加隐秘的刀刃，把刺客的头颅掀了下来。

与荣禄之间的爱情，或许是我一生的隐痛。对于整个朝廷来说，这都是一个不能言说的秘密。谁的嘴里蹦出一个字，那张多事的嘴，就会连同那个愚蠢的脑袋一同搬家。关于那场爱情的一切信息，都被斩断了。奇怪的是，据我所知，这丝毫没有妨碍对于那场爱情的传播。它像空气一样弥散着，无处不在。没有人提到它，但每个人，又都对它略知一二。

荣禄最初是以年轻英俊的形象，进入我的视野的。那时的我，闺中小字"兰儿"，住在西四牌楼劈柴胡同。自曾祖父吉郎阿起，那里就是我家族的老宅。在兰儿心里，那座自幼在里面长大的祖宅，是我一生中最幸福和平静的安乐窝，那时的我不会想到，我今后的命运中，会有那么多的风浪。那时正是春天，花园里一片寂静，只有花是喧闹的。我坐在窗下，专心地读着《尚书》。感谢我的阿玛，使我成为满族女子中为数不多通晓汉文的人。当时的我并没有想到，因为这一本领，我才能在日后获得替病重的咸丰皇帝批阅奏折的机会，并一步步地控制朝政。我也并不知道，此时，在遥远的南方，长毛军①已经横渡洞庭湖，

---

① 清政府对太平天国起义军的蔑称。

攻占武汉三镇，顺长江而下，一路势如破竹，锐不可当。而自己在安徽徽宁池太广道任上的阿玛惠徵，刚刚死里逃生，正神态仓皇地逃往芜湖。

那时我对此一无所知，那时我最常去的地方，是西四牌楼东面的谦祥益绸缎庄。由于离家很近，我甚至不乘轿，而是由侍女莲儿陪着我，也有时独自，步行而去。特别是由冬转春的时候，换衣的季节，太阳如一枚铜镜，被风擦得锃亮，地气回暖，胡同里的柳树抽出星星点点的嫩芽，走在街上，可以嗅到地面上泛起的春天的气息，让人有一种恍惚感。那个季节，我如同蝶恋花一般，深深地迷恋着谦祥益的绸缎，那些五彩的绸缎，真的像春天的花，在肆意地伸展和绽放。它们如同宝石玉器一般，由里往外透出润泽，而不像有的绸缎庄那样，表面光滑刺眼。我对绸缎有着特别的爱好，以至于很多年后，在戊戌年的血雨腥风中，我仍然没有忘记命令苏州、杭州、江宁织造——就是人们常说的"江南三织造"——制作了"深藕荷缎地绣金绒八团花卉圆寿字水仙花氅衣面"二件、"深藕荷缎地绣整枝藤萝花氅衣面"一件、"深藕荷缎地绣圆寿字水仙花氅衣面"一件、"缂丝深藕荷缎地绣圆寿字兰花氅衣面"一件；庚子年，八国联军打入京城，我与皇上逃往西安，我仍然没有忘记自己对丝的偏好，命"江南三织造"制备"深藕荷缎地绣折枝牡丹蝶氅衣面"一件、

"缂丝深藕荷缎地绣圆寿字藤萝氅衣面"一件、"深藕荷江绸绣兰花琵琶襟挽袖马褂面"二件、"深藕荷江绸绣九花琵琶襟挽袖马褂面"二件。每到春天，我都会命太监领着宫女，到体和殿外边，东廊子的屋子里量体裁衣。我每次赏给她们四套衣裳——底衣、衬衣、外衣和背心，算是一套。衣料多是春绸、宁绸，色泽则是淡雅的，不穿大红大绿，不能轻浮艳丽，即使袖口、领口、裤脚、鞋帮的绦绦子和绣花，也以雅淡为主。我喜欢看她们身着绸衣的样子，绸缎如水，在她们身上流动，刚好可以勾勒出她们的身材。看着她们，我就会想起自己的少女时代，温香、寂寞、充满憨态的十七岁。

我陶醉于谦祥益绸缎庄里面的味道，老式柜台中储蓄的旧年芬芳。谦祥益绸缎庄里面那个年轻伙计，就像我的弟弟。他叫孟凌岚，与道光年间这家绸缎庄的创建人孟毓溪是同乡——山东章丘旧军镇人。时至今日，在幽黑的记忆深处，还时而浮现出他英俊、瘦削的面庞。他每次都会选出我最中意的花式，不是繁华，而是清雅。他会把它们摆在我的身上，反复比量，我会站在那里，由他摆布。当他的动作静止下来，我就知道他在惊叹于绸缎映衬出的少女的美。我会扭头对他笑，他就用他粗硬的手指，捏住我的鼻子。

有一次，在店堂幽暗的拐角，他突然抱住我。我没有抗拒，一任他粗糙的手，伸进我丝绸衬衣的内部。丝绸如水，而他的手则如一条鱼，在里面游刃有余，抚摸着我寂寞的身体。他手的路线，与我曲线玲珑的身体那么地吻合。这是我的身体第一次被男人抚摸，我闭上眼睛，等待着他的一步步深入。但他的手突然停住了，冷不防地，从里面抽出。他哭了，哭得伤心，冰凉的泪滴落在我衣裳上盛开的百合花上。

我知道他为什么伤心，因为他离我最近的时候，同时也是他离我最远的时候。我们之间存在着一段永远无法跨越的距离，对此，我们都心知肚明，所以，一切都没有开始，也无所谓结束。他脸上的痛苦远远多于幸福。那时候，我刚过十四岁，在叶赫那拉家族的深宅大院里，经受着极端的娇宠，和无限的冷落。很多年后，有一天在宫里，我找出一件陪嫁的衣衫，心里蓦然想起那名少年，想起谦祥益绸缎庄的那些温香馥郁、迷醉战栗的午后。我叫来太监总管安德海，让他派人去西四牌楼寻找他，如果他还活着，就神不知鬼不觉地除掉他。只有我，能够成为那份记忆的容器，时光的变迁流转，已经拉开了他与那份记忆的距离，他不配。与记忆相比，他的肉身纯属多余。小安子回禀说，咸丰二年五月初九以后，他就消失了，再也没有人见过他。我算了算，那刚好是我应选秀女，中选入宫的日子。

那天，我从绸缎庄出来，站在洒满春日温煦阳光的街上，目光迷离，突然听见一阵惊天动地的声音，自远方席卷而来。我把手笼在眉上，向远处望，看见一只马队，自远方涌来。我看到一个年轻英俊的将军，骑马奔在最前面。他的战马十分剽悍，漆黑的鬃毛在阳光下反射出金属般的光芒。马踏黄沙。战马的周围，黄土飞扬，仿佛为军士们笼上一层战袍。他的表情如石头般坚硬，有着女真铁骑特有的刚毅，我一下被这种勇武的美惊呆了，直到他骑着马，从我的身边风驰电掣般地驰过，我仍站在那里，半天回不过神来。我望着他背后飞扬的征袍，像旗帜一样，被风高高地卷起。

我问身旁的人，那个年轻英武的将军是谁。

他们告诉我：他叫荣禄，刚刚从剿杀长毛军的前线回来。

第二十七章

很多年后，关于荣禄的英勇故事一直在安徽流传。

迷蒙的细雨中，一个令人恐怖的消息令安徽庐州府那座名叫合肥的县城里的人们惊慌失措：匪贼离城只有四十里了，明日定到。

　　与这个消息同时不胫而走的还有长毛军的凶残。他们比盗匪还盗匪，比畜生还畜生，见到男人，他们要抽肠破肚；见到女人，他们就先奸后杀，即使不杀的，也要在脸上烙上"太平天国，杀尽清妖"的字样，并涂上墨水，使字迹渗透入骨。清军在湖南、湖北一带接连惨败，洪秀全的军队在阴雨连绵的六月由全州入楚，破道州，抢郴州，围攻长沙的时候，他们诈称是九江营兵，官兵以为九江大人兵到，开门迎接，不想是长毛军冲杀而入，割头如割韭，雪亮的刀刃下，提督双福的脑袋一分为二，一半去向不明，残存的另一半后来挂在城门上，脑浆从脑袋的缺口倾泻而出，像橡皮筋一样耷拉三尺长，在风中摇来摆去。知府董振铎连战九个昼夜，全军覆没，长毛军像潮水一样进城的时候，他已负重伤，踉跄着回到空无一人的府衙，靠坐在大堂正中自己的官位上，一面喘着粗气，一面等着洪秀全。果然，他看到汹涌而来的敌军中，一个印堂红亮的中年男人向他走来，凭直觉他断定那人就是洪秀全，于是，苟延残喘的他开始破口大骂，骂洪秀全是畜生，是妖孽，虽兴风浪于一时，早晚有一天不得好死。洪秀全静静地听着，脸上没有任何表情，等他骂得没有了力气，才命人把他绑了，用重锤敲碎了他全身的骨头，问他降不降。董振铎听到了骨骼正化为粉末，像雪片一样在身体里飘落，但他始终忍着，直到咽气，一声未吭。这似乎激怒了洪秀全，他于是命人接着把董振铎剁成肉泥，士兵们高唱"壮志饥餐胡虏肉"，煮汤喝了。这些细节经过一连串的添油加醋之后在合肥黏湿的雨季里不断发酵、膨胀，像鬼一样纠缠在每个人的心头，人们想摆脱它，但他们的好奇心反而使各种传言更加所向披靡。

与此同时，合肥的市井中盛传着另外一条消息，令人们不寒而栗。据说两江总督陆建瀛突然发现一件蹊跷的事情，有一种奇怪的液体，从他的官印中渗出，黏稠如血。他试图用白绢把它擦掉，然而它却继续渗出，像一截被砍断的手指，血流如注。把它印在纸上，发现只有一团血迹，字迹全无。陆建瀛猜测着这枚小巧的印章，到底能装多少血，他用白绢把它严严实实地封堵起来，但鲜血却渗过白绢，源源不绝地流出来。陆建瀛大骇，命人把这枚官印砸碎，没想到印石很硬，衙役们费心地抡着铁锤，花了很大工夫才把它砸成粉末。陆建瀛痛哭流涕，喊道：

"天将灭我，天将灭我！"

许多人开始在慌乱之中收拾财物，准备逃往深山密林，然而，当他们挈妇将雏抵达南门的时候，一个更加恐怖的消息几乎让他们彻底崩溃：官军已经用大石块堵住了南门，他们于是又冲向西门，发现西门也被堵住，他们冲向北门的时候，北门的门洞刚好被堵上，人们不甘心，又冲向东门，发现大东门的城门不仅被堵得严严实实，而且城楼上立起了一杆大旗，上写四个大字："迅扫妖氛"。

如果说关于那枚官印的事只是传闻，那么，那天早上，府署大堂下那株十余围的老枫树的突然自焚，就是大家有目共睹的了。就在官兵准备誓师迎敌时，那株已经生长了几百年的老枫树，在一个平常的下午突然燃烧起来，而且火焰越烧越大，高大的枫树立刻成了一个巨大的火把，十里外都能看见，想必长毛军也远远地看见了城里的火光。他们一定会为遥远的火光感到奇怪，猜疑那里是不是发生了战斗，他们不会想到一棵老树居然会自己燃烧。它照亮了全城，即使在漆黑的夜晚，也明亮如昼。整整三天三夜之后，那把巨大的火炬才熄灭，那棵枫树再也不像从前那样挺拔，它鳘黑焦枯的遗体，形象丑陋地蜷缩在府署大堂前。

几天之后，城楼上的官兵们看到长毛军在远方的地平线上安营扎寨。逆着光，他们看到在营地间搭好了几座望楼，只是不知道有一个名叫杨秀清的敌首，在一座插着四方旗的望楼上跪拜念咒，称天父下凡，并预告着破城的吉日。后来，李鸿章活捉了敌首李秀成，才从李秀成的口供中得知，洪、杨几乎每次攻城，都要履行这一套烦琐的手续。莫非，城里的种种怪象，

都与他们念咒有关？他们的符咒，难道真的灵验？尽管各种不
祥之兆笼罩着这座危城，但那时的清兵仍然众志成城，誓与城
池共存亡。乡勇每天沿街巡逻，百姓则有组织地为官兵送饭劳
军——既然无路可逃，他们就希望官军能够奋勇杀敌，确保他
们的平安。然而城楼上的清兵没有想到，他们与长毛军的对峙
持续了三个月。三个月后，没有任何来自朝廷的外援，他们向
九江派出了求援的信使，但信使回禀说，九江提督只说他也要
提防长毛，不能妄动，就不再理他了。没有了食物的城里开始
死人。终于，他们的气，散了。

　　长毛军就在这时发起了攻击。那天晚上下起了淅淅沥沥的
雨，一层半透明的雨雾像一层半透明的胶，把漆黑的城墙围裹
起来。他们在雨的掩护下突然出现在城墙下，清军的哨兵丝毫
没有察觉。长毛军把装满了炸药的棺材埋在城墙下面，用竹竿
暗通药线，在数十丈外引燃火药。几十、几百个棺材就这样在
城墙上掀开了一角。他们将此称为"鳌翻"法，号称"掀翻巨城，
如揭片纸"。熟睡中的清兵于是以血肉之躯来填补城墙上那个巨
大的窟窿，没想到长毛军却从身后杀来——城墙缺口并不是长
毛军的主攻方向，而只是佯攻，他们的主攻位置恰恰在没有遭
遇火力攻击的城墙上，因为清兵纷纷涌向被炸开的部分，于是，
他们身后的城墙就出现了空当，长毛军就从那里，把竹签子钉

进城墙的砖缝，踩着它们，他们在黑暗中像大面积的壁虎群，背负着大刀，一步一步爬上来。炸药掀起了满天的尘雾，沉重的雨试图把它们压制下去，但弥漫的尘埃拒不服从，打着旋儿，形成无数个旋涡，半天也落不下去，空气中到处都是飘浮物，混浊无比，清兵们在城墙上什么都看不清，过了很久，当他们的视野慢慢清晰起来的时候，发现城墙上到处都是长毛兵了，还没等清兵喊出娘来，他们的嘴连同脑袋就搬了家。

在一片黑压压的瓦檐下面，身穿红衣、头戴黄色绣龙凤帽的长毛军像洪水一样，溢满了合肥城各条窄窄的巷子。正当长毛军带着强大的能量冲进合肥城的时候，残存的清兵就突围的方向产生了激烈的争执，大部分将领主张向长毛军兵力薄弱的北面突围，只有荣禄坚持要向长毛军兵力雄厚的南面突围，他冷静地说，只有那里是生门，其他都是死穴。但他人微言轻，很少有人相信他，大家齐声说，荣禄啊荣禄，你准是吓疯了吧。于是，三千清兵，只有不到一百名亲随，跟随荣禄向南突围，其他两千九百多人，就这样跟在他们信任的将领后面走上黄泉路——所谓兵力薄弱，是长毛军故意露出的一个破绽，他们精心布置的天罗地网正在那里严阵以待。他们把成千上万个半尺来长的尖利竹签倒插在清军突围的必经之路上，那些不知深浅的脚在穿越了苍茫的雨幕之后，前赴后继地踏在了上面。竹签在经过了雨水的冲刷之后变得无比锋利，在穿透那些脚掌的时候发出唰唰的声响，十分的干脆利落。远远近近的唰唰声，覆盖了漆黑的旷野，然后就是撕心裂肺的鬼哭狼嚎。双脚被竹签穿透的清兵们试图把脚拔出来，但他们的脚似乎被竹签吸住了，怎么拔也拔不出来，只能等候冲上来的长毛军把他们的脑袋一个一个地砍下来。那天夜里，上千只脑袋几乎同时飘向天空，它们在空中还彼此碰撞和打量，似乎想说些什么，但他们的大脑失血过多，所以他们的嘴已经不听使唤，失血的脑袋只能像成熟的果实一样，噼里啪啦地掉落下来，荒野上站立着许多没有脑袋的身体。还有一些清兵侥幸逃脱了，他们留住了脑袋，却无法保全他们的脚。那双被竹签穿透的脚板在湿热的雨季里很快溃烂化脓，五颜六色的脓浆从脚面上源源不断地流出，范围越来越大，最后他们发现，自己的脚，不见了。

荣禄带着他的一百多个弟兄，迎着比雨点猛烈得多的刀刃向南突围，突围出去的时候，他们只剩下七个人，感谢上苍，七个人中，包括我的阿玛惠徵。阿玛后来告诉我，他们每个人身上都中了多处刀伤。阿玛说，向芜湖跑吧。荣禄想了想，说，你带着这五个弟兄去吧，我还要回去。

荣禄的动作十分迅猛，阿玛想伸手扯住他，但只接住了荣禄的一句话："我到你北京府上找你！"荣禄的身影已经消失在黑暗中。那天，荣禄穿上长毛军的衣服，偷偷混进了城，回来的时候，他带回了一颗首级，那颗首级所有人都认识，是长毛军的南王——冯云山。

第二十八章

在我的心里，荣禄的故事在这里戛然而止，因为从那以后，阿玛就和荣禄分开了，阿玛的故事也和荣禄的故事断开了，所以他无法向我确凿地讲述，直到很久以后，在他劈柴胡同的宅子里，才重新接上。但在我所知道的范围之外，荣禄的传奇在南方湿热的河川林莽间一天也没有停止过发展壮大；当我在北方庭院的树荫下安静地绣花，他正在剿灭太平军的战场上出生入死，他是爬过了无数的死人堆，才出现在那天的马背上。他回到北京的时候，包裹着他那伤痕累累的身体的，已经是满洲步军统领的华丽制服。

终有一天，那个九死一生的身体，突然出现我家的庭院里，让我感到一阵晕眩，觉得那只是丽日下的一个幻影，眨眼就会消失。但他定定地站在那里，我透过窗子看到了他，心突然剧烈地跳动起来。那时的荣禄多么的年轻，多么的雄姿英发。那时我的父亲惠徵正斜靠在太师椅里打盹，荣禄走到他的跟前，用一枝树叶，轻拂着父亲的鼻孔。哑然失笑。父亲猛醒，看见荣禄，表情突然呆住了，继而大叫："你还活着啊！"就和他紧紧地抱在一起，很长时间没有撒手。

就在那一天，我第一次目睹了荣禄的身体，当然，只是胳膊和胸膛。父亲要他解开制服，辨识他的伤口。他顺从地解开衣扣，饱满浑圆的肌肉立刻露了出来，只是在他的肌肉上面，爬着几条虫子一样的疤痕，其中一条疤痕从他的左胸一直蔓延到右上腹，我不由得心里一紧，想，他挨那一刀时一定很疼。我很希望自己那个时候能在他的身边，为他擦洗伤口，为他抚平疼痛。

他在不知不觉间偷走了我的心。我绣花，读书，做一切事情，眼里心里满满的全是他，赶也赶不走。他不是满洲八旗的纨绔子弟；他拥有雄健的臂膀，和坚强的内心；他是一只苍鹰，在大清帝国的蓝天上必将翱翔得更高、更远。

那是一个可以依靠的胸膛。

或许，我们都从彼此的目光里，看到了未来人生的光芒。我们不仅珍藏着自己的秘密，而且享受着自己的秘密 —— 一种秘而不宣的爱情。王族的身份，使我们的未来变化多端，我们年轻的爱情，可能是一件随时可以打破的华丽器皿，这是一种如履薄冰的幸福，或许，它越是易碎，我们对它的迷恋越深。

那时我们都不会想到，在并不遥远的一天，我会被刚刚登基的咸丰皇帝选为秀女。在以后漫长的岁月里，我们或许会同时在浩瀚的宫殿里出入，但繁缛的礼仪将永远把我们分开。

应选之日，整个北京城的人都知道，咸丰帝要选妃了。那些出自八旗官员家中的妙龄少女，依次自神武门进入皇宫。在顺贞门，荣禄看见我，在十七名候选秀女中，兰儿最引人注目。那时，壮丽的宫殿，像一幅正在展开的画卷一样，把我惊呆了。

咸丰皇帝和皇后坐在御座上，听总管太监安德海一一报出候选少女的名字。如花的面孔，一一在皇帝的前面闪现。皇帝的目光，在我的面孔上停留的时间稍长，这微妙的瞬间，被兰儿敏锐地觉察到了。我在心里笑了，但我的表情平静如初。在皇帝打量我的时候，我快速地打量了一眼皇帝，以及坐在皇帝身边的皇后，那两张被香炉上升起的烟云缭绕的隐隐约约的面孔，正等待着我的征服。

荣禄再一次看到兰儿，是我从朝堂上退下来的时候。我和其他十六名少女一齐向神武门走去。我们的轿子，在神武门外一字排开，等待着我们，像一片云，从宫殿里退去。从神武门前空旷的广场经过的时候，风吹起了我的裙裾，露出我秀美的绣鞋。荣禄被我的脚，和我行走时的步态迷住了，他胸腔血液瞬间凝固了。脸上露出了痛苦的表情。

第二十九章

我是贵人，是皇帝的妻子，但我是皇帝的无数个妻子之一。皇帝像一条神秘莫测的鱼，被大海一样波澜壮阔的宫殿卷了进去，就没了踪影。自从被选入宫，我几乎就没有见过皇帝的面。他只是一个符号，一个切实然而空洞的存在，大清国皇帝咸丰，他的威严无处不在，而在我眼中，他只是一团空气，我甚至怀疑，世界上根本就没有咸丰这个人，他只是一个虚构而已，是埋伏在宫殿中的一个天大的玩笑。

我时常透过窗子，望着天空发呆。宁静的后宫岁月，我心乱如麻。宫殿的光芒并没有把我的内心照亮，相反，却把我推进深不见底的黑暗中。每当这时，荣禄的形象就会乘虚而入，势如破竹，占据我的整个心房，令我不知所措。就在这时，太监会突然出现在我的面前，令我怵然一惊。我被自己的想法吓着了，我知道那是一种无比危险的念头，我下意识地看看太监的脸，他面无表情，又似乎对我的心迹了如指掌。我知道自己已经没有别的选择，高大的宫墙早已截断了我的去路，我只能一往无前。

天气热起来的时候，皇上像往常一样搬到圆明园去了。浩瀚的湖光山色，一连串彼此勾连的亭台楼阁，使他的身影更加显得深不可测。太和殿的那把龙椅始终空着，像一个被放大的括号。连文武百官们都不知所措了，没有人知道皇帝在哪里。他们纷纷赶到圆明园，从康熙大帝亲笔书写的"圆明园"三个大字下面穿过，从正大光明殿找到勤政殿，从勤政殿找到濂溪乐处，始终不见皇帝的踪影。圆明园有四十景，有"正大光明""勤政亲贤""九州清晏""镂月开云""碧桐书院""天然图画""上下天光""坦坦荡荡""茹古涵今""万方安和""武陵春色""鸿慈永祜""濂溪乐处""坐石临流"，等等等等，每一景中，又包含着湖泊、河流、岛屿和建筑群，比如"九州清晏"，就由象征华夏九州的九个岛屿，共同围绕着二百平方英尺大的后湖，有桥梁穿梭其间，在九州南北轴线上的岛屿上，由北向南排列着三座建筑群，分别是七楹宽的九州清晏、奉三无私殿和五楹宽的圆明园殿；它们的东边，矗立着"天地一家春"和"承恩堂"，西边是有名的清辉阁 —— 圆明园被付之一炬之前，在承恩堂北边的墙壁上，可以看见圆明园四十景的绢本彩绘图。我熟悉这里，完全是因为这里是帝后的寝宫，承恩堂更是后宫嫔妃的住所。所以，把圆明园称为迷宫，并不是夸张，这座人间天堂，对于朝廷的官员们来说堪称地狱，把他们折磨得死去活来，找到皇帝的可能性，比中彩还要低。这个捉迷藏的游戏似乎令皇帝很开心，所以每次，他都对自己的去向秘而不宣。如果有哪位幸运的大臣找到了皇帝，皇帝从来不会恼怒，他躺在榻上，叫宫女把那只华丽的烟枪暂时从他的唇边挪开，目光迷离地打量着来人。大殿里散发着鸦片的芳香，那是内务府特别从东印度公司采购来的优质鸦片，缭绕的香烟，使他们彼此的面孔都显得扑朔迷离。

后来我听宫里的人说，皇帝对满族女人没有兴趣，他即使抱着男人或者太监一起睡觉，也不和满族女人睡觉，连御史陆懋宗宦养的昆曲男角朱莲芳也被他抢了去，天天陪皇上睡觉，陆懋宗冒险进谏，咸丰读罢折子，笑了，批了如下几个字："如狗啃骨，被人夺去，岂不恨哉！钦此。"对于自己的幽默，他十分欣赏。

一天晚上，灯亮起来的时候，一辆考究的马车，从前门外胭脂巷狭窄的胡同里穿过，最终在四春阁的门前停下，从车上下来一位鬓发斑白的老者。胭脂巷的姑娘们从来没有见到过这么豪华的马车，马车上有黄金的车轴、楠木的车厢、薄纱的帐幔和玉石的帐钩。她们围着马车窃窃私语，猜测着老者的来路。那时，老者已经端坐在厅堂里，对老鸨说，听说你们这里有四个姑娘，个个美貌盖世，风情万种，一个叫杏花春，一个叫武陵春，一个叫海棠春，还有一个叫牡丹春的。老鸨说，有是有的，大爷想要怎样？老者没有抬眼看她，只说，叫她们四个，全部跟我走。老鸨不由得哼了一声，略带揶揄地说，莫非老人家要醉卧花丛吗？老者不动声色，只说，莫非您看我出不起钱吗？老鸨回道，别说带走她们四个，只要和其中一个共度一个良宵，许多有钱人都倾家荡产了。这时老者从袍袖里掏出一只锦缎的盒子，放在桌案上，轻轻打开。老鸨没有看清那是什么东西，只觉得屋子里倏地大亮，定了定神，才知道所有的光源出自桌上的那样东西。她好奇地凑上去，大惊，叫道：夜明珠！她从来没有想过，世上还有这么大的夜明珠，比她的拳头还要大，熠熠发光，晃得她睁不开眼。她说，只有皇上会有这么大的夜明珠吧。老者微微一笑，不屑于回答她，只是问：够吗？老鸨突然跪在地上号啕大哭，抑扬顿挫地嚷道：杏花春啊，武陵春啊，海棠春啊，牡丹春啊，今天贵人上门，妈妈无论如何留不住你们啦，你们走了，我可怎么活啊……

那个老者就是皇帝最信任的帝国大臣——户部尚书、协办大学士、御前大臣、署领侍卫内大臣、内务府大臣肃顺。第二天，就有四乘华丽的轿子，把杏花春、武陵春、海棠春和牡丹春抬进了圆明园。就在我托着粉嫩的面颊，面朝天空傻傻地呆望的时候，皇帝正在她们四个人的赤裸的玉体上滚来滚去，发出一阵阵浪谑的笑声。

我不能在紫禁城里坐以待毙，我必须做点什么。我把进宫时阿玛送给我的一只祖传玉镯从腕子上摘下来，放到了安公公的手里，嘴里轻轻地说出一句话：送我去圆明园。

关于我用一支小曲吸引皇帝的故事，很多年后仍然在坊间流传。那是因为我的运气并不比任何一个大臣更好，我住在承恩堂里，与九州清晏殿只有一箭之遥，但我仍然无法与他相遇，没有人知道他到底藏在哪座宫殿里，用鸦片的烟雾和女人丰满的肉体把自己苍白的面孔严严实实地遮挡起来。他看不见自己的天下，他的天下也看不见他。他所能看见的，只有女人的乳房，在他的面前晃来晃去；他所能抓住的，只有烟枪里冒出的袅袅的青烟。我的存在价值，对于皇帝来说略近于无。那时承恩堂前繁花似锦，没有人想到几年之后它会变成一片废墟，华美的花朵映衬着我的寂寞和忧伤。这时，我想到了唱歌。我天生一副好嗓子，我要用它表明自己的存在，用它跨越那似乎永难跨越的距离。歌声在空荡荡的空气中飘着，越飘越远，没有人接住它。终于有一天，我感觉到耳朵的存在。我看不见它们，但我隐约感觉到了它们的存在，就在离我不远处的某个地方，不动声色，在悉心地谛听。我唱着，歌声中充满忧伤。那双耳朵便像一对蝴蝶一样，悠悠地飞过来，越来越近。终于，有一双臂膀从身后环绕住我，他在问：

"你是谁？"

第三十章

那是我第一次品尝云雨之欢，有说不尽的缠绵。皇帝的身体瘦削、憔悴，像缎子一样光润。他很会撩拨女人，让一种说不出的痛痒一阵一阵地从我的身体深处浮漾出来。他有过许多女人，但对我来说，和他有了肌肤之亲，心中便对他有了依赖感，不想再与他分开。后来，他把自己泡在浴盆里，睡着了。醒来的时候，窗外下起了小雨，在窗外的树林里形成绵软的和声，皇帝斜倚在浴盆里，让太监伺候着，又抽起了鸦片。

案子上的奏折越摞越高，几乎无一例外都是有关战事的奏折。皇上睡去的时候，我偷偷打开一封奏折，立刻大惊失色，原来林凤祥、李开芳已率领一万长毛军渡过黄河，进入山西、直隶，进逼京师了。我看了一眼皇帝，他眼睛半睁半闭着，似乎在想着什么，又似乎什么都没有想。我偷偷地，把那封奏折放在所有的奏折上面。

"嫔妃干预朝政，是要杀头的。"

他幽幽的声音突然传来。

我吓了一跳，奏折一下子掉到了地上。

我默不作声，等待着他下一步的发落，然而在一片朦胧的烟气中，他好像又睡去了。过了一阵子，他接着说：

"你识字吗？"

我轻轻"嗯"了一声，又点了点头。

"那你替我批复吧。"他顿了一下，又说，"都是危言耸听。"

我低着头，嗫嚅道：

"我……不会写。"

"好办，就写：'知道了。'"

"知道了。"

第三十一章

九州清晏。

《尚书》云："九州攸同，四隩既宅，九山刊旅，九川涤源，九泽既陂，四海会同。"

九州是：冀州、兖州、青州、徐州、扬州、荆州、豫州、梁州、雍州。

皇上的目光一下子被它吸引住了。

纸做的九州清晏，岛屿、宫殿、花圃、雕栏，每个细节，在晶莹的澄心堂纸上清晰毕现。皇上把头扎进去，又抬起来，吃惊地问：

"你做的？"

我默默点了点头。

那天晚上，皇上没有吸鸦片。他的兴致很高。我们在一起做了一个游戏。

我们一起对对子。

谁获胜，谁就可以得到一州。

我说：

"好遇近智，力行近仁，知耻近勇。"

他想了片刻，答：

"在官惟明，莅事惟平，立身惟清。"

我点头说好，皇上赢了，他拿走了一个"冀州"。

他说：

"兰为善士，艾比小人，惟薰莸之自别。"

他在上联里藏了我的名字，我想了想，答：

"松号大夫，竹号君子，亦功德所宜施。"

他笑了，说我赢了，叫我拿了一个"兖州"。

没有金戈铁马，没有血战厮杀，我们以这样的方式，一点点瓜分着天下。

只剩下一个"雍州"了。轮到我说上联：

"立品如岩上松，必历千百载风霜，方可挂明堂而成大厦。"

他想了想，说："不妥。"又想了想，说："不妥。"终于烟瘾犯了，打起了呵欠，说："今儿个累了，脑子有点不好使了，但听贵妃指教。"

我说：

"可以这样对：'检身若璞中玉，经磨数十番沙石，乃堪琢圭璋而宝庙堂。'"

皇上摆了摆手，笑着说：

"雍州归你。"

随即把"雍州"送到我的怀里。突然，他的手在空中停住了，望着我怀里的"州"，怔了一下，嘴里喃喃地说：

"朕的天下，就这样失了。好在是游戏。"

我突然在皇上身边跪倒，说：

"启禀皇上，不是游戏，君不见皇上的江山，正一步步沦为他人乱党囊中之物。游戏败了，还可以重来；天下败了，就再无挽回之日了！"

皇上脸色大变，一脚把我踢了出去，吼道：

"放肆！后宫不得干政！"

"九州"撒落一地，变了形，形态怪异，变成一堆纸上废墟，再也拼合不起来。我的头在墙上磕了一下，发出咚的一声闷响。

皇上突然笑了。在一种奇怪的笑声里，说道：

"你以为天下有我没我，真的那么重要吗？"

我没有回答。他接着说：

"如果你主政……"他愣了一下，说，"你不会主政的，因为女人不能主政，我只是假设——那么，也许你会发现，对于天下而言，皇上的作用并不像想象的那样重要，很多事情，即使皇上，也无能为力。"

我哭了，两行清泪沿着粉颊扑扑簌簌地落下。

有风吹进殿堂，轻薄的帐幔如海浪般翻卷着，飞起很高。

我感觉到肃顺异样的目光。他从来没有认真打量过我，但我仍然能够感觉到他目光中的寒气，即使相隔甚远也咄咄逼人。分赏各地贡品的时候，按说每个嫔妃都有份，只有我，从来没有从肃顺手里得到过一次。有一次觐见的时候，我听见他对身边的大臣狠狠地说：

"牝鸡司晨，盗寇称王，这天下端的是没了王法了！"

第三十二章

太阳落山了，天地一片苍青。

深宫的灯光，一盏接一盏地亮起来。

我站在玉阶前，看着远处大殿飞翔的檐角，像苍茫的海上露出的零星的帆。

不知有多少人，在帆的底下，随那些看不见的船，一起沉浮。

第三十三章

洪秀全的北伐军攻陷了杨柳青,直逼天津。

那个名叫卞三娘的女贼向洪秀全献计,由湖北襄樊一路杀进河南,占据中原腹地,威逼直隶、北京,这一计很毒,如果洪秀全采纳了这条计策,直捣京城应该是不成问题的,大清帝国差不多就完了,不会再多活那五十年。所幸富庶的江浙吸引了洪秀全的目光,他的主力部队,像一群苍蝇,扑向江浙财富之区,北上河南、直隶的,只有一万人。

但这区区一万兵马在帝国北方的土地上仍然撕开了一个巨大的伤口。南方战事的残酷,使帝国北方的官员们成为惊弓之鸟,他们知道自己打不赢,所以干脆望风溃逃,所谓大河南北无坚城,黄河两岸二十七州县,就这样被贼军不费吹灰之力占了。直隶邯郸县令李育祥,听说长毛大军将至,从从容容送走家眷,再搬离库银狱犯案卷,然后打扫好房屋,让县衙厨房准备了千余人的饭菜,就拍拍屁股,走了。长毛军进城的时候,发现整座城池,居然一个人也没有,空荡荡的城池里,饭菜的香味显得格外尖锐,他们用鼻子而不是用眼睛,顺利地找到了县衙,居然发现一席精美的大餐。他们觉得这座城池的长官真是懂事，于是饱餐一顿之后，未对城池有丝毫损毁，急速出城北进。长毛军从邯郸彻底消失之后，李育祥又安然回到城中，关上城门，作坚守状，割掉了五十个平民百姓的头颅，作为战利品上报朝廷，并上奏曰："仓库并无短绌，狱犯并未脱逃，案卷毫无遗失，衙署未遭焚毁，绝无失事情形。"

　　这些都是荣禄在奏折中向朝廷报告的，皇上把荣禄的奏折朝案上一丢，苦着脸说，他早已命科尔沁郡王僧格林沁为参赞大臣，统领健锐营、外火器营、两翼前路营、八旗护军营、巡捕五营及察哈尔官兵，并哲里木、卓索图、昭乌达东诸王劲营，由京前往合剿；年仅二十岁的恭亲王奕䜣也破了"亲王不能任军机大臣"的祖制，被任命军机处行走，还有陆军统领荣禄，也早已在前线统率三军了。他苦笑着说：我的事情都干完了，我还能做什么呢？

　　来自前线的奏折像雪片一样飞来，在这些来路各异的奏折中，荣禄身影时隐时现，直到有一天，他满身血污地跪在皇帝面前，我才知道，连他，也被打得溃不成军了。

　　那一次荣禄率兵在滹沱河岸边追剿长毛溃军时，长毛军突然从前方消失了。荣禄派出侦察兵，但侦察兵有去无回，前方一片静寂，只有风吹野草的哗哗声。一种异样的感觉袭上荣禄的心头，他不由得打了一个冷战，断定这股长毛军只是诈逃，在前方设了埋伏，他们就潜伏在前方的荒草下面，他决定勒马调军。就在这时，自己的前锋部队居然迷了路，南方山地，虽沟谷交错，鬼魅如迷宫，但北方的平原旷野，没有任何地标，更容易使人产生幻觉。他们就这样在一片漫无边际的荒草中摸索着前行，尽管荣禄再三命令队伍要保持紧凑队形，但摸索间，队形还是散了，前后也慢慢地脱节。隐约间，荣禄觉得所走之路并非所来之路，但又说不确切。他令大军止步，又派出侦察兵，这一次侦察兵又是有去无回。正猜疑间，他听到敌军炮响，长毛军从四面杀来，三个不祥的字眼儿立即涌入荣禄的脑海："螃蟹阵"。"螃蟹阵"是长毛军自创的一个阵法，将全军分成若干组团，灵魂机动，在战斗中既可各自为战，又相互勾连，最终像螃蟹的钳子一样，将对手置于死地。官军自与长毛军作战以来，只要遇上"螃蟹阵"，只有死路一条，没有人能够找出克敌制胜的办法。

荣禄的部队很快被敌军冲垮了，没有了阵型，各自为战，而长毛军的"螃蟹"，却如一个设计精密的器械，时开时合。那是一个巨大的杀人机器，滹沱河边的旷野乱成了杀戮场。后来，长毛军把清兵们残缺不全的遗体一律扔到了滹沱河里。原本清秀的滹沱河于是被染成红色，变成一根粗大的血管，上面盖满了被泡得像一团团发面馒头的尸体。滹沱河似乎想摆脱那些尸体的纠缠，把它们冲了一段，在拐弯的地方，不耐烦地把它们甩在了岸边。

荣禄就那样趴在皇帝的面前，哭诉着他全军覆没的过程。这一次比上次更惨，只有荣禄一个人活着回来了。荣禄的英雄气概，此时已不知去向，他浑身颤抖着，在乞求饶恕，不知他乞求的对象，是皇上，还是那些死去的冤魂。很多年后，荣禄说他不敢去滹沱河，因为一去那里，他就能听到有人在河水中呼喊他的名字。皇上平静地说，那个助敌叛国的李育祥，昨天刚刚被凌迟处死，看来，今天朕又要杀人了。

那一刻，我看见荣禄的眼中流露出惊恐和绝望的目光。那是我第一次从荣禄眼中看到这样的目光。我不知道是应该同情他，还是鄙视他。无所畏惧的荣禄，在皇帝面前，就像一只随时可以被踩死的蚂蚁。看着匍匐在皇帝脚下的荣禄，我突然懂得了许多道理，懂得了权力的秘密；那个无比伟岸的荣禄已经荡然无存，在宫殿的内部，除了皇帝本人，所有的身躯，都是孱弱、渺小而卑微的。从那一刻起，我就决定将对荣禄的思恋一笔勾销了。

第三十四章

戊戌年的夏天将尽的时候，北京城的天空总是阴晴不定，雨水时下时停，颐和园里的绿树红花、白桥黄瓦，被雨水磨饰得愈发鲜亮，每当雨水骤停，都会发出惑人的光。整个园子都浸淫着馥郁的植物气息，那些穿插在亭台楼阁间的苍然古木都像金缕衣一样披挂了璀璨的光芒。

那些忠诚的太监一遍又一遍地查找着，那些交织错落的殿堂、亭、台、楼、阁、榭、廊、轩、斋、舫、馆、塔、白色的墙、金色的屋顶、栗棕色的柱子、栏杆、吊饰、假山、石岗、花卉、树丛……那些精美绝伦的风景，都可能变成刺客的藏身之所。现在，那些精心设计的景物已不再是欣赏品，而成为障碍物。或许，在此时的太监们心中，它们都是多余之物。如果没有它们，人们就不会处于危险之中。这样的悖论，出乎所有人的预料。

但他们一无所获。时间一久，人们又开始怀疑，那个假定的敌人是否存在。

夜里，李连英命令几十个太监，将我的乐寿堂严严实实围了起来，连一只苍蝇也休想飞进来。宫女们，则在乐寿堂的里面值夜，而荣子和娟子，则直接睡在我卧室的地上。

那道飘忽不定的刀刃正隐藏在某个我不知道的远处，提醒着我，我的权力不是无限的，即使在权力顶峰，手握生杀大权，依然有一把刀，为我裁决生死。空阔的颐和园为它提供了安身之所。它很远，但随时可能变得很近，它与我柔软的脖子之间的距离，随时可能变为零甚至负数。皇家禁地，以石头的硬度，构筑了一道巨大的盾牌，为皇权提供庇护，世界上恐怕没有任何一块地方会比这里更安全，但事实的另一面是，世界上没有哪一块地方比这里更凶险。被高大的围墙圈定的，永远不是一块清净的乐土，而是一片更加血腥的杀戮场。在钟鸣鼎食、行礼如仪的背后，是更加凶狠、残忍的凶杀。无论是谁，只要他走进了这片禁区，就等于他默认了它的游戏规则，就不应该再对死亡的发生抱有怨言。在宫殿的内部，隐藏着一个生物链，环环相扣，相克相生，无须对它进行干预，宫殿里的生态平衡，就这样依靠着一种自然的力量维持着。在那条看不见的血连环上，我不知那把刀属于哪一个链环，但这并不重要，我无须对刀的操控者进行猜测，我只要关注刀的本身就够了。总会有人把我当作他的敌人。一把刀消失了，另一把则会出现，各种各样的刀，神出鬼没，层出不穷。对宫殿来说，死亡并不重要，宫殿在给予一些人荣华富贵的同时，必定会让屈辱和死亡降临在另一些人头上，这是宫殿的能量守恒定律；然而对于失败者而言，死亡是重要的，每一个死到临头的人，都会想到自己毕生积攒的政治家底，他们不仅在一瞬间输得精光，而且赔上了自己的，乃至整个家族的性命。没有一种赌博，比在宫殿中进行的赌博，需要更大的赌注。宫殿是一座盛大的赌场，在这些华丽的宫殿内部，轮盘赌在夜以继日地进行，而所有光华璀璨的表象，都通向死亡的深渊。每个参与者都对它的风险心知肚明，但他们仍然义无反顾，没有人能拒绝它的诱惑。

没有一个人的死值得同情，包括我。甚至，没有人比我更死有余辜，原因是，权力越大，敌人就越多。无须知道那名至今潜藏在颐和园某一个角落的不速之客，他的后台是谁。朝廷上任何一个人都可能是他的后台，包括皇帝——我的侄儿。他们表面上对我恭恭敬敬，实际上对我恨之入骨。当我坐在朝堂上，望着满堂的大臣，心里想，这群王八蛋，今天是我的盟友，明天就可能全部变成我的敌人。他们对我唯唯诺诺，只是因为他们畏惧我的权力，一旦我失去了权力，马上就会死无葬身之地。自从咸丰皇帝晏驾那一天起，我就深深领悟了这个道理。甚至那些已死的人，那些在金碧辉煌的宫殿中粉身碎骨的冤魂们，都可能向复仇者发出指令。在宫殿中，死亡有它自己的逻辑和条理。一个死亡，常常会牵扯出另外一个死亡。死亡不是一次性的，它是一道无穷无尽的链条，是连锁反应，是一条血的连环。但这并不重要，重要的是我要比他们更强大、更凶狠。这是一个悖论 —— 权力带来的危险，也只有权力，能够提供庇护。在这场残酷的角逐里，我必须成为最后的幸存者。

第三十五章

　　姐姐，我想念你了。当我住进颐和园，白日的热闹过后，巨大的黑暗把我囫囵吞枣地吞下去，我突然感到一阵浑身冰冷。倾听着昆明湖上空旷的风声，我才知道我自己是多么的孤单。一种丰饶的荒凉。

　　姐姐，只有在辛酉年，我有过相似的感受。

　　姐姐，辛酉年的夏天，热河就像它的名字一样热。好像每个人都在这种燃烧的空气中接受着煎熬，我似乎嗅到一股焦煳的味道，是人肉的味道，不是鹿肉、马肉、牛肉、猪肉的味道，它不是从御厨里发出来的，它弥散在空气中。

　　姐姐，皇上在溽热的七月里总是粗重地喘息、大口地吐血，妹妹第一次发现，皇上的身体里居然有那么多的血，吐也吐不完。直到有一天，他把自己的身体全部吐空了。他把干枯的手从被子里探出来，然后，妹妹把手合上去。妹妹感觉他微微攥了攥，似乎想再攥住什么，但什么也没有攥住，就走了。文武百官跪在寝宫的门口，磕头，痛哭，行礼如仪，准备大殡，整个朝廷仍然按照它既有的规则运行不误，像钟表一样谨严和精确，只是，在这种平常的表象下，有一种不安定的情绪在每个人的心中蠢蠢欲动，仿佛有什么大事将要发生。

姐姐，那段日子妹妹整夜睡不着觉。妹妹从未像那年夏天做过那么多的噩梦。有好几次，我梦见自己被抛到深山野谷，等待喂狼。在梦里，妹妹的腿比棉花还软，而恶狼，总是在转眼间冲到妹妹面前。有时候，我梦见宫女嫔妃们被一个个用铁扦子穿起来，铁扦子的头很尖，闪着寒光，从裆下刺入身体，然后，那尖头会从脑袋顶上冒出来。脑袋顶上有如开花一样，有红的绿的东西一起冒出来，五彩缤纷。有人把铁扦子架到火上，转动扦子，一会儿肚子朝上，一会儿屁股朝上。但无论是肚子还是屁股，没过多久，就会成了黑褐色，而且，身体体积也大为缩小，变成肉干。肃顺就毫无节制地大笑。我会在铁扦子向我刺来的一瞬突然醒来。窗外，是漫长的，无休止的夜。然后妹妹会哭，但皇帝仍在，不能大哭，只能偷偷摸摸地哭。妹妹想，妹妹快死了。不会再有皇帝为妹妹做主。妹妹年轻，相貌好，妹妹不想不明不白地死去。

　　姐姐，后来我才明白，我所有的不安，来自肃顺。权力的真空出现了，肃顺认为自己是最适合填补那个真空的人，有一个名叫摄政王的位置正虚位以待。他从来没有表达过这样的意思，但他所做的事已经清楚地表达了这一点。他以新皇帝的名义，从潼关、居庸关、山海关外征调十万披甲大军回师京都，御林军在北京昼夜巡逻，北京和热河，到处都是密探。他在审核周祖培批阅过的文书时明知故问："这是谁批的公文？"部下小声告诉他："是周中堂批阅的。"肃顺竟破口大骂："呸！这帮混混，就会吃干饭，哪里懂得公事！"周祖培从嘉庆朝就入翰林院，历经整个道光朝，曾任户部尚书，年龄、资历、才学，样样都在肃顺之上，如今在肃顺的淫威之下，只好跑到内阁躲起来，宁肯放弃户部肥缺，甘做一个有名无实的大学士。同时，肃顺又以皇帝身份下诏，严禁恭亲王奕䜣来热河行在奔丧。尽管妹妹只是一介女流，但我分明感到一股寒气向我逼来，进而聚拢成一把寒光闪烁的利剑，指向我的咽喉。终于有一天，肃顺向先帝进言，欲仿行汉武帝的钩弋故事，杀母留子，以免日后太后专权。他把一个无比恶毒的念头隐藏在平静的外表下面。他的平静是伪装的，但他的恶毒却是真实的。

　　姐姐，自从先帝咽气那一刻起，妹妹的心就变硬了。因为从那一刻起，就不再有人保护我们姐妹了。尽管那行宫别苑，依旧是雕梁画栋、舞榭歌台，但在妹妹的眼里，已经是一片荒凉，像一片杂草丛生的荒原。所有的野狼，都躲在荒草丛中，蠢蠢欲动，而我们，已经完全暴露在它们的视线中。妹妹长大了，不是当初那个只会唱曲儿的兰儿了。妹妹曾经把宫殿比作天堂，实际上刚好相反，宫殿不是天堂，而是地狱，是杀人场、绞肉机，是群狼竞逐的战场，不论是男、是女、是老、是少，在他们迈进宫殿的一刹，都签了生死状，参加到这场鲜血淋漓的生死游戏中，连皇上，都要提防他身后的暗箭，只有少数的幸运者有生还的机会。妹妹原来不懂得这一点，但从那时起，妹妹懂了。被草原的风吹干的眼泪，绷在妹妹的脸上，使妹妹的脸发麻和发紧。我们必须坚强，变得比狼更加凶残，才有生还的希望。那是一场以命相抵的赌博，没有人敢松懈半分。我们已别无选择，必须参加这种凶残的竞赛，在竞赛中亮出自己锋利的牙齿，并且，必须成为胜利者。

姐姐，我们不是肃顺的对手，此时最好的选择，是什么都不做。等待不是最好的办法，但有时除了等待，我们什么都做不了。或许，机会就是在难熬的等待中，出现的。终于，妹妹想到了一个人——咸丰皇帝的弟弟、恭亲王奕䜣。我和奕䜣并不熟悉，但此时他与我们一样，成为八大臣刀俎下的鱼肉，与他联手，或许是我们唯一的生机。热河已经完全在肃顺等人的封锁之下，奕䜣也被八大臣的人牢牢地困在京城，我们音信不通。

姐姐，热河沉闷的气氛中，太监安德海与姐姐身边的宫女的争吵声显得那么嘹亮。后来，那宫女哭着，跑到姐姐跟前告状。当姐姐满面怒容地出现在妹妹面前的时候，妹妹的脸上突然露出一丝怪异的笑容。

姐姐，于是，一道严厉的惩罚，落到安德海的头上 —— 妹妹命令敬事房首领太监将安德海遣送回京，责打二十巴掌，并派到"大扫处"当差，以示惩戒。肃顺是一个心里只有大事的人，一个小太监的回京自然不会引起肃顺的注意。小安子就骑着一匹快骡，出现在热河通往京城的官道上。那匹骡子很快，一日有七八百里的脚程，就是一匹快马也很难追上它。那条道路上的所有关口，都被肃顺派人把守，一只老鼠都过不去，热河与京城联系的一切可能都被切断了。小安子骑着骡子抵达古北口的时候，天色已暗，他下了骡，把我的谕旨交给守关的官兵，官兵看了看，摇了摇头，说，没有肃顺的指令，任何人不得过关。小安子就坐在道边，讨了碗水，一边喝，一边与官兵闲聊，抱怨说难道如今皇太后的谕旨都不好使了吗？官员们说，他们只认肃顺的命令。小安子说，苦了这匹骡子，我给它喂点水，原路回去吧。就提了一桶水给骡子喝。骡子喝饱，他把桶里剩下的水全泼在骡子身上，水落到骡子身上就起了一阵白烟儿。小安子给它洗了洗，最后用水顺了顺它身上的毛，冷不丁地，突然跨到骡背上，掉转骡头，加上一鞭，向关内拼命奔去。官兵们大吃一惊，知道小安子闯关，立即拉马过来，准备追赶，但当他们跨到马背上时，那头骡子早已不见了踪影。

姐姐，安德海就这样回到京城。当天下午就移送内务府慎刑司，一顿皮巴掌，打掉小安子三颗牙，满嘴是血，打得他鬼哭神嚎。打完，他用袖口擦了擦嘴边的血，说，他要见内务府大臣、协办大学士宝鋆，当值太监一听就笑翻了天，安德海的怒火被他这一笑点燃了，一个跟头把他摞在地上，恶狠狠地说："不听我的，我就把你锯成几段，你信不信？"那名年轻的太监被他狰狞的面目吓得脸变了色，急忙连滚带爬地向上呈递信息。宝鋆一听就知道，安德海从热河赶来，一定有着不同寻常的原因，他马上召见了他。见到宝鋆，安德海扑通一声跪倒，哆哆嗦嗦地，从衣缝里取出一张纸条，那就是妹妹的亲笔信，上面钤着"御赏"和"同道堂"印，信上是这样写的："两宫皇太后同谕恭亲王，着即设法，火速驰来行在（热河），以备筹咨大事。密之！特谕。"

姐姐，当奕䜣在热河出现的时候，许多人都露出惊讶的表情。在八大臣看来，这是不合逻辑的。但奕䜣是皇上的亲弟兄，没有人比他的到来更名正言顺了。所以，尽管他们表现出明显的不快，但在我们姐妹的坚持下，他们毫无办法。这是我们姐妹走出的关键性的一步。妹妹还记得，奕䜣抵达热河那天，正是八月初一，天气很闷热，有一股腥甜的气息，自地面蒸上来，让人觉得难耐。奕䜣要见我们姐妹，肃顺开始很警觉，说不可。奕䜣说，那就让载垣、端华等大臣一起入见。肃顺听了这话，沉吟片刻，把手一摆，说，那就不必了。他完全没有把他的潜在对手放在心上，更没有想到我们会与恭亲王联手。现在回想起来，那实在是一次天赐的良机。

姐姐，还记得吗，奕䜣一进殿，就扑通跪到地上，大哭了一场。他哭得很伤心，泪水噼噼叭叭落在地面上，掷地有声。他哭的时候，脖子上的青筋暴起着，并且随着哭声跳动不止。妹妹甚至担心那血管青筋会爆裂开来。他哭诉："皇兄啊，你怎么这么就走了啊，山河破碎，还等着皇兄重新收拾啊……天啊……地啊……神灵啊……祖宗啊……皇兄啊，微臣可从无叛逆之心啊，青天可鉴啊……"

姐姐，奕䜣不是在哭诉，是在叫，在喊，在吼，在唱，他嘴里的字句在哭声中粘在了一起，囫囵一片，一个一个剥离不开，没有一个字音儿是完整的，每个字音儿都在颤动中滑向另一个字音，既像是一个字的结束，又像是另一个字的开始。说实在话，妹妹都没有听清六王爷在叫嚷些什么，但是妹妹也哭了。妹妹好像听懂了一切。妹妹憋了好久，早就等着大哭一场，却一直哭不出来，是奕䜣的哭声勾起了妹妹的哭。妹妹就在六王爷的哭声里哭。妹妹的哭声和六王爷的哭声一唱一和，配合默契。不知哭了多久，妹妹的哭声突然停住了，六王爷的哭声也停住了，像商量好了似的，我们的哭声，同时戛然而止。我看了看他，他也在看我。我们似乎同时想起了什么事情。的确，那时还不是哭的时候。或许，我们一家人，就会在哭声里丧尽。所以，我们要把哭的时间节省下来，早一点动手。生与死，都是刹那间的事。于是，妹妹说，先别忙着哭了，下一场丧事，或许就是我们的了。如果不想死，就得拿出点办法来。

姐姐，到现在还记得您冷峻的面容。姐姐说，姐姐素来吃斋念佛，不问朝政，对于诸大臣，也向来敬爱有加，假若肃顺等人以朝廷为重，也乐于放权予他，只是他们太目空一切，不把俺们孤儿寡母放在心上，极力反对垂帘听政，说什么太后垂帘，虽有史可览，但清朝向无先例，如果坚持太后垂帘，不但有违祖制，也违背了先帝遗愿。可是，唯有坚持垂帘听政，始可免为他人鱼肉。

姐姐，妹妹记得，奕䜣在听姐姐诉说时，睁大眼睛，表情益发愤怒。他说，只知肃顺八大臣不许他探望皇兄，没想到他们已经欺负到两宫皇太后头上。不惩治他们，天理难容。

姐姐，那肃顺就是康熙年间的鳌拜，倘若不除肃顺，不仅孤儿寡母受制于人，大清江山也将被断送。"天下兴亡，匹夫有责。"纵然匹妇，也不应例外。奕䜣说，要除掉肃顺，在热河绝不能下手，热河的一切，尽在肃顺掌握之中，有半点走漏风声，后果将不堪设想。所以，下手地点，必须在北京，因为恭亲王的力量，全部在北京，有太后旨意，他联合京内大臣，诛灭肃顺及其党羽，是完全可行的。精通外务的奕䜣还保证："外国无异议，如有难，唯奴才是问。"

姐姐，六王爷一离热河，妹妹的心就悬起来。毕竟，我们姐妹的性命，已经全放在他的手上，即使他是可以信任的人，但毕竟事关生死，未经过大事的妹妹，有些六神无主。倒是姐姐从容淡定，妹妹能在与姐姐交换眼神的一刹，感觉到姐姐的镇定，那份从容自信，也凭借一个眼神，传递到妹妹的身上。虽一语不发，但那种交流，只有我们姐妹能够理会。那些日子实在难耐，妹妹每天都盼着回銮的日子到来，把肃顺一伙，尽数拿下。

姐姐，没有想到，天有不测风云，奕䜣走后第三天，就出了一个意外，使我们的计划险些成为泡影。御史董元醇上了一道折子，奏请皇太后临朝听政，并由奕䜣辅政。这是谁也没有想到的巧合，与我们制订的计划完全一致，等于泄露了我们的秘密，提醒了敌人。所以，读罢这道折子，妹妹就倒吸了一口凉气，心扑通扑通跳个不停。妹妹把折子呈给姐姐，姐姐说，留中不发。但风声还是走漏了。这下等于捅了肃顺的马蜂窝。肃顺到来的时候，面如土色，厉声要求我们交出奏折。

姐姐，妹妹永远忘不了，九月十五那天，我们姐妹召集八大臣举行赞襄政务王大臣会议，肃顺等人竟对着我们当庭咆哮。载垣说："臣等是赞襄幼主，不需要听命于太后，请太后看折，实在是自找麻烦。"杜翰说："太后若听信垂帘之言，臣将不能奉命。"肃顺甚至已经不顾人臣之礼，说："女人嘛，就应该在后宫待着，没事不要老往前廷跑。女人从来都是婆婆妈妈、哭哭啼啼，掺和到政事里，还不把天下搅成一锅粥嘛！"

姐姐，肃顺的话还没有说完，幼主就哇的一声哭了。声音比肃顺还要慷慨嘹亮。那时，姐姐正把他抱在怀里，听大臣们胡搅蛮缠，姐姐说，皇上尿了。整整一大泡尿，全尿在姐姐的大腿上，一点也没有浪费。此时，八大臣还不让步，再三表明，本朝禁止后妃干政之成例，并且，还要拟写谕旨，惩治董元醇，否则，他们将停止处理国事。妹妹被他们气得浑身颤抖，对他们叫道："滚！全给我滚！"

姐姐，那时妹妹还不明白，姐姐的语气为什么突然缓和下来。姐姐说："皇上尿了，尿得我腿上热乎乎的。你们看，议政还能进行下去吗？"八大臣对视了一下，没有作声。姐姐便对妹妹说："妹妹，就依他们的，将折子拟旨发下照抄，就钤了印吧。"

姐姐，事后妹妹才明白，关键的时候到了，姐姐是以退为进，让他们放松警惕。牢狱之灾等待着董元醇，奕䜣的心腹胜保到热河求见我们姐妹，也被姐姐拒绝了。从此，我们姐妹再也没提垂帘之事，肃顺他们，终于放心了。

姐姐，没有了皇帝的热河，出奇地平静，像一座巨大而华美的坟墓。即使有意谛听，也几乎听不见任何声息。无论夜里，还是白昼，都是这样。好像一切都突然中断，出现了一段暂时的空白，又仿佛有无数种可能，潜伏在这暂时的平静背后。尽管整个世界都悄无声息，但是又几乎所有的人都在谛听。我能感觉到谛听者的存在，虽然我无法看见他们 —— 他们以不在的形式存在着。寂静令人心慌。那是一段难熬的岁月，除了等待，我无所事事。但这种等待是残忍的，它是施加在内心上的一种酷刑，它考验我们每个人的耐力。由于姐姐放弃了接见胜保的机会，我们无法得到有关北京的任何消息，甚至不知道六王爷此时是死是活。风从门缝吹进来，轻轻掀动桌上的书页。是《红楼梦》，第八十七回，"感深秋抚琴悲往事　坐禅寂走火入邪魔"。

好几天来，那册书都翻在这一页上，从未动过。妹妹所能做的事情，只有等待。这时，妹妹发现，安静有时是令人焦躁的。它比喧嚣更令人焦躁。在这样安静的时刻，自己的内心不知该投向哪里。整个热河都注视着一个人——不是姐姐，也不是妹妹——不是我们两宫皇太后，而是他——肃顺。

姐姐，那段最难熬的时光，对于肃顺来说，或许是最惬意的时光。他在享受着掌握大权之前的时光，仿佛一场盛宴，他并不急于消受它，而是将盛宴开始前的那种兴奋拖延得久一点。他在北京的耳目没有给他带来任何不利的消息，而热河，已经尽在他掌握之中。而事态的天平，也正是在不知不觉中，悄然发生变化。九月初四，我们姐妹谕令八大臣之一端华补授工部尚书、步兵统领，热河行在步兵统领之职。或许兴奋过头了，或许表明自身劳苦功高，端华竟然与肃顺、载垣面见我们姐妹，假意谦虚地说："微臣所兼差务繁忙，恳请太后减去兼职。"他还以为我们姐妹会刻意劝说。他没有想到，妹妹竟然抓住这个机会，迅速明发上谕，同意他的请求，免去端华的步兵统领、肃顺的管理理藩院、载垣的銮仪卫上虞备用处等职，并将步兵统领委任给醇亲王奕譞，京城禁军的兵权，就这样轻而易举地落到自己人的手上。

姐姐，或许肃顺也耐不住性子了，终于，肃顺干哑的喉咙里，传出一个令妹妹期盼已久的词——回銮。回銮，回銮！——
这个词我已在心里默念了一百遍，终于，肃顺替妹妹说出了这
个词！妹妹还记得那天早晨的天空是阴郁的，风也吹起来了，
在低空中悠缓地飘浮。所有的大臣和嫔妃的衣袍都被风吹起来，
微微作响。那些青蓝的官袍与红粉的裙袍令人眼花缭乱。但它
们只闪了一下，就消失了。消失在级别不同的轿子里。他们是
一群专门为宫殿而存在的动物，妹妹也是，离开宫殿，妹妹将
无法再活下去。他们是宫殿的一部分，他们已经与宫殿融为一
体。妹妹的心情格外阴郁，姐姐，离开热河时，妹妹的身体不
住地哆嗦。妹妹不知自己为什么想流泪，为情深意厚的先帝，
还是为我们叵测的命运。或许，是因为大事之前无法控制的紧
张，和对未来的恐惧。不知为什么，在重大关头，人们都要不
由自主地往最坏处想。妹妹害怕，害怕与某个无法承受的结局
不期而遇。那样，我们会死，并且死得像妹妹梦里见到的那样惨，
我们年轻的肌肤和饱满的血液将喂饱他们手中饥渴已久的钢刀。
妹妹无法想象刀刃靠近我皮肉的情形，无法想象那令人晕眩的
刀刃在一瞬间切入我们的肌肤。妹妹年轻的身体不是为刀刃准
备的，辉煌的宫殿将成为它的最终去处。而一把钢刀，就可以
改变结局，将通往宫殿的道路拦腰切断。妹妹生怕自己的紧张
暴露了我们的意图，好在肃顺对我们毫不在意。他一如既往地

不把女人放在心上。在丽正门，我看见姐姐登舆之前，眼睛里
也含着泪。姐姐走到妹妹跟前，四下望了望，悄声对妹妹说："此
次回京，还不知吉凶如何，不知我们姐妹还能不能再见面。"姐
姐握紧了妹妹的手，扭身走了。这时，妹妹的眼泪就再也止不
住了，噼噼啪啪地掉下来。

　　姐姐，宫苑退远了，大片的荒原出现了。我们出发的时候，
太阳还没有出来，天地间一片混沌，灰蒙蒙的，远方的景物，
似有似无。所有的风景都集中在宫苑里，离开宫阃，就不再有
好风景了。湖光山色被宫苑带走了，不愿与我们随行。旅途是
寂寞的，除了扛舆的太监们行进的沙沙声，什么声音都没有。
那脚步声，与风声十分接近。它们已经与风声混在一起了。肩
舆有节奏地晃动着，妹妹的内心也随晃动的节奏起起伏伏。旅
途令人昏昏欲睡，但妹妹始终警醒着。寂静中酝酿着不安的气
氛。在妹妹看来，意外可能在每分每秒发生。根据事先的安排，
我们姐妹要带着幼主从小道迅速回京，以便在京师准备迎接先
帝灵柩。八大臣中，载垣、端华、穆荫、杜翰随行，而肃顺等则
随鼠梓宫缓行。这种安排是合情合理的，然而它对我们却是极
为有利的，这使我们可以提前到达北京，与奕䜣合力，张网以待。

　　姐姐，我们还京的心情太迫切了，这个时候，一个致命的
疏忽险些要了我们的性命。我们太相信遗诏的力量了，低估了

肃顺一伙的阴险。事后我们才知道，那时他们已经选好了杀手，要在路上除掉我们。这样，还没等我们见到奕䜣，我们就命殒他乡了。

姐姐，在丽正门登舆的时候，我看见侍卫军的头领将手朝天上一挥，这个动作令我困惑不解。在他挥手的一刹，我看见他的大拇指上，戴着一个样式奇特的戒指。我的心中涌起一种莫名的不安，但我说不出来，看到姐姐泰然自若的面庞，我想，也许自己太多疑了。只有荣禄是我们信任的人，妹妹好想请他为我们护驾，但他已接到肃顺的命令，保护先帝的灵柩。没有办法，我们只有听天由命了。

姐姐，当天黑下来的时候，我们在一个山谷搭起了帐篷，妹妹和同治睡在一个帐篷里，姐姐和随身侍女住在另一个帐篷里。这样的安排合情合理，因为妹妹向来喜欢清静，担心兵士们的鼾声搅了我的好梦。一天的劳累，使我和儿子很快进入了梦乡。一切都沉寂下来，连虫鸣都没有了，只有一支蜡烛在帐篷中兀自燃烧，驱除着无边无际的黑暗。

姐姐，那时的妹妹并不知道，那是妹妹一生中最凶险的一个夜晚。仿佛有上天关照，在熟睡中，妹妹脸上突然感到一阵冰凉。妹妹猛然醒了，看看儿子，他睡得正香，一丝晶亮的口水自他的嘴角流下来，落在我的脸上。竟然是儿子的口水，救

了我的命。妹妹抬起头，目光转向帐篷内那摇晃的烛火，发现
那火苗正倒向一边，好像被一只看不见的手压弯了。妹妹顺着
火焰倾斜的方向仔细打量，接着，我被一个发现惊呆了。在火
焰背离的那个帐篷壁上，出现了一条狭长的裂缝，仿佛一只大
猫眯着的眼睛。接下来，一只真的眼睛，出现在裂缝的后面。
在烛火中，妹妹看不清那只眼睛，但妹妹分明能够感觉到那只
眼睛的存在。妹妹把儿子紧紧抱在怀里，然后挥手，把蜡烛扇
灭了。妹妹屏住呼吸，向洞口张望。果然，一把寒冷的钢刀，
从裂缝中伸进来，小心翼翼地将裂缝扩大。那时，妹妹的眼睛
已经习惯了黑暗。慢慢地，在黑暗中，妹妹看见了他的手，手
指上那只样式奇特的戒指，在月光下熠熠生光。我在脑子里搜
索着对他的记忆，终于，我知道了他是谁，他的面孔，在妹妹
的脑海里清晰地浮现出来。

　　姐姐，就在妹妹屏住呼吸，盯住那人的手的时候，那人的
手也突然停住了；妹妹紧张得又喘起粗气，他的手，又开始工作
了。妹妹的呼吸，和那个戴戒指的手，保持着相同的节奏，仿
佛有着天生的默契。帐篷的口子悄无声息地越来越大，大到可
以容纳半个人了。我知道，死亡，就在眼前了。

　　姐姐，你或许不知道，就在妹妹苦苦寻思解困之计时，杀
手的脑袋，突然探进帐篷。妹妹还没来得及叫出声来，那颗脑

袋已滚落到妹妹面前，嘴定格成一个"O"型，眼睛大张着，与我对视。我抱着儿子，向旁边拼命一闪。定睛时，才发现，闯进来的，只有头颅，他的身子，留在了帐篷外面。鲜血仿佛从水桶里倒出来，喷洒了一地，把妹妹的袍子，也粘在地上，妹妹用力撕扯，才把袍子扯开，咝咝啦啦的声音，仿佛在活剥一只青蛙的皮。

姐姐，那一晚，我是抱着年幼的儿子——大清王朝即将登基的皇上，睁着眼睛度过的。此后，在到达北京之前的三个夜晚，妹妹都是这样，睁着眼睛度过的。老天帮助我们，躲过肃顺亲信的暗算，那么，我们就一定把先帝的骨血，放到皇帝的宝座上。只有这样，才对得起先帝，对得起列祖列宗，对得起大清王朝啊！

姐姐，皇宫近了，近了，终于，到了。在京诸王、大臣前来接驾，妹妹从人群中，看到了奕䜣年轻、坚毅的面孔。就像在海水里泅渡已久的人终于触摸到陆地，妹妹下舆的那一刻，妹妹再也忍不住，号啕大哭，哭得那样放肆，那样豪迈。突如其来的哭声令诸王和大臣吃了一惊。他们许多人对已经发生的一切一无所知，他们无法想象，我们姐妹刚刚从虎口里挣脱出来。

姐姐，现在轮到我们为他们准备丧礼了。咸丰十一年九月三十日，这是妹妹永生难以忘记的日子。这一天，载垣等人进入南池子，由东华门入宫时，他们见到了许多新面孔，不知道发生了什么事，还像从前一样，盛气凌人地上前拦阻，口中高喊："太后不应召见外臣！"

姐姐，载垣的话还没有说完，太监就宣读了我们姐妹事先拟好的圣旨："前因载垣、端华、肃顺等三人种种跋扈不臣；我于热河行宫命醇郡王奕𫍽缮就谕旨，将载垣三人解任。兹于本日特旨召见恭亲王，带同大学士桂良、周祖培，军机大臣、户部左侍郎文祥，乃载垣等肆言不应召见外臣，擅行拦阻。其肆无忌惮何所底止！前者仅于解职，实不足以蔽辜。著恭亲王奕𫍽、桂良、周祖培、文祥即行传旨：将载垣、端华、肃顺革去爵职拿问，交宗人府会同大学士、九卿、翰詹科道严行议罪。钦此。"

姐姐，妹妹至今对载垣他们目瞪口呆的神情记忆犹新，因为他们对灭顶之灾毫无察觉。这时，妹妹才意识到，能裁人生死，是何等快哉。那载垣还想抵抗，吼道："没有我等大臣拟旨，哪来的圣旨？"但我们姐妹不与他们纠缠，他话音未落，奉恭亲王奕𫍽之命等待已久的宫廷侍卫就已经一拥而上。这些佞臣，带着几声难听的怪叫，被拖出大殿。宗人府漆黑的牢狱正等着他们呢。

姐姐，那肃顺是在睡梦中被擒的。那时，他护送的先帝灵枢已到了密云。或许是年纪大了，经不起旅途劳累，或许是心态松弛，那一夜，他睡得格外香，鼾声四起，以至于奕谟那把杀人无数、血腥味和铁腥味浓重的钢刀抵在他脖子上时，他竟然一无所知。也许是那把刀过于用力，挑破了他的梦。他是带着一声恐怖的叫声突然惊醒的。他没有看见人，只感觉到一阵阴气弥漫过来。他迅速从床上跳起来，奕谟收起刀，士兵们已将肃顺团团围住。奕谟说："本王受圣上之命前来拿你！"他毛骨悚然，不知是否听清了奕谟的话，身体竟然在床上独自猛烈地扭动起来，就像疯了一样，也像沉浸在某一个梦魇里，还没有醒来。

　　姐姐，大清江山，就这样握在我们姐妹手里了。有姐姐的稳重、智谋，有我们姐妹联手，没人能够推翻咱的江山。谁动这个念头，咱们就让他粉身碎骨！

　　姐姐，朝廷不是慈悲的佛堂，它自古就是用死人的骨头堆起来的。朝廷就是一座巨大的停尸场，但它不同情死者，只有把所有的尸体踩在脚下，才能得到它的垂青，不管它们腐烂，还是苟延残喘。

　　姐姐……

第三十六章

一连串的死亡接踵而至。这些死亡事件，无疑都是在宫殿中酝酿的，所以，它复杂的酝酿过程，都是隐形的，被高大的宫墙一层一层小心翼翼地包裹起来，只把最终的结局公之于众。一个又一个的王公大臣死于非命，没有人知道，死亡究竟是如何降临在他们头上的，只能看到他们的斩决。但他们的死亡之路，是从宫殿开始的。

菜市口成为京城最忙碌的地方。这里是宫殿的延伸，它在执行着宫殿的旨意。刽子手们手握钢刀，浑身肥肉颤抖着，陷入一种前所未有的职业性兴奋中，以至于杀人的高潮过去以后，他们总是下意识地盯着人们的后脖梗。对于这些合法杀人者来说，那些质地不同的后脖梗，会唤醒他们强烈的工作欲望，令他们跃跃欲试。他们大都身怀绝技，瞅准了脖颈，一刀下去，刀刃在肌肉下面的骨缝间准确无误地一闪而过，因惯性而飞扬至半空，仿佛一个精彩的亮相，而那被斩断的头颅，也随之腾空而起，追逐着飞翔的刀刃。但那还算不上高明，对于杀人界真正的劳动模范来说，钢刀过处，脖子上的刀口，是一圈白色的刀茬，细致如丝，不仔细打量根本看不出来，而那颗脑袋，还原封不动地，与他的身体紧密团结在一起，然后刽子手朝死者的身体猛踹一脚，那沉重的身体扑通一声歪倒在断头台上，那颗执著的头颅，才骨碌碌滚向一边。每当这时，人群中都会爆出一阵喝彩。在他们的刀刃闪过的地方，一道道血柱喷薄而出，在阳光中变得透明，映红了围观者的面孔。这样的好戏，即使对于见多识广的北京人来说，也不可多得。所以，每当这时，人们会从北京城的各个角落赶来，聚集在杀人场的周围，像过节一样兴高采烈。

肃顺的执拗把这出戏恰到好处地推向了高潮。他的囚车从刑部监狱出发，穿过北京城的大街小巷，向菜市口方向行进。他的下巴抵在囚笼的外面，头颅艰难地上仰着，像一只受伤的动物，迎接着自街巷两边的人群中飞出的瓦砾石子。一颗巨大的石头准确无误地砸中了他的鼻梁，黏糊糊的血淌下来，弥漫了他的半张脸，他破口大骂。他的大骂，又招致更猛烈的攻击。这是一种双向的挑逗，它使双方都陷入一种兴奋之中，相得益彰。当肃顺被五花大绑，押上行刑台的时候，他声嘶力竭的谩骂，招致台下震耳欲聋的回应。行刑的时辰到了，刽子手要他跪下，他拒而不跪。刽子手取来大铁锤，朝他膝盖下的胫骨狠狠击去，如潮的叫好声中，人们听见了他两条腿的胫骨相继断裂的清脆声响。他大叫一声，跪在台子上。

剧痛中，他的叫骂声更加歇斯底里。他拼命地晃动着脑袋。突然，他散乱的目光凝住了，仿佛空中有什么事物，将他的目光吸引住。他狂躁的身体，就那样停顿了一秒，然后，如同戏里的唱腔，气贯丹田地喊：

"我操你妈！"

他的身体在骂声中剧烈地扭动起来。一名刽子手似乎被他的骂声激怒了，拎起他脑后的发辫，向相反的方向使劲拉紧，这样他的脑袋就丝毫动弹不得了，他肉墩墩的脖梗彻底暴露出来。这时，一只苍蝇受到了他脸上的血污的诱惑，不偏不倚地，落在他的鼻尖上，在伤口上爬来爬去。他感到奇痒难忍，叫骂也受到干扰，戛然而止。他试图晃动脑袋，让苍蝇飞走，但在刽子手的控制下，他的脑袋丝毫动弹不得，他于是把下嘴唇做出簸箕的形状，攒足一口气，向苍蝇吹去，而那只苍蝇的立场没有丝毫的动摇。这一顽固的态度让肃顺颇为不满，他使劲地耸动着鼻子，而出于对血的腥甜味道的深深迷恋，苍蝇在那只动荡不安的鼻子上站稳了脚跟。这位曾经掌握军国大权的大臣，却对一只苍蝇无能为力。在与苍蝇的较量中，他无法占得上风。那种微小的，却无法摆脱的纠缠令他大为光火。他试图打量他的对手，但那只苍蝇距离眼睛太近了，他看到的是一个若有若无的虚幻的影像，只有那份挥之不去的痛痒是真实的。这位历经沧桑的老人，在他生命的最后时刻，他的意识完全被那只苍蝇控制住了，甚至忘记了即将执行的死刑，大脑里除了这只苍蝇，一片空白。

剑子手似乎也发觉了苍蝇的存在，他的下巴一抬，拎着肃顺的发辫的人立即明白了他的意思，转换了一个角度，像拉缰绳一样，把肃顺的头拉起来，剑子手手起刀落，钢刀夹带着一股阴风，从肃顺的鼻尖掠过，那只固执的苍蝇，没有来得及逃跑就已经身首异处。在钢刀从鼻尖上闪过的刹那，肃顺本能地闭上了眼睛。他的头又被拉到原来的位置，他知道完了，眼睛还没有睁开，钢刀又夹带着一股阴风，第二次落下，准确无误地穿透他的脖梗。满腔热血，从他脖颈平整的断面上寻找到一个确切的出口，喷薄而出，一群苍蝇受到血的蛊惑，狂欢一般，从远处呼啸而来。

菜市口迎来了它的收获季节。载垣、端华、景寿、穆荫、匡源、杜翰、焦祐瀛，他们的人头，如同猩红的灯笼，装饰着这个盛大的季节。在他们之后，他们一层一层的下属，所有篡位阴谋的参与者，他们的脑袋，在这里被一一收割。整座城市，都因此陷入节日般的兴奋和癫狂。此后，尽管杀人的好戏在这里一天也没有断过，但直到三十七年之后的戊戌年，如此的癫狂，才在这座城市里复活。这是一场血腥的清洗行动，但只有血，能够净化我们的朝廷。

有一个人坐在刑场边的正兴德茶楼上，不动声色地注视着刑场上的一切。据说，那一天，刑场周边的酒肆茶楼，都早早就订满了座。对于这些酒肆茶楼来说，这是它们最好的商机。在京城这个最主要的蔬菜市场周边，自乾隆年起，各种商号就开始在这里聚集。也正是因为这里地处要冲，人群密集，朝廷才在这里设置了刑场。从那时起，菜市口，就不再仅仅是一个世俗中的集市，还是官方宣扬权力暴力的最佳阵地，更成为丰富人民群众业余文化生活的重要场合。与它的威慑作用比起来，它的娱乐作用更加强大。中国的百姓已经习惯了杀人，没有杀人的菜市口，会让人觉得索然无味。官方与民间、施虐与受虐，在这里达成完美的统一。这天清早，人们就纷纷从鹤年堂中药铺、春华斋糕点店、大常恒煤油店⋯⋯这些店铺前面挤过来，各自选择了最佳位置，对那场血腥的行刑翘首以待。而关于政局的各种小道消息，也以窃窃私语的方式，悄然传播。

他进门的时候，什么也没有说，只从腰里掏出五两白银，茶楼主人就立即给他安排了一个视角最好的窗口。他坐在一扇镂花的屏风下，慢慢地呷着茶水，让那温润的液体带着遥远的春天气息进入他的肺腑。那时已是寒秋，临近行刑时分，风突然大起来，从张家口外的草原上吹来的风沙在京城灰色的胡同中乱窜，尽管不比春天里的沙尘狂暴，但总给人一种不安定感。从窗子的高度望去，从南城墙方向层层叠叠蔓延而来的灰色瓦檐，如同成群结队的死鱼，飘浮在灰蒙的秋色中。他就坐在那个角度上，看着囚车从灰色屋顶的缝隙中穿过，向茶楼下面的广场驶来。囚车离近的时候，他看清了肃顺的脸，那张被砖头瓦块击打得血肉模糊的脸。在行刑前的最后时刻，肃顺散漫的目光，居然在跃过千万张人脸之后与他相遇——他发现了茶楼窗口的他，这样的概率，或许只有万分之一，但他们的目光，的确在一瞬间对撞在一起。肃顺竭尽全力，吼出那句国骂。这是这位盛气凌人的权贵，留在世界上的遗言。在场没有人知道，这句国骂，并非平常的发泄，而是有着明确的指向，只有那个窗口的人对此心知肚明。他轻轻呷了一口茶，笑了，他的笑很轻松，也很恶毒。

他后来对我讲，在肃顺人头落地的一刻，他心里在猜想，我在做些什么。我告诉他，那时我正在储秀宫里作画。我已经不知多久没有画画的心情了，那一刻，不知为什么，内心突然升起一种画画的冲动。还是我小的时候，我常常在劈柴胡同的旧宅里，依偎在父亲宽大而温暖的袍服边画画。那几乎是我一生中最温暖的记忆。我画花，画草，画山，画水，画我梦想的世界，但我从来没有画过宫殿。那时的我，无法想象宫殿的辉煌，也不会想到，巍峨的皇宫，将成为我的归宿。现在我明白了一个道理，真切可靠的宁静生活，即使存在，也是短暂的。自从我入宫那一天，它就消失了。但我仍然对它的存在确信不疑。但它的存在有一个前提，那就是权力的护佑。只有拥有了绝对权力，才没有人能够剥夺你的宁静。

那天我画了一幅《松鹤图》。肃顺的头颅从断头台滚下的时候，一只仙鹤正从我的笔底脱颖而出。只是，在画腿的时候，我的心思还是乱了一下，嘴里喃喃自语：

"这仙鹤腿总是画不好。"

此时，画师缪嘉蕙正侍立在我的身边。她在旁边，悄悄画了一条仙鹤腿，呈递给我。我大喜，临摹上去，果然传神。一只傲然独立的仙鹤，显示超凡脱俗的气质。后来，我在这幅《松鹤图》上钤上"慈禧皇太后之宝"的印玺，赏赐给醇亲王。

那人看见肃顺一伙的脑袋落了地，就站起身，下了楼，消失在人群中。茶房在收拾茶桌的时候，发现案上留着几个用手指蘸茶水写的字：

"死有余辜。"

第三十七章

那个人，便是我最宠信的太监安德海。在热河，肃顺等人的监视网像城墙一样牢固，一只鸟也飞不出去，只有他，一个只在宫中做打扫和浇灌花草的小太监，没有引起他的注意。这样一个小太监，因与东太后的使女发生冲突，受到责罚，饬令押解回京，这样鸡毛蒜皮的小事，是不入肃顺的法眼的。他心里装的是大事，他认为得到了皇上临终前关于八大臣赞襄一切政务的朱笔特谕，控制好两宫皇太后，就万无一失，挟天子以令诸侯了，他们想不到他们的周密抵不过一个女人的心细。正是这一细如发丝的疏忽断送了他们的前程，而小安子，就是使他们的千里之堤崩溃的那只蚂蚁。

刑部监狱里的肃顺，一定对他失败的过程不断进行过沙盘推演，但他不会找到破绽在哪里，他不会知道，分别在他严密控制之下的两宫皇太后和恭亲王奕䜣，彼此在千里的距离之外怎样联起手来。真正折磨他的，将不是刑部大狱里的酷刑，而是这道谜题。直到他在死刑台上，在临死前的最后一刹，与安德海目光相遇，才恍然大悟。他是一个并不缺乏政治智慧的人，在那一刻，他一定明白了，茶楼上那张熟悉的面孔，对他、对他的盟友，以及他的政治大业意味着什么。在宫殿里，那是一张多么微不足道的面孔。这样的面孔，在宫殿里无处不在，但是从来没人真正打量过它们，他们的存在略近于无。他们既不是男人，也不是女人；既不是官，也不是兵。他们只是工具，从事着宫殿中的各种杂活，但没有他们，宫殿只能是一堆华丽的零件，那些大小不同、功能各异的宫殿，就无法勾连成一体。他们更像是隐身人，宫殿里的男人和女人，都不避讳他们。小安子就是以隐身人的身份逃过了八大臣的视线。他出现在他们的盲点里。时常前来梓宫的肃顺不会不认识他，但他对他视而不见。他不会想到，一只渺小的蚂蚁，只要被放置在合适的位置上，就可以使历史的杠杆彻底倾斜。

那天，送走小安子之后，宝鋆立刻吩咐备马，沿午夜寂静的街道，前往文祥宅邸。月光洒在石砌的道路上，反射着一种锃亮的漆光，马蹄敲打在上面，发出清晰、同时又十分空洞的声响，使他的内心显得益发焦急。马车从鼓楼巨大的阴影下驶过的时候，鼓楼刚好敲响子时的更鼓。这更鼓似乎敲在他的心上，使他的心更加急促。他深吸了一口气，或许可以从午夜清冽的空气中，嗅到塞外草原的气息。终于，他到达文祥的宅邸。文祥见他深夜赶来，知道必有要务。他把他引进密室，昏黄的灯光下，宝鋆拿出了那张沾着小安子汗臭味道的纸条，递到文祥面前。文祥接过纸条，那短短的一句话，他端详了半天，才说：

"想不到西边的颇具才干！"

过了片刻，又说：

"是位可以共事的。那个折子上的正是时候。"

宝鋆问：

"什么折子？"

文祥说：

"恭王刚刚上了一道请求叩谒梓宫的折子。"

宝鋆点了点头，心领神会。

那时我还在热河，对北京的事情一无所知，甚至小安子是否把我的亲笔懿旨送交宝大臣手中都不知道。这些事情，都是事成之后，他们告诉我的。直到八月初一那个闷热的天气里，我热得几乎透不过气来，汗水浸透了我的内裳，无论怎样扇动手中的手帕，都无济于事，就在那个窒息的时刻，就在成群的官员中，我一眼认出了奕䜣的面孔，才知道小安子把事办成了。

自从我第一次应选秀女进宫那天起，我的生命，就与宫殿紧紧联系在一起了。从兰贵人、懿贵妃到西太后，宫殿的台阶，把我一步步送到一个令人眩晕的高度上。女人不能当皇帝，但可以以垂帘听政的方式发布谕旨、掌控天下。现在，距离宫殿的最高点，只有一步之遥了。俗话说，自古华山一条路，实际上，自古宫殿也只有一条路，一条拥挤的、险象环生的路，它在沟壑里，遍布着死者的白骨，以至于每到夜晚，我都能透过宫殿深处刮起的风，听到死者的哭号。如果我不能迈上去，就会从高大的丹陛上坠落下来，死无葬身之地。

最关键的时候，我只要一分力。这分力是小安子给我的。这很重要，于是，紫禁城太监的最高职位——太监总管，理所当然地落到他的身上。与此同时，我还任命恭亲王奕䜣为议政王，总理国政，大学士桂良、户部尚书沈兆霖、户部右侍郎宝鋆、户部左侍郎文祥，均在军机大臣上行走。他们同样是这条华山之路上的冒险者，他们理当分享成功者的荣耀。

小安子凭借他的勇敢与伶俐，就要了肃顺一伙的命。在菜市口，他精心地打量着那些血淋淋的人头，如同打量自己的作品。那是他的得意之作。从肃顺最后恶毒的眼神与谩骂里，他感到了极大的快感，那些谩骂无损于他，相反提高了他的身价，以至于很久以后，这个年轻人，依然沉浸在这种成功感里。直到他死于非命，都没能从这种成功感里摆脱出来。

第三十八章

那天，在热河，一个步军统领经过仔细考虑后，擅自离开了他的岗位，跨上一匹高头大马，沿着小道，尾随两宫皇太后而来。

几乎与我同时，站在高岗上的荣禄，看见了那只挥起的手，以及拇指上的戒指。但是，在那名侍卫军首领视线的另一头，荣禄看见另一只也在高高挥起，然后迅速落下。那是一个"杀"的动作，身在军营的荣禄对此心知肚明。那个人，是肃顺。

后来荣禄告诉我，在那一瞬间，对即将发生的一切，就了如指掌了。现在，他必须迅速决定自己该怎么办了。擅离职守，等待他的，将是死罪；但如果忠于职守，慈禧母子必将死于非命。片刻的权衡之后，他迅速挎上腰刀，跃上战马，马不停蹄地，沿着两宫皇太后走过的山道，飞驰而来。这是一匹快如疾风不知疲劳的马，荣禄弯腰伏在马背上，把鼓励的话送入它的耳朵。

时间精确得仿佛经过了计算，就在我忽然醒转的一刹，荣禄已经骑马冲进了营地。营地里有很多帐篷，他无从判断，哪一个帐篷是我的。所有的兵士都进入梦乡，而他，已经没有时间去询问了。对于陷入爱情的人来说，关键时刻，是依靠心，不是脑子思考的。他凭直觉，向一个孤零零的帐篷冲去，在抵达那个帐篷之前，他已经看到了帐篷外那个无声无息的黑影。那团黑影也听到了动静，但没等他扭过身来，荣禄的钢刀，已经从他的脖子上一闪而过。飞奔的刀子带着巨大的势能，把他的头颅掀到了帐篷里，他的身体，则扑通一声，倒在了帐篷外面，脖子上，是一道平整的刀口。

由于惯性，荣禄的马又冲出去很远，等他掉转马头时，我已经从帐篷里冲出来，娇小的身体，站在月光下面。他骑在马背上，威武高大，成为一个剪影。我心头一颤，突然想起第一次见他时的感觉。那天夜里，我伏在荣禄的怀里，肆无忌惮地哭了。但我的哭声只持续了片刻，我们几乎同时想起什么，相互闪开。荣禄跪在地上，向太后请安。

此后，荣禄便跟随着两宫皇太后，护送我们，一路抵达北京。

我们没有做任何不理智的事。此时，我的头脑比任何人都要理智，我不能允许任何事情，影响了我的千秋大业。

第三十九章

我们共同的敌人被铲除了，但宫殿，并没有太平。在宫殿里，永远不会有太平的日子，因为在宫殿里，永恒的不是朋友，而是敌人。宫殿就是一个炮制敌人的地方，它像一架永动机一样，一刻不停地炮制着敌人，旧的敌人消灭以后，它还会不断物色新的敌人。是敌人，赋予宫殿永不枯竭的生命力。宫殿同时也是胜利者的纪念碑和失败者的墓地，敌人的尸体为宫殿提供着永远的肥料。

我几乎可以看到他的眼睛里闪烁的欲望，是宫殿，赐予一个男人的欲望。那种目光，犹如一个铁血的将军，手里握着刀，面对沙场时的目光，傲慢，而凶狠。恭亲王奕䜣，在经过咸丰朝将近十年的闲置之后，一旦取得摄政王的名号和军机领班的权力，以他的身份地位、学养经历，外有洋人支持，内有剿灭太平天国的功勋，一股旺盛的企图心，正在他的胸中熊熊燃烧。兴洋务，建工厂，设招商局，筹建亚洲第一的中国海军，创办同文馆，办新式教育，派留学生，整饬吏治，像肃顺那样任用汉臣——帝国的十名总督，他用了九名汉臣，曾国藩、李鸿章、左宗棠、张之洞，接二连三地，被奕䜣一手提拔起来……一个又一个中兴计划，在他的胸中酝酿。他以一种近乎苛刻的目光审视着旧宫殿，仿佛旧有的一切都千疮百孔，那种逼视的目光，有时甚至令我都会感到不寒而栗。很多年中，一想到恭亲王身边的那股汉人势力，肃顺时代的前尘往事就会如约而来，令我不寒而栗。

被斩首者的血照亮了前程的小安子没有想到，就在他志得意满的时候，一道冰凉的刀刃，已与他的脖颈近在咫尺。螳螂捕蝉，黄雀在后，小安子不会想到，肃顺那伙奸臣被杀以后，自己正在升级为新的敌人。恭亲王奕訢新官上任，他的宫廷大扫除，就是从小安子开始的。那时的奕訢，还兼着内务府总管大臣之职，宫中大小事务，皆由他管。这个有名的吝啬鬼，和一心揩油水的小安子，相互视为眼中钉，就不是什么意外。

那时小安子经常向我报告，恭亲王又克扣了我的用度。尽管我知道小安子在添油加醋，但一丝不快，仍会从我的心头掠过。天下之大，莫非王土；率土之滨，莫非王臣。天下的一切物用，皆归我所有。我平生最恨，就是有人在我的头上加紧箍咒。难道恭亲王，真的没有把我这个皇太后放在眼里吗？

那时的小安子还沉浸在胜利者的骄狂里。这个没见识的小安子，狗肚子里盛不了四两油，仗着我的娇纵，四处揩油。他居然看上了恭王的翡翠烟壶。

那只翡翠烟壶，晶莹碧绿，略带红晕，为宫中至宝，道光帝最爱那只烟壶，终日佩戴，从不离身。自乾隆皇帝以降，只有皇帝，才有资格拥有它，唯独奕訢，不是皇帝，而是王爷。或许，道光皇帝有憾于没有把皇位传给奕訢，所以，在他行将离世的时候，把这只翡翠烟壶从脖子上解下来，轻轻放在奕䜣的手心里。

现在，小安子居然试图成为它的新的拥有者。他被那只翡翠烟壶迷离的光色迷住了，忘记了自己的脑袋将为它而搬家。他的那身皮囊，哪里镇得住这皇家珍玩！那天，他借着巡视内廷的机会，神态悠闲地走进乾清门旁边的军机处那间狭长的值房里。他看见几位军机大臣围坐在一起，一边喝茶，一边探讨国政。奕䜣斜眼看到了他，以为他又来索要钱物，没有理他。但他无论如何没有想到，此时，小安子居然当着众大臣的面，盯着他胸前挂着的那只翡翠烟壶，说：

"奕中堂，这只翡翠烟壶真是珠圆玉润，如能恩赐小人佩戴几日，小人将对大人的恩泽感激不尽。"

那时的奕䜣不会想到，这位"刑余之人"，居然向身为皇叔的亲王索取皇家宝物，这实在是大清立国二百年绝无仅有的荒谬之举。他用目光逼视着安德海，那目光会杀人。但小安子不管不顾地盯着他看，脸上挂着掩饰不住的笑容。奕䜣显然被这不知天高地厚的笑容激怒了，脸气得煞白，但小安子说，那天他没有发作。他忍住了。他知道小不忍则乱大谋，他知道小安子看上的绝不仅仅是一只翡翠烟壶，他还想要更多的东西，而这，仅仅是个开始。他知道那是一次心理较量，小安子的目的，正是挑战他的权威。如果他发作，他就失败了。

同治二年秋天的那个早晨，我在早朝散值的时候，叫住了恭亲王。我向他询问了向英国订购的七艘兵轮抵达天津的情况，说：

"听说英人交船的时候，为兵轮配备了一名舰队总指挥阿思本及由他雇用的六百英兵，而我大清水兵却不准上舰，有这回事吗？"

奕䜣回道：

"太后明察，确有此事。"

我有些生气了：

"太欺负人了，我们买的船，我们自己人不能上去，反倒由英人控制！你们是怎么办事的？"

奕䜣说：

"太后放心，我等将据理力争。"

看到他急迫的样子，我略微放松了些，说：

"肃顺一伙，早已伏法；长毛、捻军之乱，也已剿灭，如今政通人和，我大清的中兴盛世，近在眼前。一切皆靠尔等努力了。学习西学，练兵制器，乃自强之道也，天文、算学，如今已是儒生们必学的科目，不得视为机巧淫技；借西法以印证中法，并非舍圣道而入歧途，着毋庸议。"

奕䜣回道：

"太后圣明。"

然后，我在不经意间向他提起，道光帝大渐时赐予恭亲王的那只翡翠烟壶，先帝（咸丰皇帝）曾经不止一次地提起过，但我从来没有看见过，很想看一看。

或许刚才我过问购置英舰一事，让他有些心虚，奕䜣毫不犹豫地把翡翠烟壶取出来，跪呈在我的面前，说：

"既然皇太后看得上眼，就请皇太后赏收！"

我把那只翡翠烟壶拿在手里。

奕䜣候了片刻，看我一直没有说话，只好叩头退出。他走出大殿的时候，秋日的阳光洒在他的身上，一定会让他感到略微的晕眩。秋日里枯热的阳光下面，汉白玉的台阶和栏杆反射出冰雪般的寒意。他似乎把身体的一部分留在宫殿上了，他没有想到的是，几天之后，他身体的那部分，出现在小安子的手心里。

小安子像那天一样悠闲地踱进军机处，伸手将掌中的翡翠烟壶递到恭亲王面前，说：

"昨晚太后赏了奴才这个翡翠烟壶，好像和上次王爷给奴才看的那一个差不多，请王爷看看哪一个更好。"

小安子说，恭亲王那天诧异地盯住他手中的翡翠烟壶看，那种诡异的表情，如同肃顺临死前与他的对视一样，让他感到一种莫名的满足。他以为恭亲王会咽下这口气，无可奈何，他没有想到，恭亲王飞起一脚，正踹在他的小腹上，嘴里吼道：

"滚出去！"

恭亲王奕䜣不知何时对小安子起了杀心，可能从那只翡翠烟壶开始，也可能从那盆梅花开始。一盆含苞待放的梅花，放在储秀宫金丝楠木的家具上，显得格外清雅。是恭亲王送来的春节礼物。我很高兴，交给小安子伺候，没想到第二天就死光了，秃秃的，像一副丑陋的骸骨，又像一个恶毒的咒语。我叫小安子把它赶紧扔掉，但整个节日，我的心头都笼罩着一丝不快。我知道这一不祥之兆与他们的争斗有关，他们都是我宠信的人，但他们若是挡了我的道，就都不会有好下场。

据说从军机大臣到胡同里烧饼铺的吃客，都压低着嗓音，谈论着一个人的命运。这个人，就是紫禁城的太监总管安德海，他手下豢养着"五虎""十豹"，都是凶狠的杀手，他们出入大内的身影，会使六部二品的尚书和苍髯白发的将军都不寒而栗。我曾听说军机处的一名章京当着小安子的面放了一个屁，就被他的手下活活剥了皮。所以，当他违背严禁太监出京的祖制，浩浩荡荡地乘着画舫，前往苏州，借着为皇帝大婚置办龙袍之机，大肆敛财的时候，整个京城都议论着他与恭亲王的争斗，谁能占得上风。

就在小安子把乐女们揽入帐中，深深跌入轻软粉嫩的梦境无法自拔的时候，他没有想到，一纸奏折，正以飞的速度，穿越一望无际的华北平原，抵达紫禁城内的军机处。写奏折的人，是山东巡抚丁宝桢——小安子南下途中无法逾越也无法消化的一块硬骨头。这位连僧格林沁都礼让三分的老臣，用他枯瘦的行书，把不知检点的小安子骂了个狗血淋头，这份奏折四百里加急驿递进京，不出三日，便落到恭亲王的案上。在无数的奏折中，恭亲王及时准确地把它拣选出来，没有片刻的耽搁。这份奏折照亮了恭亲王的目光。而我，当时正在病中，对当时的博弈一无所知。或许此时，奕䜣意识到机不可失——宫殿之内，安德海的权力无人能够撼动，但这家伙偏偏不知死活，偏爱午门以外的灯火繁华，他离开紫禁城，就等于离开了他的安全区，他无孔不入的太监系统，作用就被降到了最低，在国家法律与秩序面前，变得不堪一击。在这种情况下，对于奕䜣这位帝国的最高行政长官来说，除掉一个太监，犹如踩死一只臭虫。为了稳妥，更为推脱责任，奕䜣立即又写一份折子，率领众军机一起前往养心殿东暖阁，觐见同治皇帝和东太后。同治皇帝和东太后望着跟前依次错身跪下的五位军机，嘴里几乎同时蹦出一个字：

"杀！"

帝国的公文从来没有如此高的效率，丁葆桢递出奏折七天之后，"即行正法"的圣谕抵达济南。从山东巡抚派人由济南快马呈递公文，经内务府收文，循例报知内阁、军机，再经廷议，以及军机承旨、拟稿、缮写、用印等一连串烦琐的手续，还有从京师至山东济南府数百里行程，短短七天，一气呵成，连我都为此惊叹不已。病中的我，居然对此一无所知。等我知道时，乖巧伶俐的小安子，已经变成泥土中的一堆烂肉。

据说恭亲王传令，砍死安德海的时候，别弄脏了那只翡翠烟壶。他要把那只翡翠烟壶和安德海的人头分别装入匣子，一并呈递入宫。

第四十章

从热河回京，两宫皇太后共同召见了恭亲王奕䜣，授他为摄政王、军机处领班大臣。这是我们的第一次垂帘听政。在我们的身前，隔着那道若有若无的帘子，是六岁的同治；同治身前，是巨型的宫殿；宫殿的前面，是一望无际的大清江山。现在，所有这一切，都需要听命于这两个二十多岁的女人了 —— 准确地说，是听命于我 —— 西太后了，因为东太后在临朝时很少发言，不知她是有意避让，还是压根儿没有意见。

实在是不可思议，这大清国，这个逼得崇祯吊死在煤山，逼得李自成走投无路，连吴三桂这样强悍的叛将都死于非命的不可一世的大清国，竟然落到这两位弱女子手中。我们雌性的声音，将穿越层层的宫门，决定着帝国万民的命运。我们微弱的声音将出现在一道道的圣旨中，被一级又一级的官员所重复。皇帝还小，在皇帝亲政之前，不会有任何人能够凌驾于我们之上。兰儿从选秀入宫，到垂帘听政，只用了区区十年时间。连我自己，也不能相信这一点。那时的我还不会想到，我的亲儿子死后，当我把四岁的光绪摆在同治坐过的位置上，我依旧可以透过一袭半透明的金黄色帘幕，面对我的天下和臣民。或许，那把楠木制成的龙椅，令小皇帝如坐针毡，宫殿，如一架巨大的刑具，施加在他尚未发育的身体上，但那些并不重要，重要的是帘幕后面的位置，注定是属于我的，许多人企图改变这一点，但它直到我死都没有改变。

第一次坐在垂帘的后面，我宣来奕䜣，想试一下自己的权力。

"肃顺犯了谋逆之罪，十恶不赦，现在内务府大臣的位置还空着。"

奕䜣没有答话，他一定猜测着我的意图。

"我看，荣禄是个不错的人选。"

奕䜣蹙了蹙眉。

我觉察到奕䜣的表情，问：

"有何不妥吗？"

奕䜣答：

"荣禄有勇有谋，对朝廷忠贞不贰，理当重用，只是他身为步军统领，跃升内务府大臣之职，恐难服众啊，不如先任命他兵部侍郎，日后再见机提用，不知当否？"

我的脸色当即阴沉下来，说：

"从热河返京途中，荣禄救了皇上的性命，是朝廷的头等功臣，没有他，哪里还有我们母子的今天？"

说着，我哽咽了一下，接着说：

"我看，就这么定了，拟旨吧！"

奕䜣急忙叩首：

"太后圣明！"

这时我才注意到，东太后始终一言未发。我瞥了东太后一眼，东太后的目光也游移过来，刚好与我对视。那是一道异常平静的目光，但我的心还是被那道目光烫了一下。一个念头油然而起：

莫非她看出了什么？

我的脸顿时红了。

终究是一个女人，我无法控制自己的脸红。

我心头一惊：那天，帐篷外的事情，莫非她知道了？

我忽然责怪自己太年轻、太大意了。死里逃生，竟然忘乎所以了。以至于日后的小辫子，落在了他人的手里。

在朝廷上，所有可能的事情，都必须当作确定的事情来对待。

我的心里，升起一种懊悔、不安的情绪。

荣禄接到圣旨的时候，他亦喜亦悲。他知道，这项任命，是我特别为他做出的。西太后没有忘记他，一股暖流，在胸腔涌动。他或许会想起我们在西四劈柴胡同那座华丽的花园里的最初相遇，竟是那样遥远了。

荣禄穿着崭新的朝服，匍匐在大殿上，向大权在握的两宫皇太后深深叩首。他把头压得很低，额头狠狠地敲击着大殿上的金砖，现在，他能做的，只有为这个王朝——确切地说，是为他爱的人，肝脑涂地。我知道，他的悲喜，都是出于一个相

同的理由 —— 他从此有更多的机会看见慈禧，他从前的兰儿。这是犒赏，也是折磨。对兰儿而言，又何尝不是如此。他深知宫殿的规则，他将永远把心中的感情埋在心底，永远也不能说出，直到兰儿由一个珠圆玉润的女人，变成一个干瘪的老太婆，而他自己，成为一个永远不能实现理想的白发老人。

第四十一章

东太后归天的时候，身上没有一丝伤痕，肌肤如常，没有丝毫鸩毒的迹象。

有人为小安子暗中复仇。

我不知道这个高手是谁，但我知道这些高手就弥漫在我们的周围，每天与我们见面。他们的公开身份是太监，行使着勤杂工、保管员、侍卫、仆人、园丁、祭司等各不相同的职责，但暗地里，他们都是太监总管的耳目和杀手，随时执行着太监总管的意志。那是一个既依附于宫殿，同时又独立的系统，即使贵为太后，我对他们的世界也所知甚少，原因很简单：我不是其中的一员，因而，对我而言，他们的世界，永远带有黑箱的性质，我无法打开它。这也是我必须任命一位肯为我卖命的太监总管的原因。黑暗覆盖着紫禁城，仿佛雾水裹着山谷，太监的身影，在人们的视线中，模糊不清。

小安子的死令我万分沮丧。这使我与那黑箱的距离遽然远了。那是一个有着回环复杂的机械部件，相互之间密切勾连的制动系统，表面看去平淡无常，但它随时都能发出致命的矢弩。我感到了它的某种不确定性。直到李连英到来，我才重又把那黑箱牢牢握在手里。

我站在钟粹宫里，慈安太后躺在棺椁里，面容像她的名字一样慈祥安静。我就那样，一直站着看她，但没与她交谈。这是我们最后一次见面，我不知该谈些什么。所以，虽然有许多种思绪从我的胸口汹涌而出，但我还是抿紧了嘴唇，一语不发。在宫殿里，每个人都有一万个理由死掉，无论是姐姐，还是我，但是死神只会选择一部分人，它有它的理由，我们对于它的理由，一无所知。

天亮以后，大臣们来了。一张张苍老的面孔依次在牛奶似的晨雾里浮现。最早来的是翁同龢翁师傅，雪白的胡须颤抖着，面容悲戚，泪水不住地往胡子里滚落。接着来的有李鸿章、左宗棠、奕䜣、奕谟等人。军机大臣左宗棠一进门就跪地哭喊：

"太后啊，昨早此时，您仍清朗周密，如何走得如此之速啊！"

此时，太监们已遵我的嘱咐，去掉了东太后脸上蒙着的面幂，以表明我心无鬼胎。

但左宗棠的言语、奕䜣的目光里，仍然包含着疑惑。

皇上哭得最惨，哭得呛到了自己，一边拼命哭，一边不住地咳嗽。那时光绪还只是一个十岁的孩子，似乎什么都不懂，又似乎什么都懂。关于他皇额娘的死，他从来没问过什么，也从来没说过什么。自那天后，他很多天没有说话，仿佛变成一个小哑巴。

但我没有对东太后的死因进行任何调查。我知道，调查是无用的，即使找出一个凶手，又有什么意义呢？更何况，那个巨大的暗箱，我的手无法伸入进去，也无须破坏它内部的和谐。但我知道死亡还会继续下去，在我不知道的地方，以我不知道的方式发生。在帝国的法律之外，宫殿的黑箱中也秘藏着它自己的法律。会有那么一个人，会有那么一口刀，在执行它们的公正。

肃顺、安德海、东太后，这些权倾朝廷的人，一个接一个地，排着队死了，但宫殿的胃口并没有因此得到满足。根据宫殿的规则，下一个目标，非奕䜣莫属。

年轻的奕訢——杀死我宠爱的小安子的凶手，穿着青缎的官袍，站在宫殿的高处，那么轻易地，就进入了他人的射程。他主宰着宫殿，但他从来都不属于宫殿，宫殿不是他的纪念碑，不为他提供庇护，在群狼出没的宫殿，他只是目标里的猎物，此外他什么都不是。

第四十二章

浙江省余杭县进镇，有一个白面书生，在秋日午后的慵懒中，正坐在花团锦簇的江南庭院里读书。在同治时代的盛世光辉里，这样一名年轻的读书人就像阳光里的一粒尘灰，无足轻重。谁也没有想到，这粒尘灰落到了一个关键的位置上，借助某种神奇的杠杆原理，竟然撬动了帝国的政治机器，从中央到地方一百多名官员的脑袋因他而搬家，帝国政治，经历了一次大规模的洗牌，他的名字叫杨乃武。

杨乃武自幼喜爱诗书，二十岁上就考中了秀才，三十出头又中了举人，为人忠厚，性情耿直，仗着自己的学问，不把官府放在眼里，常打抱不平，伸张正义，又常把官绅勾结、欺压百姓的事编成歌谣，在江南广为传唱。他有一支厉害的笔，又有举人的头衔，官府一时拿他无可奈何。所以，当那两名捕快绕过弯曲的河岸，离他越来越近的时候，他并没有在意。直到他们的身影遮蔽了阳光，在他的书卷上投下两个巨大的黑影，他才不耐烦地抬起头来。

捕快问："你是杨乃武吗？"

杨乃武答："正是。"

捕快说："那好，跟我们走一趟。"说完，手中的铁链迅速地把他锁住，牵着锁链就走。杨乃武趔趄了一下，说：

"你们一定弄错了吧，没事抓我干什么？"

捕快说："没错，到了堂上你就知道了。"

到了堂上，杨乃武看见县令刘锡彤端坐在官椅上，一脸坏笑，杨乃武气不打一处来，说：

"刘知县，把我抓来做甚，你们搞错了吧！"

刘知县说："休得胡言，还不跪下！"

衙役往杨乃武的腿窝处一踹，杨乃武扑通一声就跪在地上。他正要挣扎，肩膀已被衙役死死摁住。

杨乃武这才认真地打量四周，发现一个女子正跪在他的不远处，身上已经血肉模糊，鲜血顺着她的十指，滴在地上。这个人他认识，她叫毕秀姑，镇上豆腐坊掌柜葛品连的老婆，因为平时喜欢穿一件绿色衣服，系一条白色围裙，人送绰号"小白菜"，亦因她相貌出众，也有人叫她"豆腐西施"。葛品连、小白菜夫妇租过杨家的房子，所以有些来往，杨乃武有时兴起，会教小白菜写字读书，此外再无更多的来往，后来，葛品连因为吃醋，带着小白菜搬走了，他们就再也没有见过面。

杨乃武盯着小白菜看，看得他满脸疑惑，眉毛拧成了一个疙瘩。犹疑之际，刘知县幽幽的声音从堂上传来：

"十月初九日，毕秀姑的丈夫葛品连在家中突然气绝身亡，你可知否？"

杨乃武说："在下不知。"又说："这与我有什么关系！"

"有什么关系？"刘锡彤带着揶揄的口气，说："你与毕秀姑勾搭成奸，然后你们合谋杀害了亲夫，毕秀姑早已全部招认了，你们二人，一个是西门庆，一个是潘金莲，清清楚楚，人赃俱在，你还不认罪吗？"

杨乃武大惊，他想叫喊，然而一口痰堵在喉咙上，他只发出一种混沌含糊的声音，除了他自己，谁都没有听见。知县木然的表情隐在阴影里，他只能看到一个模糊的轮廓。他官服上初升太阳的图案在暗影里忽明忽暗。杨乃武把脸转向小白菜，问道：

"你看好了，是我吗？"

小白菜并没有看他，也没有开腔，她的嘴唇轻微地哆嗦着，默默地点了点头。

杨乃武说："这可是人命关天的事，你我远日无冤，近日无仇，你为何要加害于我？"

没有回答，大堂突然陷入了长久的沉寂。

杨乃武并不知道，此前一天，一个名叫阮桂金的妇人，奉知县之命，悄悄潜到黑暗的狱中，像一片阴翳的云，飘落在小白菜身边。小白菜看不清她的脸，只能听见她一个幽暗的声音在说："葛品连是被毒死的，验尸已经确认。外面都传说是你谋杀亲夫，罪名一成立，你就会被凌迟处死，那可是千刀万剐啊！你细皮嫩肉的，如何受得了这份煎熬？要想活命，只有说是别人叫你毒死的。你在杨乃武家住过，外面早就说你和杨乃武有关系，如果你说出是杨乃武叫你毒死的，你就不会判死罪了。杨乃武是新科举人，面子大，也不会死。也就是把举人的头衔革掉，明年再考，还是举人。可是如果你说出刘公子之事，毫无对证，那就是诬陷好人，要罪上加罪！你可要想清楚啊！"

就在杨乃武坐在江南的秋阳里潜心读书的时候，小白菜像一只雨中淋过的鸡一样被拎到堂上。起初她还像从前一样一言不发，后来衙役上来，用木棍夹住她的十根手指，那里已经夹过多次，再夹，骨头就要断了。木夹套上的时候，她浑身都在发抖，果然，两边绳子一拉，她听到了骨头清脆的断裂声自手指深处传来。她感到自己的手指正在四分五裂，她发出尖厉的叫喊，那叫声在空气中也四分五裂，噼噼啪啪地掉在地上。这时，阮桂金幽暗的声音再度响起，晕眩中，变成小白菜自己的话，用她纤弱的嗓音，战栗着，一字不漏地说出。她说：杨乃武初五日曾到她家里，给她一包药，说是治流火的，葛品连吃下就死了。然后，她用几乎断掉的手指，在供状上按下了手印。

第四十三章

作为大清王朝的新科举人，杨乃武清楚地知道，根据大清律例，刘锡彤要想对他动刑，必须先行公文，要求革除他的功名，而这一点，并不是轻易办得到的。所以他绝不会轻易招供。然而，第二次提审时，衙役就给他上了夹棍。他没想到刘锡彤这么狠，他什么程序都不要了，只要治他的罪，那时的他并不知道，刘锡彤如此疯狂，除了有意利用葛品连的死，拔掉他这个眼中钉以外，他的衙内刘子翰早已诱奸过小白菜，只有给杨乃武定了罪，他的儿子才能安全。

于是，在酷刑的声援下，知县刘锡彤变得明目张胆。在他看来，夹棍的硬度，显然远远超出杨乃武的嘴的硬度，他的细皮嫩肉，在夹棍面前将会不堪一击，眼前这个白面书生，挺不了多久，就会像小白菜一样在认罪书上签字画押。夹棍的工作是自下而上进行的，它们首先夹住的，是杨乃武两脚的踝骨，脚侧的踝骨，被夹棍牢牢地固定住，然后，两名衙役娴熟地运用杠杆原理，用脚踩住夹棍的两端，坚硬的踝骨在力学的作用下开始变形。同时变形的，还有杨乃武的脸，似乎他的脸的弯曲度，与夹棍的力度直接相关。他龇牙咧嘴，汗水在他的脸上涌动，在下巴处聚集成一个不大不小的瀑布，泻在青砖的地上，发出噼啪的响声。他狰狞的面孔，与刘知县扬扬自得的神态相映成趣。终于，所有人都听到"啪"的一声脆响，脚侧圆圆的踝骨，仿佛被压碎的丸子，变成一些破碎的骨块，在他脚腕的两侧溃散奔逃，徘徊游荡。

由于杨乃武拒绝招认，所以夹棍下一步的工作重点，已经向上转移，在这场与杨乃武的嘴进行的较量中，夹棍将一步步扩大它的势力范围，腿上的腓骨、膝盖处的髌骨，乃至腰部的髋骨、手臂上的尺骨，都是它攻克的对象，在杨乃武的身体上，

　　两只木杠将所向披靡，可以像擀面杖一样，把他身体内部所有的骨骼都细细地压过，压成碎末。那时，杨乃武的身体将像面口袋一样瘫软无力，永远直不起来。

　　审讯一天接一天地进行，杨乃武任凭自己身体里的骨头一根接一根地断开，他的意志始终没有断开。终于，刘锡彤不耐烦了，他决定给木棍派上新的用途——将他插进杨乃武的肛门，一寸一寸、一尺一尺、一米一米地插进去，直到那根长驱直入的木棍捣烂他的肠胃肚腑。就在那根长棍准备向杨乃武的肛门挺进的时候，衙役突然报告：杨乃武断气了。

　　于是，抢救行动在县衙大堂上手忙脚乱地展开了。刘锡彤大惊失色，杨乃武还没有认罪，他如果死了，整个案子都会骑虎难下。众人大声地呼救，仿佛杨乃武就是他们的亲人。终于，在他们的共同努力下，杨乃武那一缕即将飘走的魂魄，在县衙内徘徊了一圈以后，又回到了他的身体里，一缕比游丝还细的气息，从他的鼻孔里缓缓吹出。

　　刘锡彤等不及了，他认为必须马上结案，否则夜长梦多。于是，案卷在没有杨乃武口供的前提下呈报上司。杭州知府陈鲁是军功出身，看不起读书人。他早听说杨乃武惯作谤诗，毁谤官府，认为杨乃武是个惹是生非的人；仓前镇粮户闹粮的事，想必也是以杨乃武为首，又有刘锡彤先入之言，所以此案一解

到府，没费任何周折，那场几乎激起一场民变的判决便下达了，
上面只有三个字：

斩立决！

第四十四章

很久以后，荣禄对我说，那时他无论如何也不会想到，从
胡雪岩的口中听到的关于杨乃武案件的传闻，竟成为他此次江
浙之行的重要斩获。这桩案子，看上去只是一个普通的冤案，
他相信这样的冤案在帝国的土地上每天都在发生，不足为奇。
但荣禄是一个头脑敏锐的人，如同当年在热河，他透过一个不
起眼的手势发现了一场阴谋一样，他看到了这桩案子与宫殿的
隐约联系。

那时的荣禄，还是帝国的内务府大臣、宫殿里的政治新星。
西湖边的灯火楼台，胡雪岩用一场盛宴迎接荣禄的到来。那时
已过立秋，岸边的芦苇花如雪片一般漫天飞舞，在夕阳中，像
一条条绚烂的鱼，在风中舒展舞动。荣禄出神地望着它们，听

胡雪岩说了很多重要的话，他都没有在意，就在他回转身的时候，刚好听到胡雪岩说了一些不重要的话。那时天渐渐黑了下来，湖上的雾气漫了过来，在窗前飘来飘去。在这份安静中，街上的叫喊声显得格外尖锐。荣禄和胡雪岩走到临街的窗前，荣禄问：怎么回事？ 胡雪岩说：这是一些读书人在闹事。最近省内出了一桩案子，几乎整个江浙士林，都为一个叫杨乃武的抱不平。但是，浙江巡抚杨昌浚最近以"无冤无滥"审结，按照杭州府原拟罪名判定，铁案难翻，只要刑部回文一到，就要立即执行了。杨乃武的亲属都认为没有希望了，只有杨乃武的姐姐杨菊贞不死心，决定上京告御状。杨乃武自拟呈词，历述冤情，以及各级官府严刑逼供、屈打成招的经过。呈状写好后，由杨乃武的舅父姚贤瑞作"抱告"，陪同进京，向都察院衙门提出了控诉。不料都察院问都不问，就将他们押解回浙江，仍交给巡抚杨昌浚审理。杨菊贞仍不死心，誓死为弟洗冤，准备二次进京告状。与此同时，浙江的举人、生员和杨乃武的好朋友三十余人联名向都察院、刑部提出控告，揭露此案，县、府、按察、督抚、钦宪七审七决，都是严刑逼供，屈打成招，上下包庇，草菅人命，欺罔朝廷，要求提京彻底审讯，昭示天下，以释群疑。在京官员认为这件案子如果真是有冤情不得平反，不仅是杨乃武、小白菜两条人命的问题，而且事关整个浙江读书人的尊严和处境。胡雪岩说：在下有个西席①叫吴以同，与杨乃武是同学同年，知道杨乃武平日为人正直，这次获罪一定是有人陷害，他把杨菊贞上京告状及准备二次进京的情况告诉了在下，所以，他们全家进京的路费，以及到京后所有用度，在下全都包了下来。胡雪岩接着说，此案漏洞百出，冤情明显，如大人回京能过问一下，当不胜感激。

　　荣禄没有作声，但从那一刻起，一个庞大的计划，已经开始在他的胸中酝酿。它开始时还很模糊，但在酒精的作用下，它的形状越来越完整。那是一场杀戮计划，它表面上是一场对官场的清扫行动，实际上，它的目标是打击湘派的政治力量，因为扫除太平天国以后，湘军的力量在江南大肆蔓延，不可一世，浙江的一干官员，从县到府到省，全都是曾国藩所统率的湘系和曾国藩的弟子李鸿章统率的淮系军阀手下，他们行伍出身，胸无点墨，全凭着军功，手握重权，沆瀣一气，相互维护，组成了一个密集的权力之网，一滴水也渗不进去。听说杨乃武的案子，荣禄一言未发，似乎毫不在意，但是，整个晚上，他都处于兴奋之中。胡雪岩以为自己安排的江南美食引起了荣禄的好感，他没有想到，在轻歌曼舞之间，当那些江南的珍馐美

---

① 尊称授业之师或幕友为"西席"。

馔进入荣禄的胃肠的时候，一场血腥的杀人行动已经在他的脑海里展开了。那是一条真正的血连环，从余杭县开始的，迅速向杭州、浙江、都察院，乃至皇城大内蔓延，最后一个倒下的多米诺骨牌，不是别人，而是恭亲王奕訢。谁都知道，奕訢是曾国藩、李鸿章的最大后台。

荣禄当然知道，凭他一人之力，很难完成这一庞大的冒险计划，一旦失败，他将死无葬身之地。我清楚地知道，荣禄一回京，就扎进了翁同龢的深宅大院。翁同龢是荣禄的把兄弟，内阁大学士，更重要的，是他与曾国藩有着杀兄之仇。同治元年正月初十，两江总督曾国藩上了一道《参翁同书片》。翁同龢的长兄翁同书，当时是曾国藩的部下，咸丰八年时任安徽巡抚。翁家一门鼎盛，是当时的第一家族。其父翁心存翰林出身，大学士，入值上书房，又成为道光帝诸子的师傅，历任工部、吏部尚书。翁同书的两个弟弟翁同爵、翁同龢，一个曾为督抚，是封疆大吏；另一个则为状元，后在弘德殿行走，累迁内阁学士，后来历任都察院左都御史，刑部、工部、户部尚书，加太子太保，军机大臣。翁同书任安徽巡抚时，战事不力，处置失当。被朝廷调回京，打算另用，翁同书没有想到，他回京后第十天，曾国藩的《参翁同书片》就尾随而至，奏折指责翁同书任安徽巡抚时对曾参与地方镇压捻军，但后来又割据一方抗清的苗沛霖处理不当、弃城而逃、谎报军情等数条罪状，要求朝廷严惩。全折不到六百字，写得恭敬诚恳，说得入情入理，实际上却又字字如刀、义正词严，仅一句"臣职分所在，例应纠参，不敢因翁同书之门第鼎盛瞻顾迁就"，就堵住了朝廷的嘴，迫使本来有心回护翁同书的朝廷，也不得不"比照统兵将帅守备不设，为贼与掩袭，以致失陷城寨者斩监候律，拟斩监候"。这道折子，杀人于无形，状元出身的翁同龢，当然知道这一折子的厉害。后来有人把《参翁同书片》称之为"天下第一折"，传遍天下，为写奏折者师法。而翁同龢的长兄翁同书，则用自己的性命，成全了这份"天下第一折"。这份"天下第一折"，实际上是当时任曾国藩幕僚的李鸿章起草的，此折表明李鸿章写折的本领比其师曾国藩"还要辣"。曾国藩也曾赞赏李鸿章说："少荃天资于公牍最近，所拟奏咨函批，皆大过人处，将来建树非凡，或竟青出于蓝，亦未可知。"

　　翁同龢的长兄是被李鸿章的一支笔杀死的，现在，他决定同样用一支笔来复仇。他为自己终于拥有这样的机会兴奋不已，他在书房里转了几圈，然后从笔架上取下一支笔，写了一份折子，他手里的笔，仿佛一把利剑，直指李鸿章、曾国藩，乃至奕䜣的咽喉。他似乎已经听见了他们脖子断裂的声响。这赋予他无限的快感。他把写好的折子递到荣禄手中，让荣禄分享他的快感。

　　翁同龢说，要刑部彻底根究，把从都察院到浙江所有牵涉杨乃武案的大小官员一百多人全部拿问，他说他已得到线报，他们正谋划造反、拥立奕䜣称帝，一定要得到相关证据。

　　我想，听到这里，荣禄也会吓出一身冷汗。

第四十五章

　　我的目光匆匆扫过翁同龢的奏折。那份奏折里，藏着奕䜣的死讯。我知道，奕䜣篡立的证据并不充分，但这并不重要，在曾国藩的支持下，他有这样的能力，这就够了。他的能力，就是他的证据，此外，宫殿不需要其他任何证据。

　　光绪十年那个春天的早晨，养心殿的周围弥漫着花的芳香，却没有人意识到花香里潜伏的杀机。那天几乎所有的人都被来自越南的消息吸引了，兵部报告说，清军在边境击溃法军后，又乘胜追击，连破文渊、谅山，将法军逐至郎甲以南，重伤东部法军统帅尼格里。法军战败的消息传至巴黎后，导致茹费理内阁倒台。很多年没打赢洋人了，所有的大臣脸上都洋溢着笑意。

那天我给大臣们赐了茶，苏州知府呈送的明前茶，宫殿里回荡着茶香，与春日里的花香漫溏在一起，让人觉得有些晕眩。直到大臣们散去，那份复杂的芳香仍残留在宫里。空荡荡的殿堂里，只留下一个人，就是奕䜣。

奕䜣的势力每天都在紫禁城外蔓延，在帝国的土地上势不可挡，而紫禁城，只不过是一座孤苦无援的岛屿。宫殿已在他伸手可及的范围之内，而他，也日益成为宫殿选中的目标。

我坐在御座上，慢慢地呷着春日里的暖茶，没有正脸去看他，似乎已经把他遗忘了。

他一直站着，不知所措，内心一定揣度着自己的处境。大半个时辰过去了，我看见他的腿已经微微地发抖了，才叫李连英把翁同龢的奏折递给奕䜣，说：

"你拿去看吧！"

这是一份字里透着刀光的奏折，即使奕䜣这样处事不惊的人，也不由得倒吸一口凉气。我想，他应该一边看，一边揣测着我的态度。那时，他一定会意识到，自己凶多吉少了。

他似乎在寻找着反戈一击的机会，但翁同龢的奏折，是经过悉心谋划的，一招一式，无懈可击，奕䜣想在片刻之间找到它的软肋，是不可能的。他急不可耐地说：

"太后，这些都是诬言！"

做事圆滑的奕䜣，几乎没有任何事触犯到我，但他的存在本身，就已经触犯到我，他无罪，却罪莫深焉，这一点，我们彼此心照不宣。我看着他额头冒出虚汗，心中微微一笑，说：

"奕中堂，来，喝杯茶。"

他一下子变得紧张起来，脸色煞白。他最了解我，了解我的行事风格——只要是我想做的事，从来都是以快打慢，出手极为麻利，从不拖泥带水，也不做解释，让人措手不及。我想，会有一阵恐惧袭过他的全身，令他全身发麻。他一定看到了潜藏在茶水中的危险，也一定会想到东太后和肃顺的死。所以，他那时想的，一定是如何能够从宫殿里全身而退，那个巨大的陷阱，几乎让他窒息。他有千军万马，但在这间小小的后宫里，他所有的兵马都无用武之地，而他面前的一介女流，对付千军万马的武器居然只是一盏清茶。片刻间，李连英已经把那盏清茶递到奕䜣面前，奕䜣突然跪倒在地，说：

"奴才罪该万死！"

我看到他流泪了，一人之下、万万人之上的奕䜣，突然流下了委屈的泪。我淡然一笑，说：

"什么死不死的，把茶喝了吧，别辜负了我的一片心意。"

李连英说：

"喝了吧，圣命难违啊。"

他用绝望的目光看着茶盏，犹豫了片刻，终于像下了狠心，端过杯子，停顿了一秒，然后，一口气全部喝下。我看见他的手在抖，随着抖动，茶水顺着他的嘴角有节奏地流下来。

奕䜣以为自己这一次是劫数难逃了，但直到他离开宫殿，重新沐浴在春天温柔的风里，他还没有死。到了晚上，他的身体，还一切如常。这时他才明白，他和太后联袂做了一次游戏，一次死亡游戏。他还活着，但他已经死了。他是死过一次的人了。如果不是我手下留情，他已经在另一个世界里，与东太后、肃顺、小安子他们团聚了，或许，在那个世界里，他们还有一番恶斗。这是不死之死、不杀之杀。那天晚上，在恭王府里，他跪听了一道以光绪名义颁出的圣旨，我不知面对这道圣旨，他会有怎样的心情，绝望，还是侥幸？不管怎样，奕䜣身影，从此在宫殿中消失了。他的一票人马，包括武英殿大学士宝鋆、吏部尚书李鸿藻、兵部尚书景廉等，被逐出军机处和总理衙门。他们的性命暂时存在他们手上，我伸手可取。在他们离去的背影后面，从朝廷到地方一百多名官员的脑袋，被飞舞的刀刃追逐和收割。而湘军的创始人曾国藩，早已撒手人寰。这是继肃顺等八大臣问斩之后，规模最大的一次杀戮行动。奕䜣苟延残喘了十几年，终于，在政局动荡不定的戊戌年，为免予后患，我命宫廷太监将那杯迟到的毒酒，送到了落叶秋风中的恭王府。

　　我在紫禁城里召见了杨乃武，那时他的脸上早已不复当年的风采，变得苍白浮肿，在经历了官府的一系列酷刑之后，他的下肢已经瘫痪，但他的神态依然安详。我没让他下跪，而是给他赐了座，从宫殿的窗子射进来的阳光沐浴在他的身上，更使他有了一种脱俗的气质，叫我暗暗喜欢。他并不知道，是他帮我名正言顺地除掉了奕䜣，捎带着砍掉了他的一百多名党羽的头颅。我说："我大清国的吏治，需要你这样刚直不阿的读书人来整饬，为此，我特赏你六品顶戴，希望你今后多为朝廷出力。"没想到杨乃武说："谢太后天恩，小人不才，手无缚鸡之力，只盼早日回归乡里，种田养茧，聊度余生，恳乞太后恩准。"我恩准了他。只是，那个回乡养茧的杨乃武，再不是从前的杨乃武，而经历了这次政治洗牌的帝国，也再不是从前的帝国。

第四十六章

　　尖利的刀锋，在月光下闪着寒光，我的咽喉，不仅是它的目标，也是全部的存在理由，或者说，那把刀就是为我的咽喉存在的，它的理想就是跨越重重宫阙，跨越曲曲折折的回廊，跨越宫殿所有的屏障之后抵达我的脖颈，在那洁白如玉的脖颈上戳出一个血窟窿，否则，它就是一堆废铁。它曾经在我住帐篷的那个夜晚不期而至，只因荣禄挺身而出，它与我失之交臂，但另一个刀锋会接踵而来，刀是最不安分的事物，它永远不会沉默无声。我不知道那把刀在哪里，谁是它的主人，它就像一只躲在树丛中的狼，跃跃欲试，但我确信它的存在，它的寒光，已经照在我的脸上。

谋杀慈禧太后，这个世界上，没有比这更大的阴谋，想一想就令人胆寒。有一个人，居然被这个阴谋吓死了。这个人就是兵部左副都御史朱凤标。据说是奕䜣对朝政有声有色的革新无疾而终使他深感绝望，于是下了用暴力方式铲除我的决心，至于他是否受到奕䜣的怂恿，我不得而知，我想奕䜣一定知道与我对抗的凶险，他绝不会这样贸然行事。朱凤标选择的杀手，是江湖上一个著名的快刀手，名叫陈新雨，连久居宫闱的我，都对他有所耳闻。这个陈新雨机警、矫健、狠辣，他的刀刃如一阵白光从脖子上一闪而过，被切下的头颅，还原封不动地留在脖子上，脖子上只有一个不易察觉的白茬，半晌，汹涌的鲜血才会顺着刀口大股大股地漫下来。更重要的是，他来无踪，去无影，没有人能够察觉到他的踪迹，所以，即使他谋杀不成，也不会露出破绽。朱凤标用他，应该是万无一失。可是破绽恰恰出在朱凤标身上。这位左副都御史，自从密谋杀害太后以来，那些阴谋就像一个巨大的病灶，在他的身体扩散，以至于他经常杯弓蛇影，以为阴谋暴露了，阴谋暴露的结果，是满门抄斩。他的眼前甚至会时时出现满门抄斩时的血腥场面。据兵部官员说，有一次兵部议政的时候，朱凤标突然大叫一声，众人惊讶地望着他，看见他面色苍白，满头虚汗，急忙派人送他回府，还为他请来了郎中。从那天起，他果然一病不起，从此失去了真切可靠的安宁，他怕人群（尤其害怕与他的顶头上司荣禄面对），也怕独处；怕白天，也怕夜晚。在他心中，那把锋利的刀刃仿佛不是指向太后，而是指向自己，或者说，在那把刀刃的对面，将有无数把刀刃向他砍来，把他变作一摊肉泥。陈新雨一日没有得手，朱凤标的恐惧便一日不会结束。一天，当他的院门被骤然叩响，叫朱凤标开门，他晕眩着，摇摇晃晃走到门口，摸索着门闩，把门打开，一群太监和士兵簇拥着新任的太监总管李连英出现在他的面前，他突然愣住了，大叫一声，口吐鲜血而亡。

他的宅子里翻出了他谋逆的证据——与陈新雨暗通的书信，他就是在读那封信的时候，慌不择路地来开门的，所以那封信还没来得及烧掉。

满门抄斩。与朱凤标事先的想象如出一辙——朱凤标的家里展开了一轮残酷的屠杀，全家老小十五口无一幸免，鲜血顺着青石地面，一路流到街上，街上顿时响起一片惊恐的哀号。后来人们想擦干街上的血迹，但那干涸的鲜血像一层皮肤，与地面合为一体，怎么擦也擦不掉，直到秋后，京城下了一场持续了三天三夜的暴雨，暴雨过后，人们再来到朱凤标的家门前，发现地面上干干净净，浓浓的血痕已经踪影全无。

那天，李连英是来宣旨的——着派朱凤标前往广东，协助左宗棠、鲍照围剿长毛军残部。

那个陈新雨，从此下落不明。

第四十七章

搜捕行动没有取得任何进展。这使太监们显得有些焦急，宫女们则惴惴不安。他们从未像此时这样露出惊慌失措的神色。颐和园的湖光山色，此时对他们来说毫无吸引力。他们恨不得早日逃离颐和园，摆脱那位无名闯入者如影随形的纠缠。他们几乎用乞求的目光望着我，希望我尽早启驾，返回紫禁城。在他们眼里，只有紫禁城才是安全的净土，他们哪里知道，紫禁城同样是一座巨大的坟墓，它让多少人葬身在它华丽的内部。

我对李连英说：

"算啦，别忙活啦。"

我没有死，看见那个白色幽灵的娟子也没有死，这表明那个白色的影子如果存在，那么他一定是人而不是鬼魂。如果真有一名杀手埋伏在园子的暗处，那么，他早有机会杀掉我。他没有动手。这令人颇费思量。我想，那或许只是一个错觉。这个错觉最先在疲倦的娟子心中产生，又被她传递到我的梦里。这个园子太空阔了，让人心生幻象。总之，我不需要为一个虚拟的存在自乱阵脚。如果真有一个人要杀死我，那就让他来吧，大内侍卫都是废物，就让我这个老太婆自己面对他吧。

我对李连英说：

"把你的人都撤了吧，有多大的事啊，把你们吓成这样！今儿个晚上，乐寿堂只我一个人睡，那些太监、宫女、侍卫什么的，都给我离得远远的！"

这一夜，我通宵未眠，斜倚在榻上，数着铜壶滴漏的声响，似乎在等待着他的到来。殿堂里掌着灯，门窗都打开了，窗幔被风吹起来，像温柔的水草，在水里游动。黑夜抹去了白日的图景，使颐和园显得无比空洞。那人如果来，那么此时的乐寿堂，宛如一盏被点燃的巨型灯笼，照亮他的道路。他在进殿的一刹，将会看见太后，不动声色地，端坐在他的对面。

我突然想起荣禄，早已淡忘的往事在心底突然清晰起来。我想起绵延在我的青春岁月里的那条危机四伏的道路，想起刺入辛酉年那个夜晚的那把尖利的钢刀，和荣禄坚定的马蹄声。岁月已老，往事只能深深地沉埋在心底，再也不能向任何人诉说。

漫长的夜晚，无比寂寥。我开始翻看奏折。这些日子，宫里比这园子更不消停。从年初开始，关于政体变革的奏折，就源源不断地从宫里递送给我。所有的奏折在我的面前堆成了小山，它们观点不同、立场各异，我似乎看到那些文字在相互搏斗，厮杀得难解难分。从六月开始，皇上下达的变革令如雪片一样覆盖了整个帝国，令帝国所有的衙门陷入手忙脚乱之中。其中政治变革令多达九十多项，包括：裁撤詹事府、通政司、光禄寺、鸿胪寺、太仆寺、大理寺等，这些断然的举措，意味着大批的帝国官员在一夜之间变得一无所有，对他们的去向，未作任何安排；同时，皇上宣布废除八股文，更令帝国的读书人无所适从，他们自幼苦心孤诣积累起来的知识系统突然之间变得百无一用。伴随着这些折子，大批官员纷纷涌进园子，请求我为他们做主，内阁大学士徐桐伏地痛哭，说，要裁就先把他裁了，园子变成王府井，人声鼎沸，原有的宁静荡然无存。我告诉内务府，对这些官员一律挡在园外，皇帝早已亲政，有什么事，让他们去找皇上。

这天夜里，我从奏折堆里，拣出一份《密保统兵大员折》。这份奏折是以礼部侍郎徐致清的名义写的，但我一眼就看穿是康有为的手笔——他的书，我几乎一字不漏地读过了。折子极力保举在天津训练新军的袁世凯，我下意识地皱了皱眉。

没有人来。空旷的殿堂里，我不知什么时候睡着了。

天快亮时下了一场秋雨，我被潇潇的雨声惊醒了。荣子进来，服侍我在那只掐丝珐琅莲花寿字面盆里洗了脸。上脂粉的时候，我透过窗子，透过庭院里的香炉上升起的薄薄的烟雾，看到了满地的银杏树叶，一层一层，像金箔般，贴在湿漉漉的地面上。

两个月前，荣禄来了，他的面孔在穿越了无边的风霜之后抵达我的面前。自从他辞官退隐，后被重新任命为西安将军，远离宫殿，偏居边塞以后，很久没有见到荣禄了，当年我挤在人群里张望的那张年轻英俊的脸不见了，换成了一张中年人的脸，边塞的风雪把他的面庞雕塑得更有棱角，只是比起轻车裘马的少年岁月，他的面容多了几许坚毅和沉静，像一潭水，望不见底。时间就是这样改变了一切，而所谓的爱情，说穿了只是因缘际会中的某种巧合，当时空发生转场，所有真实发生过的情感都会荡然无存。但我仍然对他充满感激，在我脱胎换骨的过程中，留有他的痕迹。他是我的臣子，更是我的亲人。

那时荣禄刚刚得到帝国的军机大臣、直隶总督的任命。他是来谢恩的。他跪在我的御座前面，朝服青蓝的光泽在烛光中晃动着，我俯视着他，这使我得以用不同于当年的角度看他，一种自上而下的俯视。岁月让我们彼此交换了观看的位置，它用这种方式，改变着我们的关系。

我乜起眼睛看着他，心里却在想自己这些年的道路。我说："荣中堂，我们有二十几年没见面了吧。"

他点头："可不是啊。"

我若有所思：

"二十多年了，这二十多年，有多少风风雨雨啊。你倒好，偏安一隅，我呢，每天都在刀口浪尖上，哪过过几天舒坦日子啊。"

荣禄说：

"太后为我大清日夜操劳，实大清黎民之幸，太后可要保重身体啊。"

我仔细地端详着荣禄，轻轻叹了口气，说：

"唉，连你也老了。"

荣禄苦笑了一下：

"是啊，这把老骨头，早已不复当年了。不过，为朝廷孝忠的心，一点也没有改变。"

"还记得长毛造反那年月，你是多么的年轻，冲锋陷阵，雄姿英发的样子，多少年我也忘不了。"

荣禄深深磕了个头，说：

"蒙太后惦记。今天如若有人想图谋我大清江山，吾亦当肝脑涂地，万死不辞！"

我满意地点点头。荣禄，还是当年的荣禄，他一点也没有老。他的话，把我从回忆拉回到现实中。我的心一沉。皇上年轻，变法如果过头，作为朝廷重臣，你当出面劝阻。变法是好的，但变过了头，就会给帝国带来危险。

荣禄说，刚才在等候召见的朝房里，他和康有为不期而遇。他描述了他对康有为的印象：冬瓜形的圆脸，两撇八字须，看上去更像一个师爷。荣禄问：

"以子之大才槃槃，是否有令时局起死回生之术呢？"

康有为答："非变法不能救中国也。"

荣禄又问："谁都知道法之当变，但一二百年的成法，一朝一夕，如何变得？"

康有为笑了，回答他："这好办，杀上几个一品大员，法就变成了！""杀上几个一品大员，法就变成了！"

康有为并不知道这句戏言里埋伏的凶兆。他已经忘乎所以了，陷入兴奋中无法自拔，他忘记了站在他对面的，是久经沙场、从死人堆里爬出来的荣禄。那时的他不会想到，他们对于未来的所有承诺，都会在顷刻间化为虚无。帝国闲置已久的利齿再度被调动起来，埋伏在宫殿各个角落里的毒牙活跃起来。这一年的秋天，西山红叶如火的时节，中国那些最善于空想的头颅，将被菜市口飞舞的利刃一一砍落。

我皱了皱眉，下了一道懿旨：以后凡任免二品以上官员，必须得到我的同意。

我听见荣禄伏地叩首，声音响亮：

"太后圣明！"

第四十八章

当鞑靼高原上再一次雪大如席、寒凝万里的时节，北京西山的红叶正绚丽如霞，在颐和园，风一天天地强劲起来，如虎狼般扫荡着湖面，把湖水搅动成粗犷的旋涡。我站在石舫上，看巨大的湖面如海一般波浪起伏，我的裙裾，也被风撩起，像旗帜一样哗啦啦地飘动。我知道，我面对的，很可能是一个空前的寒冬。

就在那场虚惊让园子里人心惶惶的时候，荣禄带来了一则消息：皇上传旨，要袁世凯来京觐见。这是一道没有保密的明发上谕，所以经过了直隶总督荣禄的手。老练的荣禄当然嗅得出这道明谕的味道。经过几个月的胶着、混战之后，形势渐渐明朗了，对阵双方，开始下明棋了。

据说袁世凯在接到圣旨时内心无比兴奋，那时，身在天津的他，对京城的诡异局势不甚明了，对自己的棋子身份更是一无所知。这个愣头青，以为自己飞黄腾达的日子就要到了，所以他奔赴京城的脚步是兴高采烈的。但是在到达北京，拜访一些官员之后，京城扑朔迷离的政治局势突然使他不知所措。在北京这样一个盛产小道消息的政治城市，连贩夫走卒，都能对宫廷秘闻讲述得头头是道，见过大世面的北京人，也十分善于在血雨腥风中出没。此时，袁世凯获知的，应该是与每一位北京市井草民同样的消息：六部九卿将被全部撤销，皇上任命的军机处四位章京，包括内阁候补侍读杨锐、刑部候补主事刘光第、内阁候补中书林旭和江苏候补知府谭嗣同将取代原有的军机大臣执掌大权，维新党要设立鬼子衙门、请伊藤博文等人管理国家，现在的衣服样式要作废了，等等等等。王府井大街报房胡同法华寺海棠院里，袁世凯让自己焦灼的心渐渐平静下来。

"袁世凯。袁世凯。"我在心里默念着这个名字。这位年轻的军人、不到四十岁的直隶按察使，他手下的新军，与张之洞训练的南方新军，在大清海军全军覆没后，成为帝国最重要的武装力量。在袁世凯训练新军之前，帝国的陆军几乎是一盘散沙。在颐和园的一次宴会上，俄驻华外交官马克·戈万送给我一本书，书中写，观看中国军人列队行走极为有趣，他们都一脸严肃认真的表情。每个人都肩扛着一支长枪。由于没有统一姿势与标准，所以扛枪如同扛着把铁锹。除了随身的武器之外，他们还每人携带着一把扇子。而袁世凯为他的新军制定了《斩律十八条》，军纪严明，他自己和普通士兵一样，穿军服、扎皮带、穿马靴、挂佩刀，站在操练场上，目光炯炯，声音洪亮，在他的视野内，士兵们的刺刀有节奏地闪动着，在阳光下熠熠生光。有一次阅兵时，突然降了一场暴雨，在操练场上荡起一片白烟，阵营顿时乱了，但袁世凯，依然站在阅兵台上，纹丝不动，他没有说一句话，士兵们的队列就回复了整齐，杀声阵阵，穿透了雨幕，在操练场上回荡。袁世凯之所以被康党选作炮灰，主要是因为他的脑子里充满了西洋思想，而且他的提拔，与康有为在皇帝面前的举荐有关。那时的袁世凯还沉浸在对自己未来的美好想象中，对迫在眉睫的危险毫无察觉。

我知道九月十六那天天未亮，皇上就在颐和园玉澜堂召见了袁世凯。所有的官员、太监都退去了，大殿里只剩下他们两个人。对于他们的谈话内容，我不得而知，但这并不重要，他们在这个时候匆匆会面，就已经说明了一切。据说袁世凯从玉澜堂出来的时候，神情有些恍惚，官升二品的喜悦，被一丝恐惧瞬间覆盖了。他或许没有想到，自己在不经意间，被推上了政治斗争的风口浪尖，即使退出，都没有机会了。他给湖北张之洞急发一封电报，力求张之洞北上主持新政，将他焦虑、不安的心境，暴露无遗。

张之洞的回电十分简单：

"我才具不胜，性情不宜，精神不支，万万不可……千万！千万！"

这封电报的抄件就摆在我的案头，我哑然失笑：

"张之洞这个老狐狸！"

此时的袁世凯一定明确地意识到，自己已经掉进一个万分危险的政治陷阱里了。

该出手了。召见袁世凯的时机，到了。

第四十九章

很久以后，我才从梁启超写的《谭嗣同传》里，得知谭嗣同夜访袁世凯的细节。

那个夜晚发生的事，版本不同的野史、小说各执一词，说法纷纭，有人甚至怀疑那个晚上发生的事是否存在，而梁启超却对此深信不疑。在梁启超的叙述里，那个新官上任不久的军机章京谭嗣同，似乎听到了我们即将动手的风声，突然间变得手足无措，走投无路之际，他带着孤注一掷的勇气，穿越了深夜里暗不见底的胡同，来到法华寺，他穿过天王殿，绕过大雄宝殿和法堂，径直来到松柏深处的海棠院，轻轻叩开了袁世凯的房门。那一天是九月十八日，皇上召见袁世凯之后的第三天。

法华寺的庙寓，据说是北京城中最大的，至少也有三五百张床位。庙寓从前只接待游方僧人，后来也住香客，再后来，无论僧俗，都可以在此落脚。在夜里，法华寺深不可测，寺西的海棠院，数不清的寓舍在一片黑森森的海棠树林子里错落着，只是在清秋时节，海棠花花期已过，大朵的枝叶，在夜幕中安睡。

相信谭嗣同是费了些周折才摸到袁世凯的门口的。对谭嗣同的突然造访，袁世凯一定感到意外。

两人落座后，压低嗓音，开始如下密谈：

谭嗣同："你对皇上如何评价？"

袁世凯："旷代之圣主也。"

谭嗣同："天津阅兵之阴谋，你难道不知道？"

袁世凯："听到一些传闻。"

谭嗣同："今日可以救我圣主的人，非你莫属！你如果决计要救，就立即行动；如果你胆怯了，就请你现在把我绑到颐和园邀功吧。"

袁世凯："你把我袁项城当成什么人了？！我们都是皇上的臣子，备受皇上恩宠，在这关键时刻，理当为皇上效力，万死不辞。你说，现在我们该怎么办？"

谭嗣同："荣禄密谋在天津阅兵时加害皇上，你如果能一军顶二军，保护皇上，恢复皇上的皇权，清除奸党，你就完成了一件惊人动地的伟业！"

袁世凯："如果有人胆敢在阅兵时谋害皇帝，我一定命令我的官兵杀掉他，拼死营救皇上！"

谭嗣同："那个荣禄，怎么办？"

袁世凯："如果他敢谋害皇帝，我杀荣禄如同杀一狗！"

梁启超的这一记录，令许多人信以为真并广泛流传，而我，对它只能一笑了之。所谓我将借天津阅兵之机除掉皇帝的传闻，完全是康党们过剩的想象力和低劣的智商的联合产物。对于一个在刀锋中行走了数十年的人来说，在宫殿中除掉一个与我对敌的人，可谓易如反掌，怎么可能想出如此拙劣的办法，舍近求远，跑到天津去，在众目睽睽下进行？只有他们的愚蠢脑袋，才能想出这样的办法，连袁世凯这样的政坛新星都不会上当。像这样一群白痴书生，凭什么把天下交到他们手上？秀才造反，非只十年不成，千年万年，也不可能成功。

一切仿佛辛酉年的重演，所有发生过的事件，都将在生命里再度发生。这一次，我依靠的力量，不再是奕䜣，而是荣禄。继那个凶险的帐篷之夜后，荣禄再一次坚定地与我站在了一起，只是此时的荣禄，鬓角已经花白。荣禄每天下棋，在整个直隶，他早已布好了棋子，至于袁世凯会投靠哪一边，已经无关紧要。一切都极其秘密地进行，而袁世凯，已经回到天津，对北京的事变全然不知。就在我重返紫禁城的那天，袁世凯在经过了三个不眠之夜的煎熬后，才把他的砝码，押在了我的身上——他没有别的选择。当他向荣禄和盘托出维新党围园杀后的计划时，皇上早已被解除了政权。

袁世凯跪在地上向荣禄陈述真相的时候，荣禄闭着眼睛，似乎已经睡着了，但他的大脑，一分钟也没有停止运行。袁世凯说完后，不知所措，屋子里一片安静，只有案头的烛火，毕剥地烧着。一阵难挨的沉寂之后，荣禄装作勉强撑开双眼，说：

"你说完了？我睡着了，什么也没有听见，你先退了吧。"

望着袁世凯的背影，他不禁摇了摇头。

其实我早就想明白了，园子里那个诡秘莫测的影子，那个被宫女无意发现的影子，是有人事先布好的一颗棋子，他没有杀我，是因为我的政治对手没下最后决心——他依然希望通过政治途径解决问题。光绪皇帝是我亲手养大的，我没有想到自己居然养虎成患。宫殿，终于把我们母子塑造成你死我活的敌人。那条漫长的血连环，终于如一条贪婪的蛇，逶迤着，爬到我的面前。光绪，似乎等待着雪亮的刀刃刺入我脖颈的一刹，那时，所有的账，似乎都算清了。但他犹豫不决，最后的时机不到，他就没舍得下手，而政治决斗，胜负往往只在毫厘之间，当他决心出手的时候，他将不再拥有任何机会。

第五十章

那个名叫毕永年的刺客终于出场了，深夜的乐寿堂，等待着他的光临。果然，一个白色身影，在穿越了层层叠叠的栏杆、墙、大内侍卫的刀锋、雕花门窗、帏幔之后，出现在我熟睡的帐前。一道冰凉的刀刃，再度抵达我的脖颈。

就在刀刃即将刺入脖颈的一刹，我突然翻身而起，迎空一剑，直刺他的咽喉。他一惊，赶忙躲闪而过。我刺空了，回身的一刹，他飞起一只腿，把我踹向半空，我的剑落了，身体重重地砸在墙上。我在跌落的瞬间，顺手扯下一片窗帏当作武器，飞到他的头上，把他的头颅蒙了起来。他奋力摆脱，我则飞出一脚，踢飞了他手里的钢刀。夜幕中，那口刀在空中划过一条绽亮的直线后，嗖的一声插进一根楠木柱子，刀尖从另一侧露出来。我们彼此站定。刺客已知我不是我，厉声问道：

"谁？"

他得到的回答是：

"军机大臣、直隶总督 —— 荣禄！"

"你这个走狗，今天死定了！"

说完，他又冲上来。两人扭打成一团。

大内侍卫冲进乐寿堂，荣禄大喊：

"不要动手，抓活的！"

后来，据大内侍卫说，他们就这样在乐寿堂里闪展腾挪，打了半个时辰，未分胜负，而那些持刀侍卫，全都成了看客，但他们早已把乐寿堂围了个水泄不通。毕永年见我不在，虚晃一招，扭身想跑，荣禄一个箭步冲上去，一脚正踹在他的腿窝处，他应声而倒，又反身，双腿夹住了荣禄的脑袋。荣禄扳住他的双腿，无计可施，突然间，从地上摸起一只翻倒的香炉，向毕永年头部砸去。毕永年向旁边一闪，荣禄随即脱身。但荣禄毕竟年纪已大，体力渐渐不支。正当毕永年再度飞身冲上来时，荣禄闪过他，从背后抓住他的双肩，将他使劲撞在那根楠木房柱上。毕永年大叫一声，刚才穿透木柱的那把刀的刀尖，从他的后背右肋处，直刺进去。他蓦地定格在那里，不知所措。大内侍卫一拥而上，将他捆绑起来。

此时，在紫禁城养心殿的庭院里，光绪皇帝正在我的面前接受廷杖。此起彼伏的木杖落在他尊贵的臀部上，噼啪的响声在深夜的宫殿里回荡。在这个世上，自从我垂帘那一天起，就没有人能撼动我的权力。对这个不知深浅的不肖之子，我可以打死他，但我更愿意他活着，让我像养一只狗一样，养着他。

第三卷

龙与凤

作为大清帝国的皇后，我从来没有被皇帝宠幸过。他们的香巢距我不远，确切地说，我们是共居一个屋檐下，只是分居两室而已。体顺堂与燕喜堂，隔着一生的距离，令我遥不可及。在夜晚，我唯一的工作，就是倾听他们做爱的声音。

第五十一章

作为大清帝国的皇后，我从来没有被皇帝宠幸过。

那一年我已经二十一岁，但我不知道被爱的滋味。

我听得见他们做爱的声音，我猜他们有意把做爱的声音弄得很响，尤其在沉闷的宫廷的夜晚。我听得见珍妃的叫声，咿咿呀呀，像一只受伤的幼崽，一波一波，绵延不绝。他们，大清帝国的皇帝，和他的绝色佳人，共同占据着一个温暖如春的香巢。他们的香巢距我不远，确切地说，我们是共居一个屋檐下，只是分居两室而已，我住在养心殿后殿的西间 —— 体顺堂，他们则住在东间 —— 燕喜堂。如果在白天，我几步就可以跨过去，但在夜晚，我不能，即使我贵为皇后，也只能听从皇帝的召唤。体顺堂与燕喜堂，隔着一生的距离，令我遥不可及。在夜晚，我唯一的工作，就是倾听他们做爱的声音。我对这样的安排毫无好感，但这是朝廷的规矩，谁也无法改变，除非皇帝会在某一个黄昏，掀开一张写有"隆裕"的木牌，我无数次地想象过这样的场景，时间久了，才知道它的可能性几近于零。然而作为皇后，我不能擅离岗位——体顺堂就是我的岗位。

世界上没有一种声音，能够比它更富于杀伤性，仿佛一根根银针，刺入我的身体，令我无处躲藏。不可思议的是，那种声音竟然对我充满诱惑，所以，每当珍妃像猫一样发出叫春的声音的时候，我都会屏住呼吸，聚精会神地倾听。我不知道这是为什么，有些事情，你越想排斥它，就越会专注于它，它会在你的身体里步步为营，一点一点地扩散，直到占据你的全部世界，以至于当燕喜堂的夜晚一片沉寂，我反而会感到惶恐不安。我陷入对那种声音的迷恋中不能自拔。它成了我生活的一部分，没有了它，我的夜晚就不再完整。

没有人知道我在每一个深夜里的挣扎。燕喜堂发出的声音几乎令我窒息，但即使对太后，也不能轻易说出，在宫殿内部，我必须谨言慎行，对一切都格外小心。对我而言，这几乎意味着漫无止境的刑期。

　　起初那声音很小，可以想象，他们都很谨慎，像两个会柔道的人，在黑暗中切磋技艺；慢慢地，他们的胆子大了起来，自颐和园回来后的无数个夜晚，他们快乐的呻吟和叫喊声便经久不息。我知道他们的声音里包含着某种挑衅的成分，在宫殿里，他们的挑衅是微弱的，只是在夜的庇护下，他们才变得如此肆无忌惮。

　　在这种呻吟声的启发下，我开始想象他们做爱的每一个细节——他的手指会像一条寂寞已久的鱼，在她身体的波浪间不安分地游动；那波浪起初是平缓的，在手指的蛊惑下，渐渐涌动起来，舒展、弯曲，变幻不定，无法停歇。我知道，两个身体，在摸索，寻找着各自想要的部分，在宫殿的孤寂的夜晚，他们紧紧地抱在一起，想把自己嵌进对方的身体，终于，他们连在一起，变成了一个人，似乎这样能使他们变得强大和安全，两个人一旦发生了这样的连接，就很难再将他们分开了。我的想象力从来没有像此刻这样发达，但相信他们所做的一切都与我的想象同步，而且惊人地吻合。我什么也看不见，但我又看见了一切，他们仿佛就在我的面前，夜色的阻隔微不足道。他们疯狂做爱的时刻，我坐在黑暗中捻动着手中的数珠，那珠子每滑动一下都会带来一阵剧痛，火球般缭绕着我的指尖。

　　我的手指发痛，但那种煎心的痒却一浪高过一浪地撩拨着我。终于，我脱去皇后的袍服——象征权力的服饰，像他们一样，赤裸裸地躺在黑暗中，任凭一只手，撩动我身体的波浪，只不过那是我自己的手，它只在想象中属于皇帝。我平静的身体开始动荡起来，同时泪水从我的眼眶里汹涌而出，我感到彻骨的孤独和悲伤，他们的孤独和悲伤可以彼此分享，而我却不能。我努力克制着哭泣，但我的抽泣扰乱了空气的节奏，在死寂的夜晚变得无比清晰。我的身体如溺水般在黑夜中挣扎着，高潮袭来的时候，我已经彻底崩溃，松软地躺在床上，等待着身体里余焰一点一点地熄灭。这时窗外落雨了，淅淅沥沥的雨，像是一种温柔的抚慰。我闭上眼，嗅到了窗台上兰花的幽幽芳香。

第五十二章

红帐子、红褥子、红衣、红裙、红花朵、红蜡烛……在寻常人家，代表着吉庆和幸福，而此刻，在皇帝离开以后，在空旷的宫殿，满目的红色，显得刺激和阴森。坤宁宫只剩下我一个人，晃动的烛光，照亮触目皆是的红色，血腥的颜色，使我感觉到前所未有的恐怖感，让我想起大婚那天，太和门烧起的大火。我在我的娘家——桂公府里就得知了着火的消息，我吓哭了，说：

"这一定是在惩罚我，皇后的荣耀不该属于我的，它应该是珍嫔的，是我夺了珍嫔的好运。"

然后，我双手合十，跪在地上，说：

"如果将来有什么祸患，请一定惩罚我，而不要危害我大清帝国，不要祖宗的基业，毁在我的手上。"

父亲桂祥把我扶起来，安慰我说：

"女儿，这不怪你，这只是一次普普通通的火灾而已，谁也说不清，这紫禁城自建成那一天起，究竟发生过多少次火灾。我们的女儿被选为大清国的皇后，这是上天的安排，我们都应该感谢上天。"

从那一刻起，我在心里告诫自己，一定要善待珍嫔，善待身边的每一个人。

尽管如此，当我的轿子，从东交民巷转入兵部街，进入大清门的时候，我就完全惊呆了。尽管到太和门还有很远的距离，但整个天空，都已经被大火映得通红，整座紫禁城，看上去仿佛一口巨大的、翻卷着火焰的油锅，火焰中有无数的渣滓飞腾着，顺着宫殿前的官道，一直飘到我的脸上，差一点就迷住了我的眼睛。天安门，在通红的背景下，已经完全变成一个漆黑的剪影，在壮丽的火焰面前，弱不禁风。我的面颊在一瞬间变得无比冰凉，只有眼泪是热的，因为在这无辜的寒夜里，只有眼泪在我身体的深处。很多年后，当皇上终于宠幸我的时候，他才对我说，那个时刻，他正站在太和殿前，站在太和门的另一侧，面对冲天的大火，哑口无言。

此刻，我的眼睛躲在红盖头的后面，除了一片模糊的红色，什么也看不到。从那一夜起，我的听觉就开始敏锐起来。我必须用听觉来适应他。我听见他在熟睡，呼吸中发出均匀的鼾声；我也听见他醒了，因为醒来是没有声音的，而且，他的呼吸也变得清澈起来。我听见他在走动，开始是漫无目的地走，后来，他的脚步有了方向感 —— 他朝殿门走去，跨过门槛，出现在院落里，然后，我听见院门轻轻动了一下，就什么也听不见了。

几天中，我没有得到关于他的任何消息。我只听见我过门的第一个夜里，有人在窗户外面听房，一定是慈禧从她宫中派来的嬷嬷，但我敢保证她们什么也没有听到。红色的盖头还遮着我的脸，于是，我自己缓缓地将它掀开，满堂鲜艳的红色刺痛了我的眼。我知道，我无忧的少女时光，自这一天起就彻底结束了。这里是我的新家，我终生的牢狱。

第五十三章

那名香腮玉颈、弱骨丰肌的女子钻进皇帝的寝宫里夜夜侍寝，一连三天没有出来。按照祖制，妃子必须在天亮前离开那里。这事只有我知道，对于珍妃秽乱深宫的事实，我决计守口如瓶，否则，整个后宫都会鸡犬不宁。

每天天色微明时分，我就会起床，步出养心殿的庭院，沿着纹路分明的青石，到御花园散步。归来时我会看到，燕喜堂的窗幔依然垂着，遮挡着他们青涩潮湿的日子。寂寞中，我有时也会踱到养心殿西暖阁那间著名的三希堂，在榻上坐下来，抬头看着乾隆御书的"三希堂"匾，在晨光中一点一点清晰起来，还有西墙上郎世宁、金廷标两位宫廷画家合画的《人物观花图》，仿佛我梦中被雨淋透过的花瓣。那时我或许刚好坐在新婚之夜皇帝坐过的位置上，据说他在这里一连待了几天。他在想些什么呢？我们坐在相同的位置上，中间隔着一个新婚之夜。那是我们永远无法消除的距离，我们终生的裂缝。此时，我似乎觉得他的体温，正在穿透我的袍服，从我的臀下蔓延上来，漫过我的腹部，向全身扩散。一种微弱，却强烈的温痒，让我突然间一阵心跳。

"给皇后请安。"

我吃了一惊，扭头，发现珍妃立在我的面前，给我道了一个万福。

我看见一张清秀的脸，在稀薄的晨光中，发出瓷器一样静穆的光泽。阳光透过窗子，刚好落在她的脖颈上，使她身体起伏的轮廓变得更加明显。我第一次这样认真地打量她，一张尚未成熟的娃娃脸，两道浓眉，明眸皓齿，兼有了男孩的俊朗和女孩的秀美。她说话的神态，那样的无辜，那样楚楚可怜。怪不得皇帝喜欢，连我也不由得心生爱意。我走过去，用手轻轻地抚着她的脸。她没有动，用她洁净的面孔承接着我的抚摸。我轻轻地对她说：

"在家里，就别叫皇后了，叫姐姐吧。"

"皇后是一国之母，奴婢不敢这样轻慢。"

"没有关系，从今天开始，你就是我的妹妹了，好吗？"

她略微点了点头，轻轻叫声：

"姐姐。"

姐姐！我的心头倏然一惊，脑子里映出东西两宫皇太后的面容。我们之间，会重演她们的命运吗？

第五十四章

很久以后，明察秋毫的太后才对后宫里的异常举动有所察觉；而我，则在这种无法言传的煎熬中，度过了黑暗而漫长的日子，听晨钟暮鼓，看天空中的鸟，飞去又飞回，而自己并不好看的容颜，被时光一点一点地折损。我们在一个初春的早晨前往漱芳斋给太后请安。那时她正在看戏，漱芳斋的戏台上，大清国最著名的青衣梅竹芬在唱《白蛇传》。太后对身旁的礼亲王说：

"你看这许仙，被妖精迷住了，还执迷不悟。"

礼亲王世铎应道：

"太后说得是，这许仙被情迷住了眼，连三纲五常都抛到脑外了。"

庆亲王奕劻不失时机地插道：

"这也难怪，二八佳人体似酥嘛！常言道：牡丹花下死，做鬼也风流啊！"

太后白了他一眼，说：

"我知道你小子，就是好色。总有一天，你会后悔的。"

皇上一言未发，耐着性子听完他们对话。所有在场的人——

除了皇上，还有我、瑾妃和珍妃，都听得懂他们的意思。我看了看珍妃，她的眼睛盯着戏台，似乎被台上的唱腔迷住了。

《白蛇传》唱完了，太后没有让大家散的意思，李连英就拿来戏折，请太后接着点戏。太后的目光在戏折上扫了一遍，手指落在两出戏上。

《遇皇后》和《打龙袍》。

太后面无表情地说：

"我们都来看看宋朝的太后是如何教训不肖的皇上的。"

我的心一紧，我知道，这两出戏，是有意唱给皇上听的。

于是，根据清朝太后的旨意，遥远的宋朝往事，便在戏台上一幕一幕地重现。我们眼前的戏台，已经变成包拯放粮的陈州，在天齐庙，一个又瞎又穷的老女人突然出现在他的面前，说起当年宫闱秘事，居然丝丝入扣，准确无误，令包拯心头一惊，这个盲女人，并非一个平常的女人，而是母仪天下的皇妃——当年宋真宗之妃、当朝宋仁宗之母——李太后，一块黄绫诗帕，证明了她的身份。包拯当即答应代其回朝辩冤。这就是《遇皇后》。

未完的故事在《打龙袍》中延续着——包拯知道刘太后狸猫换太子、加害李后的秘密之后，准备将事情的来龙去脉奏明宋仁宗。回京以后，他借元宵观灯之际，指出皇帝不肖。仁宗

一怒之下要斩包拯，终于，宫廷里的老太监陈琳道出隐瞒了
二十年的秘密，而刘太后，则在这真相大白的一刻在后宫自尽，
皇上终于相信眼前的事实，于是命包拯迎接李太后回到了往日
的宫殿，母子终于团聚。仁宗二十年来对于生身之母流落民间
竟然毫不知情，不肖如此，何以君临天下？李太后把一柄紫金
棍交到了包拯的手中，令其责罚仁宗皇帝。无奈之中，包拯让
仁宗脱下龙袍，用龙袍代皇上受过。李太后用西皮摇板唱道：

> 好一个聪明小包拯，
> 打龙袍如同臣打君。
> 包拯近前听封赠：
> ……
> 我封你太子太保在朝门。
> 内侍看过金铛翅，
> ……
> 再赐你尚方剑一根。
> 三宫六院你管定，
> 满朝文武任你行。
> 倘若是皇儿不从命，
> ……

也罢!

画影图形也要充军。

……

台下,西太后的眼睛紧紧盯着台上,此起彼伏的杖棍使她获得了很大满足。

包拯的紫金棍在芳泽九州的龙袍上噼啪作响的时候,我偷眼瞧了一眼皇上。

皇上专注地吃着桌上的点心,心不在焉地听着。等那一连串幽咽婉转的西皮摇板戛然而止,他好像猛然意识到戏结束了,轻拍一下桌案,道声:

"打得好!"

太后没有理睬他。她根本没有兴致去理睬他,也无须猜测他话里的意思。她的全部注意力都在演员身上。戏演完后,太后把梅竹芬叫到跟前来,说:

"扮相雍容端丽,念白优雅脱俗,不愧是梅巧玲的公子,唱得好啊,没给你的父亲丢脸。"

梅竹芬叩头:"承蒙太后夸奖。"

太后说:"听说你新近得了个儿子,也要他学戏吗?"

梅竹芬说:"不知他有没有这样的造化。"

太后说："得要他学，你家两代名伶，只要他将来不贪恋女色，定会有出息的。我还等着听他的戏呢。"

皇上尴尬地把头低下。

太后又说："给公子取名了吗？"

梅竹芬回："还没有。"

太后说："那今天我就不赏你银钱了，我给孩子赏个名字，你看如何？"

梅竹芬又连忙叩头："多谢太后赐名。"

太后镏金嵌玉的指甲套反射着早晨的阳光，我迷了一下眼，听见太后说：

"我一生最爱一种花，就是兰花，名字中若有一个'兰'字，不仅高雅富贵，气质高拔，而且梅兰竹菊四君子，就叫他占了两样。既然你的名字中有了'梅'和'竹'，那么公子的名字，不妨占上'梅'和'兰'，我看，这个小朋友，就叫'梅兰芳'吧。"

梅竹芬第三次磕头，看得出他对老佛爷的感激之情：

"谢太后！就叫'梅兰芳'。"

"你先退下吧，想着，下次进宫的时候，可以把梅兰芳抱进来，让我瞧瞧他。"

老佛爷一边说，一边在笑。看得出来，那天她心情不错，冲淡了她对皇帝和珍妃的恼怒。从这个意义上说，皇上应该感谢梅竹芬。

　　说皇上好色，但他没有三宫六院、三千粉黛，她只有一个皇后、两个嫔妃，我们三个人，组成了他的全部家庭，但是，我和瑾妃都是摆设，他从未正眼看过我们，更未动过我和瑾妃一个指头，尽管有太后做我们的后盾，但太后的支持，总是适得其反。从颐和园回来，他仍然夜夜宠幸珍妃。

　　只有我能够听见每天晚上燕喜堂传来的幸福号叫，来自珍妃——一个十六岁小姑娘的，肆意而幸福的欢悦。体能强悍的皇帝仿佛抓到了一个无辜的人质，在她的身上尽情地发泄着他的愤懑，而小姑娘，也不加掩饰地享受着这份蹂躏，他们疯狂地表演，配合默契，珠联璧合。无边的宫殿中，却只有我这一个听众。所有的宫殿都沉默了，只有燕喜堂喧哗躁动；所有的耳朵都消失了，只有我的耳朵，在那难熬的尖叫中变得日益灵敏。他是在向太后抗议，却要由我承担后果。

　　我终于在自己的生活中找到了一项乐趣：打听他们的行踪。在太监、宫女们面前，我变得一天比一天更加严厉，在这份压力下，他们向我透露了有关皇帝和珍妃的诸多细节。我不会向任何人说起这些细节，但我愿意知道它们，每一个细节都深深地吸引着我，填充着我的想象，我深陷其中，像毒瘾一样不能自拔。太监们说，皇上的脾气，比从前和善许多。甲午战败后，皇上就没有笑过，有时甚至捶胸顿足，骂自己是王八蛋，骂李鸿章无能，卖国贼。可眼下，笑容又重新回到他的脸上。有一回，一个宫女在上茶时因为紧张打翻了茶盘，她连忙伏在地上，一叶一叶地拾起茶盘的碎片，不小心碰破了手指，皇上没有骂她，反而把她纤嫩的手指轻轻捏起来，为她拭去了血迹。还有一次，一个宫女把《高山流水》弹得荒腔走板，他就把她推到一边，自己弹了起来，那时已进入三月，晚春枝头的花瓣，在他的琴声里悠然地飘落。据说他们夜夜欢宴，皇上居然让珍妃坐在他的腿上，捏着筷子往她的嘴里喂饭。珍妃甚至对皇上说，要他把龙袍脱下来，给她穿上。这个天真、任性、鲁莽、无知的小姑娘，不知道这样闹下去，必是死路一条。在宫殿里，除了皇上，其他人不要说穿上龙袍，就是有这样的念头，也死无葬身之地。宫殿就是一件巨大的龙袍，只有皇帝一个人，是它们真正的主人。那时，斟满御酒的金杯在烛焰中轻微地晃动着，发出诱人的芳香，珍妃身上的绫罗与她的肌肤摩擦出细碎的声响。他们会一直畅饮到深夜，然后，他们便会褪去春衣，两个年轻的身体就像润滑的鱼一样浮现出来。前世是狐的小珍妃，肌肤像玉一样白，表情像狐一样媚，那时的她，还不知道自己的名字，多年后将长成井边的孤寂的苔。她的身体，在皇帝的揉搓中，像海浪一样起伏不定。他们彼此渴望地摸索着，寻找着，缠绕着，共同沉入幽深的海底，窒息着，又一起浮出水面，大口大口地喘息着，终于，两个身体、两个人、两种命运，完完全全地合在了一起，像榫卯一样严丝合缝，从此，除了死亡，不再有什么力量能够把他们分开。

　　很多年中，太后对我们的婚姻生活没有太大的关注，在她看来，那是年轻人自己的事，况且皇帝已经亲政，他完全能为自己的行为负责，她已经退休了，能不管的事，就尽量不去过问了，直到那一次，皇帝和珍妃，彻底触怒了太后。

　　那时太后已把看戏的地点，转移到了颐和园。而我，很长时间留在颐和园里，陪着太后看戏、游湖，太后说，你回宫去吧，这里不是你待的地方，这里是一个退了休的老太后颐养天年的地方，你是皇后，是一国之母，你的位置在宫殿，在金碧辉煌的御座上。然而，一想到宫殿，我的心头就会飘雪，我感觉我自己像一株孤立无援的枯树，无法绽放成一树的烂漫。偌大的紫禁城，没有我立足之地。我是一个多余的人，一个高贵而卑微的游魂。想到这里，两行泪水，便夺眶而出。太后的手拢住了我的头，说：孩子，你的心思我都明白，没想到你的命比我还苦，我二十五岁上就守了寡，从咸丰皇帝驾崩那一天起，我就一个人睡在大大的龙床上，我觉得自己是那么小，而黑夜是那么强大，就这样，一个人睡了三十多年，一个年轻貌美的女人，变成了今天的老太后，每天李连英给我梳头的时候，我都会想，我的头发梳得这么整齐，打扮得这么漂亮，是给谁看的呢？太监，宫女，还是石兽，香炉？唉——老太后长长地舒了口气，接着说：而你，我的闺女，从出嫁的第一天起就守了活寡，皇帝四岁进宫，我是一把屎一把尿把他拉扯大的，没想到他会如此绝情，子不教，父之过，我给你赔不是了，孩子，让你受委屈了。

我突然间号啕大哭起来，仿佛多年的郁闷，都在这一瞬间喷发出来。我哭得天旋地转，哭得声嘶力竭，哭得慷慨激昂，丝毫不顾皇后的体面。很久，我才发现，太后手里捏着帕子，轻轻地拭着自己眼角的泪花。

第五十五章

瑾妃向我透露了一个消息：珍妃看上了一个戏子，据说，她经常背着皇上，借着到城里娘娘庙烧香的机会，与那名戏子幽会。

我和瑾妃坐在体顺堂里做女红。那是春天，冬日里强劲的风变得柔软了，燕子划过美丽的弧线，从窗前一闪而过，飘飞到红墙的外面去了。我身穿藕荷色缎绣藤萝衬衣，那实际上是一种圆领、右衽、直身、舒袖（即长袖）、平口的无裾（开气）长袍。它不像朝服那样僵硬挺拔，令人望而生畏。飞翔的金龙、云鹤已去向不明，只有各种花卉植物，在绸缎上舒展枝叶。有意思的是，根据朝廷的规定，后妃、公主、福晋衣饰上的花卉，必须与时令相对应，因而，穿着它们，我就能感受到时令的变化。我最喜欢的，就是那件藕荷缎绣藤萝衬衣，月白色的藤萝缠绕在藕荷色的布料上，让我感到放松和宁静，穿着它，就像趴在春天温煦的草地上，可以做一些与春天有关的梦。

　　衬衣是一种介于礼服与便服之间的装束，在更多的时间里，我喜欢穿着素净布衣，看上去更像一个寻常百姓家的女子。对于女红，我有着异乎寻常的偏好，反正宫中无事，皇帝甚至连一句话也懒得跟我说，我于是把大部分时间都用来织衣绣花。我要把我的寝宫变成皇宫中的世外桃源，这里也使我感受到若干人间烟火的气息。我听宫女们说，穆宗（即咸丰皇帝）在位的时候，皇额娘每年都要亲手给皇帝绣一双鞋子。于是，我对嫔妃们说：

　　"大臣们进贡的冠服、首饰，我们今后一律不能收。臣子多一分进贡，便是百姓多一分钱财。倘若收了他们的进贡，便是暗地里教他们做贪官去，因此臣子的进贡，万万收不得。"

后宫就这样，在我的手里变成手工作坊。那里不仅成为我玩耍的去处，也成为嫔妃宫女们的聚集之所，有同治皇帝的瑜皇贵妃、晋皇贵妃，几朝的嫔妃，有时都会聚在一处，说说笑笑，忘记了宫中的寂寞，甚至忘记了彼此的辈分。

然而，这里也成为宫中小道消息的集散地。各种来路不明的小道消息，在后宫里发扬光大，飞快地滑翔。我对瑾妃说：

"此事事关重大，且不要胡说。别说我们没凭没据，就说是真的，也是自家的家丑，传扬出去，对皇帝、对朝廷的声望，都有害无益。妹妹万万不要再说了，倘是误传，皇上怪罪下来，岂不自讨苦吃？"

瑾妃兴奋的脸突然静止下来，她或许没有想到，她的独家新闻竟引来如此的反应，许多更加真切的细节被突然截断，留在了她的肚子里，这令她无比不适，这种不适，通过她那张月饼脸，表露无遗。

但她还不甘心，辩解道：

"哪个在胡说了？你没看见上次陪老佛爷在园子里听戏的时候，那个名叫梅竹芬的戏子穿的袍子，和珍妃的袍子一模一样吗？据说，那件袍子，就是珍妃亲手缝了送他的呢！"

"休得胡言！"

我真的动怒了，因为我根本不相信珍妃会有这样的事情，我情愿相信这些都是她的姐姐瑾妃出于嫉妒而生出的是非。在我心中，嫉妒可以原谅，但害人决不能原谅。

瑾妃悻悻地走了。

第五十六章

天转暖后，园子里热闹起来，我进园子的时候，固伦公主、三格格、四格格，众星拱月一般，把太后围在当中，叽叽喳喳吵个不停，特别是太后的干女儿、大清国驻日使臣裕庚的女儿德龄公主回来了，更令太后喜出望外。但德龄迟迟没有在园子里露面，太后急了，派礼部官员前去裕庚府上探望，礼部官员回到园子，回禀太后，说裕庚父女多年来都穿西装，回国后赶制的朝廷服装还没有完成，他们也在焦急地等待。太后摆了摆手，说，就叫他们穿着外国的衣服来吧。

当德龄公主穿着浅蓝色的雪纺绸长袍，头戴装饰洁白长羽毛的天鹅绒帽，亭亭玉立地站在太后面前的时候，太后几乎被惊呆了。太后拉着她的手，不住地说：

"长高了，长高了，怀里抱着的日子没多远啊，怎么一眨眼就成妙龄少女了？你们瞧瞧，我大清国的金枝玉叶，比下凡的仙女还美呢！你们都大了，出息了，我也老了。往后可要多陪我这个老太婆啊，不然可真把我给想死了。"

德龄公主把秀丽的小腿往上一跷，露出一只黑色高跟鞋，笑着说：

"回禀太后，可不是德龄长高了，你看看我的鞋跟！"

太后弯腰打量着高跟鞋，说：

"这是法兰西姑娘穿的鞋吗？真邪行！我大清国的鞋，跟子在中间，瞧人家这鞋，跟儿都跑后面去了，这可怎么走路啊！"

德龄说："老佛爷，我走给你看。"

说完，向前走了几步，还灵活地转了个圈，然后回头望着太后。

太后说："你别说，穿上去倒也玉树临风，别有一种风韵的！"

"太后喜欢吗？如果太后喜欢，我愿送一双高跟鞋给太后！"

太后立刻笑弯了腰，说：

"别拿我老太婆开玩笑了，我穿上你那鞋，还不成怪物了。不过啊，你穿着我倒是蛮喜欢的，以后，你每天都穿这样的鞋进宫吧。"

德龄打了个万福，道了谢。她的礼节和她的服饰驴唇不对马嘴。

她又从她的西洋小挎包里掏出一只铁色的小铁盒，说：

"太后，我给您照张相！"

太后盯着那只小铁盒，问道：

"这又是什么稀罕玩意儿啊？"

德龄公主说：

"这只小铁盒，能一下子画出太后的仪容，画得和真的一模一样。"

"啊呀，那不是把咱的魂儿都勾进去了吗？我看快算了吧。"

德龄公主又从小挎包里掏出一只小黑皮夹。太后故意夸张了她的惊讶，说：

"怎么像变戏法儿一样啊？这又是什么稀罕物件？"

德龄说："这里面装着家父的照片，你看。"她把皮夹举到太后的眼前，"昨天他觐见了太后，你看他的魂儿被勾走了吗？"

太后笑得把眼眯成了一条缝：

"人小鬼大，行，就依你。我大清国圣母皇太后，什么风浪没有见识过，难道还怕这一只小铁匣子不成？西洋的东西，咱也享用享用。"

太后就从这一天起迷上了照相。她高贵的袍服，如太和殿的铜鹤般，熠熠生光。她仪态万方的面容，在19世纪最后年代的天空下，就这样永远在底片上定格。老佛爷又召唤着我们：

"来吧，叶赫那拉家族的子孙们，我们一起照一张吧。"

于是，我和瑾妃，一左一右，站在老佛爷身边；德龄、容龄和容龄的额娘，在老佛爷身后围着，一起照了一张全家福。后来，我在中华民国印刷的许多关于清代历史的书籍里面，看到过这幅著名的照片。

晚膳过后，宫女把太古灯点亮了，那是一种景泰蓝镂铜精制的鸦片灯，老佛爷半倚在榻上，在姑娘们的侍奉下，开始点烟泡。仁寿殿立刻变得恍惚起来，殿内所有的器物，都仿佛浸在水中，变得模糊、变形。李连英不知什么时候提来了一只鸟笼，是地道的京笼，淡黄的色泽里透着雅气，大白刷的底布，三道架，架底下雪白透青的粪兜肚，笼子边挂着一把铲粪用的四寸长象牙铲，每个细节都透着精巧。笼子里的一对鸟儿是蓝点颏儿，粉眉亮姹①，九道蓝②，带葫芦③，翅膀上有膀花④，这无疑是一对新生的好鸟，即使在苛刻的太后眼中，也是一对

---

① 鸟眼上边的白毛叫眉，眼下边的白毛叫姹。

② 即鸟的胸脯下有九道深蓝。

③ 即脯上的蓝呈葫芦形。

④ 鸟翅膀上的圆形黄点，即膀花。通过膀花可以鉴别鸟的年龄——有膀花的是去年孵出的新鸟，一年之后，膀花就会消失。

完美无缺的尤物。太后每吸足一口烟，都会向鸟笼子喷去。我没有想到的是，鸟与它的主人有着相同的嗜好，那股轻烟，会使它们由衷地兴奋起来，在薄薄的烟雾中，欢蹦乱跃，扇着翅膀，给主人叫出各种花样。

老佛爷眯缝着眼，欣赏着两只蓝点颏儿的表演。过了一阵子，老佛爷好像突然呛了一口，轻咳了几声，然后，她要太监把总理衙门新送来的报纸拿来，对德龄说，山上方几日，世上已千年，好久没看报了，正好你来了，你给我看看，最近这洋报上有些什么新闻，那些同文馆的人，只会给我翻译一些不关痛痒的消息糊弄我。

德龄随手扯过一叠报纸，其中有帝国土地上出版的英文报纸《字林西报》，有在上海最畅销的《字林沪报》，有北京刚刚创办的《京报》。自打去年开始，皇上就降旨，开放了报禁，允许民间办报，各种花样的报纸就开始兴盛起来。德龄随便翻检着，读了起来：

纽约市实现合并。地理上划分为五个行政区：曼哈顿区、布鲁克林区、昆斯区、布隆克斯区和斯塔腾岛。

纽约正在开凿地铁，总长度四十二英里，总投资五千万美元。地铁隧道宽二十六英尺，高二十英尺。机车往返采用双轨制，每分钟可运载乘客三百四十人。

在美国华盛顿，一个名叫布朗多的美国人正在研究一种新型火车头，它的形状是椭圆的，靠电力运行，时速可达一百二十公里。

俄国向邻国丹麦订造一艘破冰船，由丹麦直接驶往珲春，该船马力四千匹，可凭借其巨大马力的重量将海上坚冰破碎，为商、客轮船开道。

法国作家左拉在《震旦报》上发表公开信，开头一句是"我控诉"，揭露法国总参谋部陷害德雷福斯的阴谋。

一次车祸在英国发生，造成一位名叫亨利·林德菲尔德的人丧生，这是世界上首位因车祸死亡的人。

……

固伦公主好奇地问德龄公主："你真的是在外国长大、读书的吗？我听人说，谁要是到了那个国家并喝了那里的水，就会把本国的一切忘得干干净净。你懂得他们的语言，是不是因为喝了他们给你的水呢？"

德龄说，她在巴黎的时候曾碰到固伦公主的哥哥载振贝勒，当时他正途经巴黎去伦敦参加爱德华国王的加冕典礼。固伦公主又问：

"英国也有国王吗？我一直以为太后是全世界的女皇呢。"

太后宽厚地笑笑，说："每一个国家都有一个最高统治者，而有些国家是共和政体，像美国就是，美国对我们很友好。不过遗憾的是现在到美国去的都是些平民，没准人家美国人以为我们中国都是这样的人，我倒真希望能够有几个满洲贵族去，好让他们知道我们到底是个什么样子。"

大家听着，没有人预感到，一场宫廷风波正在酝酿，阳光下的燕喜堂，那座梦中的宫殿，将离珍妃越来越远，到她双手无法企及的距离之外。她将在一个没有人知道的冷宫里，度过漫长而寂寞的岁月，像当年的阿鲁特皇后一样，忍受思念、饥渴和病痛的煎熬。那时太后已经有点瞌睡，似乎想让德龄停止朗读，她随意地插嘴道：

"再读一两样我大清国的事儿，就各自安歇去吧。"

德龄翻了翻报纸，抽出几张，念道：

中国萍乡煤矿开办。张赞宸任总办，李寿铨任机矿处长。因矿局设在安源地方，又俗称为"安源煤矿"。这是直属于清政府中央的官办煤矿。系引进德国技术进行开采，向德国礼和洋行贷款四百万马克，先后延聘德籍工程人员三十余人。

清政府与美国签订《粤汉铁路借款合同》。

兴中会孙文在日本东京发表演说，呼吁打倒满清，重建中华。

一个名叫康有为的读书人发表《上清帝第五书》，请工部代呈，工部尚书淞洼认为康书有"偏激之词"，不予呈递，该文在上海报纸上全文发表。

"那个叫康有为的，都说些什么？"

"他为皇上指明三条救国之路，即上、中、下三策。上策是向俄国、日本学习，'以俄国大彼得之心为心法，以日本明治之政为政法。'"

"我倒要听听下策。"太后似乎来了精神。

"下策是听任疆臣各自变法。"

太后的目光瞬间黯淡了下去，若无其事地说：

"康有为、孙文，尽是些书生狂言，当不得真的。他们懂什么治国？照他们的法子，我大清国恐怕连一天也撑不下去。"

罂粟的味道在殿堂里荡漾着，从发根、毛孔，甚至透过皮肤，沁入每个人的身体，在华丽的宫殿布景面前，让人升起一种魔幻的感觉。这时，德龄捡出一份《字林西报》，被一条新闻吸引住了，慢慢地读了起来：

"中国皇妃与名伶有染，北京娘娘庙暗藏玄机。"

我下意识地看了一眼瑾妃，四目相对之后，她马上把视线移开了。

蓝点颏儿似乎听懂了这标题的意思，发出一种古怪暧昧的叫声。

第五十七章

北京正阳门外，有一座娘娘庙。那是一座很古老的庙，据说它的年龄与北京城相仿。那座庙深藏在北京南城的蜘蛛网似的胡同中，被一片参天的大树深深地遮盖起来，但几乎每一个北京城民都知道它的存在，几百年中，它的香火一天也没有断过，即使在李自成的军队败走京城时烧的那把蔓延全城的大火中，娘娘庙周边几条街的民房都已荡然无存，唯独娘娘庙安然无恙。

娘娘庙的香火如此旺盛，当然是因为它灵验。尼姑们做了许多小泥娃娃，有男，也有女，摆在送子观音像的周围，女娃娃戴着手镯，头发在左侧做成一个髻；男娃娃除了一条腰带外，几乎光着小身子，头也剃得光光亮亮。那些苦盼儿子的女人，会选中一个泥娃娃，用绳子把它套住，它就不会跑掉。

珍妃是从太监张福的口中得知娘娘庙的灵验的。她梦想能与皇上有一个儿子，为了虔诚，她偷偷化装出宫，亲自去敬拜。听到这里，我心里骤然一跳：儿子，我的儿子在哪里？她有了儿子，或许有一天，她就能像太后一样，垂帘听政。我在一瞬间知道了瑾妃的秘密：《字林西报》的消息，一定与瑾妃有关，而她散布消息的原因，不仅仅是因为珍妃的得宠，更因为瑾妃看到了来自她儿子的威胁。

她是穿了男装，从东华门出宫的，张福跟在她的后面，寸步不离。如果大清国的皇妃在茫茫人海中消失了踪迹，等待他的，只有死路一条。从某种意义上说，他们在进行一场冒险，甚至是以命相赌，因为朝廷的律例规定，妃嫔私自出宫，将被杖责而死。

珍妃没有想到，在宫廷中，始终有一双眼睛尾随着她。她像一个猎物，出现在那个人的射程内，有一只黑洞洞的枪口，已经不动声色地瞄准已久，只等着发出致命一击。那个人，就是她的亲生姐姐——瑾妃。

她出宫的第一天，瑾妃就洞察了她的行踪，于是，太监崔玉贵的面孔，在京城的人海中时隐时现，紧随着他们，而他们却对此一无所知。

此刻，崔玉贵就跪在我的面前，一五一十地讲述着那天的经过。他看到张福为珍妃雇了一辆马车，自己跟在后面，朦胧的晨曦中，一主一仆，从东单绕过正阳门，向南城走去。他说他在宫里待得年岁久了，已经很久没有见识过皇城外的世相了，所以，南城外鳞次栉比的商铺客栈、茶肆酒舍、烟馆妓院、书场戏楼，直把他看迷了眼，珍妃的身影有好几次都从密集的人群中消失了，好在又几次鬼使神差、误打误撞地回到他的视线里。他就这样藕断丝连地跟在他们后面，直到他跟着他们，拐进一条胡同的深处，娘娘庙灰蒙蒙的影子，在一片树林的后面浮现出来。娘娘庙的山门一开一合，吞没了他们的身影。

"你跟进去了吗？"我问。

"跟进去了。我假装成一个香客，珍妃娘娘她……她不认识我。"

谁也不会想到，娘娘庙里，来了真正的娘娘。崔玉贵看见珍妃用一根一尺来长的黄绳子，轻轻拴在一个泥娃娃上面，然后，跪下身来，轻轻地祈祷：

"大慈大悲的观世音菩萨，请您老人家保佑我为皇上生一个后嗣，我一定报答您的大恩大德……"

说完，珍妃在地上磕了三个响头，又说：

"圣明的菩萨啊，请把这个孩子，送到我那里去吧，我是当今大清国皇上光绪的妃子，就住在紫禁城光绪皇帝的后宫里，请您一定保佑珍妃，而不是其他妃子怀上这个孩子……"

听到这里，我的眉头略微皱了一下，然后说：

"你跟过几次？"

"次次都跟。"

"珍妃没有发现？"

"没有发现。"

"那么……"我迟疑了一下，问，"除了珍妃和张福，你看见其他人和他们在一起没有？"

"这个……好像有……又好像没有……"

"到底有还是没有？"

"回禀皇后，我没看清！"

"你要说实话，如果你说半句假话，我就把你交给内务府惩治。你还记得当年的小刘子是怎样被杖死的吧？"

"奴才记得，当时奴才就在北五所敬事房，亲眼看着小刘子咽的气。奴才句句是实，不敢撒谎，不敢撒谎……"

梅竹芬从来没有在宫外见到过珍妃，这一点我敢肯定。我的直觉不会欺骗我，珍妃诚实无辜的面庞不会欺骗我——她不是梅竹芬，不可能有如此精湛的演技。我想，即使太后，对此也会心知肚明的，所以那天，直到德龄公主念完报纸，老佛爷始终无动于衷，没有再对它发表任何意见。

如果处理得当，此事就应当到此为止了。后宫里的一切，都会回到它平静的轨道上。嫔妃们，应该一如既往地在寝宫里做女红。我在心里说："妹妹，别怕，姐姐会保护你。"然而，我万万没有想到，只有一个人真的起了疑心，这个人就是皇上本人。而由外国报纸上一则无法证实的新闻引发的悲剧，才刚刚开始。

第五十八章

两只蟋蟀在奋力厮咬，慈禧太后龙颜大悦。很长时间里，太后都是慵懒地坐在她的园子里，在她骁勇善战的蟋蟀的陪伴下度过的。她会坐在舒适的躺椅里，打发着一个又一个漫长的下午。

终于，等待已久的朝廷百官，在某一个拂晓，聚集在紫禁城西华门，参加万寿庆典的第一巡游活动。天亮后，太后乘坐专门为万寿大典制作的金辇，从颐和园出发，出蕉园门、三座门、北长街，从西华门进入紫禁城，由协和门至锡庆门，降辇，入皇极门、宁寿门，先至阅至楼，后还乐寿堂。出蕉园门的时候，皇上在门口跪送，然后步行，在太后金辇的前面引路，到了北长街，皇上再度跪下，太后的金辇的抬杠，刚好齐着他额头的位置，飘过去了。那一天，是光绪二十年，西元1894年10月30日。

很久以后我们才知道，与此同时，在遥远的辽东半岛，还有一个人在下跪，不过不是为老佛爷的寿庆，而是跪在大将赵怀业面前，请求兵力支援。这个跪下的人，就是英勇抗战的旅顺守将、正定总兵徐邦道。黄海海战胜利之后，日军在辽东登陆，已向金州挺进，深知金州战略地位的徐邦道，跪地请求大连守将赵怀业增援。除了听到赵怀业打了一阵子官腔之外，徐邦道一无所获，只好愤然返回前线。唐朝"安史之乱"时，张巡步将南霁云突围，也是断指求援未果，含恨而去，历史上的悲剧，往往具有相似的情节。

恰好在大连要塞失守的同时，太后的金辇出现在皇极门外。太后自金辇上下来，上午的阳光刚好洒在她的身上，在她华丽的朝服上面，镀上一层金箔的颜色。她由西门步入，从东边的石阶进入皇极殿，在御座上坐定，巨大的宫殿变得一片肃静，只听得见风撩动大臣长袍的声音。这时，嗓门最大的太监开始朗读贺表，为慈禧太后歌功颂德。读毕，皇帝高举贺表，进入宁寿宫，把贺表交给内侍后，退出，他在这一时刻表现了足够的谦卑。接着，我们这些后妃，以及帝国的王公大臣，在光绪皇帝的率领下三跪九叩，山呼万岁，数千人跪伏在凸凹不平的石板地上，像潮水一样起伏跪拜。那曲《海宇升平日之章》也悠然响起，在宫殿庭院间回荡。几乎每个人，都会对这个王朝具有强大的组织能力惊叹不已。

熬过了冗长的庆祝程序之后，我看见翁同龢等官员心急如焚地站起身来，准备离席。此时，太后下达的一道懿旨把他的去路截断了：赏赐皇帝和王公大臣听戏三日，一切军国大事一概放下停办。乐声中，我听见她从容不迫地说：

"今儿是我高兴的日子，没有什么公务急到非今儿个办不可，你们要非办，那就是有意和我作对了。"

我看见翁同龢苍老的身体晃动了一下，又坐回去了。

锣鼓响处，武生们在戏台上闪展腾挪，彼此厮杀得难解难分，舞台下面，王公们神态自若，如痴如醉，气氛轻松，天下太平。

翁同龢只陪慈禧听了半个时辰的戏，就悄悄溜了出去。

万寿庆典那几天，皇上的脾气格外暴躁，在沆瀣着暖秋熟红气息的养心殿中，他心乱如麻。我看见翁同龢和孙家鼐匆匆忙忙跑进东暖阁，然后痛哭流涕地跑出来。

隔着窗子，我能看到大臣们的身影闪来闪去。我猜得到，前线告急的电报像雪片一样飞到军机大臣们手中，令他们应接不暇。每张电报纸，都像敌方的利刃，刺入他们的心窝。我看到翁同龢手握电文的手，始终不停地颤抖着。那些沾满血泪的文稿，令他心有余悸。皇帝不等读到电文，就能从军机大臣们的脸色上，猜想到底发生了什么。

这一天，太后巡游，在乐队的先导下，乘辇返回西苑，初冬的阳光照亮的南海的水面，令她心神为之一爽。她牵挂已久的庆典，终于成功举办了，她向大臣们慷慨行赏，此时，没有什么令她感到不满足的了。

后来，我听德龄说，日本在旅顺进行了一场大屠杀，为此，他们举行了一场声势浩大的庆典，这场庆典的规模，丝毫不逊

于慈禧的万寿庆典，而且，这场庆典的参加者，绝大多数是自
发参加的民众。来自前线的捷报令他们大喜过望，这份胜利，
足以将这个弹丸小国置于翻江倒海的狂喜之中。那天，在体顺
堂的前炕沿上，德龄在为我读着《纽约时报》上的报道：

> 至少有四十万人参加了在上野公园举行的庆祝仪式。
> 铁路公司降低了各地到东京的火车票价。铁路公司为了满
> 足乘客需要，不得不加班加点地增开列车。旅馆和客栈也
> 迅速挤满了来自四面八方的人群，甚至有许多私人住宅也
> 变成了旅馆。……
>
> 大游行拉开了庆典的序幕。参加游行的人数如此之多，
> 以致街上的游行队伍根本分不清谁是谁了，完全变成乱糟糟
> 的人海。打头的游行队伍已经到达上野公园很长时间后，队
> 尾还聚集在日比谷动弹不得，人的长河足足延续了四英里。
>
> 由各行业工会的工匠们、学校的学生们、工厂的工人
> 们、商业公司的职员们，还有许多上流社会人物汇集而成
> 的人群，伴随着乐队的节奏行进。成百上千只喇叭和号角
> 的吹奏声、喧天的锣鼓声，游行队伍和站在游行队伍两旁
> 看热闹的人们那此起彼伏的欢呼声混合在一起，震耳欲聋。
> 各式各样书写着稀奇文字的旗帜、横幅、军旗满天飞舞；

在马车上身着节日装束的神父们、欣喜若狂的孩子们、市议会的议员们、来自内地的代表们喜气洋洋地走过去了；装饰成各种样式的花车在人们的簇拥下开过来了，有的车上用竹竿挑着纸糊的或用柳条编成的人头，表示被斩首的清国人，摇摇晃晃地开过来，引起人们的哄笑。各种新鲜的有趣的物件在游行队伍中随处可见。当队伍到达皇宫时，人们的欢呼响成一片，声震云霄。他们到底在叫嚷什么，谁也听不清。

皇宫外摆放了很多明治天皇和皇后的肖像，许多悬挂条幅的气球放飞到了天空。人们一边行进一边唱着名为《君之代》的颂歌，这首歌是由日本著名诗人福井先生谱写的。在上野大街上树立了一道巨大的拱门，游行队伍必须从下面穿过。在这道拱门上满缀着帝国之花——菊花，黄色的花朵在绿色的背景上面组成了如下的文字："武运长久"和"大日本帝国万岁"。……

皇上主政的帝国，一天也没有平静过。第二年春闱（春试），举子们在京城闹事了。北京城闹得沸沸扬扬，连后宫嫔妃都得知了消息，尽管我们知道它时，事情已经过去了很久。据说，当举子们在京城的小胡同中那油灯昏暗的客栈里抱着书本临阵

"磨枪"的时候，帝国的噩耗正像乌云一般滚滚而来，他们听说，李鸿章正在日本谈判，朝廷就要在《马关条约》的最后文本上盖玉玺了。此时，一份请愿书在举子们中间悄然流传，领头的，是一个考到近四十岁还没有高中的生员，名叫康有为。

突然的一片吵闹声，扰乱了松筠庵的宁静。北京宣武门外达智胡同的松筠庵，是明代因弹劾奸臣严嵩而被迫害的忠臣杨继盛的故居，早在几天前，举子早已约好在这里闹事，当然有自比杨继盛之意。康有为胸有成竹地说：来的人一定少不了，足以把京城踏平。

然而，康有为一直等到日上三竿，松筠庵里只稀稀拉拉聚集了十几个人。康有为与他们面面相觑，不知该说些什么，正踌躇间，一个太监模样的人走了进来，径直走到康有为面前，不阴不阳地说：

"你就是康有为吗？"

康有为赶忙站起身，把来人引入另一个房间。

没有人知道，他们谈了些什么。人们只知道，从那一刻起，康有为再也没有提起过上书的事。

同一天，一个消息在举子中传遍：康有为中进士了。

他苦心策划的"公车上书"，就以这样的方式无疾而终。直到三年后，他的《五上清帝书》，才真正抵达皇帝的案头。

　　后宫里流传说，阅卷是大学士徐桐和翁同龢总负责的。在如山的考卷中，据说康有为的卷子，是一眼就认得出的。关于这份卷子，徐桐和翁同龢之间爆发了激烈的争论。徐桐说，康有为的卷子好比已经出嫁的漂亮女人，虽然看上去令人动心，但无论如何是"娶"（取）不得的，惜哉惜哉！谁也没有想到，那份卷子，竟然是梁启超的，而在翁同龢的力主下，康有为的名字，堂而皇之地填在第五名的位置上。

　　那一天，徐桐是大骂着出门的，扬言康有为如来拜谒，他将拒之不纳。那时，就连颐和园里的老佛爷也不会想到，这位新科进士，将使帝国的两位最高统治者之间展开一场残酷的厮杀。

第五十九章

　　那个注定要改写历史的夜晚，珍妃叫声如旧。她幸福的惨叫如浪一般在夜色中汹涌，时疾时徐，仿佛一个不知疲倦的床上小战士。那时她不会想到，她漫长得像是没有尽头的欢乐，就要终止了。终于，那肆意的叫声戛然而止。紧接着我听到光绪一阵惨烈的哭声。

我披衣而起，听见就在珍妃的叫声停顿的时刻，野猫的长啸，正从乾清宫的西南檐角上传来，在翻越了此起彼伏的宫墙之后，最后落在养心殿的庭院里。我的目光没有去寻找檐角上那只黑色的剪影，而是被眼前的一切惊呆了。老佛爷不知何时出现在养心殿的庭院里，窗内微明的灯光映着她的脸，像一尊佛像一般，面无表情。

谭嗣同差不多就在这个时刻推开了袁世凯的房门，他不会想到，此时，内务府官员正在查抄皇上的奏折、文书。院子里一片狼藉，他们的靠山，正跪在太后面前。

皇上和太后谁都没有说话，一片难耐的静寂中，没有人知道他们此时在想些什么。突然，人们听到太后低低的声音：

"所有人等，退下。"

大家愣住了，不知所措。所有人都在给太后磕头，哭喊着：

"太后！"

太后语气严厉地说：

"你们全都退下，这儿只留我和皇上。"

没有人敢离去。

太后又重复了一遍，口气坚定：

"退下。"

纷乱的人群哗地散去了，养心殿的庭院里，只有风在回旋。

人们都退到养心门外，只有我，站在影壁的背后，满心疑惑地打量着他们。

庭院里只有两团人影，一个站着，一个跪着。

谁也没有想到，沉默片刻之后，太后突然从袍袖里拔出一把短刀，递到皇上面前，说：

"你不是要用刺客杀我吗？好啊，不用拐那么大弯子，现在，你就用这把刀杀死我吧！"

皇上知道，没有秘密了，他像一尊雕像一样跪着，一动不动。

"一秒钟，你就可以杀了我。杀了我，你就可以变你的法，维你的新！"

皇上没有接刀子。刀子当啷一声掉在地上。

就这样僵持许久，太后突然哭了，哭得很壮烈：

"我抚养你二十余年，你竟然听信小人谗言要谋害我，你良心何在？！"

没有回答。

太后似乎更加愤怒，喝道：

"我朝以孝治天下，我万万想不到，皇上竟敢如此胡作非为！今日若没了我，明日还能有你吗？"

皇上自始至终一句话都没有说，没有反抗，没有辩解，更没有乞求。从那一天起，他差不多一百天没有说话。他浑身蜷缩起来，成为黑暗中最黑的部分，越来越小，越来越小，似乎想缩到历史的暗影里，完全在黑暗中消隐，不被人看见，最终变成黑暗的一部分。

在太后的命令下，他还是被一群人从暗影里拖出来，在众目睽睽之下，剥去了龙袍，露出了雪白的屁股。许多木棍蜂拥而至，从半空中，接二连三地在他的臀部上着陆。木棍击打皇上的屁股的时候，屁股上颤动的肌肉都会收缩一下。我恍惚觉得，那鲜血渗出的臀部，就像一颗巨大的心脏，在击打中，一跳一跳。

珍妃披头散发地从燕喜堂跑出来。我们在太后面前齐刷刷地跪下。我们不知跪了多久，抬头时，老佛爷已经不见了，院子里阒然无声。

一切仿佛做了一场噩梦。

我们不敢起身。夜风如刀，割在我们的脸上、身上，如凌迟般痛。我们的身体像树叶一样瑟瑟发抖。皇上如同雕像，一动不动，猝不及防地，他突然拾起地上那把刀子，朝着自己的脖子刺去，我大叫一声，慌忙向他扑了过去，两只手紧紧攥住他持刀的手腕，争夺间，我的手臂忽觉一阵麻痛，鲜血像一条粗壮的虫子，在我的手臂上快速蠕动，在月光下十分醒目。看到血，皇上定住了，不知所措。我顾不得疼痛，伸出手臂，把他扶起来。他没有拒绝，呼吸十分轻微。珍妃也靠了过来。我们三人就这样抱在一起，失声痛哭。

风中传来一阵古怪的叫声。我蓦然抬头，看见景山黑魆魆的影子，崇祯吊在半空的身影，似乎还在风中晃动。

他自始至终没有发出过任何声音。天微亮的时候我才发现，他的泪痕，已风干在脸上，结了一层薄薄的膜。一夜之间，他消瘦了许多，唇上生出了参差的短髭，脸色如女人敷粉一般苍白。他说：起身吧。然后就站起身，一瘸一拐地，向养心殿走去。

很多年后，我见到了康有为。不过那天早上，他还是帝国的逃犯。谭嗣同走后，他在南城的馆驿里焦急地等待了一夜。凌晨，内城城门一开，他就立刻进城打探虚实。在内城的街道上，他看见行进的部队的装束有些异样，头上一律缠着白布，或者头戴白帽，一打听，才知道那是荣禄的部下董福祥的部队。他顿时呆在那里，他知道，大势已去。

一个新的问题跃入他的大脑：如何逃走？

一片纷乱的局面中，唯有老臣李鸿章岿然不动。那时他已被革职，脱下了帝国一品的官服，他瘦高的身体，把一身普通的绸袍衬托得庄重雍容。他来到宫里向太后谢恩，太后把一份弹劾康党的奏折递给李鸿章，李鸿章看罢，神色未改，神情淡定地说：

"我就是康党！"

太后一怔。

李鸿章接着说：

"若旧法能强国，吾国早已强矣。即变法则为康党，臣罪无可逃，臣实是康党，请太后法办。"

太后凝神沉思许久，没有回答。

李鸿章便深深叩了个头，走出秋风中的大殿，两行雁阵，正越过大殿的檐顶，向南飞去。

皇帝走进养心殿后，半天没有动静。这让我心生疑窦，冲进房去，发现皇上瘫倒在榻上，一只手垂着，手腕上已血肉模糊，血流如几条细蛇，从张开的裂口爬出来，在地上盘旋成一片。

第六十章

菜市口再度陷入周期性的忙碌，那些浑身肥肉颤抖的刽子手，也再一次陷入职业性的兴奋中。他们手中的钢刀，饥渴已久了，同光年间，杀人的事变得越来越稀罕了，这使他们长期以来无所事事，陷入前所未有的空虚中。所以，当六个囚犯被押解上台的时候，他们的内心对老佛爷充满感激。是她老人家拯救了他们，拯救了他们手中的刀，使这些刀不至于沦为一堆废铁，使这些人不至于沦为一群无用的废人。

被押解上断头台的，是六个表情不同的人。他们的面容，延续着他们在牢狱里的表情。六种不同的脸谱，在断头台上相映成趣。这引起了围观群众的极大兴趣，他们怀着极大热情，欣赏着他们在临死时的不同反应。有人说，谭嗣同每天都在狱室中绕行，从地上拾起煤屑，在墙上写诗，表情镇定自若，可惜那个名叫刘一鸣的狱卒不识字，否则一定会把那些诗抄录下来，流传于世。林旭美如处子，他的脸上永远挂着晶莹的微笑。而康有为的弟弟康广仁则时而抱头痛哭，时而把头狠狠地撞在墙壁上，口中叫道：天哪，哥哥的错，为什么要让弟弟承担？林旭听到他的哭声，笑得更加厉害，他在他的哭声里笑，在铁一样坚硬的狱室里，形成一种美妙的和声。刘光第曾在刑部供职，所以，颇有法律意识的他安慰康广仁说，他们只是犯罪嫌疑人而已，还没有提审，更不是就刑，有什么可哭的？然而，9月28日，他坐的囚车骨碌碌地向菜市口滑去，当那块著名的"回头迟"的石碑出现在他面前时，他大惊失色，大叫：未提审、未定罪，怎么能杀头？这个书呆子忽略了一点，菜市口的屠刀，从来不问姓名、性别、年龄、籍贯、职业、罪名，在它面前，所有的人都是一群待宰的羔羊，刀是中性的，没有立场、观点，没有怜悯之心，它们对英雄的出处毫无兴趣，只对他们脖子的质地兴趣浓厚，肉感的脖子，让它们跃跃欲试。终于，锋利的刀刃从他们的脖颈间毫无阻碍地顺利通过，六颗人头，像秋天的果实，沉甸甸地坠落在湿漉漉的地面上。

手持馒头的百姓，迫不及待地蜂拥而上。

一道圣旨，把翁同龢罢黜还家。北京到常熟的官道上，一辆马车，驮着他的全部家当——一套武英殿刻本的四书五经。从那以后，宫里的人，再也没有见到过他。

后来从翁同龢晚年刻印的《翁文恭公日记》得知，翁同龢这一主一仆，在一个早上悄然上路，车过廊坊，帝都之外大片荒疏的土地浮现上来。他们在路上忍饥受冻，满眼尽是望不到头的凋敝。翁同龢对仆人说，到了老家就好了，那是真正的鱼米之乡，春是桃红柳绿，夏是荷藕飘香，秋是杏林尽染，冬是雪融芦花，四季都如诗如画，阳澄湖畔的沙家浜，那可是天下第一美景，我们那的吃食，河豚鱼、鸭血糯、桂花栗子、支塘酒酿饼、莲子血糯饭、黄泥煨鸡，听着就叫人口齿生津，保证叫你吃个够。仆人一边赶车，大舌头一边在嘴里搅口水。说着说着，太阳亮起来，翁同龢把手拢在袖口里，偎在车厢中睡去，面容还沉浸在回忆故乡的安详中。突然一阵喧闹把他惊醒，他睁开眼，挑开车帘，发现不知从何方涌来一股盗贼，衣衫褴褛，每个人手里握着一把破旧的杀猪刀。

翁同龢表情依旧安详，说：

"敢挡当今帝师的道，你们反了吗？"

"你是帝师？"一个剃着光头、面孔淡得看不出眉眼、好似一个灰土豆的家伙上来，说："那我就是玉皇大帝了！"

翁同龢的视线越过灰土豆的肩膀望过去，发现了无以数计的灰土豆，举着棍棒、锄头、铁锹、杀猪刀，密密麻麻站成一片，他双目微阖，不屑地说：

"你们这些狂悖之徒，井底之蛙，从来不知天高地厚，老夫懒得与你们理论，我这一身老骨头也活够了，要杀要剐，随你们便吧！"

"哈哈！"灰土豆尖厉地一笑，说："老家伙嘴还挺硬。我不要你那身老骨头，吃了我还嫌硌牙，看你像个有钱人，把你的金银细软，都留下孝敬我吧。"

翁同龢淡然一笑：

"老夫什么都有……"

灰土豆眼睛一亮。

翁同龢接着说：

"就是没有金银财宝。车上只有一套四书五经，是老夫仅有
的珍藏，你们想要，老夫乐得奉送。仁义礼智，有不懂的地方，
老夫愿意教化你们。"

灰土豆一把把翁同龢拉下来，翁同龢摔倒在地，地上漾起
一阵黄土。

"老不死的！"灰土豆向翁同龢唾了一口，摆头命令手下搜
车，将车厢、车框、车轮、车座里里外外搜了个遍，除了一点散
碎银两，和那一套四书五经外，一无所获。他又狠狠地唾了一
口唾沫，说：

"今天触了霉头，候了半天，遇上一个比我还穷！算了，今
天认栽了。"

说完，把翁同龢的盘缠掖进裤腰，把杀猪刀架在翁同龢脖
子上：

"我看你这条老命也没什么用了，我就顺便取走吧。"

翁同龢闭上眼，心想，还不如死在老佛爷刀下，跟谭嗣同
他们做个伴。

半天不见动手。翁同龢睁开眼，发现盗贼们正在向远处光
秃的树林退去。

翁同龢不甘心地追上去，拦在他们面前，叫道：

"别走——，别走——，书还没带，书！"

"放屁！大爷一个大字不识，读你妈的狗屁书！"

翁同龢心有不甘地说："四书五经，老夫奉送！"

"少啰唆！"灰土豆一脚把翁同龢踹倒在地，扬长而去。

翁同龢颓然地坐在地上，失望地看着他们离去的背影。

他们坐在原地，定了定神，继续赶路。盘缠没了，仆人一筹莫展，而翁同龢则把手拢在袖口里，偎在车厢中，又睡了，鼾声如雷，面容安详，好像梦里还想着故乡。

他们一路经过了无数的道州府县，每次翁同龢都要仆从选择最昂贵的馆驿安歇。仆人开始纳闷：我们已经一个大子儿没有了，怎付得起店钱？翁同龢笑着回答他："盘缠没被抢时，我们却要省着花；既然盘缠全都被抢了，还怕什么？倒要哪里贵就住哪里，这叫虱子多了不咬，债多了不愁。"

天早行路，翁同龢要仆人去结店钱。仆人面有难色地说：

"老爷，咱们跑吧！"

翁同龢笑而不答，从桌案上拿起毛笔，又随手抓起一把折扇，在上面写了几个字，钤了印，交给仆人，说：

"这就是店钱。"

仆人将信将疑，慢悠悠地下楼，直到把折扇交给掌柜时，心里仍在打鼓。

掌柜打开折扇，当打到最后一节时，一个名字显露出来，突然间大惊失色，连忙给仆人作揖：

"原来翁大人在此！小人多有得罪，望勿见怪。"

这时翁同龢从后面走上来，笑盈盈地对掌柜的说：

"老夫咸丰六年殿试一甲一名，高中状元，在朝为官四十二载，身无分文，一贫如洗，以这幅扇面充作店钱，掌柜的不算亏本吧？"

掌柜的赶忙作揖，说：

"小人虽非饱读诗书，倒也粗通文墨。翁大人这幅手书《节临华山碑扇面》，隶书三行，共八字，个个古朴苍劲，可见功力深厚，跋语和题款，字虽小，而所占篇幅强半，整体布局，既疏朗又谨严，甚为得体，写得老健、厚重，书卷气甚浓，今人有论：本朝诸名家，直突平原①之上，与宋四家驰骋者，南园②、道州③、常熟④而已。此乃国宝，小人得之，实在蒙祖上荫德，焉有亏本之理，只怕小人身份微薄，辱没了大人的好字。"

翁同龢听得兴致盎然，没想到在这山间乡野，也有如此懂

---

① 即颜真卿，唐代中期书法家，字清臣，京兆万年人，创立"颜体"楷书，与赵孟頫、柳公权、欧阳询并称"楷书四大家"，和柳公权并称"颜筋柳骨"。
② 即钱沣，清代书法家，字东注，一字约甫，号南园，云南昆明人。
③ 即何绍基，清代诗人、学者、书法家，字子贞，号东洲，别号东洲居士，湖南道州人。
④ 即翁同龢。

字的人，说：

"那好，既然你懂字，备下笔墨，我再写予你一幅。"

店堂里所有的人都来围观，在无数双羡慕的目光里，掌柜诚惶诚恐地备好文房四宝，翁同龢写下几个大字："古书相对若端人"。

掌柜的跪在地上，行大礼，起身后，吩咐账房取来银两，用绸布包好，交到翁同龢手中，说，这是盘缠，可一路到常熟。翁同龢摇头：

"老夫穷惯了，手里有钱，心里就慌。先生莫愁，老夫有一支笔，饿不死。"

翁同龢上了车，又蜷缩在车厢里，昏昏欲睡。仆人牵着马车，在风中摇晃着，在帝国的版图上一路向南，过了黄河，又渡过长江到达南京。在南京馆驿，一张名片递到了客栈里，上写：

中国日报社　陈少白

翁同龢手里拿着名片把玩了半天，心里觉得要会会这个陈少白。陈少白是以中国日报社社长的身份，对翁同龢进行独家访谈。但翁同龢知道，陈少白是革命党。对此，翁同龢在宫殿中就有所耳闻，这些人到处办报、演讲、暗杀、起义，对他们那一套，翁同龢嗤之以鼻。

他们相约在夫子庙旁的楼外楼见面。翁同龢与陈少白，一个是帝国的老臣，一个是还不到三十岁的年轻的革命党，在风雨飘摇的岁月里，他们的会面，着实耐人寻味。

翁同龢在后来刊刻的日记里写，他们穿过了夫子庙的人流，在楼外楼的窗边相对而坐的时候，都在脑海里核对着彼此在想象中的样貌，翁同龢的老、陈少白的新，都让彼此心头一震，暗中叫好。陈少白说：

"对翁先生久仰，小辈今日不拘礼节，与先生对座而谈，还望先生谅恕。"

翁同龢一笑：

"老夫现在是草民一介，何必拘礼。"

酒菜上来的时候，窗外的夫子庙，正在晚霞中披上熟铜一样的秋光，无数的人影，在光中浮动。那瓶绍兴加饭酒烫熟的一刹，刚好漾过来，把突如其来的酒香弥散开。翁同龢轻舒鼻翼深吸了一口气，说：

"好久没有这样安心地饮酒了。不过，今日你约老夫见面，不会是仅仅来消闲解闷的吧。"

陈少白操着浓重的广东腔说："先生在朝四十余载，为两代帝师，第二次鸦片战争至今，也快四十年了，这段时光，大清国几乎没有受到过外国的欺负，同光中兴，先生功莫大焉。如果没有甲午一战，北洋水师一败涂地，大清国可能不会像现在这样命悬一线。如今，变法已经失败，有人掉了脑袋，有人直上青云。不知先生，对国事有何见教？"

翁同龢说："此次变法，确是仓促上阵，缺乏整体布局，眉毛胡子一把抓。但今日之中国，唯变法方能图存，这是世界大势，由不得我，由不得你，甚至由不得太后。别看太后杀了许多人，她将来如想大清国不灭，她早晚自己要推行变法，而且比皇上、比康梁还要走得远，你不信你就等着瞧。如果她老人家活得够长，她一定能看到天下的变化。"

陈少白说："国运败到这步田地，账的确不能都算到慈禧太后头上。不错，她昏庸、自私、专权、跋扈，所有专制者的特征，她一样不缺，但这是历史的宿命，中国的专制制度，必须塑造出这样一个专制者来，所以，必然会有一个太后，带着全体国民，在这样的历史迷局里迷失、坠落，甲午的悲剧、戊戌的悲剧，早就等在那里了，谁也躲不过去，而所谓的同光中兴，只不过是专制制度的一次回光返照而已。所以，国运如此，非太后一人之过，实制度之过也。什么叫制度之过？刚才说过了，太后昏庸、自私、专权、跋扈，根本不具备领导国家的能力，但国家在长达近四十年的时间里被她统治，如果不是她昏庸、自私、专权、跋扈，"由于激动，陈少白显得有些啰唆，"我们的国家，有了洋务运动，有了我北洋水师，我们国家早就是亚洲强国了，这不是她的过错，是我们的过错，或者说，是制度的过错，唯有将此种制度连根拔去，种上新的制度种子，我们的国家才有希望。"

没等他说完，翁同龢连忙摆手，说："慢慢慢，你那个法子我知道，叫革命。法国革命史，老夫我是研究过的，但大清国不是英法，也不是日本，船小好掉头，中国地大、历史久，百弊丛生，许多问题纠缠在一起，互相打架，就拿选举来说，一旦实行你们所说的民主共和，那么买票贿选，甚至为拉票而发生武装冲突，都可能发生。你们的办法，太简单了。君主制在我国已根深蒂固，大清国不能没有皇帝，大清国就算像美国那样选出了总统，也还是皇帝，只是换个名字而已。西洋的制度可以借鉴，立宪可也，选举可也，但不能罔顾自己的国情，否则不顾条件地实行民主共和，只能使矛盾尖锐的政治分歧公开化，不仅不能使民众团结在君主与国家之下，反而会导致国家的分崩离析，政民两乱。大清国好比一个重症病人，你的主张，是必须进行大手术，切除病灶，否则病人就没有生存的可能，而我则认为病人已经生命垂危，任何大手术只能加速他的死亡，只能有计划地实行小手术。那些反对维新的人，是连手术都不让动，而你们这些革命党，则是不问青红皂白，要伤筋动骨。到时候进一步退两步，倒不如一步一步稳步前进，因为你们带来的是暴力的反复，而非实质的进步。君不知治大国如烹小鲜，我们的国家太虚弱了，你们这样折腾，西方列强乘虚而入，我中华民族将真正进入万劫不复的境地。"

陈少白说："如果说亡国，亡的也只是清国，而我中华民族，必将浴火重生。"

翁同龢说："好，老夫不与你争，反正你比我活得长，等老夫死后，你们爱怎样就怎样，只是，有朝一日你们得了天下，别将老夫掘坟扬尸，我就心满意足了。"

陈少白略微一笑，给翁同龢斟满一杯酒，说："实不相瞒，此次请老先生来，是有一事相求。"

"何事？"

陈少白压低嗓音："老先生久在朝中，树大根深，南方各省州府，许多官员皆是先生旧部。变法既已失败，先生亦被太后罢黜，险些丢了性命，为国家计，在下恳请老先生振臂一呼，呼吁南方各省独立。"

翁同龢听到此，像被火星烫了一下，霍地站起来，意味深长地说：

"周德虽衰，天命未改。鼎之轻重，未敢问也！"

翁同龢的脸从此阴沉下来，再也没有晴朗起来。陈少白一时无语。两人陷入一种无言的尴尬。

良久，翁同龢起身告辞，陈少白一直送到街上，道了一声"先生保重"，拱手作别，翁同龢苍老的身体，就消失在凝重的夜色中。

看到这里，我阖上那本散着油墨芳香的《翁文恭公日记》，心里说：

"这位翁老师傅，对朝廷还是忠心的。"

第六十一章

老佛爷向朝臣们宣布，皇帝没有死，但是他疯了。

她不得不重新垂帘。

实际上，这一点，朝臣们已经看到了，因为那时皇帝正坐在他们面前，面色苍白，表情呆滞，目光游散，一言不发。

从颐和园又回到她的旧宫殿，坐在她习惯的位置上，养心殿东暖阁的御座，与她的臀部如此吻合。她长吁了一口气，透过金黄色的垂帘，她可以清晰地看到每个人的表情，那也是一种湖光山色。

与她的道路相反，皇上被勒令离开了养心殿，被西苑①的一片湖水山色围困着，除了上朝时分象征性地在养心殿出现一下，大部分时间无所事事。

朝臣们看不见太后，透过垂帘，只能看到她模糊的身影。

第六十二章

珍妃怀孕的事情，后宫很快就传开了。每个人都在说，娘娘庙的烟火，真是灵验。对于此时的皇上，这无疑是一个十分重要的消息，足以重新给他生的希望。然而，谁也没有想到，皇上和珍妃的恩断情绝，就从此时开始。

关于珍妃的绯闻，有人完全相信，有人完全不信，有人将信将疑。我就是那完全不信的人，出人意料的是，皇上却完

---

① 即中南海。

全相信了。据说当皇帝知道这个消息的时候，气得浑身发抖，用手狠狠抓住珍妃的衣领，要她坦白。那个时候，珍妃的脸上有说不出的痛苦、不屑和愤怒，但她一句话也没有说，她认为回答这样的问题是自己的耻辱，而在皇上看来，这等同于默认。

据说皇上揪着珍妃的头发，连踢带打，从瀛台的涵元殿一直拖到涵元门，珍妃凌厉的哭叫声像一条水蛇，在水面上敏捷地窜来窜去。等太监赶来的时候，她已经满脸是血。

他真的疯了。

被撕裂的头皮处淌下的血，顺着珍妃洁白的额角流下来，聚集在她的眼皮上，跳动着。她透过眼前晃动的血滴四处张望，湖风山影、亭台楼阁，都在血色中晃动着，她从来没有见过这样的景象，脸上露出惊惧的神色。

皇上终于体力不支，松手了，她扑通一声瘫倒在地上，本能地用双手护住自己的腹部。

恍惚中，她看见一群人向她跑来。

珍妃就这样，被宫女们扶着，消失在树影后面。

第六十三章

那天早上，一名太监偷偷出宫，一头扎进北城蛛网似的胡同里，红墙金瓦在他的视野里消失了，青砖颜色大面积地浮现上来。他像一条鱼，左寻右转，钻进鼓楼旁一条以蓑衣命名的胡同。

名冠京城的牙医谢亚禅看见一个神色诡异的人走进他的牙医诊所，那时候，卯时的钟声刚刚从不远处的钟楼上传来。来人满头是汗，看来走的路不近，而且走得很急。他一边擦着额角的汗，一边从怀里掏出一截断齿请谢先生镶配。

谢先生说："镶牙必须得掉牙的人来才行，不然是没有办法镶的。"

拿牙齿的人说："病人来不了，要么您老先生跟我走吧，待镶好了牙，一定重金酬谢。"

谢亚禅带上了家伙，满心狐疑地跟在来人的后面上了路。他们出蓑衣胡同，过地安门，沿地安门大街一路向西，又折向西什库大街一路南行，转折进入深不见底的府右街。他们离皇城越近，谢亚禅心中隐约的预感就愈发明确。当来人带着他走到西苑的西门，摸出腰牌的时候，他的心头暗吃了一惊。

他们贴着红墙的内侧行走的时候，太阳已经升起来，晚秋的湖水里，漂着无数的残荷，跟随着他们的步伐，荷叶缝隙里的湖水反光一闪一闪，令谢亚禅有些晕眩。在穿越了层层的树林和亭台之后，来人把谢亚禅领到一个偏僻的地方，这时谢亚禅看清了，在斑驳的墙角，一个骨瘦如柴、身穿破旧青布袍的年轻人，正坐在一条旧长凳上，灰暗的脸上浮现着疼痛难忍的表情，他无法控制的那一丝血水，正顺着他的嘴角流下来，拉成一条长线，在阳光下闪耀着光芒。那时的谢亚禅没有想到，眼前的这个衣衫寒酸的年轻人就是当今的圣上，他只把他当成一个普通的太监，如果他知道，他一定会叩头，但那时，看到他的表情，谢亚禅就什么都顾不上了。他打开他的医箱，皇上在他的指令下，顺从地张开他的血盆大口，那些雪亮的器械便开始在皇上血肉模糊的齿间闪展腾挪，一系列复杂的工程，就在皇帝的金口玉牙间展开了。皇帝扭曲着脸，喉咙里不时回旋着几声喑哑的呻吟。末了，谢亚禅叫他的病人咬住一块棉球，说："好了。"

谢亚禅得到了一个五两的金锭。事情至此就应该结束了。但谢亚禅没有想到，第二天早晨，卯时的钟声刚刚从不远处的钟楼上传来，一个神色诡异的人走进他的牙医诊所。他仔细看他的脸，发现他与昨天来的那个人长相酷似，又不是同一个人。

来人满头是汗，同样走得急。他一边擦着额角的汗，一边气喘吁吁地说：

"先生昨天看的那个病人，是当今圣上。他的牙，被老佛爷命令太监们打掉了，而且不准医治。昨天，我的哥哥王商是偷偷来请先生给皇上治牙的，不想回去被老佛爷发现了，被乱棍活活打死了。我把他的尸体领了出来，但无处安放，只好借了一辆车，绕了半个北京城，推到您这里了，恳求先生相助，把他安葬了。"

谢亚禅走过去，用手掀开尸体上的布帘，看到一张惨白狰狞的面孔，他的牙齿几乎全部被打碎了，嚼在嘴里，肿起的唇上还参差不齐地粘了一圈儿。

他回到房内，取出那五两金锭，轻轻塞进王商僵硬的手里。

第六十四章

关于梅竹芬的死，京城流传着几种不同的说法。而这些传言，在经过书坊里说书人的添油加醋以后，变得愈发离奇。第一种说法是，有一天梅竹芬在前门外的一家烟馆抽烟，当他浑身的筋骨随着升腾的青烟变得轻飘起来，斜乜着眼睛，即将昏昏睡去的时候，突然间一激灵，瞪大了眼睛，强撑着从烟榻上坐起来。广和戏楼有一场大轴在等着他，他险些忘了。于是，他站起身，穿好衣服，奔出烟馆。大栅栏密集的胡同中，有一条狭长的隐秘胡同，没有人敢走，一是因为胡同太窄，只容一人通行，如果对面来一个人，就得原路退回，等那人过去以后才能再走；二是传说那条胡同里时常闹鬼。梅竹芬来到胡同口的时候，天已经黑下来，胡同里深不见底。梅竹芬像一条会潜水的鱼，一头扎了进去，因为此时的他已别无选择，只有这条胡同，是通往广和戏楼的唯一捷径。他在胡同中走着，漫长的胡同里回荡着他脚步的踢踏声。空洞的脚步声仿佛从远处传来，慢慢地，与他脚下的声音合在一起。终于，他发觉那不是回音，而是另一个人，正从对面穿越胡同向他走来。等那个人影站在自己面前时，梅竹芬定了定神，向他拱了拱手，说："麻烦先生，我有要紧的事，可否请先生让我一步？"那人并没有答话，而是侧过身子，往墙上一贴，倏忽间就不见了踪影。梅竹芬吓出一身冷汗，一口气跑到广和戏楼，坐在台上，心还扑通扑通地跳着。人们看他脸色煞白，额头上沁满了汗珠，就给他端茶、揩汗，他气喘吁吁地把他胡同遇鬼的事说了一遍，当晚散了戏，梅竹芬回到家里，就断了气。

第二种说法是说，那天散了戏以后，梅竹芬并没有回家。从广和戏楼出来以后，他和几个伶人一同去吃夜宵。吃夜宵的时候，天下起了雨，街上到处都是躲雨的人，热闹的大栅栏，转眼就一片空寂，只有浓浓的雨雾，在大街的青石板上扫来荡去。梅竹芬望了望夜色里的雨幕，说，大家伙儿就别急着回去了，一则外面下雨，二则今儿个座儿好，就多喝几杯吧，就叫来了女儿红。这时，有一个黑影从街对过儿蹿过来，进了店堂，走到梅竹芬身边说，他是对面电话局的，有一个电话，请梅先生去接。梅竹芬诧异地与朋友们对望了一眼，一位伶人或许想起梅竹芬遇鬼的事，说，我陪你去吧，两个人就消失在雨幕中。人们一边呷酒一边等待，半晌，那名伶人回来了，焦急地问："梅先生回来了吗？"众人吃惊，说："他不是和你一起走的吗？"那人满脸通红地说："是啊！我见他进了电话局，就站在门口等他，可他一直也没有出来，我进了通话间找，所有的通话间都是空的，我问伙计，伙计也说没有见着，我还以为电话局有别的门，他从别的门出来了呢！"大家慌忙放下碗筷，出门去找，却从此再也没有人见到过梅竹芬。

第三种说法是，在那个雨夜，大栅栏有一个行人，在躲雨时突然撞到一个人身上，抬头一看，原来是梅竹芬。那人原是票友，熟悉梅老板，就说要请梅老板吃酒，梅竹芬气喘吁吁地说，宫里来了电话，要他进宫唱戏。票友一笑，说："京城的人都知道，老佛爷总是在上午听戏，哪有深更半夜唱堂会的道理？"梅竹芬没有答他，慌不择路地跑了。票友望着梅竹芬的背景，嘴里叫了声板，滑出韩信的两句唱："'斩韩信'！惜呼哇，惜呼！恨我不听蒯彻计，如今未央后悔迟！"不久之后，人们说，梅老板在宫里被赐死了，这一消息很快便传遍了整个京城。

第四种说法是，那天晚上，人们都以为梅竹芬接完电话自己回了家，就醉醺醺地各自散了，不想第二天一早，梅竹芬的夫人杨长玉就找到了戏班子，说她本以为梅先生出去找乐，后半夜会回来的，没有想到一夜未归，问戏班里有谁见过他没有，那几位与梅竹芬吃夜宵的人突然浑身发麻，意识到事情闹大了，忙派人到宫里主管唱戏的升平署去打听，昨夜有没有一个电话打到大栅栏的电话局，叫梅先生进宫唱戏，升平署的人笑了，说："哪里有半夜进宫唱戏之理？何况我们也并不知道梅先生昨夜身在何处，怎能那么准确地把电话打到大栅栏？"这些故事在经过了层层转述之后已经无从辨别真伪，不过，作为皇后，有一点我是清楚的，那时紫禁城里根本没有安装电话，只有颐和园万寿山，有太后一条通往外务部的电话专线。

无论怎样，从那个雨夜开始，梅竹芬的身影彻底从京城的戏楼消失了，再也没有人看到过他，但是关于他的各种传闻却经久不息。人们根据各自的想象为梅竹芬设计了各种不同的死法，似乎只有他们的说法，才能为梅竹芬的突然消失提供最合理的解释。但是，梅家自始至终没有发丧。这引起很多人的怀疑。终于有一天，梅竹芬的命运在另外一种传闻里有了转机——那是我所知道的第五种说法，说梅竹芬没有死，或许这一说法，最符合人们的心愿，所以它也流传得最久。在那个雨夜里，梅竹芬接到一个神秘的电话，说有人要害他，他就匆匆忙忙赶回家中，带上了很大一笔钱，连夜出了永定门。还说，出永定门的时候，他看见大批衣衫褴褛的灾民，像一群肮脏的豪猪，拥挤在城墙下，守城的士兵，正用火铳对着他们，不许他们进城，因为在京城的一片盛世图景中，如此规模宏大的灾民队伍无疑会大煞风景，于是，京城九门提督下了死令，即使打死他们，也不能让任何一个人活着进城。灾民拥挤在一起，一眼望不到头，像暗夜里涌动着的一条乌黑油腻的河。荒郊野外，他们已断无生路，只有这座繁华的城，暗藏着他们可能的生机。梅竹芬被这一浩大的场面惊呆了，他从怀里掏出一些银子，分给身边的灾民，接着，他在惊异中发觉，肮脏的灾民队伍缓慢地涌动起来，所有人的眼里，都流露出渴望的目光。他想跑，但已经来不及了，他就索性把身上的包袱解开，取出里面所有的银

两，一块一块地放进那些远远就伸出的干枯的手里。梅竹芬成
了那条乌黑油腻的河流的旋涡中心，河流围着他打转，很快就
把他湮没了。很久以后，当河水退去的时候，梅竹芬已经不见
了踪影。

很多年后，又一个梅老板，从永定门悄悄进了北京城，这
座自以为是的城市，很快被他征服，在他悠扬婉转的唱腔里战
栗和狂欢，他，就是梅竹芬的儿子。

梅兰芳。

第六十五章

我走进涵元殿的时候，太监正在给皇上刮脸。锐利的刀锋，
在皇上的脖子前晃来晃去，但他不为所动，闭着双目，任由他
们摆弄。突然，他睁开眼睛，对太监说：

"你杀过人吗？"

太监大惊，剃刀停在半空。

皇上又说：

"照我的脖子来一下，出手要快，要狠。"

太监手里的剃刀砰的一声跌落在地，他跪在地上，带着哭腔说：

"奴才不敢！奴才只想侍奉皇上！"

皇上干笑了几声，说：

"起来吧，随便说说而已。"

他似乎是觉察到我的到来，又故意闭着眼睛，脸上没有任何表情。我每次去瀛台看他，看到的都是相同的表情。我们没有交流，我只是在他跟前默默地站一会儿，就转身而去。

留给他的是一片空寂。

他似乎已经习惯了这种空寂。寂寞像一层厚厚的茧，把他包裹起来，令他觉得温暖和安妥。他不喜欢有人闯入他的世界，使寂寞的空间遭到破坏，他将此视为最恶意的侵犯，并以沉默表达他的不满。

而我的心里，更是空荡荡的，里面什么都没有，甚至，什么都未曾有过，不像珍妃，尽管已经被打入冷宫，但毕竟绚烂地绽放过。她毕竟有过一段幸福的岁月，而我，转眼之间，大婚已经十年了，至今还是女儿身，即使作为一个普通的女人，这也是一个难以启齿的秘密，这个世界上，几乎没有人知晓这个秘密，我不会找任何人述说，包括太后，和我自己的父母，因为这一秘密里包含着我此生最大的耻辱。我已经预见到我的死，那时，我将两手空空地离开这个世界。

一阵朔风吹彻我的身体，我不禁打了一个寒战，发现自己正站在桥上，远方的波光，也在寒风中瑟瑟发抖，靠近堤岸的残荷，筋肉早已萎缩，只剩下枯瘦的骨骼，在寒风中佝偻着，形象猥琐而狰狞。两行泪水，顺着我的颧骨淌下来，流到嘴里，又咸又涩。我不知为什么哭，但我找不到表达内心的其他方式，我就让泪水流，在初冬的风里，像两道刀刃，切割着我的面颊。

皇上不知从哪里找来了许多钟表。那些构造繁复的西洋钟，充斥在涵元殿的各个角落——桌案上、书架上、椅子上，甚至床上，都摆满了大大小小形制不同的西洋钟表，使涵元殿成了一个钟表铺，每次我去的时候，皇上都坐在钟表的丛林中，眼眶上夹着一个放大镜，小心翼翼地拆装着钟表。每一个钟表，都经过了拆装，装了拆，拆了又装，仿佛那些盒子里面，装着无尽的乐趣。只有面对那些西洋钟表，我才能从他的面孔上看到表情，一种全神贯注的表情，其他时候，他的脸都像木雕一般凝在那里。对钟表机械的痴迷使他看上去很像朱由校，明代紫禁城中那个著名的木匠。作为皇帝，他的大部分时间都用于研究那些木制的榫卯构件，并将它们连接成精密复杂的木器，而对整个朝廷的钩心斗角毫不关心。但时间一久，我终于悟出了他的用意，表面看来，他是通过这种游戏打发瀛台漫长的时光，使自己的大脑得到锻炼，实际上，那些钟表里暗藏着他起死回生的决定性武器——时间。涵元殿四处回荡的滴答声，向他提醒着时间的存在，而他，是一个能够操弄时间的人。他还年轻，有大把的时间可以挥霍。总有一天，他会用这一武器向太后发起决战，而那时，苍老的太后将再无还手之力。

　　我知道了皇上的秘密，我看见他平静的面皮下掩藏着恶毒的笑容。

第六十六章

　　珍馐美馔、锦衣玉食消失了，凤肝龙髓、玉液琼浆的光芒，只存在于想象和回忆中，所有关于童年那些残汤冷炙的记忆卷土重来。此时的食物，已成为一种刑具，对他的胃肠进行惩罚。刑罚只惩罚筋骨皮肉，而这种刑罚却惩罚人的脾胃肚肠。但他从不抱怨，他把抱怨视为一种乞求和妥协，于是，那些在幼年时培养起来的本能，又重新找到了用武之地。在发馊变臭的羹饭中，他能凭直觉拣选着相对新鲜的菜叶。这是宫殿训练出的一种生存技能，凭借它，他才能活下去。

他开始呕吐和腹泻，吐得很厉害，飞流直下，几乎把五脏六腑都吐出来。涵元殿到处充满了秽物的味道，因为他无法在准确的时机把秽物吐到准确的位置上。王商死了，没有人收拾。他开始自己慢慢地打扫。但是他的身体很虚弱，头一晕就感到天旋地转，到最后，几乎站不直身了，只能倒在床上，重重地喘气。

他在这种腐烂秽臭的气息中进食，然后再把所进的食物如数吐出来，周而复始。他踉跄着打开窗子，想透透气，从窗外吹进来的寒风令他浑身一抖，又急忙关上。已经是冬至了，太液池已冻了冰。他看见无数只黑色乌鸦聚集在大殿前的树梢上，在他开窗的瞬间，呼啦一声四下飞去，像一团墨汁，在澄静的水里散开。

扫帚在他手中晃动着，他的手像提线木偶一样，不听自己的使唤。这时，一只手握了上去，是我的手。他的手在我的手里，冰凉的，他抬头，目光柔软了许多。

皇上绕过湖岸，在湖上扫过的劲风中，歪斜着，由西华门进入紫禁城，到储秀宫给太后请安。那时，我和德龄公主正陪太后用膳。太后问："吃了吗？"皇上回答："还没有。"太后说：

"那就一块儿吃吧。"

对皇上来说，那无疑是久违的盛宴。那条铺着金丝台布的长桌上，那些光泽闪烁的食物，自太后身前，几乎一直铺展到门口。我看得见他眼里的欲望，似乎他的眼睛比他的胃更加饥饿。在太后面前，他不敢放肆，但是在手之前，他的眼睛早已预先物色好了食物，在眼睛的指导下，他的手总能稳准狠地夹起食物，塞进嘴里。看得出来，他努力克制着自己，但克制的表象下，埋伏着放纵，一种前所未有的放纵。

太后吃得慢条斯理，她年龄大了，食欲不振，总是细嚼慢咽，而且，宫廷里有一项规矩，太后吃完以前，谁也不能放筷子。饥饿难耐的皇上，显然低估了太后的耐力，他很快就腹胀如鼓了，而皇太后仍在那里慢条斯理地吃着，还随口问着：

"饱了吗？"

皇上只好回答：

"还没有。"

"没饱就吃吧。"

他只好再去夹菜，往嘴里塞。

那时，吃饭已不再是为了满足口腹之欲，而是成了一种煎熬，它从另一个方向上，对胃进行着惩罚。我不敢看皇上，在太后面前，他一面极力地掩饰着来自胃部的痛苦，一面将食物源源不断地放进嘴里，但他咀嚼的速度明显地放慢了。此刻，他要与太后比慢，屋里很静，大家都不怎么说话，只听见筷子与餐具碰撞的声音，和若有若无的咀嚼声。他缓慢地吞咽着，几次想吐出来，但他忍了，在太后面前呕吐，在太后眼里，绝对是一次蓄意的侵犯。

在皇上的期盼中，终于，太后放下了筷子，叫荣子扶着，歪在榻上，我和德龄公主忙陪过去。荣子跪着给她敬烟，她拿出火镰，把火石、蒲绒安排好，背过身子，将火石用火镰轻轻一划，火绒燃着后，贴在纸眉子上，用嘴一吹，把火眉子的火倒冲下拿着，用手轻轻拢着，转回身，再用单手捧起烟袋，送到老太后嘴前约一寸来远的位置上，等候太后伸嘴来含。

太后长吸了一口烟，吐出一片云雾，对德龄说：

"外国还有什么新鲜事儿，说给我听听。"

德龄说："我给太后说个笑话。"

太后说："又有什么鬼花样？"

德龄说："若有男子不小心撩开了女人的裙子，你猜不同国家的女人会有什么反应？"

太后绷着脸，笑意却呼之欲出：

"这我怎么知道？我又没去过外国。"

德龄说："日本女人会深鞠躬说：'不好意思，都怪裙子太短，给您添麻烦了！'法国女人会搭肩说：'送我一枝花，向我说对不起，然后去喝一杯，有兴趣再研究一下裙子内的事。'英国女人会红着脸说：'可以送我回家换裙子吗？'中国女人会抬手一记耳光，说：'臭流氓！'韩国女人会踢个飞腿：'你不知道我是跆拳道二段吗？'泰国女人会双手合十，娇滴滴地说：'不要紧，我以前也是男人！'"

太后突然爆出一阵大笑，烟在她的口中，把她呛得咳嗽了几声，德龄公主赶紧去拍她的背，说：

"都是我不好，惹得太后呛到了。"

太后平复了一下呼吸，数落她说：

"你呀，就会变着法儿地哄我老太太高兴。亏你还是在洋学堂里留过学的，一点儿正经都没有！"

皇上面无表情，好像与我们毫无关系。就在这时，他突然抓起桌上的点心，出其不意地塞进袍子里。这一动作被我发现了。与皇上目光相对的时候，他尴尬地把头扭向一边。

我感到一阵心酸。

这天晚饭后，我又去了瀛台，怀里揣了些芝麻点心，偷偷塞进皇上的被窝里。

如被发现，我的下场恐怕将要和珍妃一样。

第六十七章

　　珍妃气息奄奄地躺在紫禁城景祺阁北面一处名为东北三所的冷宫里，极为耐心地等待着死亡。与此同时，另一条生命在她的身体里艰难生长。这是两种相反的运动，生和死两股力量正在她娇弱的身体里进行着较量。我们无法知道，正在死去的身体里，生命的胚芽是否能够找到出口。此时，珍妃的出口已被封堵，宫殿的正门已被一把铁锁牢牢锁住，内务府的十字封条贴在上面，像两把交叉的利剑，被冬天的风厮咬和抽打着。

　　冬至以后，我偷偷去看了一次珍妃，没有告诉任何人。我透过那座破旧宫殿的活窗向里看，除了一张凉榻上一堆破棉絮被，我几乎什么也看不到。过了许久，才发现那堆被子在慢慢地蠕动，破棉絮里竟爬出一个人。那就是珍妃，在后宫中像玉人一样娇贵的珍妃，连皇帝都亲自给她喂饭的珍妃，如今已骨瘦如柴，面目无光，头发在空中飘着，像一把干草。我流泪了，轻轻叫声：

　　"妹妹！"

　　她敏锐地捕捉到声音，循声而来，当她看见我的面孔时，呆滞的面孔突然激动起来，睫毛上浸满了泪花，哭着叫道：

"姐姐！"

我说："妹妹，你受委屈了。"

珍妃说："皇上，他怎样？"

我说："他还好，妹妹放心。"然后，我悄悄把一个布包袱从窗口递进去，里面是一些零食点心。我听说，太监们给珍妃送饭总不及时，有时几天才送一次……

珍妃说："姐姐，我怀孕了，是皇上的骨血，我从来没有做过对不起皇上的事……"

说到这里，她哽咽了，慌忙用苍白枯槁的手抹去眼泪。我安慰她说：

"皇上会知道你的心，他时时惦记着你，他让我捎些吃的给你，让你好好保重身子，这个孩子将来一定能够承继大统。"

我知道我在说谎，但在这种情境下，谎言也许会有一种意想不到的作用。此后，我常来看望珍妃，每次都会带来皇上的"惦念"。或许，这些谎言能支撑着珍妃一直活下去。当我"转述"皇上的话的时候，我看见她的面孔上流露出幸福的表情，我有些安心了。

我不知皇上为什么如此恨珍妃，他为什么对那些流言深信不疑，但实际上，我看得出来，他的心底里还是惦念珍妃的，因为珍妃在他心里有着不可取代的位置。深秋的一天，湖水还没有封冻，皇上要太监为他安排一条小船，他要跨越巨大的水面，悄悄泅渡进宫，去看一眼珍妃。太监说，夜晚划船，无论撑篙，还是划桨，都会弄出水声，在夜晚清寂的西苑，水声会格外响亮，再迟钝的耳朵也会听到。他们无法穿越大内侍卫的层层防线，抵达珍妃被囚的深宫。太监看见皇上颓然地坐在那里，双手捂住脸，痛哭失声。

据说那天晚上，皇上独自走到涵元殿铺满落叶的石阶前，凭栏远眺，他看到的只是一片空虚和黑暗。突然间，他大声咆哮道：

"我 —— 要 —— 飞 ——"

无数只昏睡的水鸟蓦然间腾起翅膀，仿佛声音的碎片，向虚空飞去。

第六十八章

黄昏时分，在涵元殿，我为皇上摆了几道酒菜。皇上终于对我开口了，他问：

"朕的江山，怎样了？"

"九州清晏，男耕女织，天下太平，请皇上放心。"我嗫嚅着说。

"哼。"皇上的鼻孔中喷出一股冷气，说，"你把我当小孩子哄。一纸《马关条约》，赔款两亿两白银，这笔钱都得从老百姓身上出，天下还太平得了吗？"他似乎自言自语地说："两亿两，差不多能买两百艘'吉野号'了，有钱赔款，无钱买船，真不知这个账是怎么算的！"

他把杯子里的酒一饮而尽，说：

"说实话吧，天下都发生了什么事？"

"真的什么也没有发生。"

"那义和拳是怎么回事？"

我一怔，没料到他足不出户，仍然对天下事有所了解，只好回答他说：

"臣妾也所知未详，据说前年，也就是光绪二十三年，山东曹州巨野县发生了一件教案，德国天主教民与当地农民发生冲突，众怒之下，百姓砸了教堂，连教堂内的两个德国传教士也被乱拳打死。此后，山东、河北等地教案不断，后来就兴起了义和拳，号称玉帝将派下天兵天将帮助消灭洋人，据说他们练的都是独门秘术，一百天就可以出师，神功练好后，就可以不畏枪炮，刀枪不入。"

皇上把眉头拧成一个疙瘩，从牙缝里挤出四个字："岂有此理！"就不再说话了，殿堂里灯烛昏暗，他的脸隐在黑暗里，我只听得见他用嘴唇噏酒的声音，在暗夜里显得格外刺耳，像一个平头百姓那样，全然不像一个威仪天下的皇帝。或许，那种突兀的声音，有助于他体验饮酒的快感，排解他心头的落寞。此后我们再没交谈，我们唯一的交谈方式，就是我将晶莹的酒液斟入他的杯盏，而他，则用手指小心翼翼地捏起杯子，伸长了脖子一饮而尽。那天他不知道喝了多少杯，终于，当他再一次企图举起酒杯的时候，我一只手握了上去，制止了他的动作。他诧异地扭过脸来，试图反抗，但他的胳膊已像一摊烂泥一样绵软无力。我们彼此一言不发，就这样在黑暗中推搡着，终于，他像融化的冰山，轰的一声，瘫倒在桌案下面。

我费了九牛二虎之力才把他扶到床上。整个过程，他一无所知。然而，当我给他盖好被子，准备扭身离开的时刻，我的手突然被他攥住，敏捷，而有力。我试图挣脱，却没有成功，只好在床沿儿上坐下，用手轻轻拭着他渗着虚汗的额头。他拉着我的手，一点点地靠近他，我们身体间的距离，越来越短，越来越短，终于，那距离变成了零。他两只臂膀紧紧地抱住我，似乎害怕我突然离去，然后，像个小孩子一样，号啕大哭。我也哭了，因为这是我们的身体第一次贴在一起，为了这个平常的愿望，我已经等待了十年。他终于不拒绝我了，我再也忍不住，两行热泪，顺着我的面颊，滚滚而下。

那天夜里，我们赤裸着身体，紧紧地抱在一起。我们在黑暗中彼此摸索，我的背部非常敏感，而他纤细的手指，不停地在我的背上抚弄着，像水一样，流过来，又流过去，一丝难言的麻痒，自我的身体深处袭上来。我们吻着对方，然而更多时候，我们吻到的是彼此的泪水，这使我们彼此有了一种滑腻的感觉，像两条相濡以沫的鱼。不知过了多久，他把我轻轻放在他的身体下面，然后，企图进入我，然而，我感觉到他的身体在经历了紧张的努力之后终于松弛下去。我们什么事也没做成。我轻抚着他的脸，安慰他说："皇上今天喝了太多的酒，今后不喝酒，就成了。"他用拳奋力地击了一下枕头，说："不，我不行，我不行的……"

他的语气中包含着无尽的茫然和沮丧。我像搂着一个孩子一样搂着他，说：

"皇上不要随便说不行，皇上行的，皇上没有办不成的事……"

瞬间的对话，揭开了我心底长久的谜。我终于明白，对于珍妃的怀孕，他为什么怀着刻骨仇恨。这仇恨里，包含着自卑、嫉妒、无奈、愤怒等多种元素，像一团火焰，几乎将他焚毁。

　　我也明白了，那些曾经在无数个深夜里折磨过我的欢爱声，原来都是珍妃的虚张声势。我不明白她为何要这样做，是炫耀、表演，还是一种自我满足，以弥补她肉体的缺憾？

　　黑暗中，他伸出颀长的手臂，仿佛溺水者向上伸出手。我的手找到了他的手，我们十指交叠，扣在一起。

第六十九章

　　春天到来的时候，珍妃生下了一具死婴。几天以后，太监们才听见，从来都寂然无声的囚宫里，传来古怪的声音。他们循窗而望，看见珍妃披头散发，怀里抱着一团棉絮，嘴里咿咿呀呀地哼唱着什么，在屋子里走来走去。

　　没人注意到，珍妃的肚子，正一天天鼓胀起来。除了等待那些残羹剩饭从那扇活窗塞进来以外，她唯一能做的事情，就是什么都不做，只是在床上躺着，尽可能均匀地喘气。我会不时地去看她，但除了给她偷带些吃食以外，我什么忙也帮不了，很久以后我才知道，连我带去的那些吃食，也被太监们搜去了。

他们没有告发我，原因之一是他们可以借此把那些食物偷分了，原因之二是太后的身体已每况愈下，他们要给自己留条后路。她不知自己已经在床上躺了多少天。突然，一阵强烈的腹痛让她感觉到自己还活着，她知道，关键的时刻到了。她伸手去解衣袍，手不听使唤，在衣袍间徘徊了半天，然后，她艰难地叉开双腿，把浑身的力量运到腹部，力贯丹田，脸憋得通红。当她听到某种破裂的声音时，喉咙里发出撕心裂肺的惨叫。

珍妃不知躺了多久，然后自己扯断了脐带。她打量着那个孩子，比老鼠大不了多少。她脸色惨白地一笑，说：

"可怜的宝宝，你等不及了，急着要出来啊？你看出来有什么好啊，还不是挨饿受冻，在妈妈肚子里多温和啊，又有吃的，又有喝的。"

她拍了一下儿子的小屁股，儿子冷冰冰地躺着，没有任何反应。她没有哭，从破棉被里掏出一些棉絮，蘸着洗脸水，轻手轻脚地为她的儿子擦去了浑身的血污，然后用破布把他包好，抱在怀里，为他哼唱着歌谣。

太监们把饭盆搁在窗口的时候，闻到了一股刺鼻的臭味。那具死婴，已经开始腐烂了。他们冲进去，从珍妃怀里把死婴夺走，但珍妃不撒手，他们费了九牛二虎之力才抢过来，夺门而出。

"哇——"

一声婴儿的啼哭声突然间劈空而来，他们吓了一跳，抱婴儿的太监差点把手中的婴儿扔到地上。他定睛仔细看了看，死婴已经腐烂，面目全非。那是凤的声音，他想。

起初，对这一切我并不知情。我再次偷偷抵达珍妃的冷宫的时候，遭遇的是她直勾勾的眼神。我看见一丝苍白的微笑浮现在窗口，我听见她说：

"我的儿子……要登基了，我的儿子……要登基了，皇后……我若死了，你就垂帘听政，可要好好待我儿子……"

第七十章

后宫的岁月，就这样没滋没味地延续下去。皇上在瀛台、珍妃在东北三所，他们在各自的牢房里苟延残喘，而我每天的日子，除了陪老太后在御花园散步，就是回到自己寂寞的宫中，独自熬过漫长的黑夜，不再有梦，五光十色的宫殿里，我的梦总是黑压压的，像深夜里的海水，无边无际，找不到上岸的地方。我心里惦记着皇上和珍妃，我希望用内心的温暖化解紫禁城的冷漠，然而，在偌大的紫禁城中，没有人注意过我，身为皇后的我，实际上是紫禁城中的一个盲点。没有人需要我，我也不需要紫禁城，在我心里，它像一个巨大的紧箍咒，箍得我透不过气来。晚膳传过以后，我和瑾妃、瑜皇贵妃、晋皇贵妃、三格格、四格格、固伦公主等，一起陪太后散步。那是一个庞大的队伍，八个宫女分列在两侧，手里提着香炉，像提着灯笼似的，藏香的清澈味道，会从里边袅袅地飘出来，与春天里的花草气息混合着，弥漫在我们的周围；后面的侍女，手里捧着水烟袋，或者托着槟榔盒，随时准备伺候，因为太后饭后有吸水烟袋和含槟榔的习惯；再后面的侍女，手里捧着果盒，队伍里还有说书的老太监，神态儒雅地随在后面；在队伍的最后，两名太监捎着软舆，如果太后走累了，或者天黑下来，湮没了御花园的道路，太后就会乘着肩舆回宫。即使在这个队伍里，我也是无足轻重的。我自己都把自己当作一个多余的人，在很多时候沉默不语。有时会抬头，看一眼夕阳中的角楼，觉得它很像一只火凤凰，要展翅飞起来。

这一群女人，终于，以一种意想不到的方式，离开了宫殿，奔向塞外那条险象环生的道路，荣华富贵、锦衣玉食，全部被抛在了身后。那时已是庚子年的七八月间，紫禁城里燥热无比。

我怀里揣着水囊，到瀛台和东北三所，偷偷给皇上和珍妃送了水。我看见他们的嘴唇上不约而同地泛起了一层白泡，目光有些呆滞，但至少他们还活着，这让我觉得有些安心。回宫的时候，我看见宫殿里到处都是太监，后来才知道，外宿的太监已经不许出宫了，东一长街上，很多太监在往来巡逻。第二天给太后请安的时候，我以为她会透露些什么，但她的嘴角始终紧紧地抿着，一句话也没有说。

然而，她的表情已经讲明了一切。我知道要出事。这一天夜里，乾清宫檐角上的猫叫声经久不息。丑末寅初时分①，我被猫叫惊醒了。起初我并没有在意，因为紫禁城里面，野猫很多，夜晚猫叫，已经司空见惯，乾清宫的檐角上，那只猫从来没有离开过，这么多年，那只居高临下的猫，不知道那是同一只，还是不同的猫。仔细谛听，发觉这次的猫叫不同，它好像唱歌一样，拖着长长的尾音，自檐脊上幽幽地传来，枯寂的夜里，让人觉得浑身发麻。

我无法再度入睡，在床上挨到寅正时分②，就披衣而起。这时天已经蒙蒙亮，窗外的宫殿已经显露出模糊的轮廓，天空中的飞檐，像头部翘起的船，在晨雾中出没。清晨的宫殿是最宁

---

① 凌晨三点到四点之间。
② 凌晨四点。

静的，猫叫声在这个时候应该逐渐退去了，只有风声，在空寂的宫殿里回荡，然而，天放亮的时刻，猫叫声却如潮水般涌来，开始只是东边，后来，东南、东北方向，都传来猫叫声，声势浩大，此起彼伏，仿佛有成百上千只野猫在同时嘶叫。宫殿就这样，前所未有地被猫叫声湮没了。

天亮以后，我去乐寿堂给太后请安。是紫禁城里的乐寿堂，不是颐和园的乐寿堂。那里曾经是乾隆爷居住过的殿堂。大清的历史上，只有康熙、乾隆和太后过过六十大寿，如今的老佛爷，处处向康、乾看齐，只是她所处的世道已不复从前，让我不由想起《红楼梦》里的一句判词："凡鸟偏从末世来。"这一天是农历七月二十一，宫殿里一个寻常的早晨，前往乐寿堂的路上，我没有料到，这将成为帝国历史上关键的一天，太后、皇帝、我，乃至整个宫殿的命运，都将在这一天改写。一进殿，看见太后正坐在榻上，纹丝不动，好像她在那里已经坐了一个世纪。李连英惊慌地走进来，喘着粗气，说：

"鬼子打进来了！"

太后板着脸，说：

"你仔细讲！"

情急的李连英已顾不得礼数，我听见他公鸭似的嗓音在殿堂里滑来滑去：

"德国鬼子由朝阳门进来了，日本鬼子由东直门进来了，俄国鬼子由永定门进来了，把天坛都围上了，全部冲着紫禁城开枪，枪子儿一溜一溜地在天上飞。"

一个多月前，太后颁布了《宣战诏书》，向西方十一个强国同时宣战，一个多月间，就在这座秩序森然的宫殿之外，从通州到王府井，一直到距宫墙咫尺之遥的地方，清军、义和拳和洋人，陷入一场血腥而残忍的绞杀。整座北京城，都变成一座巨大的坟场。到处都是死尸，那些七窍流血的面孔，成群结队地倒毙在路边，对过往的人做出怪异的表情。终于，增援的洋人军队，从大沽口上岸了，一路高歌着，兵临城下。这时我才知道，昨夜里经久不息的猫叫，原来是西方联军攻打北京城的炮声，他们用这些雨点似的炮弹，对太后的《宣战诏书》做出回答。

太后说："知道了。传早膳吧。"

那时的太后并不知晓，这将是她出逃前在宫殿里的最后一次早膳了。

话音未落，一颗炮弹突然在乐寿堂的房顶炸开了花，那是一枚流弹，如果它射得再准一些，它就会在太后早膳的盘子里爆炸，把里面的山珍海味连同太后的五脏六腑一起炸飞。震耳欲聋的爆炸声中，一股气浪冲来，几乎把立在地上的我和李连英顶个跟头，太后的身子也歪了一下。被炸碎的木屑像下雨一般，倾泻而下。一片混乱中，我听见李连英尖厉地叫喊：

"请太后赶紧避一避吧！"

尘雾渐渐落下去了，浮现出的是一张惨白的面孔，仿佛一张照片，一点点清晰起来。是太后。从半空中降落的尘灰落在她的脸上，像敷了一层厚厚的粉，使她看上去宛如一尊刚刚出土的泥塑，只有她的嘴，还是年轻的，像十七岁少女的嘴，鲜红粉嫩。六十五岁的慈禧太后，用十七岁少女的嘴说：

"把皇上叫来吧。"

没过多久，太监把皇上从瀛台接到乐寿堂。看到乐寿堂一片狼藉，他脸上立刻变了色，六神无主地看着太后。

太后的鲜红粉嫩的嘴里吐出一个字：

"走！"

第七十一章

洋人的刺刀在北京城的烈日中光芒闪烁，他们队列整齐地向大清门——皇城的第一道门进军的时候，后宫的粉黛佳丽，全都聚集在贞顺门，向老佛爷告别。当她们看到老佛爷时，心里一定会大吃一惊，因为她们看到的，已经不是往日仪态万方的皇太后，而是一个身穿蓝色大襟粗布裤褂，腿上绑着青色腿带，脚穿黑布蒙帮鞋的汉族老太太，只是她的那双天足，泄露了她的身份。在脱离楠木金漆雕龙的御座之后，太后显得那么矮小和苍老，加上她阴郁的表情，看上去令人心疼。细心的人会发现，老佛爷精心养了几年的长指甲，已经不翼而飞——她一定是狠心把它们剪掉了，而且，出逃的时候，她没有带上宫里的任何一件宝物，只用一个粗布包，包了一点散碎银子，这样的狠心，是只有太后才有的。

按照太后的吩咐，皇上、我、三格格、四格格、元大奶奶等人，都换了衣服。此时的中国皇帝光绪，穿着没领子的深蓝色长衫，戴着一顶圆顶的小草帽，下身是一条黑色裤子，看上去像个做买卖的小伙计。这样的装束，许多外国记者在20世纪之初拍摄的中国影像中都可以见到——说不定会有一张关于当年中国平民的历史影像，会意外地记录下这位隐姓埋名的中国皇帝茫然的表情。在踏上逃亡之途的一刻，他就与皇帝宝座失去了联系。那段时光，对于这位饱经沧桑的年轻皇帝来说，太和殿的宝座，已经成为遥不可及的事物。尽管自戊戌变法失败后，他与宝座之间，仅保持着某种气若游丝的联系，但那种联系毕

竟存在，是它日常生活的一部分，每天早朝，他还会象征性地
出现在御座上，御座两边的扶手，已被他磨得熠熠生光。但此刻，
自从外国的军队开进北京，他与宝座的联系就彻底中断了。失
去宝座之后，他的帝国，也变得无比遥远，只存在于他的想象
与回忆中。只有在宝座上，他才能看清他的帝国，在遥远的山野，
他的眼前一片漆黑，他以及王朝的未来，就像浓重的黑夜一样，
深不可测。

瑜皇贵妃、晋皇贵妃，以及更多的后宫佳丽，没有被传谕
换衣服，她们只能留在宫里，等待莫测的命运。据说自我们走后，
她们就争先恐后地投井、悬梁或者割腕自尽了，鲜血如宫苑深
处的花蕊，殷红地绽放。逃亡的皇上，正在北方荒僻的道路上
疲于奔命，对宫殿里的景象一无所知，只有景山上前朝皇帝的
鬼魂，注视着他昔日的宫殿里，数不清的刀刃正在飞舞，此起
彼伏，那座宫殿，在刀刃下变得五彩缤纷——红的血、白的脑
浆、绿的胆汁、紫的肺腑肚肠，伴随着刀刃倾泻奔流。只是这一
次的屠杀者，不再是李自成这样的内贼，而是金发碧眼的外寇。
从这个意义上说，宫殿的悲剧更加深刻。

炮弹一颗接一颗地落在紫禁城里，像一朵朵鲜艳的礼花，
在宫殿的上方爆出绚丽的花朵，西方人以这种方式庆祝他们的
节日。随着那金光四射的花朵飞上天空的，是花、泥土、器物、

服装和建筑的残屑，还有人身上的某个局部——飞行的耳朵、向天空伸出的手臂，或者一只正在逃窜的脚。炮弹的火球熄灭后，继之以更加持久的火焰，像贪婪的蛇，在宫殿的梁柱间攀缘和爬升。宫殿又一次燃起大火，许多座宫殿烧起来了，变成一只只巨大的火把，在它们的照耀下，宫墙上的血色显得更加刺目和恐怖。浓烈的黑烟中，太监们在奔忙，他们取来木桶，到宫墙下的铜缸里舀来了水，一桶一桶地向火焰中倾倒。但那些有气无力的水根本无法撼动火蛇的根基，大火映红了人们惊恐的脸，人们无奈地望着它，等待着它的自生自灭。

瑜皇贵妃没有死，这位十九岁就守寡的同治妃子，在这关键时刻表现出出奇的冷静，她让嫔妃们全部躲进宫苑的后门——贞顺门，命太监们在贞顺门上钉上木桩，把它封死，只留下顺贞门，作为唯一的通道。太监们轮流值班看守，已经做好了牺牲的准备，使大清王朝最后的尊严不致受到侵犯。在众人的惊恐和不安中，夜幕降临到紫禁城，试图抹平一切快乐和忧伤。

而那时，当所有的嫔妃聚集在贞顺门向老佛爷告别，这一切还没有发生，那时，美国军队刚刚冲到天安门前，用呼啸的子弹把皇城这座第二道大门打得体无完肤，天安门前的清兵在作了最后的抵抗之后，全部倒在城楼下，他们试图用自己年轻的血肉之躯捍卫他们身后的皇宫，那时他们并不知道，整个帝国，只剩下他们这群人还在抵抗，而他们誓死保卫的皇帝和皇太后，即将从宫殿中逃亡，他们捍卫的，只是一座空的宫殿而已。那时的贞顺门，女人们正抱在一起哭泣，突然，我看见一个身影从廊子里跪爬到贞顺门前，爬到太后脚下，脑袋在金砖地面上叩击出悦耳的响声，拖着哭腔说：

"奴才老朽无能了，不能伺候老祖宗外巡，先给老祖宗磕几个响头，祝老祖宗万事如意！"

我一看，原来是范长禄，皇上童年记忆中的那个凶恶太监。没想到他这么老了，皱纹堆累的皮肤松弛地挂在他的脸上和脖子上，泪水如决堤的河水，沿着他皮肤间纵横的沟壑奔涌喷泻。太后的眼角也有些湿了，她用手轻拭了一下，把手一摆，说：

"你跪安吧。"

后来我听说，洋人冲进来后，日本兵要闯后宫，范长禄挡在贞顺门的前头，不让进。一个矮个子日本兵冲上去，不耐烦地推了一把，他叫了一声，倒在地上，又挣扎起来，跪在地上，鸡啄米似的给日本兵磕头，那日本兵呜里哇啦怪叫着，雪亮的刺刀像一只熠熠发光的蝴蝶，在他的两眼之间晃来晃去，最终落在了他的眉心上。这使他的眼睛成了斗鸡眼，紧张地盯着刀尖。在他的注视下，刀尖顺着他的鼻梁、嘴唇、下巴，一寸一寸地向下移动，在检阅了他七扭八歪的五官之后，最后停留在他鸡皮似松软的脖子上，突然向里刺了一寸。范长禄惊恐地用双手握住了刀刃，刀刃在受到阻挠之后变得更加亢奋，噗的一声，猛然向脖子的深处跃进。冰凉的刀尖瞬间就从范长禄的后脖颈穿了出来，那几节紧攥刺刀的手指接二连三地坠落下来，像几节血糊糊的虫子，在地上扭来扭去。

老佛爷说完，抬腿就走。我们紧随其后，生怕掉队。在我们的身后，哭声已绽放成响亮的一片。突然，老佛爷的脚步停住了，似乎想起了什么，说：

"还有一件事情要办。"

她想起了一个人。

这个人就是珍妃。

第七十二章

如果那天，老佛爷在匆忙之中忘记了珍妃，那么，珍妃的命运就会改写。她或许会在战乱中逃离宫殿，在芸芸众生中销声匿迹，从此再没有人知道她的下落。但是，老佛爷在逃离宫阙的最后一分钟突然想起了她，她就在劫难逃了。

那时日本兵已经架着云梯冲上了天安门，叽里呱啦怪叫着，把他们的膏药旗插在了城楼上，他们看见，端门前面的开阔地上，拥挤着一片狼藉的尸体。而此时，美国人已经架好了炮，炮口瞄准了紧紧关闭的端门 —— 皇城的第三道门。这些都是回銮以后我听宫里的太监们说的，而在当时，被囚禁近两年的珍妃，第一次跪在阳光下面，她几乎晕倒。我几乎不认识她了，我的妹妹，立在我面前的不再是一个皇妃，而只是一堆破烂不堪的袍子，和一张浮在半空中的苍白松弛的面皮。连阳光也不认识她了，变成一把锐利的刀子，切割着她的眼睛。我看到她的眼皮在拼命地回避着阳光的折磨。我焦急地看了看太后，又看了看皇帝。终于，壮着胆子说：

"先把她带上吧。"

"不！"

我听见沉默已久的皇帝，喉咙中爆出声嘶力竭的一吼。

珍妃蓦然抬头，惊讶的目光里掺杂着些许乞求。

此时的皇上，面孔痛苦地扭曲着。

珍妃跪爬到皇上跟前，双手抱住了皇上的脚，浑身颤抖地哭起来。

皇上的脚本能地一踢，这轻微的动作，让珍妃整个身体摔在地上。

珍妃回过头来，用恶毒的目光逼视着皇上。

远处传来一声震耳欲聋的炮响。午门被炸开了。所有人都愣在那里，不知所措。

皇上表情坚定地说：

"我们走！"

这个"我们"，当然不包括珍妃。

"我们"动身了。刚走几步，突然听到珍妃撕心裂肺的一吼：

"等等！"

我们回头，看见她晃动着身子站了起来，朝着贞顺门内的一口井走去，到了井口，她向我们笑了一下，在我的记忆里，那笑容是那么的阴森空洞。她对皇上说：

"皇上，我肚子里怀的，是你的骨血 …… 皇上，你并没有你想象的那样无能，你怀疑我，是因为你不相信自己 …… 你不了解我，更不了解你自己 …… 是你的不自信害了你，害了我，也害了我们共同的儿子 …… 皇上，你会后悔的！"

我大惊失色，忙喊：

"妹妹，不要 ——"

话音未落，只听扑通一声，冰凉的井口，绽放出一朵晶亮的水花。

第四卷

罪与罚

皇上在那个漆黑的夜里神不知鬼不觉地踏上了逃亡之路。他从逃亡中逃亡，是双重的逃亡。他很快脱离了这支逃亡的队伍，变成帝国北方山地间的孤魂野鬼。

第七十三章

冀南河间府有一座县城叫大城县，大城县的边上有一条河叫子牙河，子牙河里有一种蛙，没有人知道叫什么，它看上去很像青蛙，但又比青蛙瘦小，黄褐色的表皮上，时常覆盖着黏稠的汁液，像一件被汗水沤透的袍子，松弛地耷拉在单薄的骨架上。它有两个鼓囊，很大，又很薄，像一层半透明的薄膜，随着鸣叫急剧膨胀，似乎随时可以爆裂，但它们总会恰到好处地收缩回去，安然无恙。

这显然是一种其貌不扬的蛙，但它的鸣声惊天动地，仿佛它小巧玲珑的体内储存着一股巨大的能量，像一枚炮仗，能从狭小的腹腔内爆发出巨大的声响。它的鸣声中有一种浓重的鼻音，鼻腔一收一放，发出"嗯——哪""嗯——哪"的声音，抑扬顿挫，节奏鲜明，与冀南人鼻音浓重的乡音相一致，尤其是夏天的夜晚，无以数计的蛙欢聚一堂，在地上铺了密密麻麻的一层，像给大地覆盖了一层铠甲，所有的甲片同时发出轰鸣，声势浩大，让人觉得心惊肉跳。当地人给这种蛙起了一个不好听的名字："肮鼻子"。

"肮鼻子"汹涌的鸣叫，对冀南人来说绝对是一种不祥之兆。当地人说："不怕雨下得暴，只怕'肮鼻子'叫。"因为夏天的雨无论怎样狂暴，一袋烟的工夫就会过去，而"肮鼻子"一叫，则必有连日的暴雨尾随而至，大水就要淹地了。

蛙鸣之后是没完没了的大雨，大雨之后是无边的洪水，洪水之后就是不可阻遏的饥荒。在大城县，已经没有人对这一规律心存怀疑。所以，"肮鼻子"发出的，是死亡的讯息。每个人都会从"肮鼻子"的叫声里，嗅到死尸腐烂的气息。蛙鸣，使大城县很快成为一块与食物绝缘的土地，连老鼠、蛇、麻雀、树皮等各种适于咀嚼的事物都会荡然无存。

在各种与生命迹象有关的事物消失之后，在那些被剥光了皮的瘦骨嶙峋的树干的包围中，人的存在显得格外突兀，他们呻吟着，靠在树下、墙角或者自家的床上无计可施，因为所有的办法都尝试过了。年迈的族长在气息奄奄的时刻让人把全村的米集中起来，那个受他重托的人回来时，族长的目光紧紧地盯着他攥紧的拳头，仿佛要用目光逮住他手里的米粒。那只手伸到族长的鼻子尖下，慢慢摊开了，手心里，只有几粒米。族长用目光一一数过——一、二、三、四、五、六、七，全村的大米，总共七粒，多一粒也没有了。然后，他的心似乎被刮进来的风呛了一下，眼睛一翻，就咽气了。

这七粒米分给了村子里七个年纪最小的孩子，每人一粒，他们攒了一口唾沫，将米粒咽进去，那微小的米粒，来不及体味，就已经消失，他们于是攒了第二口唾沫，又咽，但是那唯一的米粒，已不再给他们第二次机会，他们的肚子得到的只有唾沫，成分纯净。难耐的饥饿中，终于有人想出一个办法：煮石头。操作程序是从河滩上选来一些鹅卵石，个头不大，像鹌鹑蛋大小，光滑圆润，便于入口。他们在村口架起大锅，抱来柴火引燃，然后把那些石头倒进锅中，加水，没有盐，有人就把满是汗碱的裤袄投进去，文火慢熬。用不了多久，水就开了，一丝腥咸的气息，从锅里飘荡出来。人们拿着树杈，将烧烫的石头挑进碗里，嘘嘘地吹着，想象着一块火红流油的肉。当他们把石头搁进嘴里，慢慢咀嚼的时候，他们意识到石头与烧肉的本质不同。前者是永远蒸不熟、煮不烂的，在它的顽固面前，无论怎样的厨师都会铩羽而归。但他们没有失望，因为石头满足了他们咀嚼的欲望。对于他们的口腔而言，咀嚼已经成为一个陌生的动作，他们试图通过咀嚼，一点点恢复他们对于吃饭的记忆。

当他们的身体胖起来的时候，他们离死亡就已近在咫尺了，那时他们的身体已经浮肿，手和脚都变得有两倍那么大，皮肤很亮，像一层薄膜，遮着青黑的肉体，整个看上去像一个皮薄馅大的小笼包子。那时他们的目光会变得恶毒、贪婪和恐怖，失去了目标之后，他们便以这样的目光相互打量，在这样的打量中，他们成为彼此心目中的红烧肉。后来，会有人发现自己的孩子丢了，再后来，他们嗅到一股肉香，穿越层层院墙，直抵他们的肺腑，在他们空虚的胃里横冲直撞，在与食物隔绝已久之后，这种异香具有无比的侵犯性，那么锐利，那么势不可挡，没有一个胃会拒绝它的引诱，煮肉的人家很快会发现，肉香如同号令，招引了黑压压的一群人，站在自家门前，这群人还没来得及扑向那口翻卷着肉末的锅，一声惨烈的哭号便把他们全部击碎，一个女人一眼看见自己孩子的一绺头发、一只鞋，丢在漆黑的灶膛下面，她奋力拨开众人，向那口锅冲过去，她仿佛听见了孩子在锅里的呼叫，但那奶声奶气的呼叫迅即又被沸水的响动淹没了。

洪水泛滥之后，一场秋瘟接踵而至，全村人都在打摆子（患疟疾）。他们几乎以同样的姿势卧在肮脏的床上，又按着同样的频率集体发抖。老年人握着后辈的手，说，你们快逃吧，逃出去，也许就是一条活路。年轻人不走，老年人就趁他们不在的时候，挣扎着上了吊。于是，村庄里的年轻人，在留下一具具苍老枯萎的尸体之后，纷纷逃出村庄。出逃的时候，他们一律戴着破草帽，腰后别着小镰刀，腋下夹着旧小褂，嘴里哼着："'嗯——哪''嗯——哪'，找秋①去吧，找秋去吧！"音调与"肮鼻子"如出一辙。

李英泰的爷爷奶奶就是在这样连阴的雨季里躺下的。那天李英泰和哥哥李国泰在父亲李玉的带领下，在村头的茅厕里找蛆吃。那时，大城县的生物链已经出现了严重的断档，饥荒同样在动物世界中蔓延，老鼠、蛇、麻雀这类动物已经在这块土地上销声匿迹，随着瘟疫的肆虐，唯有微生物的世界生机盎然，但李氏父子对于那个世界的事情一无所知，那时他们的全部注意力被茅厕里的蛆所吸引，那些微小的、不易察觉的蠕虫在他们眼中不仅肉质肥厚而且味道鲜美、营养丰富。开始的时候，茅厕里堆得很厚的粪便干扰了他的视线，让他十分恶心，他挣扎着爬到了外面，匍匐在地上，拼命地呕吐，胃不住地抽搐，

---

① 找秋，当地土语，意为外出打短工。

但他干呕了半天，什么也没有吐出来，他已经没有任何呕吐的资本了。那时的他不会想到，很多年后他居然会染上洁癖，他的世界已容不下一粒尘埃，所有的器物、家具、衣饰，都要经过反反复复的擦拭，变得光彩照人。他成了清洁世界里的国王，他的世界一片光明，在他的世界里，任何一丝污渍都成为通缉的对象，无论它们隐藏在哪里，都会被他敏锐的目光和敏感的嗅觉捉拿归案。

好多天后，他才习惯了茅厕的肮脏，而且，对爹的英明决策由衷地敬佩，因为是父亲李玉率先发现了蛆的食用价值，全家人也依靠着这点微不足道的摄入苟延残喘，但他们对这一发现守口如瓶，否则茅厕里的蛆也会像从前的其他动物那样成为抢手货。村人时常看见李家人去茅厕，为他们在如此境况下仍然保持如厕的习惯而感到惊奇，他们居然有屎可屙，这实在奢侈，因为村子里的幸存者，已经不知多少天没有屙屎了，他们的胃和肛门都已失去了功能，他们只能望屎兴叹。他们甚至连望也不可能了，因为他们的眼睛、嘴等器官也都成了摆设，饥饿使很多人失去了语言能力，眼睛也瞎了，身体一寸寸死去，麻木一步步蔓延上来，最后只剩下鼻孔，还在半死不活地坚守岗位。在大城县，判断死人和活人的唯一方式，就是看他们还有没有鼻息，除此，活人与死人在外表上没有丝毫区别。小英

泰的全部心愿就是为爷爷奶奶多捉蛆虫。那天，他的手里紧紧
攥着一小把白白的蛆虫，兴致勃勃地往家赶。丰收的幸福感溢
满了他幼小的身体，使他觉得有些轻飘，像喝醉了一样，但他
把爹和哥哥甩开了很远。他心里想，回家后把手心里的一把白
色的蛆虫放在铁瓢里，放在灶膛上烧，于是，肉的芳香就会溢
满整个房间。他会把第一勺肉放进爷爷和奶奶的嘴里，然后他
会盯着他们陶醉的表情看上很久。他一路这样想着，一路晃悠
到家门口。开门对他弱不禁风的身体来说是一项艰难的工作，
所以，在开门这项复杂工程之前，他迫不及待地喊"爷 ——，
奶 ——"声音虚弱，但不失急切。很久以后回想起来，那声音
似乎不是源自他的体内，而是从很远的地方飘来的，显得虚幻
而恍惚。

　　小英泰最先看见的是一双脚，一双粗大的脚，穿着干净的
白底布鞋，飘浮在半空中，正好悬在他眉心的高度。进门的时候，
屋子里的一片黑暗令他感到一阵晕眩，匆忙中似乎被什么东西
重重地撞了一下，站定了很久，他才透过漫天飞舞的金星，看
清那是一双脚。那双脚在遭到撞击之后，正一前一后地在半空
中悠来荡去，仿佛正在闲庭信步。小英泰不知那是什么人的脚，
但常识告诉他虚空中绝非立足之处，所以他疑惑地仰起小脸向
上看去，接连出现的一堆破烂的裤褂，包裹着一个空洞的躯体，

两条胳膊软弱无力地耷拉着，最后出现的是一张狰狞的面孔，像桃核一样尖细，半拃长的舌头像一条通红的蛇，逶迤在胸前。

小英泰突然大惊失色，他大叫了一声"爷——"，手就松开了，白色的蛆虫撒满一地，四散溃逃。随即，他就发现了悬浮在半空的第二双脚。与第一双脚不同，那是一双粽子样的小脚，脚上穿着一双绣花鞋，只有掌心那么大。很多年后小英泰才知道，那是奶奶当年过门的时候穿的鞋，从那以后再也没舍得穿过，她用一张油纸把它们包好，藏了起来，那天上吊的时候，她才第二次穿上它们。

第七十四章

出李家村向南，河北威县的沙柳寨与山东冠县北十八村相交的地方，历史上是一块远离官府统辖的真空地带，当地人称之为"插花地"，有趣的是，在这块"飞地"上，许多不同的村子居然有着一个相同的名字：十八村。

冠县的北十八村是一个大概念，它的下面囊括了二十四个村庄，其中有一座村庄名叫梨园屯。

很多年后，梨园屯这个名字频繁出现在帝国的奏折上，原因是这里的洋教堂与玉皇庙的捍卫者之间，爆发了一场旷日持久的械斗，在各自的神的驱使下，许多颗不安分的脑袋在械斗中被拍成了紫红色的瘪茄子，或者被飞舞的镰刀砍成一个一个的血葫芦，血葫芦的内部仿佛装了无穷无尽的血液，从它的内部源源不断，汹涌而出。这场械斗的结局，是一个名叫阎书芹的农民率领一批械斗失败者投奔威县梅拳的当家人赵三多，阎书芹的血泪控诉令赵三多义愤填膺，他当即决定要率领他的弟兄攻打洋人。为了不连累梅拳，他决定脱离祖谱，组织一个新的"教门"，他给它起了一个很正义的名字：义和拳。

逃亡途中的小英泰对后来的事情还一无所知。那时的小英泰瘦弱的胳膊被爹牵着，一扯一个趔趄。他问爹："我们要到哪里去？"爹摇头："不知道。哪里能活就到哪里吧！"小英泰不知道那个能活的地方有多远，只知道自己走不动了，他的腿快走断了，喉咙也快饿断了，他希望在他死以前能够走到爹说的那个能活的地方。

北十八村，不知是他们闯进的第几个村子，他们几乎失忆了，他们已经不记得自己从哪里来，也不记得要到哪里去，仿佛他们天生就待在这个地方。总之来到北十八村 —— 黄河南岸一个贫弱的乡村的时候，他们还没有死，还有微薄的气息在他们的鼻子边儿上悠来荡去。北十八村，与其他任何村落都没有区别，既不会解救他们，也不会把他们送入地狱。希望似乎还望得见，又似乎永远抓不着。村子里的人看见有逃难者来了，家家关门闭户，严阵以待。他们进村的时候，夜色已经压了下来，他们就靠着一堵墙根安了身。临睡前，李玉依次抓过两个儿子的鞋看了看，发现那已不是鞋，而是糊在脚底的一团乱麻。他耐心地把它们松解下来，朝夜深处扔过去，夜色立即如一团旋涡，把它们卷走了，不见踪影。李玉又用牙齿咬开自己的裤脚，撕成一条破布，在儿子们的脚上分别缠上一层。他还没有把儿子们的小脚丫放回原处，他们就已经闭上了眼睛，没有了声息。

那天晚上，小英泰梦见了一个小白人儿，像一团雾，在一片他从来没有见过的漂亮房屋的前后飘来荡去，屋顶都是金色的，即使在黑夜里也灿灿发光。他很好奇，想跟过去，那个小白人儿穿过了一个漆黑的门洞，出现在一间明亮的屋子里，屋子里的桌子上摆满了各种好吃的东西，小英泰一下子激动起来，不顾一切地扑过去，一只小手伸向那只久违的馒头。那只馒头就在他的面前，他以为可以够到它，但事与愿违，他的手臂不够长，他又纵身向前，依然够不到它，似乎它永远在他伸手可及的距离之外，他急得要哭了，一伸手，这回抓到了，那只香喷喷的馒头，已经被他紧紧地捏在手里，松软的馒头几乎被他捏成了一块石头。他突然醒了，发现馒头没有飞，只不过变成了一块硬硬的玉米饼，握在他的手心里。小白人儿不见了，恍惚间，他看见一个朦胧的身影，堵住了正在他身后流溢的月光。

无论他面前的是人是鬼，小英泰手里的那块玉米饼无疑是真实的。没有丝毫的犹豫，他就把玉米饼塞进了嘴里，两腮鼓起大包，还没来得及嚼碎就吞了下去。很久没有沾过粮食的喉咙对玉米饼感到很陌生，没有让它顺利通过，而是把它卡在了喉咙口。小英泰努力吞咽着口水，却无济于事，那团玉米饼还是止步不前。这时他身前的那个黑影凑上来，用手使劲揉搓他的颈部，说："吐出来，吐出来。"小英泰却一个劲儿地往肚里咽。那声音那么熟悉，是爹。

李玉就在这天晚上翻越了那截院墙，摸黑偷偷潜入里面的人家，从锅灶里摸出一块玉米饼，掰成了两块，往两个儿子的手心里各放了一块。那时小英泰正在竭尽全力地抓取他梦中的馒头，没想到一块玉米饼就在这个时候准确地落入他的手心。

小英泰这时扭头看到了他的哥哥，小国泰此时也被无法下咽的玉米饼折磨得死去活来。他们的胃都焦急万分，但空虚的胃部与玉米饼之间的距离却迟迟不能缩短。此时他们专注于喉咙口的食物，全然不知几扇房门，在黑暗中先后一开一阖，房子里的人手里捏着杀猪刀，正悄悄地向他们靠拢。他们终于没来得及把嘴里的粮食咽进肚子，当小英泰干咳着，无奈地把那团黏糊糊的玉米饼吐到爹的掌心的时候，几把冰凉的利器，已经架到了他们的脖子上。

一个声音说：

"偷绝户的粮食，断子绝孙！没有王法了，你们说怎么办？"

另一个声音说：

"别跟他废话，剁了他！"

"杀！""杀！"众人应和。

李玉扑通一声跪在地上，拖着哭腔说：

"反正是活不下去了，求求大爷大叔，你们行行好，行行好，让孩子们死前，把这块干粮咽下去吧！"

说着，他忍不住呜呜哭起来，像一匹受伤的狼，随着哭声，身体抖动着向下缩去，越缩越小，越缩越小。

那几个黑影突然沉默了，似乎在考虑是否要满足他的要求。

又一个声音说：

"那好，看你们可怜，成全你们。"

又说：

"吃完动手！"

李玉哆哆嗦嗦地把手里那团黏糊糊的食物塞进嘴里，嚼碎，又吐在手里，在小英泰的嘴上抹了一下，又在国泰的小嘴儿上抹了一下，就闭上眼睛，等死了。

"先宰哪个？"有人问。

"先宰大的！让小兔崽子多活一会儿。"

一把刀抡起来了，静寂的夜里，所有人都听到了它夹带的风声。

第七十五章

小英泰从来没有听到过那么古怪的声音，后来他才知道那是杀猪刀与夜晚的风迅速摩擦发出的嗡嗡声，空洞而瘆人。那口刀的刀刃凭借着巨大的惯性，直奔李玉的后脖颈。正当它与后脖颈近在咫尺的时候，一个沙哑的声音劈空而来——

"且慢！"

那口刀一歪，紧贴着李玉的脑门闪了过去，轻轻地掀掉了一块头皮，像打开了药罐的盖子，黏稠的液体带着浓重的血腥味漫溢而出，覆盖了李玉满脸。

"啊唷！"

两个人发出同样的叫声——一个是李玉，他用双手捂住了脑门，试图阻止鲜血的去处；另一个是持刀者，由于突然转向，他闪了个趔趄，差点摔个狗吃屎，嘴里骂道：

"我日你个鳖孙！"

所有人都扭头，循声望去，他们清晰地看见两个人影在月光下相互搀携着，摇摇晃晃地走来。尽管看不清面孔，但他们的身形明确地表明那是一对老爷爷老奶奶。小英泰突然想到自己的爷爷奶奶，喉头哽住了。

"且慢……"

急速的走动扰乱了老爷爷的声频，使它微微地颤动着，就像他在夜风里飘扬的白发。

一个声音说：

"大爷，就是这个狗日的偷你家的粮。"

另一个声音说：

"被我们捉住了。"

还一个声音说：

"大爷，你说让他们咋死，俺就让他们咋死！"

老人定了定神，哆哆嗦嗦地说：

"啊呀！误会，误会呀！"

然后，又扭头对李玉责怪起来：

"你这个畜生，你咋不说实话呀！"

李玉跪在地上，等待着老人的指控，没有丝毫求饶的意思。

老爷爷说：

"你咋会这么犟啊，你咋就不说这饼子是俺接济你们的啊！"

李玉突然愣住了，定定地望着老人。

人群开始窃窃私语，一个声音说：

"大爷，你自家都快饿死了，怎会把饼子给他们吃啊！"

老人说：

"咳，还不是看这两个孩子可怜。俺是马上就要入土的人了，能救一个孩子，进了阴曹地府阎王爷也会照顾俺啊。"

又问："大爷，您怎么才说啊！"

"你们听见动静跑得飞快，俺老胳膊老腿儿，哪追得上你们啊！"

说完，老爷爷蹲在小英泰跟前，用树皮一样粗糙的手轻轻抚平他因恐惧而变形的面颊，说：

"孩子，吃吧，别怕，不够吃的，爷爷家里还有。"

李玉仿佛突然清醒过来，爆出一声惊天动地的痛哭，匍匐到老人面前，哪哪哪，结结实实磕了三个响头，说：

"李玉这辈子无法报答大爷的大恩大德，既然您没了后人，如不嫌弃，就收俺做您的儿子吧！俺李玉犁田劈柴、喂猪推磨样样都会，俺没了爹娘，俺愿做牛做马，服侍您两位老人家！"

李玉说完，感到一只苍老的手，像一只温暖的鸽子，落在自己鲜血淋漓的头顶。他听到一声重重的叹息：

"唉——一笔写不出两个李字，孩子……回家吧。"

第七十六章

洪水泛滥后的土地变得无比肥沃，梨园屯的村民们清早下田的时候，发现李玉已经在田里干了一个时辰了，晚上收工的时候，人们唤李玉回家，李玉说，再在田里待会儿。即使没有活儿，他也愿意蹲在庄稼跟前仔细打量，比打量女人还要用心，村里人笑他：看庄稼能把庄稼看大啊？他只一味地笑，不吱声，直到暮色完全覆盖了田野，小英泰举着白馍，光着小脚板在田野上噼噼啪啪地跑过，在禾苗间找到自己的父亲，李玉才三口两口吞掉那只白馍，拢着小英泰的脑袋瓜子，恋恋不舍地往回走。李玉除了种庄稼，还种了许多西瓜。冀南的西瓜，又沙又甜，连宫里的老佛爷，都喜欢冀南的西瓜。所以在北十八村，蔓延着望不到头的瓜地，一到初夏，瓜地里就会结满圆润饱满的西瓜，被阳光照着，莹莹地闪光。其中，李玉家的西瓜长得最好。三年以后，人们惊异地发现了这样一个事实：村中那对姓李的老两口，自从李玉来了以后，家中居然兴旺了起来，倾颓的院墙修好了，窗户纸不再像一堆烂袄，而是糊得严严整整，干干净净，他还从集上买来一对儿水印的门神，贴在那两扇斑驳的老木门上，一看就知道李玉是个讲究的人，更不可思议的是，他们家三年中置了十多亩地，国泰和英泰也进了私塾，跟着先生摇头晃脑地背起《百家姓》和《弟子规》来了，李家老两口也给李玉定了一门亲，没过多久，一个姓曹的姑娘，就坐着一乘花轿过了门。逃难时的李玉从来没有想到过自己的日子有朝一日会过得这么好，如同此刻的他不会想到自己距离更加悲惨的境地只有咫尺之遥了。

老爷爷过惯了苦日子，好日子还当苦日子过。伏天的时候，灶台上的剩粥长了绿毛，李玉正要倒掉，被老爷爷劈手夺了下来，嘴里一边骂着李玉，说："饥荒的光景，这粥给你，你喝不？"一边咕噜噜全吸进去了。李玉呆呆地看着他，老爷爷表情充满了陶醉，喉头一耸一耸的，吞咽着馊臭的剩粥，绿沫聚集在唇边，闪闪发光。结果老爷爷当天就拉个不停，拉得像水，拉成了线。

请来了郎中，郎中还没把完脉，爷爷又拉，李玉还没来得及把粪桶塞到爷爷的屁股底下，爷爷拉出的臭水就像水枪似的蹿了一裤裆。郎中用手帕捂了捂鼻子，说，老人家是中了邪毒，叫"十步倒"，可要小心，然后开了方子，告诉李玉，老人家绝不可起来。老爷爷不让李玉抓药，说乡下人吃跑了肚，不碍事，郎中一走，他就挣扎着要起来，李玉忙去阻拦，被他一把推开。他摇摇晃晃地走了九步，回头对李玉说："没事吧？"等他迈出第十步，身子一歪，哐当一声栽在地上，等李玉冲上去时，已经断了气。

李玉走在通往镇子的路上，内心充满悲哀。李家爷爷是他一家三口的救命恩人，他就这样不明不白地死了，李玉觉得自己没有很好地孝敬他，该千刀万剐。想起那碗粥，他把肠子都悔青了，那碗粥早该趁爷爷不在时偷摸倒掉，要喝也得自己喝，他忘记了爷爷毕竟八十多岁了，早就外强中干、经不起风吹草动了，但此时，想什么都没有用了，只能把爷爷的丧事办得风光一些。李玉在镇上的棺材铺为爷爷挑了一副最好的棺材，上等松木的。松柏象征长寿，但完全用柏木做的棺材会遭雷劈，柳木棺材便宜，是因为柳树不结籽，让人想到断子绝孙。李家爷爷没有断子绝孙，因为李玉就是他的儿子，李国泰和李英泰就是他的孙子。算好了黄道吉日，出殡的那一天，打幡①者是李玉，这不仅是李玉坚持的，也是奶奶的主意。照规矩，只有死者最亲近的直系后裔才能打幡，奶奶以这种方式向世人宣告，李玉就是这个家的直系继承人。但他们都没有想到，他们的这一决定闯下了大祸，他们人生中的美好时光，刚刚开了头，便草草收了尾。那是命，李玉后来想。穷苦人家，能担得起多大的命？就是那个叫作命的东西，把他严严实实罩了起来，他左冲右冲，也冲不出去。那天，李玉撑着灵幡走在送葬队伍的最前列，灵幡上写着："仙逝大硕德公讳李柱老大人之灵"。还没有走到村口，就发现前面立了一群人。李玉站住了，身后的队伍也站住了。他抬头打量着那群人，那群人也打量着他，半晌，一个人站了出来，说：

"你是什么人？"

李玉知道他是明知故问，依然回答：

"俺是李玉。"

"你是李柱大爷的什么人啊？"

"俺是儿子。"

"放屁！"那人突然提高了嗓门，"俺们李氏宗谱上，从来就没有李玉这个鸟名字！"

---

① 灵幡是给亡灵招魂引路的，所以此幡又叫招魂幡或引路幡，父死以左手持幡，母死以右手持幡。

李玉定定地看着他，不知所措。

"把幡交出来！"那人喊道。

"交出来！""交出来！""交出来！"众口和道。

李玉的脑袋嗡了一下，突然想到那天晚上架在自己脖子上的冰凉的刀刃，想到那些恐怖的叫喊声。

李玉没有理睬他们，握紧了灵幡，又向前挪步。

一个身体横在了他的面前。

他向左闪，那个身体也向左闪。

他向右闪，那个身体也向右闪。

李玉鞠了个躬，细声细气地说：

"今天是家父出殡的日子，求各位高抬贵手，既是自家人，有事我们回头家中商议。"

那人说："这是我们李家的事，跟你一个外来要饭的没什么关系，快把幡子交出来！"

"要饭的"这个词刺伤了李玉，但今天是爷爷的黄道吉日，遗体必须今日入土，不能生事。他抿了抿嘴唇，把愤怒咽回肚子里。

人群中一个声音说："奶奶，您老糊涂了吧？咱们李姓的家产，怎能传给外人！"

那人似乎受到了鼓励，问："交不交？"口气咄咄逼人。

李玉软中带硬地回答：

"这个幡……不能交。"

"交不交？"

"不交。"

"交不交？"

"不交！"

那人突然伸手夺幡，李玉大惊，忙双手把幡护住。那人见夺不走，便大叫一声："上！"众人便一拥而上，开始抢幡，出殡的队伍顿时乱作一团。李玉只觉得自己头上、身上、胳膊上不断遭到重击，眼睛痛了，鼻子酸了，脑袋快炸了，手臂快劈了，但他顾不上保护自己，双手始终紧紧地抓住幡杆，死也不松开。厮打中，灵幡失去了平衡，白色的灵旗在下坠的一瞬间像风筝一样兜满了风。他绝不能让灵幡倒下，伸手去捞，但接踵而至的拳头阻挡了他的动作，在众多拳脚的缝隙里，李玉眼睁睁地看着它慢慢歪倒了下来，在即将落地的一刹，一只手接住了它。

是奶奶苍老的手。那时奶奶已经在混乱中被推搡到地上，她老态龙钟的身体趴在地上，看见灵幡朝她压过来了，就伸手接住了它。紧接着，她把丈夫的灵幡抱在怀里，号啕大哭，哭得惊天地泣鬼神，厮打戛然而止，所有人都定格了，愣头愣脑地看着她。不知道她是在哭自己的丈夫，还是哭李家的不肖子孙。

李玉上前，拍打着奶奶身上的灰土，然后把她慢慢地扶起来。奶奶站起身后便不哭了，她用粗糙的手背抹了一把鼻涕，说："这个幡谁也别抢，我来打！"

说着，老太太努力直起虾米一样弯的腰，颤颤巍巍地打着幡，径直朝前走。挡在前面的人群闪开了一条缝隙，出殡队伍像一条蛇，从中间穿了过去，那条缝隙随即又在那条蛇的后面合拢了。半晌，一个声音说："还不给大爷培土！"于是，群殴者一拥而上，悻悻地，尾随在队伍的后面。

第七十七章

李玉感觉到自己的身体仿佛断成了好几截，那些骨头，那些经脉，在他的身体里飘来飘去。他躺在床上，好几天爬不起来。他们不是李姓的近亲，在这个村子里，他们的活法只有一种，那就是苟且偷安。小英泰想出了一个替父报仇的办法。春天，西瓜刚刚成形的时候，他偷偷跑到那几位打人者的瓜地里去，先拉一泡屎，然后从怀里掏出一把短刀，在西瓜的表皮上切下一个三角形的口子，把自己的屎一点一点地抹到瓜瓤里，再把表皮盖好。这只是一个小手术，对他来说没有丝毫的技术难度，问题是没有人想到过这一点，很多年后，有了洁癖的他对粪便充满厌恶，但当时他正对自己的聪明才智扬扬自得，没有什么比臭烘烘的粪更令他感到熟悉和亲切，在粪的世界里，他游刃有余。时间一久，许多西瓜的内部，都贮满了小英泰的粪便。那些西瓜伤口很快就会愈合，一点也看不出来，而且，它们在经过了特殊"照顾"之后，居然无所顾忌地疯长起来，长得比其他西瓜都圆都大。西瓜成熟的时候，小英泰眼睁睁地看着它们被主人从地里摘下来，交到前来收集贡品的官员衙役们的手上。他们说，全天下的西瓜也不会有冀南河间的西瓜好，皮薄，沙瓤，一口咬下去，从嘴里一直甜到后脚跟，老太后吃了，一定会笑得合不拢嘴。那些西瓜在主人们自负的目光里被衙役们抛开，刀刃刚刚碰到瓜皮，西瓜就嘭的一声绽开，腐臭的粪汤流了一桌子。村人大惊失色，因为他们这辈子也没闻过这么臭的味道——比大粪还要臭，因为那是经过了长期发酵的大粪；官员大惊失色，喉咙里涌动了一下，赶紧用手捂嘴，还是慢了一拍，当众吐了出来，刚刚从李氏族长那里吃进去的好鱼好肉此刻都倾囊而出；西瓜主人大惊失色，扑通跪在地上，哭丧着央求官员再开一个西瓜，官员把气喘匀，耐着性子，命衙役将另外一个西瓜开膛破肚，又一股粪汤喷溅而出。衙役一口气剖了十个西瓜，个个都满腹大粪，臭气熏天，官员快疯了，让人给小英泰的仇人们每人五十大板，然后捂着鼻子，跑了。

发生在西瓜地里的谜案很快就告破了。有人举报，有一个叫李英泰的小孩子经常往他们的瓜田里跑，现在才恍然大悟，原来作案的元凶，就是那个不引人注意的小屁孩。

北十八村的李氏后裔们商量了一下，一致认为，肯定是大人指使的，于是一把火，把李玉的家烧了。

李玉是在地里看到那把大火的。高耸的火苗吸引他的视线的时候，他还在惊诧是谁家的房子着火了，片刻之后，一种巨大的惊骇突然袭遍他的全身。他意识到，是自己的房子着火了，火焰像一头猛兽，转瞬就膨胀起来，自己辛辛苦苦挣来的家当，此时都变成猛兽的嘴里的美食，在它们的支援下，火焰的声势愈发浩大。他颓然地坐在地上，恐惧压倒了悲伤。

奶奶坐在一片废墟的前面发呆，说，孩子，梨园屯待不住了，上京去吧。她说她有个远房侄子在京城耍皮货手艺，李玉啊，你带着老婆孩子们去北京投奔他吧，我就在梨园屯等死了。

李玉不走。

奶奶说，你还要逼我上吊你才走啊？

听了这话，李玉哭了，趴在地上给奶奶重重磕了三个响头，把额头都磕烂了，然后，一手牵着李国泰，一手牵着李英泰，像当初一样恓恓惶惶地上了路，只不过这次多了一个女人。

曹氏。

几个月后，在北京西直门外堂子胡同一座坐东朝西的三合院的门口，新出现了一块木牌子，上写：

永德堂李皮作坊

一家四口在这里安营扎寨：主人姓李，叫李玉；老婆姓曹，人称曹氏；两个儿子，一个叫李国泰，一个叫李英泰，几年以后，曹氏又一口气给他们添了三个弟弟和两个妹妹。一家人蜷缩在西直门外一座肮脏的小院里，过着这个城市中底层的日子，他们从来不去想象宫殿内的生活，尽管只隔了两道城墙，但那完全是另一个星球的事物，与他们毫无关系，他们无论如何不会想到，这穷困潦倒的一家，会与金銮殿有什么瓜葛。

只有李英泰的神经没有因贫困而变得麻木，那时他还小，刚刚七八岁，被这么宏伟的城市，这么多器宇轩昂的房子弄得神魂颠倒。有时他会站在皇城红色的城墙根下，望着天上的云朵发呆。他很想像戏台上看到的那些神灵一样，踩着祥云，飞到红墙里面，看看里面到底是什么模样。但那只是一个短暂的梦，像个泡沫，在混浊的生活中一闪就没了。每天等待小英泰的，不是富丽堂皇的宫殿，而是那个臭气熏天的狭小院落。

李皮作坊的生意，是收生皮子，熟好了再卖给城里的同增皮货庄。同增皮货庄在城里最繁华的地段，西四牌楼的东面，紧挨着谦祥益绸缎庄，有着古朴优雅的店堂，小英泰随母亲去送过货，见识过那家老店的场面——很多年后他才从街谈巷议中听说，老佛爷年轻的时候常去谦祥益买绫罗绸缎——但制作熟皮子，却是典型的重污染行业，这类行业都只能在城门以外，最肮脏的地段，大部分在南城的龙须沟，和西直门外沿护城河一带，因为劳动强度大，又有害身体，只有那些已经收到了死亡通知书的人，才甘愿在鞣剂的毒气和皮革的臭气的双重攻击下进行这一九死一生的行当。在这一系列繁杂的手续中，最重要的，是揉皮子。揉皮子离不开硝，而硝又有毒，腐蚀性强，手碰上去，瞬间就会泛起一层抽抽巴巴的白皮，是被腐蚀的。硝有着呛人的气味，辣得人睁不开眼睛，小英泰看到自己的爹娘每天都在这样的气味里泪流满面地忙个不停。他们先把牛皮、羊皮或者狗皮用钉子绷在地上或墙上，那些壮烈牺牲的牛、羊或者狗散开了身形，张牙舞爪地趴在地上或墙上等待着煎熬。他们用硝在上面重重地揉过，然后泡进一口大水缸里尽力刷洗，当他们将皮子再度捞出来时，小英泰看见他们使出了全身的解数，脸憋得通红，因为皮子过水后变得比石头还沉，时间久了，连娘柔弱的胳膊，都长出了硬邦邦的肌肉 —— 她看上去越来越像男人了。有七八口巨大的水缸，把小院塞得满满的，小英泰得侧着身才能钻过去。每个水缸里都散发着恶臭，苍蝇们排着整齐的队形，团结一致地飞来飞去，像一团漆黑的乌云，无论春夏秋冬，永远笼罩在水缸的上面，让小英泰想起村口茅厕里的粪，和粪上密密麻麻的蛆。小英泰恨自己的爹娘，他长大以后形成洁癖，是因为他认为臭的味道已经渗入自己的骨髓，他总是奋力洗刷，但无论怎样，都洗刷不掉。

有一天，院子里来了一伙人，说来催债。他们说的话，小英泰不懂，只看见爹娘都在他们面前跪下了，娘还一把鼻涕一把泪，呜呜呜哭着，散乱的头发被风卷起来，又被鼻涕和泪粘在脸颊上，一副恐惧的样子。后来，那群人骂骂咧咧地走了，走的时候放了狠话，还不上债，就每个月废掉一个小孩，你们家七个崽子，用不上半年就断子绝孙。

后来，国泰真的就没有回来。爹娘围着那几口大缸一如既往地忙碌，家里没有人知道他是什么时候消失的，只知道直到深夜，还不见国泰回来。爹娘都急了，冲进暗不见底的胡同，拼命呼喊着国泰的名字，除了胡同里回敬的骂声，和远远近近的犬吠，没有任何回答。后来胡同里有个胖胖的婆婆告诉李玉，白天曾有一个小男孩掉进护城河淹死了，李玉忙问，尸体在哪儿？婆婆回答，早就被人抬走了，不知去向，要么你们去郊外的坟地找找？李玉和曾氏对望着，颓然地坐在地上。

据说那天夜里爹娘在万寿寺西边的坟地找了很久，但无边的黑夜覆盖了国泰的身影，使他像一片叶子丢进了大海，无影无踪。那片坟地里埋了很多不得好死的人，还有一些无主的尸体，被随便扔在那里，所以那里向来被认为是不祥之地，一直到民国年间，那里不是发生离奇的谋杀案，就是发生奇怪的车祸，据说有一个卡车司机半夜在那里停车撒尿，结果那辆无人驾驶的卡车自己跑过来，还转了一个弯儿，从后面准确无误地把他碾死了。那天夜里有很好的月光，风呼呼地吹，每当娘呼喊国泰名字的时候，风里就好像有人在回答，而且是冀南的口音："嗯——哪。"但那声音忽东忽西，令李玉和曹氏无法确定声音的方向。开始觉得声音的方向是明确的，可是当他们朝那个方向去的时候，声音又跑到了另一头，令他们晕头转向。他们的脑门被夜风吹得生疼，他们就这样，抱着大海捞针的心情，在坟地里转来转去。草丛间埋伏着一些残缺不全的尸体，有的已经轻度腐烂，他们克制着呕吐的欲望，把那些东倒西歪的尸体扶正，把头朝下趴着的尸体一个一个翻过来，于是，一些稀奇古怪的面容在月光下一一展现在他们面前，每翻过一张脸，他们的心都会剧烈地跳动一下，那是一种无法言喻的煎熬。辨认那些模糊不清的面孔时，他们心里十分矛盾，既想发现国泰的尸体，免得他成为孤魂野鬼，又想着最好不要发现它，以此来保留他活着的希望。

那个夜晚之后，爹娘的言语都少了很多。他们一如既往地在院子里的大缸里，把那些来路各异的皮子搅来搅去，目光却有些呆滞，心似乎已经被人剜走了一块，手里轻飘飘的，费半天力，也从缸里捞不起一块湿皮子。再后来，娘握住小英泰的手说，要带他去一个大爷家串门，还说，那个大爷见识广，可以带他到宫里见见世面。她说宫里很漂亮，比戏里面的仙境还要漂亮，那里不仅漂亮，而且安全，到了那里，就再也不会有人欺负他了。小英泰一听很兴奋，就牵着娘的衣角去了。后来他才知道，那一次娘骗了他，唯一的一次骗他，却骗掉了他的一辈子。他们要去的那个地方，叫西华门，要见的那个大爷，叫"快刀刘"。离家的那个早上，娘在小英泰的手里塞了一个煮鸡蛋。小英泰不知多久没有闻到过煮鸡蛋的香味了，立即剥了，整个塞进嘴里，心里却在疑惑，今天运气为什么这么好？但心里的疑惑很快被鸡蛋的香气打断了，鸡蛋把他的小嘴塞得满满的，很快失去了回旋的余地，咽不下，咬不动，吐不出，脑袋憋得快爆炸了。娘为他端来一杯水，说慢点，孩子。接着，一股温暖的水流冲进他的嗓子，使它重新变得通畅起来。小英泰长吁了一口气，浑身轻松了很多。娘轻轻抚着他的头，把另外几只煮鸡蛋轻轻塞进他的手里。小英泰又把它放在衣兜，说，晚上回来再吃，和小妹妹们一起吃。娘的眼圈红了，说嗯，晚上回来再吃。

娘拉着小英泰从西直门进了城，左转右转，看见一座巨大的红色城楼从一片灰色的街巷中浮现出来，阳光照在金箔似的屋顶上，晃得他发晕。再左转左转，绚丽的城楼消失了，他们钻进了一个院子，虽然狭窄，却保持着两进的格局。娘朝里喊：

"刘师傅在吗？"

院子里没有一点人气，小英泰的心中升起一种不祥的预感。他们在穿越了狭窄的过道之后，在院子的最后一排房子前站下。娘又重复：

"刘师傅在吗？"

然后扭头对小英泰说：

"一会儿大爷问话，你要有礼貌。"

半晌，门开了，肮脏的门帘一挑，小英泰看见一张暧昧的面孔浮现出来，他看不见脸的全部，因为一缕光线透过掀开的一角门帘照射在他干瘪的嘴上，使那只红润的嘴显得很突出。

小英泰只看见那干瘪的嘴角动了一动，不阴不阳地问：

"谁啊？"

娘答："刘师傅，是俺，前两天找过您的。"

门里的人似乎辨认出她来，说：

"唔，人带来了，把裤子脱了让我看看。"

小英泰一怔，这工夫，娘已经解开了他的裤带，就在阳光充足的院子里，他肥大的裤子像一朵花散开在地上，露出两条麻秆似的腿来。

里面的人伸出一只手，抓过他腿间那根小辣椒用手指挤了挤，问：

"几岁啦？"

"我十岁啦！"迟疑片刻，小英泰怯怯地答。

他的小辣椒有点烦躁不安。

里面的人喃喃地说：

"十岁，大了点儿，可要多受点罪。"

娘哽咽了，说：

"不碍事，只求他有条活路就好。"

"活不活不敢保，记住了，自愿净身，生死不论。"

"师傅是受了皇封的人，俺信得过师傅。"

那张脸就在黑暗中消失了，片刻之后又在原来的位置上浮现出来，递出一张纸，和一块红模子：

"那就摁个手印儿吧。"

娘把大拇指在衣服上擦了擦，蘸了红模子，哆哆嗦嗦在那页纸上狠狠地按下了手印，然后蹲下身子，眼睛湿着，把小英泰的裤子提起来，系好，又紧紧地抱了抱他，那个刘师傅伸手把他拉进屋子，对门外说："一会儿送几刀窗纸来，净身的时候不能透一点儿风。"说完，门就在我身后关上了。那一瞬间，娘似乎在门口怔了一下，随即扭身，跑掉了。

几十年后，我找到了娘，那时她已经变成一堆尸骨。

第七十八章

小英泰后来才知道，"快刀刘"之所以没有邻居，是因为没有人能够忍受净身者鬼哭狼嚎似的叫喊。那种阴森的叫喊在最初的三四天里一刻都不会间断，在那几天中，似乎有一把锐利的刀子，在他的小腹下面反反复复地割来割去，他本能地想躲，但他的小鸡鸡无论如何都无法躲过那把刀子。当"快刀刘"满嘴含着酒水，噗的一声喷到那把月牙形的刀子上，酒的泡沫零零星星地落在他的脸上，他就紧张得几乎晕厥过去。后来，那把尖利的刀子如约而至，他是在昏厥中被那股锐利的疼痛疼醒的。刀子在他幼小的球囊左右分别划过一条横线，后来他才知道，那里面的筋被率先割断了，当血漫溢出来的时候，"快刀刘"用手指紧紧箍住他下身的球囊，然后用力把睾丸从刀口挤出来。睾丸像鲜嫩的龙眼，涨满了裂缝，挣扎了很久，才心有不甘地从球囊里脱颖而出，落在地上满是血污的盆里，仿佛两只充血的眼睛，注视着他。没有麻药，剧痛中，他浑身不住地颤抖，他小的时候，在子牙河边，他曾经从爸爸的旱烟袋里把烟油挖出来，塞进蛇的嘴里，没多大工夫，蛇就会全身颤抖起来，此时，他抖动的频率比蛇还要高。疼痛像一条可怕的蛇，咬住了他的下身，钻进他的身体，在他的身体里乱窜。他不停地叫，但他并不知道自己在叫，以为那阴森恐怖的叫声是从另一个方向传来的。然而，疼痛才刚刚开始，接下来的工序是割势，"快刀刘"用一只手的手指在他鸡鸡的根部掐了掐，像是要找准位置，另一只手攥紧刀片，围着他的鸡鸡划了一条圆形的刀口，他的鸡鸡——太监们把它称作"辫子"，终于蔫头耷脑地歪向一边，摇摇欲坠，"快刀刘"手指捏着它，动作娴熟地旋转了三百六十度，似乎轻而易举地就可以让它离开它的身体，但那

"辫子"依然眷恋着从前的身体，藕断丝连，"快刀刘"于是把它拎高，像抻长一条橡皮筋，让刀口清晰地显露出来，宛若一只张开的小嘴，然后用刀片慢慢地割断最后的连接点，那只执拗的"辫子"仿佛成熟的果实，服服帖帖地落在他的掌心，而"辫子"原来的位置上，只留下一个圆形的血色印迹，像一枚通红的印章。

从那一刻起，时间就从他的脑海里消失了。他的生命里出现一片空洞，以至于很多年后，他无论如何也回忆不起当时的情景。他不知道是什么时候掺杂着腥臭的空气回到他的身体里的。那时，他早已被绑在床板上，无法动弹。床板中间有一个圆洞，他的大小便就穿过那个圆洞坠落在床下的粪桶里。但粪桶的位置并不准确，他拉出的淅淅沥沥的水线会把粪桶周边的地上溅得一片狼藉，那些泛着白沫的粪水如同一条条肮脏的蛇，盘缩在一起。没有人来收拾，几天中，他一个人也见不到，只有阉割时的血腥气和粪便的臭气混杂着，被窗户密封在室内，令人作呕。很多人都是在这个时候死去的。但他依然活着。即使在意识最薄弱的时候，活的意识仍然在他的脑海里盘旋，生命像一只在狂风中东倒西歪的风筝，他死死地抓住那根细线，不肯放手。他相信娘的话，挨过了这一刀，他就和自己悲惨屈辱的境地告别了。他不能白白到这世上走一遭，不能在抵达天堂口的时候突然死去。他出身微贱，为此，他要交付比别人更昂贵的门票。那根血淋淋的"辫子"就是交出的门票，现在，他要看看人们所描述的天堂，到底是什么模样。

净身师傅一直没有睬他，而是独自躲在堂屋里抽大烟，在后院撕心裂肺的叫喊中，摇头晃脑地哼着京戏。抽够了三天大烟，也没看表，忽地就坐起来，向后院奔去。恍惚中，小英泰感觉到那扇门开了一条缝，有一个影子飘了进来，笑了，雪白的牙齿熠熠发光。一个声音说：

"你小子命大，没死！"

他好像面对着一片虚空说：

"皇太后在皇宫里头等着你哩！小子你记住了，我没收你妈一文钱，将来你要是在老佛爷身边得了宠，可别忘了报答我'快刀刘'！"

从那天开始，这个男孩开始脱胎换骨。

仿佛一个新生的婴儿，李英泰有了一个新的名字：李连英。

没有人比我更了解李连英。

因为我就是李连英。

第七十九章

　　镜子里浮现出一张惨白的脸。刚才一颗炮弹落在了乐寿堂的屋顶，巨大的气浪几乎把老佛爷和我顶个跟头。尘雾洋洋洒洒地落了太后一脸、一身。我气急败坏地叫道：

　　"请太后赶紧避一避吧！"

　　太后沉吟了片刻，吩咐道：

　　"把皇上叫来吧。"

　　等皇上的时候，太后把脸扭向我：

　　"小李子，再给我梳个头吧。"

　　枪炮声越来越清晰了，大清帝国的禁卫军正在天安门前做着最后的抵抗，他们的火铳在联军的火炮面前不堪一击，在留下一堆横七竖八的尸体以后，向午门的方向退却。我的手有点抖，一时难以理清老佛爷纷乱的发丝。我听见老佛爷语气镇定地说：

　　"慌什么，放个唱片吧。"

　　荣子蹑手蹑脚走到留声机的边上，在几张唱片之间犹疑不定。太后说：

　　"就舒伯特的《鳟鱼五重奏》吧。"

荣子动作娴熟地把唱片放到留声机上，又把唱针放好，唱片开始转动，咝咝啦啦的微弱噪声很快被优美的音乐覆盖了。

太后的表情在音乐里放松下来，她微乜着眼睛，享受着梳头的过程。

外国的军队在四分之三拍的节奏里嘭嘭地放枪，我在乐曲声里，用梳子轻轻地为她梳头，太后长长的头发，像水一样从梳子的缝隙里流过。这一次，我照她的吩咐，先把她的头发散开，用热手巾在头发上熨过一遍，然后拢在一起向后梳通。我用左手握住头发，用牙咬紧发绳，一头用右手缠在发根扎紧辫绳。那条黑绳有一寸多长，以辫根为中心，把头发分成两股，拧成麻花形，长辫子由左向右转，盘在辫根上。但辫根的绳必要露在外面，一根横簪子顺辫根底下过，压住盘好的发辫。整个过程都要一丝不苟，无论是弄疼了太后的头皮，还是一次没有梳好，需要重梳，在这十万火急的关键时刻，都不可饶恕。我屏住气息，几乎一口气把太后的发髻梳完。所有的目光，都聚焦在我的手上，他们也屏住气息，心里七上八下，比我还要紧张。整个紫禁城，除了我，没有第二个人敢为太后梳头。

"去，把德龄带来的'夜巴黎'香膏拿来。"

那时我已经在这座宫殿里待了近四十年，虽然面孔像一只山药蛋一样平淡无奇，但在宫殿中的地位已经举足轻重，对宫殿中的一切更是了如指掌。我匆匆忙忙进了大殿的深处，从洋漆小柜格里左摸右摸，慌乱中，一只精致的饼盒掉了下来，我连忙拾起，在身上蹭了蹭，然后又把那只花梨木嵌螺钿盆架端到老佛爷面前，用热毛巾为她擦了脸。那张像上了戏妆似的白脸终于恢复了它原有的润泽。太后仔细看着镜子里的自己，说：

"小李子，你看我又添了几根白发，替我拔了吧。"

我屏住呼吸，在太后的鬓角拔出了那根白发，在一声剧烈的炮响中，轻轻拔了。然后，我把"夜巴黎"香膏的盖子打开，用银勺剜出一小块，抹在太后的手心里。细润的香膏，透着丹桂般隐隐的芳香，如凝脂般，在太后的手心里莹莹地晃动着，太后轻轻把它揉匀，在脸颊上反复抹着。她动作很缓，似乎在回忆着自己青春的容颜。

所有人都看到了那个他们从来不曾见到过的太后。她梳着汉族老太太的发髻，上面还兜着一个黑色的网，使发髻不会松散；穿的是半新不旧的深蓝色布褂，整大襟式，浅蓝的旧裤子，洗得褪了色，宽松肥大的裤腿收束于黑色的绑腿带里，新白细市布袜子，新黑布蒙帮的鞋，一眼看去，完全是一个再也平常不过的老太婆——这样的打扮，让我感到一阵心酸。唯一可能泄露身份的，就是她的那双大脚，所幸外国大兵或许对此不会在意。太后问娟子：

"照我的吩咐准备好了？"

娟子答道："一切都照老祖宗的口谕办的！"

太后说："荣子、娟子跟我走！"

荣子和娟子立刻趴在地上磕头，感激得泪流满面。千钧一发之际，太后带上她们，是莫大的恩典。她们爬到太后的跟前，叫道：

"老祖宗！"

太后愣了片刻，突然说：

"把剪子拿来！"

她的声音不高，但在别人的耳朵里，却像剪子一样具有破坏性。人们惊惧地抬起头来，不知所措。

太后在人们的目光里缓缓坐在椅子上，然后把一只手放到桌角上，长长的指甲套闪烁着金属光泽，在幽暗的殿堂里格外刺目，从窗子里透过来的光像水一样在上面流动着。人们听见她说：

"剪掉！"

没有人动。

她于是又重复一遍：

"把我的指甲剪掉！"

　　那是太后蓄养了很多年的指甲，左手无名指和小指的指甲足有两寸长，太后无论写字、看奏折还是擦粉时都小心翼翼，任何动作都不会阻碍指甲的生长，而那两条晶莹剔透的指甲也从来不会对她的动作有丝毫的妨碍，它们在岁月中达成了深深的默契。剪掉它们，等于剪掉了自己的一段岁月。但她别无选择，因为她已不再是那个深宫里的太后，她只是一个躲避灾难的老人，她的一切都必须符合一个难民的要求，除了那双大脚不能改变，其他一切都必须改变。

　　荣子走过去，所有人都听见了剪刀在指甲上发出的脆响。

　　顺贞门外停着三辆马车，是内务府从大车店里租来的，蓝色土布做的车围子和车帘子把车厢严严实实遮起来，不能通风。我扶着太后走过去，按照太后的吩咐，皇上、皇后、三格格、四格格、元大奶奶，还有那个正觊觎皇位的大阿哥溥儁，在众人的哭声中，向那三辆车挪过去。他们的衣裳是临时凑起来的，看上去五花八门，太后穿着农村老太婆的粗布衣，而皇上却像一个小财主，穿着绸褂，堪称杂牌军，仅从他们的衣着判断他们的身份是困难的，然而在这座危城中，恐怕也没有人注意这样的细节。简陋的马车，令大清帝国的最高统治者们无所适从，他们坐惯了豪华的大鞍车，纱帷飘荡、铜饰闪亮，每次从宫里去颐和园，太后都坐在这样的车里，即使无风的日子，四周的帷帐也会飘起来，凉爽怡人，太后坐在里面，仿佛观音一样庄严和安详。而眼下，车笼很窄，所谓的座位，只是横搭的一块粗糙的木板，我扶着太后手脚并用地爬进去的时候，听见她轻微地叹了一口气，却什么也没说。

放下车帘的时候，太后最后望了一眼她的紫禁城。上一次洋人打进来，已是快四十年前的事了，那时，她依偎在咸丰皇帝的身边，仓皇奔赴他们的避难地——热河，现在，那只可以依靠的肩膀早已去向不明，而且，谁也不知道此行的终点在哪里，更不知道什么时候才能回来，回来时，这座辉煌的宫殿是否还能够存在？我看见太后的眼圈红了，夏日里的紫禁城，色彩饱满，明媚而性感。太后远远地望着它，目光庄重而忧伤。我低下头，不敢正眼看她，生怕自己的眼泪会夺眶而出。此时，瑜妃和晋妃早已痛哭失声，不知她们是在为太后哭，还在为自己哭。她们是同治皇帝的皇贵妃，如果她们的生命中有过幸福时光，那也只是一个一闪即逝的梦，现在，她们却要为整座宫殿受难。那座盛满了荣耀和传奇的旧宫殿，将再一次堕入渊薮之中，在血光离乱中见识自己的命运。据说我们前脚一走，她们的哭声就戛然而止了。那时洋兵已经带着咿里哇啦的怪叫冲进紫禁城，她们连哭的时间都没有了。瑜贵妃命令所有的嫔妃和宫女都躲到顺贞门以内，又让太监用砖石把顺贞门堵死。洋兵在紫禁城里大肆洗劫的时候，她们颤抖着挤在一起，没有发出一点声息，这使许多无辜的女人躲过了那场杀戮，当宫殿再一次沦为杀戮现场，她们用机智和隐忍拯救了自己，于是，当我们在经历了五百多个日夜的逃亡后重回旧宫殿，那座罹难的宫殿，才能在每一个清冷的夜晚，成为我们讲述的话题。

　　我们穿越了一层又一层的宫门，最后经由神武门出宫，顺景山西墙北行，从地安门的城门洞钻出去的时候，我们被眼前的景象惊呆了。一幅巨大的灾难图景，像一股突然而至的强风，刮得我们睁不开眼。一眼望不到头的街巷里，衣衫褴褛、满脸血污的难民们正拥挤成一团，汇成一条肮脏黏稠的河流，在高大破败的城墙下起伏涌动。与此同时，帝国的最后一群守卫者，已经变成天安门下一堆横七竖八的尸体，美国兵已经用大炮轰开了端门，硝烟散尽之后，所有人讶异的表情突然定格，面前那座磅礴浩瀚的皇家宫殿把他们吓住了，他们不知所措，他们的大脑在一瞬间短路了。冲在最前面的指挥官挥了一个手势，要他的部队停下来，在这座世界上最伟大的宫殿前面，所有的攻击行动都要停止，下一步怎么办，没有人知道，至少要请示上级，甚至，各国司令官要开一个联席会议才能决定——西方人是民主的，于是，他们经过充分的民主协商之后，做出了一个再也简单不过的决定：抢。他们的绅士风度只维持了很短的时间，就还原了海盗本性，无所顾忌地冲向那座不设防的宫殿了。我们正是在这短暂的间隙里逃出宫殿的。黑色的硝烟从背后追赶着我们，令我们惊恐和窒息。没有銮仪卤簿在前面开道，那三辆破旧的马车，一投入人海就没了踪影，仿佛急流中的树叶，被裹挟着向前冲撞，没有人知道车上坐着的是这个帝国的最高领袖，他们用最脏的北京话，不时向我们骂上几句。在那条肮脏和黏稠的河流里，浮现的是一个又一个因恐惧而变形的面孔。他们叫嚷着，南面的鬼子已经冲进天安门了，东面的鬼子也攻破了东直门和朝阳门，京城里的拳民（义和团的成员）都被压缩在北城墙内的狭窄区域里了，他们自命不凡的身体和符咒在鬼子密集的枪弹前已经百无一用，把守南新仓的义和拳把皇家粮仓的白面袋子抬到街上当掩体，很快溃不成军。有人很久没有见到过白面了，冲上去抢，一排子弹扫过来，他们的血喷在白面上，渗进去，眨眼就黑了。于是没有人再去抢面，因为没有时间，他们被子弹追着跑，只有跑在前面，才能用后面的人挡住子弹。但跑在前面的人很快停下来，因为德胜门的门口太小，人们挤不出去，形成了瓶颈。我们的车夫杂在人流里，被推得东倒西歪。突然，我看见城门边站着一个身穿朝服的官员，威风凛凛，我认识他，是军机大臣、刑部尚书赵舒翘。那时他的

死讯已经藏在这辆马车里，对他拭目以待，在经历了一系列痛
不欲生的煎熬之后，他的脸将被行刑者用喷了烧酒的厚纸一层
一层地蒙上，直到他呼吸停止，但当时的他对此还一无所知。

当时我不顾一切地大叫："赵大人！"他机敏地发现了我们，一
队御林军拨开人流，挤过来，赵舒翘跪在太后的马车前，说：

"微臣赵舒翘誓死保卫太后，请太后先行！"

我们于是"杀出一条血路"，逃向德胜门外那片开阔的郊野。

我听见赵舒翘在我们的身后声嘶力竭地喊道：

"把城门封住！"

那两声沉重的大门于是带着苍凉的叹息合在了一起，把所
有的哭叫和呐喊关在了里面。

第八十章

我穿过一个又一个门洞进入宫殿，接踵而至的门洞，给我
一种神奇的视觉效果，它一开始仅仅呈现一个局部，像一幅画，
只露出了它的某个部分，当我在漆黑幽深的门洞里猜想它的整

体的时候，那个巨大的整体突然间显露出来，让我大吃一惊。我从来没有想过，天下还有如此巨大和豪华的宫殿。当我的脸上露出惊讶的表情的时候，我想宫殿屋顶的金光一定也照亮了我的整个面庞，在那种神奇的光芒里，我的全身正一点一点地镀上金箔。走在大殿前的广场上，我仿佛一滴缓慢流动的金汁，融化在金碧辉煌的宫殿。

那时我正混迹于一群小太监里，跟在太监总管安德海的身后，亦步亦趋地向西宫走去。那是我平生第一次见到太后，那差不多是四十年前的事了，那时太后还年轻，面孔光洁，身材挺拔，当我迈进宫门，绕过照壁，进入储秀宫这个二重院落，在前殿跪定的时候，太后柔美清甜的嗓音，正从殿堂上幽幽地传来。我被这声音所吸引，让目光追随着那声音，穿过人们肩膀的缝隙，神不知鬼不觉地落在太后的脸上，于是，殿堂正前方宝座上，一张年轻俊美的面孔，正从袅袅香雾的后面显露出来。那是一张天仙似的面孔，精美得没有丝毫的瑕疵。她穿着金黄纱绣金蟒朝袍，三只金龙，在鲜红的衬底上凌空飞翔，朝袍镶着很粗的金边，衬托出她的富贵典雅；她身后的朱红油贴金龙凤三屏风宝座，殿堂两边的一对铜烧古垂恩香筒、一对铜烧古甪端、一对红油香几、一对铜烧古炉瓶，更使她看上去仿佛仕女画中的人物。但是所有这些令人眼花缭乱的服饰和器物，都没有掩盖太后的美，它们是为太后的美服务的，所以它们紧紧地围绕在太后的周围，没有了那张年轻光洁的面孔，所有这些优美的事物就会变成一片散沙，统统失去了意义。太后珠圆玉润的嗓音充盈着我的耳朵，香筒和古炉瓶里弥散的芳香充盈着我的鼻翼，满目皆是的鲜艳色泽和华美的图案充盈着我的眼睛，让我浑身上下的神经都兴奋起来。我跪在一群太监的中间，无法抵抗这种尖锐的美。没有人察觉到我的兴奋，只有我自己，陷入难以抑制的兴奋中无法自拔。

太后殿里的摆设是一成不变的，唯有盆花要随着节气更换。最东边的静室里，北面条几靠东北角，摆着一尊南海大士洁白如玉的佛像，背后一盆葱绿的南天竹映衬着它，就像普陀山的紫竹林映衬着观音一样。静室雕花隔扇门边地上，摆着一棵鲜艳的古红梅，为这间古朴的房间平添几许生动。太后永远面对着门，坐在东北角的椅子上，南天竹恰到好处地披拂在她的身后，而她的视线，也刚好对着那棵古红梅。这是宫殿里的花匠匠心独运的地方，我赞不绝口，太后微笑着，一言不发，却心满意足。

我很快成为这座宫殿的清洁工，每天的工作是擦拭前面说到的那些摆设。此外，在这座宫殿的前殿明间，东边摆设着一张花梨木案，上设官窑铜镶口盖罐一件、青绿汉素扁壶一件、月白瓷海棠式罐一件，都是紫檀座；西边也摆设着一张花梨木案，

上设青绿周女盉一件、白玉磬一架，也都是紫檀座，还有一件
青花白地瓷双耳宝瓶，黑漆座；两边摆设着紫檀木雕山水楼台一
对，洋漆椅子八张，两只羊角套头戳灯，两对羊角香几灯，两
面宫训图挂，还有一对铜丝罩的铜火盆。这些只是储秀宫前殿
明间的摆设，在它的后殿明间、东次间、东进间、西次间、西进
间，都有着更加复杂的陈设，使这里几乎成为一座艺术的宝库。
这些器物的名字，我是后来才知道的，老太监一件一件地讲述
给我。我发现自己居然有着超强的记忆力，一些复杂而奇怪的
名字迅速地充满我的大脑，并且与宫殿里的器物一一对上了号，
井井有条，杂而不乱。很多年后，当我成为宫殿的太监总管，
我能清楚地指明任何一件器物所在的宫殿，以及它的具体位置，
即使把它们打乱，我也能恢复原位。没有人会想到这一点，所
以几十年中，许多太监因为侥幸盗宝而被我杖责致死。

　　我仿佛得了强迫症，总是反反复复地擦拭它们，我不能允
许这些洁净的家什器物与污秽发生一丝一毫的联系。我对于肮
脏有着超强的敏感，我的目光可以穿越一层又一层的宫殿落在
一个细小的污渍上，然后，那颗污渍，就会在我的手下迅速化
为虚无。我如同一个卫兵，抵御着污秽的侵袭，誓死捍卫一个
圣洁的世界。

　　我发现太后也是一个有着超强洁癖的人，这个世界上，似

乎没有任何一个人比她更爱干净，她脑海里的宫殿应该具有天堂般的视觉效果，所以每当擦拭那些宝物的时候，我的心都提到嗓子眼，生怕损坏它们，更怕自己在擦拭之后仍然留下污点，那样的话，我就会像小汪子、小陈子和小周子那样死于非命。他们分别死于三次事故——他们显然低估了太后敏锐的观察力和捍卫清洁的决心——一次是太后在储秀宫后殿的水仙花玻璃盆景上发现一个比蚂蚁还要小的水渍；一次是她在用膳时在一件青花瓷盘上发现了一个指纹印，那是一只干净的手不小心印上去的，只有侧光时才能看到，而那天，太后刚好坐在侧光的位置上；还有一次，就更加蹊跷，她觉得太监给她打的洗脸水不够清，于是，这三名责任人就先后被处死。行刑的时候，太后从来不看，因为她怕见血。她从不见血，也不愿见到死人，所以她的宫殿永远明净如玉，看不到一丝污渍和血迹。

第八十一章

后来我才知道，国破家亡时刻，帝国许多王公大臣，以及他们的妻妾子女，在北京城的不同地方，接二连三地投井而死。城内的深井中到处回荡着形态、重量不同的身体落水的声音，此起彼伏，犹如一声声悠长的叹息。那种悲伤的景象，与元军突入大宋首都临安，以及当年的北京被李自成的军队攻破时没有两样。一片狼烟中，作为浮华盛世的北京城变作一个超级坟场，仿佛我的母亲领着我寻找哥哥尸体的万寿寺西边的那片坟地，已经扩大、蔓延到全城。从烟馆茶寮到妓院戏楼，从绵延的城墙根到辉煌的宫殿，到处都是残缺不全的尸体，由于长久没有人收尸，那些尸体已经腐烂，上面落满了一群群兴奋的苍蝇。护城河如一条腐烂的肠子，散发着血腥的臭气。尸体的腥臭气息就在这个明晃晃的夏天里日复一日地堆积着，发酵着，钻进每一个人的鼻孔和神经。后来人们在一个花园里发现了一口井，那口井，已经被残缺不全的尸体塞满了。人们惊讶地发现，那些尸体会动，仔细看，原来是几条野狗，正在尸堆的内部钻来钻去，所以，那些残缺的尸体，有时会抬一下头，有时会晃一下胳膊。在干燥的天气，它们没有腐烂。他们身体上的伤痕述说着业已发生的一切。一具尸体大腿上，罗列着一道道平行的刀伤，看上去仿佛面包师在圆形大面包上切割的痕迹。

有一具女尸，嘴张得很大，原因是野狗已经把她的嘴吃光了，只剩下大张的颌骨⋯⋯所有尸体的皱褶里都聚拢着一层白霜，仿佛上面撒了一层盐。

世界上恐怕再也找不到像北京这样壮丽和肮脏的超级坟地了。就在我们逃出德胜门的时候，军机大臣、体仁阁大学士徐桐，那个曾经顽固地反对康梁变法的八旬老人，已经把两条绳子悬在自家雕刻华美的月梁上 —— 一条是给自己的，另一条是给儿子的。徐桐共有三个儿子，最小的儿子徐承煜是刑部侍郎，父子同朝为官，也只有他，在国破之际，有资格与他同时殉国。父子二人于是同时踏上板凳，同时把绳圈套在自己的脖子上，然后，儿子看了一眼父亲，哭了，父亲看了一眼儿子，也哭了，似乎都要见证对方大义凛然的决绝。两人哭得伤心，似乎忘了眼下要办的事。还是儿子记性好，突然间猛醒，用手把绳套从脖子上退下来，扑倒在父亲面前，狠狠地磕头：

"孩儿如果不能为老父收尸，如何能够尽孝？儿子死不瞑目，故恳请为父亲殓葬之后再死！"

徐桐看着他，目光迟疑。

徐承煜又说：

"老父先去，儿子何敢偷安？儿子必死！儿子必死！"

徐桐的脸上露出一种怪异的笑容，那种笑容被绳圈所夸张，令徐承煜感到阴森可怕。徐桐看着自己的长子和次子，留下了此生最后一句嘱托：

"你们无官，可归隐还乡。你们要教导徐家后人，耕读渔樵，样样可为，就是千万千万不要当官！"

说完，双脚一蹬，板凳歪到一边，一个瘦骨嶙峋的身体在空中抽搐了片刻，变成一具平静的尸体。

东交民巷那个树荫遮蔽的豪华院落，曾经是吴三桂的父亲吴襄的故宅，李自成山海关失败后将吴襄一家三十余口全部杀掉。徐氏父子，一个是大清帝国的首辅之尊，一个是冉冉升起的政坛新星，他们一定不会想到，这个家族的命运，比明代的吴氏家族还要惨。不久之后，逃亡的徐承煜偷偷潜回故宅，发现全家老幼数十口悬挂在厅堂内的梁上，没有人收尸，尸体已经高度腐烂，无法分辨他们的面孔，因为他们脸上的五官已经脱离了原位，像包子一样拧在了一起，在皱褶中若隐若现，他们的皮肤，也在皱褶中发出油亮的光。尸体散发着浓烈的臭气，像一条一条变质的腊肉，在空旷的风中飘来荡去。他几乎精神错乱，惊恐万状地夺门而去，一出门，就撞上了一队日本兵。

不过那些都是后来的事。那天，徐承煜耐心地等待着父亲咽了气，就匆匆忙忙挖了个坑，把父亲的遗体放进去，然后脱去二品官袍，换成一身短装，在人流中消失了踪迹。离开家门的时候，他回望了一眼门前的对联，算是一个小小的告别仪式，他知道，作为主战者，自己再也回不来了。那副对联，包含着他们家族对洋人切齿的诅咒。对联的上联写着："望洋兴叹"，下联则是："与鬼为邻"。是父亲的手笔，专门给东交民巷各国使馆里的洋人看的。人们再次看到他，是第二年的春天，北京城早已恢复了平静，五颜六色的"万国旗"在大街小巷迎风招展，北京的市民们穿梭在"万国旗"下，安详地遛鸟和唱京戏，每逢杀人的日子，便争先恐后地涌向菜市口。只有菜市口疯狂依旧，那些做了鬼子俘虏的帝国大臣一个接一个地被砍了头，如果没人收尸，那些残缺不全的尸体就会被运到西郊万寿寺外面的野坟地里扔掉。万寿寺西面的荒草丛，向来是人迹罕至之处，如果不小心闯进去，随时可能被一条半截的腿绊到，或者被一只来路不明的手抓住了脚腕。太后每次从宫里去颐和园，都要在一尘不染的万寿寺里休息，不知她是否知道，她和一些死不瞑目的尸体只有咫尺之遥。那些尸体不断在风雨中洗刷，姿态和位置有可能发生改变，仿佛它们在死后仍然能够爬行，甚至会汇聚在一起，在风起的夜里窃窃私语，他们的冤魂会成群结队地飘过城市的上空，但人们对此一无所知，最多只能闻到一阵阵令人恶心的臭味。没有人对这些尸体感兴趣，他们似乎更加迷恋这些尸体的制造过程，在菜市口，他们辨识着他们的身份，传播着关于他们的各种传闻，关注着死刑犯人在刀俎面前的每一个细微的反应。据说砍头的前一夜，日本人设宴款待徐承煜，他以为将被释放，大为兴奋，当他得知第二天将被斩首，转瞬间就泄了气，口呼冤枉，一夜折腾到天亮，行刑时已神志昏迷，浑身软绵绵的，安静得像一只绵羊，所以对他的行刑，人们觉得索然无味。不好看，像砍了一个木头人。有一个洋人手里举着照相机，在他身首分离的一刹，轻轻摁动了快门。

第八十二章

在我少年的目光中，宫殿从一开始就是脱离尘俗的事物。我从来没有想象过世界上还有这样的存在，它与我生活过的世界截然不同。它坐落在大地上，被一片鱼鳞似的屋顶所包围——宫城的北面，是拥挤不堪的码头和市场，从大运河运来的货物在那里登了岸，分门别类地进入禄米仓、南新仓这些仓库，同时在街巷间留下诸多的垃圾，有的垃圾长期堆放在胡同里，成群结队的苍蝇在上面诗意地栖居；宫城的南面，则是奢华的商业区和一大片的贫民区，那里有珠光宝气的妓女，也有衣不遮体的乞丐；有拿腔作调的戏子，也有横行霸道的流氓，甚至有帝国的皇族、官员在乔装改扮之后混迹其中，使那里的人员成分十分复杂，除了正阳门外大街上那一连串名店的豪华屋宇，大部分是低矮的老屋，房屋间散发出腐朽的木材和老鼠的臭气，那条藏污纳垢的龙须沟里，半成品的胎儿血肉模糊的面孔隐约可见。宫殿离它们并不远，却有十万八千里之遥。它们不属于同一个世界，使用着不同的语言，所以即使近在咫尺也无法相互进入。

我从进入宫殿的第一天起就决心将那个曾经属于我的世界遗忘得一干二净。我脱去了身上那件污秽不堪的衣服，换上了太监的干净的衣服。高大的宫墙隔绝了我的视线，也把从前的世界永远隔在了外面，那个世界就这样消失了，我想，我永远不会离开宫殿了。

只有拉屎的时候，臭烘烘的粪便会突然提醒我往事的存在，那是我与过去的唯一的联系，我试图掐断这仅有的联系，但我无法做到，一个人不可能不拉屎。我于是尽力地少拉屎，离茅厕越远越好。我可以一连七八天不拉屎，小脸憋得通红，等想去拉时，居然什么都拉不出来，粪便在体内已经干燥得像木棍一样坚硬，要使尽全身力气才能把它挤压出来，所以每次从茅厕里出来，我都如同虚脱，浑身大汗淋漓，走路举步维艰。

　　无论我怎样抵挡，一种污秽不堪的气息都会从记忆的深处浮现出来，我一有机会，就会不顾一切地用水清洗身体，即使在寒冷的冬天也不例外，我觉得自己的身体是污浊的，只有用这种方法才能使它与宫殿相配。我用粗糙的毛巾把皮肉擦得通红，皮肤的表面已经没有任何尘垢，甚至泛起了一种类似于果实的淡香味，然而，身体内部的污秽仍然会一层层地从深处渗透出来，如影随形。我陷入一种不可救药的绝望中难以自拔。

　　后来我才明白，由于我长期躲避厕所，使粪便在我的肚肠里聚集起来，使一股烂洋葱似的臭味，从我的鼻子、肛门、腋窝，甚至手指缝里一层一层地渗透出来，在充斥着龙涎香、麝香、茉莉花香或者檀木家具芳香的宫殿里，这种不雅的味道显得格外尖锐。为了避免太后有朝一日发现这种味道，我让其他太监轮番把鼻子凑到我的身上反复地闻，他们摇着头，异口同声地说，什么味道都没有闻到，我疑惑地看着它们，不知所措。

　　实际上，那份污秽并不是粘着在我的身体上，而是长在我的心里。惊蛰以后，天有些暖了，庭院里刮着风，已是南方来的暖风，但寒冷的气息仍旧纠缠在空气中，徘徊不去。我在院子里的台阶下轻轻地洒了点水，让院子湿润润的，人在屋里，就能闻到一股滋润的水气，太后喜欢这种气味，把它称作春气。那时年轻的太后正斜倚在榻上看奏折，我上前给她手边的炭盆里加炭。刚进宫的时候，我发现宫里有一件怪事：偌大的紫禁城，几千间屋子，居然都没有烟囱，后来有老太监对我说，是宫里怕失火，不烧煤，更不许烧劈柴，全部烧炭。那天夜里，我给太后的火盆加炭的时候，看见她的腿边摆着一本闲书，书页翻开着，反扣在榻上，我偷偷瞥了一眼，看见那本书有花哨的书皮，摊在榻上，像一只蛰伏的蝴蝶，书皮上用粗悍的隶书写着三个醒目的大字："红与黑"，写书的人名字更怪，叫"司汤达"。我只知道百家姓里有姓"司马""司寇"的，却从来没有听说有姓"司"的人。我不敢多想，便把目光转回炭盆。宫里的炭盆有景泰蓝的，也有铜制的，太后喜欢景泰蓝的，上面覆着镂空的炉罩。炭一般有两种，一种叫白骨炭，这种炭燃烧时间长，火力猛，烧完后呈白色，所以叫白骨炭；另一种炭，横断面仿佛零星的碎花，由中心向外一层层地扩展，如菊花瓣一般，叫菊花炭。菊花炭很轻，灰烬是青灰色的，容易燃烧，却易爆火花，如果火花迸溅到太后的衣袍上，那么引火烧身的，就是我们太监了。所以，每次烧炭盆的时候，我都会把菊花炭铺在下面，这样炭火便很快会燃烧起来，再在上面盖上白骨炭，炭火就会旺起来，经久不灭。火旺起来的时候，炭的香气也弥漫上来。她似乎被那若隐若现的芳香吸引了，头不经意间靠近炭盆，我嗅到了她头发里和脖颈间淡雅的香气，我的心一惊，赶紧躲开，心想她也一定闻到了我身上的气味。那是我第一次离太后这么近，她似乎没有察觉，目光始终如一地盯住手里的奏折，丝毫没有移开。我舒了一口气，或许只有我自己，才能闻出身上的气味。

后来，执掌太监给我安排了一个新的活计，就是为太后倒恭桶。太后出恭都是由宫女侍候的，但她们纤弱的手臂提不动恭桶，并且，倒恭桶这类脏活也不是女孩子应该干的。执掌太监虎着脸说，每次都要把太后的恭桶刷干净，干净到可以用来盛饭，否则便要我的小命。

第八十三章

马蹄踏着青石板路，向着模糊的远方奔跑，把灯光、温暖、美食和绚丽的紫禁城抛在了身后。一出海淀，马车就失去了目标。太后坐在车上向远处张望，除了一片灰蒙蒙的地平线，她看不到一个可以被称作终点的地方。我问太后：我们去哪里？

太后目光呆滞地说：向北，向北，再向西。她说不出一个准确的
地名。帝国北方赤裸的土地，不愿为它的最高统治者提供一处
藏身之地。

　　虽然是盛夏，但帝国北方的旷野依旧荒疏，青天白日之下，
一个鬼影子也没有。这令我们感到一种恐惧，另外一种恐惧，
与被鬼子的子弹追逐时有所不同。后者来自外部，而前者则来
自我们的心里，像一团阴云，在身体里一点一点地扩散。我随
着太后的马车跑，总觉得有人在背后追我们，我分明已经听见
了背后踢踢踏踏的脚步声，我回头，什么也没有，再回头，仍
旧什么也没有，只有路边的枯树，在地上留下粗糙的影子。我
继续走，还是觉得背后有人，而且那人的速度越来越快，仿佛
转眼之间就能抓住我的肩膀，我知道那只是一团空气，但还是
催着马车，不自觉地加快了速度。

　　空气中一丝风也没有，每个人都浑身流汗，我感觉全身成
千上万个毛孔都张大了嘴，拼命地呼吸，每一张嘴里，都流出
黏稠的汁液。汁液溻湿了衣衫，使衣衫变得铅一般沉重，汗水
储存在粗布的衣衫里，挥之不去，它像一层干不透的胶水，黏
滞在我们的皮肤上。如果不是太后、皇上、皇后、格格们在跟
前，我宁愿把浑身的衣服脱光，但现在，每个人都必须衣冠整
齐。这是一群狼狈不堪的逃亡者，但只要有太后和皇上在，它

就是一个朝廷，就必须遵循朝廷的礼仪。我跟着这个流动的朝廷，向着那个看不见的终点一路小跑，不消半天工夫，我身体里的水分就被蒸干了，像路边的玉米叶子，蔫软焦枯，垂头丧气，但身上那层湿淋淋的衣服还是严严实实地阻挡着所有毛孔的呼吸。我头晕目眩，四肢发麻，没有被鬼子的子弹打死，朝廷的礼数却几乎要了我的命。我打量着太后的马车，那乘被蓝色土布围着的蒲笼车，居然没有任何动静。太后坐在里面，始终没有发出一点声息。封闭的车厢里面，一定热成了蒸笼，但她岿然不动。突然间，我心生疑问：她是否还在里面？这个念头让我不由得一惊，轻轻叫了声：

"太后，是否要下车歇息？"

车里传来太后的回答：

"不必了，还是赶路吧。"

太后的声音，一丝不乱，这让我心里安定许多。

我们必须赶路，因为太阳已经落到东西角的时候，四周还荒无人烟。我们必须在天黑以前找到一个可以落脚的地方。所有人都默不作声，只有沉闷的马蹄声、杂沓的脚步声和粗重的喘息声掺杂在一起。每个人都企盼着一个村镇早日到来。

但是那个可以落脚的地方却迟迟不来，我们似乎要永远这样走下去。直到天完全黑透，一片参差不齐的屋影，才在我们的前面影影绰绰地浮现出来。那是一个不知名的小村，这里显然经过了浩劫，村子里的人早已去向不明。我们找来找去，只找到一间有屋顶的房子，赶忙把太后和皇上安顿进去。没有灯，我扶着太后深一脚浅一脚地往屋里走，突然，太后的腿被什么绊了一下，我伸手去摸，摸到一块木板，又发现是一只木箱，接着发现木箱很长，突然间大惊失色，那是一口棺材，再摸下去，我的魂差点飞出去，那是两口、三口、四口……七口、八口棺材，横七竖八地停放在那里。这是杀头之罪。我急忙跪下，给太后磕着响头，惊慌失措地说：

"奴才罪该万死！奴才罪该万死！"

太后平静地说：

"起来吧，到了这步田地，就别讲究了。这些棺材，我想你们也搬不动了，算了，就睡这里吧。"

那天夜里，太后、皇上、皇后共同挤在那间屋子里过夜。或许，那是他们一生中唯一的一次同居一室，而且就睡在一口口的棺材旁边。我心里一直在想，那些棺材里面，是否躺着死尸？那些死尸，是否会让丢失了江山的皇帝和皇太后，度过一个平安的夜晚？

第八十四章

储秀宫没有茅厕，太后每次都躲在一层帷帘的后面出恭，太后离开以后，宫女们就把恭桶收拾好，等着我从外面进去，把恭桶拎走。那是我第一次闻到宫殿里的臭味，这种臭味让明亮的宫殿突然间从我的视线里消失了，那长满蛆虫的厕所、油污的皮革作坊、满地粪便的阉割房不期而至，从我的脑海里一一闪过。我感到有些恍惚，一种位置上的错乱感。在宫殿洁净而奢华的布景的提醒下，我的意识才终于回到宫殿。太后也拉屎，而且太后的屎也是臭的，这是少年的我在宫殿里的一个重大发现。对太后的胆怯在那一刻消逝得无影无踪。这是一个秘密，宫殿中一个无法说出的秘密，谁说出谁就死到临头。我日复一日地坚守着这个秘密。在我的努力下，太后粪便的臭味在宫殿里一闪即逝，就像任何器皿上的污秽一样，被迅速地清除，即使有人试图窥探到这一秘密也会无功而返。宫殿仍然洁净而芳香，大臣们走进宫殿，看到御座上的太后仪态端庄、容光焕发。

惊蛰过后，空气仿佛一夜之间变得无比清澈，大雁在宫殿广场空旷光滑的天空上成群结队地滑翔而过，又集体消失在高大的午门后面。太后的恭桶是檀香木刻的，外边刻着一条大壁虎，身上有隐隐的鳞，四只爪子牢牢地抓住地面，它的肚子，刚好形成恭桶的腹部，壁虎的头仰着，手的虎口可以恰到好处地攥着它，它于是成为恭桶的前把手，头上的两只眼睛，嵌着红色的宝石，而它的尾巴，紧紧卷曲着，尾梢折回来，和尾柄相交形成一个"8"字，巧妙地成了恭桶的后把手，高度与前把手几乎一致。总之，无论从哪个角度上说，太后的恭桶都堪称一项完美的设计，只有一个漏洞，而这个漏洞是巨大的——无论它怎样精美，无法掩盖恭桶里散发的臭味。这道难题等待着我来解决。宫殿里，也只有我能解决这样的难题。我把宫殿香炉里的香灰收集起来，在那只恭桶的底部铺了厚厚的一层，然后，又找来一些花瓣，海棠、芍药、鸢尾、风信子、瓜叶菊，撒在上面，使它看上去更像一件艺术品，最后，我又从造办处找到许多香木的细末，厚厚地铺在上面，才真正完成了我的工作。这样，那些与太后的身份不配的秽物坠落下来，会立即滚入香木末里，被香木末、花瓣，以及香灰包裹起来。太后出恭的时候，就不会让侍女们听到难堪的声音，连臭味也被残香屑的味道和花朵的芳香掩盖了。这是世界上最伟大的发明，它无疑使太后的形象更加完美，因为出恭这一生理现象是她伟大形象中唯一破绽，但这一破绽居然被我弥合了；它把宫殿价值发挥到了极致，使它最终成为一个与俗世完全不同的世界。然而，没有人知道，这一发明出于我的一个自私而隐秘的动机，我要把粪便的气味和形象掩盖起来，让它们从我的嗅觉和视觉中彻底消失，唯有如此，我才确定自己正身处世界上最豪华的宫殿里，而所有污秽的过去，都被它一笔勾销了。

我还发明了一种专供太后使用的手纸，它是用白绵纸做的，我把一大张白绵纸裁好，轻轻地在上面喷一些水，喷得比雾还细，然后，再把湿润、微微卷曲的纸，用铜熨斗轻轻烫几遍，当然不能烫煳，否则它会发脆，这样，柔软、干净的便纸就制作完成了。我把它们折好，放在南窗子下一只楠木盒子里，每到需要的时候，就让宫女呈递到太后手中。

我为太后倒恭桶，倒她的排泄物，以及所有的垃圾。我要让所有肮脏的事物经过我的手彻底消失。但在消失之前，我会对它们做认真的研究。那些肮脏的废物，尽管已经被她丢弃，但仍有其价值，它们的价值就是向我透露关于太后的秘密。用不了多久，我就能清晰地说出太后的许多个人秘密——作为一个贴身的太监，说出她起居的时间、睡眠的习惯、饮食的爱好，并算不得稀奇，但如果我能说出她经期时间这类隐秘的事情，就有所不同了。从来不会有人透露这样的秘密，宫女，乃至太后本人，对此都讳莫如深，但我知道，我知道太后许多从不说出的事情，如果我谎称自己是算命高手，或许能够得逞，但我

不能说，一个字也不能说，否则就是杀头。所有这些秘密，都
是她的排泄物，和她的垃圾透露给我的。那里面隐藏着她的诸
多秘密。很少有人想到，人们会根据一个人丢弃的垃圾，而对
一个人了如指掌。从他丢掉的食物可以得知他的饮食习惯，进
而推导出他的出身和籍贯，从他倒掉的药渣可以推导出他的健
康，从他扔掉的脏纸、破布、内衣等可以推导出他的生理周期乃
至房事频率，更不用说一些撕碎的字纸、书信，可以透露一个
人的行动计划……我们从来不重视这些垃圾是因为我们不需要
这样去了解一个人，当我们需要的时候，我们就不会忽视它们，
就像我，从来不忽视太后扔掉的秽物。它们在消失之前说出了
它们所知的所有秘密，我就这样神不知鬼不觉地了解了太后。
了解太后的目的，是为了更好地伺候太后。每当她心里想到一
件事情，我已悄然为她做好。我能发明一只伟大的恭桶，我就
能做好一切事情，而所有这些事情，都在心照不宣地进行。

　　太后显然注意到了我的特别之处，这种特别，只可意会，
不能言传。她心细如发，当年她以一个弱女子之身战胜不可一
世的八大臣，靠的就是这份细心。初春的夜晚很凉，储秀宫的
上方飘浮着一枚硕大的月亮，映照着太后的孤独。她似乎总是
在看奏折，一看就看到后半夜，不是因为她勤政，而是作为一
个新寡的年轻女人，她实在找不出什么其他的事情可干，尤其

在孤独寂寞的夜晚 —— 这是我心里想的。我去给她手边的炭盆里加炭，一粒炭火迸出来，我本能地用手去擦，手被烫了一下。太后抬起头，看了一下我的手，说：

"小心！"

我说："喳！"

她问："小李子，你是哪儿人啊？"

我答："冀南河间府人。"

她又问："多大了？"

我答："十四。"

太后若有所思，终于没说什么，目光又专注于手中的奏折，翻来覆去地看。过了一会儿，崔玉贵踮着脚尖进来，太后吩咐几句，他就把那些折子送军机处去了。

后来我知道，她就在那一晚把我记在心里了。

春花开遍宫殿的时候，我成了储秀宫的执掌太监。三月的后宫，花开如海，特别是那些荒废的后宫，花开放得更加肆无忌惮，踏进一扇斑驳的宫门，花海就在温煦的风中一波一波地荡漾到脚下，有盛开的花树参差其中，像高耸的海浪，那一片一片的花瓣，就是它迸开的晶莹水珠。每当晚上，太后在寝宫里翻看奏折的时候，花的芳香会变得更浓，空气中流动着花的汁液，那时我会立在储秀宫的门外，等待太后的吩咐，瑞香、玉兰、海棠、芍药、玫瑰、紫荆、蝴蝶兰、风信子……汇成一条影影绰绰的香河，将后宫围拢起来。御膳房忙碌起来，为太后烹制花宴——所有的食物，都是用花做原料的。鲜嫩的花朵不仅可以闻，而且可以吃，它们在经过了一系列的烹饪程序以后，变成一道道美食，盛放在雪亮的器皿里，被我小心翼翼地端着，由御膳房送到储秀宫。太后会在有阳光的日子里坐在庭院里，在花的簇拥下，把盘子里的花，一片一片地慢慢吃掉。

器皿中的花朵给了我灵感，我收集了很多花朵，把它们泡在水里，每次擦拭宫殿里的家具器物的时候，我就用这些泡过花的水。把轻软的绸布投进去，再捞出来，拧干，从那些珍宝的表面轻轻拂过，轻得像一阵熏风。那些渗透着花香的汁液，不仅使所有的器物清净起来，而且使它们变得更加明亮，即使在幽暗的深宫里，它们也像发光体一样熠熠生光，更重要的是，它们发出一股异香，很淡，却使它们仿佛有了生命，宫殿里精美绝伦的摆设，与窗外摇曳的花海遥相呼应。

这使我受了鼓励，我甚至认为，它们的生命是我赋予的，我于是跪在地上，没完没了地重复一个动作，那就是擦拭，我从这个动作中得到了无尽的快感，直到雪白的布帕已经擦不出一点灰尘，我仍不愿停止。有一次，在储秀宫的东次间，我几乎把自己累昏了，头磕在纯金方鼎的一角，那是一件明代器物，太后十分珍爱，此时，它的表面留下一道血痕，我一只手捂住自己的伤口，另一只手赶紧去擦那只方鼎，这时，一个意想不到的现象发生了——方鼎上长年洗刷不掉的尘垢，经过那些掺和了血滴的花水的擦拭，居然没有留下一点痕迹。这令我欣喜若狂，甚至忘记了额头的疼痛，我甚至能够想到太后见到那只比往日明亮的方鼎时惊喜的表情。遗憾的是，我额头的血迹很快凝住，我没有血再用了，而那只方鼎上的陈年污渍，仅仅被我清除了一半。

金子必须用血来擦洗，金子的纯度越高，血的作用便越是明显。整个宫殿中，只有我意识到血的神奇效用。清水在掺和了酒液和花的汁液之后，融进几滴血液，就会在所有的污渍面前所向披靡，只要最后再用花液水把器物的表面擦拭干净，那么，它们就会像在天堂里一样散发出圣洁的光。但是，血，远比花朵更加难于寻找。宫殿里的敬事房，几乎每天都执行着刑罚，很多年后，那个不知深浅的小刘子，偷偷摸摸给冷宫里的阿鲁特皇后送饭，他那颗胆大妄为的脑袋就是在北五所敬事房里被木棍击碎的。他殷红的血液照亮了我的眼睛，使它们获得了一种巨大的满足感。但是，我的目光很快又黯淡下来，我不能用太监的血，那是脏血，而宫殿里的器物，则是神圣的，不能让太监的血玷污。我让太监们用布帕擦洗他身上的残血，然后把他的尸体抬走，扔到西直门外的荒地里喂狗去了。地上没有一点痕迹，只有地上绽放的野花，被他的尸体压得东倒西歪。

我想到了"快刀刘"，想到了围绕在宫殿周围的无数的净身房，它们隐藏在宫殿周围密密麻麻的胡同里，一代又一代的太监从那里走出来，聚集在广阔的宫殿中。但那血也是肮脏的，想到它我就感到一阵恶心。我于是想到菜市口，想到那些高贵的头颅被砍断时喷溅出的鲜红的血。很多年后，当我成为紫禁城中的太监总管，终于有一天，刑部尚书赵舒翘从储秀宫出来，向军机处走去，我跟在他的后面，向他说出了我的请求。

那时赵舒翘立在那里，手捋胡须，用一种困惑的目光打量着我。

我神秘地笑了。

我只说我需要菜市口的血，却没有说出要干什么。

在这座盛产各种小道消息的都城里，从来没有人知道，从菜市口的断头台，到紫禁城的金銮殿，存在着一条秘密的通道，每当菜市口行刑时分，刽子手手起刀落，宫里派出的太监，会用巨大的铜盆，迎接他们的满腔热血。那些血液还没有凉，就已经出现在后宫的北三所了。这是我与刑部尚书赵舒翘达成的私下默契。为此，我不断在太后面前夸奖赵大人。太监不能干政，但太监在太后面前的闲言碎语，有时却能起到举足轻重的作用。

第八十五章

出了居庸关，就是延庆州的地面儿了。我们过了八达岭，黄昏时分，我们远远地看到一座城，威风凛凛地横在大路的中间。当地人管这个地方叫岔道、岔道口，或岔道城。这里出居庸关大约五六里路，是向北唯一的通道，城墙已破旧不堪，但仍然能够看出它当年的坚固，城内衙门驿站、公馆戏楼样样俱全。据说出了岔道城才有分道，可谓名副其实。这座城池建于明代，在通往塞外的崇山峻岭中，与居庸关、八达岭形成三道屏障，成为一个有纵深的防御体系，皇清二百多年和北边蒙古实行和亲政策，这是朝圣的要道，过往的蒙古王公都要从这里经过。从山间小道通过的时候，两侧的崖壁像一团团黑影压下来，我的心很难明亮起来。呼啸的风中，我似乎听到了战马嘶鸣、兵戈相撞的声音，对王朝兴亡的所有记忆都汹涌而至，心中不禁一颤，赶忙打量一下太后和皇上的马车，马车在前方不远处，依旧安稳地前行，看不出任何危险的迹象。如果他是明朝的皇帝，那么这必将是一条生死难卜的道路，但那个朝代已经过去了，埋伏在前方的刀光剑影已经消失，对于流亡中的清朝皇帝来说，危险却依旧没有解除。我们由东门进城，街上到处都是沙袋堆成的掩体。商铺门前冷冷清清。大雨过后，街心是泥塘，在一片昏黑中闪着油亮的光。七月的晚上，按说正是在街头品茶乘凉的时候，可此时的街上空无一人，到处弥漫着一种不祥的气氛。

我们找到一个院落，原来是个营房，院门很宽大，分前后院，后院北房三间，带廊，东耳房两间，另有东西厢房，是不对称格局的四合院。有角门进西跨院，通向伙房。我服侍主子们各就各位，太后住上房东屋，皇上住西屋，皇后、小主、格格们住东耳房，下人们住东西厢房。床榻很脏，上面铺着残缺不全的席子，还有污黑的被子，散发着难闻的气味。

我被荣子的一声尖叫吓了一跳，赶忙跑过去，在她掀被子的时候，十几只臭虫正四散而逃。我赶忙去打，被太后叫住了，说，扫地不伤蝼蚁命，爱惜飞蛾纱罩灯。她信佛，在宫殿里，她从不允许我们打死蚊子，只要我们把它们赶跑就可以了，没想到在这荒郊野岭，她仍然坚持着自己的原则。

荣子在西院伙房里发现了热水，高兴得叫了起来。我去安顿马车，荣子和娟子打了些水，给老太后洗洗脸，擦擦身，我又找来一只盆，递给荣子，荣子倒满了水，端到太后身前，给她泡脚。升腾的热气中，我看见太后脸上露出舒爽的表情。好久没有洗漱了，对于太后这个有洁癖的女人来说，精神安慰的意义可能更大。屋里靠南窗子底下有铺炕，炕上有条旧炕毡，一个歪歪斜斜的小炕桌，一个枕头，油腻腻的，在黑暗中闪着光。老太后丝毫没有介意，刚泡完脚，就侧着身子歪在炕上。她闭目沉思着，从头到尾没发过脾气，也没有说话，仿佛这里和她的颐和园仁寿殿没有区别。荣子和娟子都屏息伺候，额头上沁着莹莹的汗珠。隔壁皇后、小主、格格们，下车请过安后，静悄悄地回到屋里，屋子里一片死寂，仿佛整个院子空无一人。只有太监和宫女们在不同的房屋间忙碌穿梭，但和宫里一样，丝毫听不到说话走路的声音。

太后忽然醒了，说声："出去看看。"果然，院子里不知什么时候站了一群人。太后和皇上一前一后走出屋子，站在廊子上，打量着他们 —— 端王、庆王、肃王、礼王、那王、载澜、载泽、溥伦、刚毅、英年，等等，那些出入宫殿的尊贵面孔，此时沾满了雨水和泥垢，变得丑陋不堪，在破败的院落里，让人看了由衷地恶心。他们此时投奔太后，并非出于保护太后，而是要沾太后的光，他们知道，只有紧紧跟随着太后，才有希望。

城破之时，大清帝国的士兵们在用身体阻挡着呼啸的子弹，顽强地护佑着他们身后的皇宫和最高统帅部，他们并不知道，他们的皇太后和皇帝已逃之夭夭，其他首领也已各自奔逃 —— 庆亲王奕劻和载漪向西跑，荣禄向北跑，这个帝国里的抵抗者，只剩下他们这些士兵。宫殿截断了他们的去路，他们最终在血红的宫墙下集体倒下。而此时，那些幸存的主战者，又齐集在太后的面前，只是他们此时的任务不是战斗，而是逃亡。在太后和皇帝面前，他们行礼如仪，繁缛的礼节在破败的院落里显得极不相称。等他们跪拜完，太后心情复杂地点点头，说：

"起来吧。逃出来了就好。你们都是朝廷的宝，你们没了，朝廷也就空了。"

太后抬眼看了我一下，我说了句："歇着吧。"院子就又空了。

只有我和崔玉贵在为生计奔忙。我们扎进玉米地，在稀疏的玉米叶子间钻来钻去，叶子上汇聚的雨水不断灌进我的脖子，在我的背上如群蛇般乱窜。我顾不得这些，反复寻找着，真的找到几颗生玉米，居然完好地挂在玉米秆上，没有被灾民们抢走。我们如获至宝，小心翼翼地揣在怀里，跑回院子，递到主子们面前。没有火，她们只能生吃。她们啃玉米的时候，白浆就顺着她们的嘴角流下来。

第二天一早，太后带上这半个朝廷的人马匆匆上了路，对于太后来说，他们是十足的累赘，以至于不久之后，太后终于下了决心，让他们中许多人的脑袋搬了家。王公大臣们的表情疲惫而呆滞。夏天的上午，时间显得特别漫长。天空总是阴沉的，没有风，没有日光，只有浓的云，压在头上，我们无法透过天光判断时间。时间消失了，只有我们的两条腿，像钟摆般，永不停止地走下去。时间一久，我们几乎已经忘记自己要从哪里来，要到哪里去。我们闷得喘不过气来，仿佛有一团棉花堵在喉咙口。入了南口以后，更如同钻进了葫芦里，闷得人们把嘴噘成圆圈，像干沟里的鱼一样向着天，一吸一合地喘息。娟子是个急脾气的姑娘，简直要发疯了。她越急躁，身上的痱子越扎，憋得她满脸通红，头上津津地流下汗水。两天没有脱过的衣服，经汗水一沤，像膏药似的贴在身上。她带着哭腔说，她的痱子已经由颗粒变成一片一片的饼子了，痱子尖上，已经隐隐长出白泡，像一条条的蚜虫探出头来，那是化脓了，脓水黏在衣服上，把衣服染红，染绿，又染白，她出发时穿的那件粗布褂子已经粘满了五颜六色的斑点，把粗布与皮肤黏在一起，无法把衣服脱下来了。我听见娟子含着眼泪对荣子说：

"早晨我给老太后洗脸时，看到老人家的发髻底下、脖子周围，也有一片片的小红粒儿，我问老太后，难过不？老太后眼看着旁处没理我！老太后是有什么条件说什么话的，条件不到向来不说话，现在说难过有什么用？"

她喃喃地念叨着，不由得流出泪来。

突然间，前边的驼铃不响了，抬头望去，老太后的轿停下了。

我们赶紧下车跑到老太后的轿前，驮轿高，我们站着只能扬脸说话，这在宫里是不许可的。太后低声对我说要解溲。我不禁一怔，在这荒郊野外，前后没有村庄，怎么伺候太后呢？太后果断地说：

"就在野地里庄稼密的地方，人围起来！"

我赶快让下人们围成人墙，太后、皇后、小主、格格们前赴后继，没有便纸，只好采几片野麻叶代替。

两边的山势开阔了许多，显得空空荡荡，路旁的青纱帐和野草侵蚀着道路。老太后的驮轿时时飘浮在青纱帐的上面，断断续续地只听到沉闷的铃声。铅黑的云像井盖一样沉沉地压在头顶，压得我们几乎窒息。忽然，天空响起一声闷雷，沉沉地轧过了头顶，黄豆大的雨点接踵而至，地上立刻泛起一阵烟。这样的险路上，大雨不期而至，一种不祥的预感袭上心头。我们眼盯着前面的驮轿，雨点很急，我们不顾一切，呼喊着跑到老太后的轿前，车夫用仅有的两块雨布，把轿顶子蒙上，其他的地方也就顾不得了。荣子和娟子在太后的车里，用脊背紧紧挤住轿帘子，使它不至于在风中翻飞起来，让雨水灌进车内。太后始终像佛一样坐在中间，表情安和平静，始终没有说过一句话，似乎眼下的一切都与她无关。娟子虽是奴仆，也从来没有吃过这样的苦，她委屈地抹了一把泪，泪水混杂着雨水顺着她的面颊倾泻而下。

马车就在这时突然停住了。一群人突然从青纱帐里窜出来，横在了前面，又立刻站成一个圆圈，把我们围起来。我一惊，心想，我的预感应验了。他们衣衫褴褛，腿上肥肥大大的裤子已经变成一堆松散的布条儿，脚穿草鞋，头裹破布，浑身像叫花子一样发出恶臭，手里却握着火铳 —— 显然，这是一群溃散的官兵。有人用脏手一个一个地挑开车帘，于是，皇后、格格们高贵艳丽的面孔一个个显露出来。官兵的眼里突然冒出了火，心里一定在想，今天莫非中了头彩，不然怎会在这荒蛮的山道上，遇到这么多的美人儿？他们的手迫不及待地向女人们伸去，就在这时，一个声音喊道：

"住手！"

我打了个哆嗦，看到灰色的人群中，慢慢挪动着一个身影，他问：

"你们谁是主事的？"

我犹豫了一下，上前，说：

"我是 ……"又补充说，"我是管家。"

"你们是什么人？"

"我们是京城里的小户人家，洋兵攻进了城，我们逃难出来的。"

　　那人冰冷的目光在每个人的脸上游移着，在太后脸上停留了片刻，又向别人扫过去，说：

　　"小户人家？我看你们来头不小嘛，有老太婆，有老爷，有太太，有掌柜，有伙计，还有好几个姨太太，老子在前线送死，你们倒过得有滋有味的。今天算你们倒霉，撞上了我鬼三儿。"

　　他从腰里抽出一把弯刀，驾在我的脖子上，刀刃已经陷进我脖子的肉里，我听见他说：

　　"你去，把你们车里吃的、穿的、用的，还有你们带出来的金银细软，全都放到我脚下！"

　　我心里暗暗叫苦，太后狠心，出宫的时候，她一件珍宝都没有带，我们都佩服她舍弃珍宝的狠心，她的包袱里，只包了一点散碎银子，作路上盘缠。事后证明，连这些散碎银子也是多余的，因为在前往居庸关的古道上，兵匪横行，能抢的东西早已抢光，她的国民，穷得只剩下一条命了，所以她什么也买不到。但是现在，任何证明她身份的物件都没有。她不会因暴露身份而死，却因不能证明身份而遇险。

　　太后在车里沉默了片刻，甩出一个包袱，说：

　　"我们也饿了几天了，这个，你们拿去。"

　　那人把头一甩，用刀尖慢慢挑开包袱，露出里面白花花的碎银。

他鼻子里喷出几股冷气，说：

"打发叫花子呐！"

几位王公大臣面面相觑，从怀里摸出几袋银子，递给官兵。

那人脖子歪了歪，说：

"有钱人逃难，就带这么点钱？你们的家产呢？给我搜！"

于是，那些来路各异的手争先恐后地伸进车里，在女人们身上放肆地摸来摸去。车里突然爆出一阵尖叫。

"不得无礼！"

太后突然声嘶力竭地喊道，那些非分的手本能地缩了一下，停住了。

太后说：

"你们是朝廷的军队，国难之际，不去冲锋陷阵，护国安民，倒在这里做土匪，祸国殃民，光天化日，你们还讲不讲礼法！"

领头儿的嘿嘿一笑，松开我，慢慢踱到太后面前，把他肮脏的脸凑上去，端详来，又端详去，嘴巴耸来耸去，最终嗫出一口唾沫，啪的一声吐在太后的脸上，骂道：

"你这老王八蛋，还敢跟我讲礼！一看你就不是个好东西，天生的骚货！今天老子不把你宰了，老子就是婊子养的！"

说完，他把那把刀子举到了空中，刀刃沿着一条锃亮的弧线快速地向太后的脖子滑翔而来。

我突然大喊：

"她是当今圣母皇太后！"

那把刀犹豫了一下，自言自语：

"皇太后？那就更该死！如果不是你，我们岂能落到这步田地！"

那把刀重重地落下来。

就在刀刃距离太后的脖颈还不到三寸的时候，一个身影已经从车子里窜出，与地面平行着，飞了出去，饿虎扑食般，把举刀的人扑出好远。刀飞出去了，扎在一块石头上，把石头分成了两半。那个人是皇上。他在千钧一发之际发出了一个信号，那就是拼了。王公大臣们见势冲上去，与兵匪扭打作一团。

散兵们一拥而上，把马车砸了，把皇后、格格们揪出来，摁在地上就要扒衣服。我听见四格格被强暴时凄惨的叫声，要冲过去救她，但正被迎头痛击，根本腾不出手。我的黄牙被打掉了两颗，像两颗玉米粒，悬在唇边；鼻子也出了血，像一朵盛开的鲜花，遮住了半张脸。我用自己的头颅和腹部迎接着比雨点还密集的击打，马上就要昏厥过去。就在这个时候，我听见女人的嘶叫，大清国的金枝玉叶们即将被这些肮脏的兵匪们蹂躏，他们腥臭的手已经在女人们秘不示人的肌肤上摸来摸去，与此同时，"太后"这个词突然闯入我的脑海，她已经半天没有声音了，我大惊，突然猛醒，不知一股什么力量让我爬起来，摆脱那些包围我的拳头，大吼一声，向马车的方向冲过去。隔着迷蒙的雨雾，我发现太后已被推倒在路边的荒沟里，额角淌着血，三格格的四肢已经被几只瘦骨嶙峋的胳膊牢牢摁住，有一只手在撕她的脖领，只因此时的雨太大，粗布的衣裳牢牢地黏在身上，大大降低了那只手的工作效率。我一下把那个人扑倒在地，然后踉踉跄跄地向太后倒下的地方跑。奔跑中，我看见人群中有一个清兵举枪正向太后的方向瞄准，我大呼："太后！"可是人声雨声混杂在一起，声势浩大，太后根本听不见我的声音。我要与子弹比赛，但我知道自己不是子弹的对手。就在我离太后还有三米远的地方，"砰"的一声，枪响了。

我循声望去，发现那名射击手像一团棉花一样瘫软在地上，一线红白相间的液体从脑后蹿出，喷在地上，又在雨水中洇开。所有的人都怔了一下，这时，"砰砰砰"连续三声枪响，有三个身体各自抽搐了一下，就像死猪一样，重重地摔倒在地上，溅起三股散乱的水花。我赶忙把太后扶起来。这时，我们同时发现，雨幕的后面，有一层淡淡的人影，手里都举着枪。人影中有个声音在喊："把枪放下！"其实那群兵匪们贪婪的手早已丢弃了枪，奔向皇后、格格们年轻的身体，他们只对女人还保持着战斗力，在那群包围他们的对手面前，他们早已丧失了全部的战斗力，所以，眨眼之间，他们就全部成了俘虏。他们的手被反绑在身后的时候，我看见他们裤裆里的硬物还傲然独立，一副蓄势待发的样子。那个喊话的人歪歪斜斜地跑来，影子像显影液里的照片，连同石青色云缎官袍上织绣的两条四爪行蟒纹一点一点地清晰起来，快到跟前时，我看见那人身材瘦小，朝廷七品官服在他的身上有点不合身，在猛烈的风雨中，像一面孤独的蓝旗在迎风飘扬。他扑通一声跪倒在太后面前，痛哭流涕地说：

"微臣怀来县知县吴永，接驾来迟，让太后、皇上受苦，臣罪该万死！"

说完，在泥泞的地上，狠狠地磕了三个响头，溅起一片污泥浊水。

太后突然间哭了起来。

离开紫禁城时她没有哭，一路艰辛她没有哭，现在，面对这庞大帝国中一个小小的七品知县，她哭了。大清帝国的圣母皇太后，在一个名叫榆林堡的小地方，坐在一片烂泥里，哭得无所顾忌，像一个受了委屈的孩子。似乎被太后的哭声所感染，在场所有人都哭了，在哗哗的雨中，哭成一片。

我从来没有见过这样的景象，不知这一幕该怎样结束，然而，更令我吃惊的事情出现了——太后突然间跪倒在地，把头狠狠地砸向身前的水坑，抽泣着说：

"列祖列宗啊，我那拉氏给你们磕头了！我那拉氏无能，有辱你们的圣名啊！当年太祖统一建州诸部、吞并海西女真、收服东部蒙古；太宗统一乌苏里江、黑龙江流域和海东库页岛上诸部族，击并蒙古察哈尔部，迤西土默特、鄂尔多斯等部相继降附，漠南蒙古十六部翻入版图；后又横扫中原，又将厄鲁特蒙古、喀尔喀蒙古、套西、青海蒙古与西藏、回部等地，全部收入版图；康熙大帝三次亲征，战准噶尔部而胜之，将阿尔泰山以东尽入大清版图，历康、雍、乾三朝，拓地万里，创建了华夏历史上最大国土的一统天下。我朝二百数十年，深仁厚泽，同远人来中国者，列祖列宗，罔不待以怀柔。然西方列强，恃我国仁厚，一意拊循，益肆嚣张，欺凌我国家，侵犯我土地，蹂躏我人民，勒索我财物，朝廷稍加迁就，彼等负其凶横，自道光二十年起，我国就没太平过，日甚一日，无所不至，小则欺压平民，大则侮谩神圣。我身为太后，临御近四十年，待百姓如子孙，不忍看祖先基业被列强鲸吞蚕食，率国民奋起拒之，于庚子之年，向英吉利宣战，向法兰西宣战，向德意志宣战，向荷兰宣战，向美利坚宣战，向日本宣战，向意大利宣战，向奥地利宣战，向世界所有意欲征服中国的列强宣战！无论我国忠信胄，礼义干橹，人人敢死，既土地广有二十余省，人民多至四百兆，何难翦彼凶焰，张国之威！不想以一弱国而抵十数强国，竟如以卵击石，如今我们的国都正被列强践踏，我们的人民正被敌人屠戮，我无力保民，也无力护己。列祖列宗啊，你们辛苦打下的江山，就要丢在我那拉氏的手里了。我如今跪在你们面前，恳请你们饶恕，也恳求你们明示，我到底该怎么办，我到底该怎么办啊……"

只有皇上没有哭。他坐在泥水里，神情呆滞地望着她，既没有感到诧异，也没有丝毫的悲伤。我的目光从他的脸上匆匆扫过去时，他的目光刚好从太后的脸上迅速扫过。就在这一瞬间，我发现他冷漠的目光中，夹杂着几许怨毒和凶狠，那是刀子一样的目光，锋利得可以杀人，但那目光一闪即逝，很快就恢复了麻木的状态，满身是泥，像被大雨淋湿的泥胎塑像。

雨越下越大，云中的闪电带着铜音嗡嗡地抖动，她的长篇忏悔，在雨声和雷声中被分解成无数个断断续续的碎片。

后来我想，太后回銮后大力推行新政，也许就缘于那一刻的幡然悔悟。她派大臣出国考察宪政，依照英日的制度，制定宪法，设立议会，比当年的康梁下手更狠。回想起那天发生的一切，只有一点令我百思不解：既然皇帝要杀太后，那么在太后危在旦夕的时刻，皇上为什么要救她？或许，杀太后只是康党的鼓吹而非皇上的本意；或许，皇上要以自己的方法除掉太后，却不愿皇家的尊严以那样的方式受到践踏……

雨声渐渐停了，人们的哭声也渐渐止住，只有四格格，衣服凌乱地裹着，靠在一块石头上，低声抽泣，一片寂静中，那声音仿佛从荒原中掠过的一只麋鹿一般惹人注目。太后的面孔沉静下来，面向四格格，严肃地说：

"你辱没了皇家的尊严，你得死。"

又对吴永说：

"把她拖远点，别叫我看到她的血。"

凌乱不堪的四格格就这样被拖走，变成一股号叫，越来越远，后来，所有人都听见砰的一声枪响，四周突然变得无比安静。

太后说：

"走吧！"

吴永就带领着我们，向怀来县城进发。每个人的心里面都沉甸甸的，如鲠在喉，咽不下去，吐不出来。所以，剩下的路程，每个人都默不作声。旅途沉闷得令我几乎窒息。突然间，我听见太后在马车里轻轻地吟诵：

皇天之不纯命兮，
何百姓之震愆！
民离散而相失兮，

方仲春而东迁。
去故乡而就远兮，
遵江夏以流亡。
出国门而轸怀兮，
甲之鼂吾以行。
……

我不知她念的是什么经，后来皇后告诉我，那不是经，是
屈原的《哀郢》，意思是天命无常，楚国的郢都被攻陷，百姓流
离失散，我逃出城门，内心无比痛苦。她说，故楚破国之日，
纪南一带的天空中飞来悲雀无数，遮云蔽日，凄啼斗杀，仿佛
一场天谴，或者提前敲响的丧钟。

第八十六章

那天，一直郁郁不得志的怀来县县令吴永正在自己破旧的
衙门里借酒浇愁，突然收到一封紧急公文，他醉眼迷离地展开

那团烂纸，发现里面的字迹已经模糊，那些零零散散的词句更像某种暗语。仔细辨认，他才读懂公文的内容：

皇太后　　满汉全席一桌

皇上

庆王　　　各一品锅

礼王

端王

肃王

那王

澜公爷

泽公爷

定公爷

肃贝子　　各一品锅

伦贝子

振大爷

军机大臣　各一品锅

刚中堂

赵大人

英大人

……

随驾官员、军兵不知多少，应多备食物粮草

吴永手里抓着那张烂纸端详了半天，师爷说，这份公文必定是假的，太后、皇上怎么可能到我们这个鸟不拉屎的地方来？兵荒马乱的，一定有人趁火打劫，想捞上一把。吴永乜起眼睛想了想，嘴里却蹦出两个字：

"接驾！"

吴永在做出这项决定的时候，几乎没有任何可资参考的信息，他甚至不知道国都已被外国军队占领，大清国的最高统治者已经去向不明。唯一的信息，是他知道义和拳已经把天下搅得天翻地覆。吴永从一开始就对义和拳持坚决的反对态度，在他眼里，那些所谓的法术着实荒唐透顶，他在县衙前张贴布告说：

怀来境内，无论何人、何地，均不得设有神团、坛宇及传习布熩等事，违者以左道惑众论，轻则笞责，重责正法。

没过多久，怀来的监狱就人满为患了。

这么多的人犯，在监狱里挤在一起，亲密无间，晚上睡觉的时候，所有的人必须侧着睡，如果平躺，就会有人睡在别人的身上。由于身体紧紧贴在一起，就会产生另一种作用，有的人胯间之物会在夜晚悄然勃起，嵌入另一个人身体的凹缝中，严丝合缝，接下来就是一阵拳脚，进而转变为一片混战。吴永管不了这些，反正他们都被关在牢房里，闹不出去，如果打死人，只要打开牢门，把尸体拖出去就可以了。大小便都在牢内，有一恭桶，常常要等粪便堆满，狱卒才捂着鼻子，把他们拎出去。据说有人扛不住了，诈死，拖出去时被吴永发现了，打了五十大板，又扔回牢房。

然而，在乱云飞渡的非常时期，谁也摸不清政治的风向。吴永收到朝廷的谕旨，要求各级政府"奖励团民"时，站在那里半天回不过神来。他不能抗旨，于是下令开狱放人。拳民们从漆黑的牢狱里汹涌而出，把县衙围个水泄不通，以关门打狗的方式，把吴永痛打一顿，然后捆绑起来，拉到神坛前，画符念咒，准备砍头。千钧一发之际，乡里的族长赶来，百般劝解，又以家产贿赂，才救了吴永一命，此后吴永闭门不出，门口每天站着几名持枪的士兵。而他则整日以酒浇愁，不知等待自己的，将是怎样的命运。

吴永就是在这样的处境下，接到了延庆州的公文。他的脑子里立刻产生了一个直觉的反应：义和拳一定是闹到了不可收拾的地步，朝廷一定出大事了。从时间节点上判断，这非常符合逻辑。而且，把真当作假，比起把假当作真，后果更加不堪设想，于是，他做出了一项孤注一掷的决定：

"城内所有绅士官民都要全力做好接驾的准备。有敢阻遏者，格杀勿论！"

当我从吴永口中听到他的遭遇时，心中暗暗苦笑，因为这封公文的发出，同样经历了一番波折。那天我和崔玉贵把生玉米交给荣子，请她们伺候着主子们吃下，我们就沿着缝隙粗大、凸凹不平的青石官道，前往延庆州府了。暮色中，我们远远地看见城墙的剪影，在苍茫的荒野上浮现出来，高大突兀，走近，发现四面城门都关着，把守城门的，还是义和拳的拳民。我们说有事要进城，拳民不肯，大刀架在我们脖子上，我浑身一激灵，赶忙往后退了两步。崔玉贵灵机一动，说我们也是拳民，是东路催粮的人，把门的人反反复复看看我们，头一甩，说：进去吧！因为义和拳断粮了，他们的眼睛都饿绿了，多次派人出城催粮。我们摸到官衙，就往里面闯，被衙役拖出来，扔到街上。我的屁股摔得生疼，一面揉着屁股，一面想，我李连英是紫禁城的太监总管，虽为刑余之人，毕竟手下统领着几千名太监，就连朝中的军机大臣，像李鸿章、翁同龢、刚毅之流，也没人敢和我李连英过不去，现在，我竟然变成一堆肮脏的垃圾，被他们扔到臭气熏天的街上，这事绝不能善罢甘休。我和崔玉贵于是躲在巷口，耐心等待。终于，机会出现了。天渐渐黑下来的时候，延庆知州秦奎良乘着轿子出了州衙，我埋伏在暗处，悄悄地盯着那抬轿子，心想，这是我们唯一的机会，绝对不能错过。想到这里，我的心嗵嗵直跳，等轿子从我面前经过时，我便冲上前抱住了抬轿的衙役的腿。突如其来的力量，使轿子差点倾翻过去，秦奎良的脑门磕在轿帮上，撞出一个青色的大包。他大叫一声：

"何人……"

他话音未落，我就冲上前去，一把把他拽出来，我俩像摔跤一样，一起重重地摔在地上，他被我压在身下，闷闷的声音从地面上传来：

"何人如此大胆！"

我答："是我，李连英！"

听了我的名字，他心头定然一惊。李连英这个名字，如今的大清国谁人不知？我松了手，我们的屁股便着了地，七扭八歪的身体变成了坐姿。他打量着我，心里一定在盘算着这句话的可信度——是一个荒唐的玩笑，还是意外的奇遇？他虽然什么都没有说，但他困惑的表情已经把他的内心活动表露无遗。

他想了许久，还是没有答案，只好问：

"你可有凭信？"

我说："宫中每年冬天取暖用的木炭，都是延庆州进贡的。所以，每年都有几十万斤木炭从这里运到西四，那里管收炭的太监，名叫李六指，您说对吗？"

他疑惑的表情突然放松了许多，却还是不敢完全相信，说：

"我怎么知道你不是道听途说？"

我急了，急得满脸是汗，猝不及防地，做出了一个不合常理的举动——我忽地起身，把裤带解开，把那条破旧的粗布裤子退到膝盖的位置上，露出我此生最大的耻辱。这一举动不仅出乎知州的意料，甚至出乎我自己的意料，连我自己也不会想到我会如此决绝，如此不顾脸面——一个太监，虽贵为总管，终究是奴才，还有什么脸面可言？从我的下腹到两腿之间，干干净净，什么也没有，只有一片表面光洁、却又像树叶一样皱皱巴巴的皮肤，那是命运给一个十岁少年留下的耻辱印记。我突然想起"快刀刘"抓过我的小辣椒时，两腿间麻酥酥的感觉，几十年之后，他掺杂着浓重酒气的话在我耳边再度响起：

"十岁，大了点儿，可要多受点罪。"

不知怎的，我鼻子一酸，两行辛酸的泪滚落下来。

秦奎良忽地就跪下来，四爪着地，赶紧给我叩头，说：

"下官有眼不识泰山，不知李公公来此，望李公公开恩恕罪！"

我把裤子提上来，系好裤带，又把他搀起来，说：

"兵荒马乱，谁照应得了谁啊，我不怪你，只要大人不怪罪我的唐突便好。不过，太后如今就在岔道城，正忍饥受苦，你该去救驾才是。"

秦奎良的表情突然凝住了，我知道，他的大脑正处于停滞状态。太后突然到达，这对于延庆来说，是多么大的荣光，一个延庆知州，恐怕这辈子也难于进宫和老佛爷见面，然而，不期而至的大驾，却给他出了一个天大的难题。半晌，才说：

"这里早已成了义和拳的地盘，州衙早就瘫痪了，诸事要和拳民商量，城内断粮已久，百姓死的死，逃的逃，树皮草根都快吃光了。只是寒舍里还有几只黑窝窝头，请公公进呈太后。实在寒酸，不知太后是否嫌弃？"

我心中一阵发麻，嘴上却说：

"好！好！怎么也不能让太后她老人家挨饿。"

他带着我们回到州衙，让衙役到后厨拿了窝窝头，找了一个干净的帕子，包好，交给我，然后想了想，又回到堂上，写了一封书信，钤了印，说：

"太后下一站去怀来，这是给怀来县的公文，我这就派人送去，那里受义和拳之扰轻些，或许可以想些办法，至少，公公可以有个凭信。我的权力，也只有这些了。"

我道了谢，和崔玉贵走出州府的时候，雨又大了，似乎要冲尽人世间所有的尘垢。我们顺着街道上的石板走着，凸凹不平的石板，在我的脚下晃动着，我踩上去时，另一侧就会涌出一股泥水，让人没有安生的感觉。我把那包窝窝头揣在怀里，两手抱着，比在宫里呈递御膳还要小心。如果忽略那张去向不明的公文，这几只其貌不扬的窝窝头，就是我此行的全部收获，而且，它们可能随时要了我的命。对于饥饿的拳民而言，这些食物完全可以构成他们杀人的理由。义和团置对手于死地的方法灵活多样，不拘一格——剕、舂、烧、磨、活埋、炮烹、肢解、腰斩等，一应俱全。京城早有这样的传言："其杀人之法，一刀毙命者甚少，多用乱刀齐下，将尸剁碎，其杀戮之惨，较之凌迟处死为尤甚。"

我们摸着黑回到太后住的院子里，悄悄进了太后的房间，以为太后已经睡熟，不想黑暗中传来太后的声音：

"回来啦？"

我赶忙上前，从怀里掏出窝窝头，找了一块帕子擦干，递到太后面前。

太后接过窝窝头，掰下一块，放到我手心里，说：

"你们也吃吧，都饿了。剩下的，给皇上、皇后送去。"

接到延庆州公文，吴永的身体里仿佛突然打了鸡血，把手里酒杯往桌上狠狠地一摔，走到院子里，呼来衙役，带着七分醉意，喊道：

"赶紧安排人，把县城所有的城门都给老子扒开！"

怀来县城有东西南北四个门，除了西门以外，其他各门早已被义和拳用砖石泥土堵得严严实实，太后和皇上自东而来，绝不能让他们绕道西门进城。吴永打了一个响亮的酒嗝儿，感到自己的血一阵阵地往头上涌，呼叫的时候，突然间底气十足，仿佛唱戏一般，浑身上下都已经贯通。他突然想到，此时怀来县所有的城门都被义和拳把守，眼睛突然睁大，命令县衙里三十名衙役带上洋枪，全部集合，他在站成一队的衙役面前走了几步，说：

"子弹上膛，压得满满的，如果有人对抗，就给老子开枪！"

衙役们出发以后，吴永一个人在院子里逡巡，试图让自己兴奋的大脑尽快冷静下来。这是一个千载难逢的机会，他必须安排周密，有条不紊。此时，他心里开始盘算太后的路程：岔道城距怀来县五十里，他们如果明早出发，第一个可以歇脚的地方是榆林堡，那是一个大驿站。那样，他明天清晨就要出发，

必须赶在太后之前到达榆林堡。其次，太后到榆林堡后，必须
有饭吃，吃饭就要准备，虽然在此非常时期，满汉全席不切实际，
但总要有肉吃吧。于是，吴永叫来厨师，要他马上准备好肉菜
米面，赶到榆林堡做饭。厨师出城的时候，发现城门口和城墙
外已经被义和拳和大批的饥民围住了，密不透风，便在腰上拴
了根绳子，把一筐食物系在后背上，绳缒出城。就在吴永反复
思量，所有的安排是否还有漏洞的时候，厨师满脸是血，跌跌
撞撞跑来。吴永一怔，看了一下天色，说：

"你怎么还没走？"

厨师哭丧着脸说：

"小的刚出城，身上的食物就被饥民抢光了，他们抢我背
后的那只筐，差点把我撕碎了。我一摸脑袋还在，就赶紧跑回
来了。"

吴永略微思忖了一下，说：

"那就不要去了，就在县衙，准备埋锅造饭！"

厨师不知从哪里找来一头猪，杀了，放在一口大锅里煮。
狭小的县衙此时成了一个厨房，一顿美餐正在那口白沫翻滚的
大锅里脱颖而出。如果太后此时目睹后厨的景象，她或许会恶
心得吃不下去 —— 那里聚集着一堆一堆的烂菜叶，那是吴永积
累起来以应万一的，所以当青绿的菜叶呈现出腐烂的迹象，他

仍然节省着，没有食用它们，他没有想到它们会为太后派上用场；猪血灌满了一只生了锈的铁锅，上面漂着油沫，传出一股非腥非臭的气味；猪的各种内部组织如心、肺、肚、肠，被厨师一样一样用铁钩子挂在架子上，然后他就坐在一只沾满油污的板凳上，拎出一只血淋淋的肠子，泡在一只大铜盆里，一点点挤出里面的粪便，还没有把它们一样一样涮干净，就匆忙扔到沸腾的锅里，咕嘟咕嘟煮起来。血红的猪肉似乎对这种处境深怀不满，在大锅里不断翻滚、跳跃，吴永后来说，当猪肉由血红转变为酱肉色时，吴永悬在半空的心才落了地。

后来把一块一块的猪肉放进嘴里的时候，我想起颐和园天上干净的云、云下面荡漾的湖波、那些精美的食品和被擦得锃亮的器皿，太后端着甜碗子 —— 御厨用甜瓜果藕、百合莲子、杏仁豆腐、桂圆洋粉、葡萄干、鲜胡桃、怀山药、枣泥糕等精心制造的消暑小吃，用小银勺一点一点往嘴里送。银勺如天空一样干净澄澈，在阳光下熠熠生光。颐和园，一个无比圣洁的国度，此时已远在天边。

没有豪华典雅的满汉全席，那口漆黑的大锅正酝酿着饥荒时代的美餐。四溢的肉香，在贫瘠的夜晚显得那么尖锐，势如破竹。它在成为某些人的享受的同时必将成为对另一些人的虐待。对于饥饿的人来说，没有什么比食物的芳香更加残酷，在胃的率领下，身体的其他部分都将离经叛道，因而，饥饿的怀来城，没有什么比县衙里的肉香更能招致危险。吴永让十名衙役持枪保卫那锅猪肉，寸步不离，另二十名衙役明天一早和他出发接驾。

果然不出吴永所料，深夜里，许多饥民在肉香的号召下，纷纷聚集到衙门口。他们身上的衣服已经像垃圾一样破烂不堪，层层堆积的汗酸和呕吐物的臭气混合在一起，日复一日地发酵成一种新的臭气，他们仿佛一片片的乌云，他们到达哪里，肮脏就到达哪里，所以县衙的衙役们，即使在黑夜里也能感知他们的到来，这首先是根据嗅觉，其次是因为它们是一种黏稠的黑，比黑夜更黑。他们聚集在衙门口，开始用乞求的目光望着衙役，有气无力地恳求放他们进去。后来，在肉香的催化下，他们渐渐失去了耐心，开始用力地拍打县衙的大门，最后，那一片黑色垃圾开始不顾一切地往里冲。这时，枪响了，枪又响了，紧接着就像炒豆一样密集起来，只有枪弹能够阻挡他们。枪声响起的时候，吴永正站在厅堂里，点燃一束香，插在祖上的牌位前面的香炉里，然后匍匐在地上，有条不紊地磕了头。如丝如缕的香气令他迷醉，使他的心变得沉着和静穆。他脑子里映出一片干净的田野，四周河水淙淙，干净明澈，田野上盛开着洁白的百合花，飘荡着花朵、稻草和雨水的清香。他说，蒙祖上阴德，才使他这个郁郁不得志的吴氏后裔，得以在怀来的地界上见到老佛爷。说到这里，他哭了，一丝腥咸的泪水流进他的嘴角。他慢条斯理地爬起来，用袍袖擦了擦眼角，又轻轻拍了拍身上的灰尘，然后走到庭院里，听到枪声越来越密集，随之而来的是一声声绝望的惨叫。然而，他脑子里想的，全是即将抵达的太后，而不是枪声和哭爹喊娘的叫声。没等太后从他的大脑中淡去，一切已经沉寂下来，只有烧肉的香气，孤寂地在院落里飘荡。

吴永一整夜没有合眼。他暖了一壶酒，嘴里哼着京戏，一口一口慢慢呷着等待天亮，他的坐姿和表情都是心平气和的。天一亮，他就跨上一匹肮脏的小马，带着二十名持枪衙役，接驾去了。出县衙的时候，他才看到满大街的尸体，横七竖八地倒着，以各种不同的表情打量着他们。那些枯瘦的身体，被后半夜的雨泡得膨胀起来，皮肤发出绸缎一样的亮光。他们小心翼翼地选择着尸体之间的空隙，缓慢前行。那时的他没有想到，等待他的，将是一场战斗，他们的敌人，却是与他们一样的官兵。

第八十七章

太后终于停止了哭泣。跪在泥坑里的吴永此时离她很近，但隔着雨雾他看不清太后的面孔，太后的脸如同在宫殿里一样躲在雨雾的后面，若隐若现，只有太后的声音是清晰的。太后问：

"你是满人还是汉人？"

吴永赶忙回答：

"回禀太后，小臣是汉人。"

太后又问：

"山河破碎，地方上的大臣都快跑光了，你如何能来接驾？"

吴永表情庄重地说：

"因为我相信。"

"你相信什么？"

"我相信太后，相信皇上，相信朝廷；我相信我们大清国千秋万代，永不会亡！"

太后紧抿着嘴唇，若有所思，突然，四十多年前说过的一句话，居然脱口而出：

"游戏败了，还可以重来；天下败了，就再无挽回之日了！"

偏居怀来、看不到任何晋升希望的吴知县，在太后的哭声

中被载入了帝国的史册。后来的事实证明太后并没有食言，当
太后逃亡队伍中的王公大臣 —— 载漪、载澜、载勋、英年、赵
舒翘等，被洋人作为战犯写进《辛丑条约》，被一一赐死或流配，
吴永却一天比一天官运亨通。很多年后，我才知道，吴永原来
是曾国藩的侄女女婿，曾国藩在世的时候，从来没有暗示其他
官员关照过他，他自己也从来没有说破这一点。

但是现在，一片凄风苦雨中，政治显得太过遥远和奢侈，
太后犹豫了一下，有点难为情地说：

"有……有吃的吗？"

或许那锅猪肉给了吴永底气，他豪迈地回答：

"有！微臣在县衙略备酒肉，恭迎太后、皇上！"

我看了一眼太后，说：

"太后车马劳顿，已经很久没有好好用膳了，现在有没有带
吃的来？"

吴永回答：

"微臣想到了，随身带了些米，可以先为太后、皇上煮些粥喝。"

太后急切地说：

"粥很好！粥很好！"

吴永起身上马，马车在他的身后又动了起来，在风雨中像
一只只飘摇的船，在两队官兵的护卫下进了榆林堡。此时雨已

经变小，到后来变成若有若无的雨丝，雨后的路面十分潮湿，被激烈的雨水抽打过的路面粗粝而滑腻，低凹处凝着一层细软的油泥，马蹄落在上面时而打滑。榆林堡就顺着这条路浮现出来。这是一个很小的城堡，只有一条正街，路北有三家骡马店，这是给差夫驿卒预备的，可见从前差役往来频繁，只是现在已经空寂无人，所有的门都紧闭着，街上有很多乱兵，从我们的车前车后蹿过，他们与当今皇太后和皇上只有咫尺之遥，但他们对此一无所知。骡马粪的气味被雨后的地气蒸腾起来，呛得我们几乎无法呼吸。我看见吴永骑着马在榆林堡西头一家大的栈房前停下来，我服侍着太后下了马车，其他人也都下了马车，站在院子里。这是北房三大间，一明两暗，有很高的台阶。我先进屋观察了一圈，屋子中间有茶几、椅子、铺垫，堂屋东西两壁是木头隔扇，门口是竹帘子，墙上挂着字画，显然，这是一个没遭劫的屋子。

米粥的香气从后厨飘逸而出，在院子里徘徊。我们嗅到一股久违的味道，胃变得迫不及待。我匆匆给太后擦了把脸，厨役就把米粥端上来了，碗筷显然是吴永事先准备好的，可见他办事的精细。每人除了一碗粥，没有任何别的食品，唯独先送的两碗里有些细丝咸菜。太后就这样坐在炕上，埋起头吃粥。我抬头看她，发现那只粗糙的瓷碗遮住了她的大半张脸，而她脖子上的吞咽动作，却节奏鲜明地暴露在我的面前。这个穿粗布褂的老太婆，与破旧的房子那么匹配，园子里的仙境岁月，已恍如隔世。吃完粥，太后把空碗递给我，轻轻问：

"荣子有水烟吗？"

荣子答道："水烟、火镰全带上了，就是没烟袋。"

我赶忙去找，一跨出院，看到吴永，依然恭敬地候在那里，被雨淋透的蓝缎官服紧紧地裹在他瘦小的身上。我说，能不能去给太后找一个烟袋来。吴永立即转身走了，没过多久，烟袋送来了。我对吴永说：

"吴大人立功了，请吴大人亲自给太后送去吧。"

吴永答：

"能孝敬太后她老人家，是我辈的福分。"

吴永于是跟在我的身后，把那只烟袋亲自递到太后手里。太后问：

"此次西狩甚为仓促，皇帝、皇后、格格们都是单身出来，没有替换的衣服，你能不能给找些衣裳替换一下？"

县官跪下，回禀说：

"贱内已经亡故，只有臣母尚有几身遗物，还在臣的身边，皇太后不嫌粗糙，臣竭力供奉，等到县衙，便可取出奉上。只是，这些衣物过于粗陋，有辱太后、皇上圣体，恳请太后治臣死罪！"

太后有些动容，似乎一瞬间被他感动了，爱惜地打量着这位年轻的官员。半晌，又低声对他说：

"能找几个鸡蛋来，才好！"

县官答道：

"臣竭力去找。"

说完，扭身出去了，过了一会儿，县官亲自用粗盘托着五个鸡蛋并有一撮盐敬献给老太后，说各家住户，人都跑空了，只能挨户去翻，在一只空鸡窝里，找出五个鸡蛋，煮好后呈给太后。又说，微臣知道老太后一路劳乏，特备轿子一顶，轿夫都是抬轿多年，往来当差惯了的，请老太后放心。趁他说话的时候，我洗手，给老太后剥好鸡蛋。太后没有发出任何声息，就把三个鸡蛋吃下去了，剩下两个鸡蛋，她让我拿给皇上，不必给别人。然后，太后就歪在床上，又吸几管水烟，迷离的烟雾遮住了她的脸。

我们在这里没有久留，又上了马车，随吴永前行。此时的怀来县，已经面貌一新，义和团已经被用枪打散，所有的城门洞开，东门外还用黄土垫道，一切都是在一夜间完成的。街上空空荡荡，那些东倒西歪的尸体已经踪影全无，整座县城像一个初生的婴儿一样干净和纯洁，这令太后非常满意，只是县城里安静得一丝人气也没有，只有成群的乌鸦，在阴晦的天空中盘旋，呱呱地叫着，让人心烦意乱。太后、皇上的马车直接停到官衙门里内宅门口。吴永把整个官廨腾出来，作为临时驻跸的行在，显得异常尊敬也显得格外亲切，又容易保护他们的安全。正房三大间，大概是县官的卧室，太后就在这里安歇。这里陈设不多，却很雅洁，尤其西面一铺床，湖色软缎子夹被，新枕席配上罗纹帐子，垂着山水画卷的走水，两个青绦子帐带，颇不俗气。中堂的北面，一个条山的架几，一张八仙桌子，两把太师椅，鲜红的椅垫，布局很匀称。正房东边有两间矮房，是耳房，和正房隔山相通，便于下人们伺候。皇上住外院的签押房，是县太爷办公会客的地方。跨院西花厅三间，皇后、小主、格格们住在里面，大阿哥溥儁、溥伦和皇上望衡对宇而居。我和其他太监住在正房的耳房里，伺候太后方便。县官的女眷都避在西北角的平房里。

安顿之后，吴永立即传膳。太后看到他官服破了，鞋已经露出了脚趾，心疼地说：

"量力为之，毋过劳苦。"

吴永略微一笑，退下了。

当熟猪肉摆进洁净的餐具，那口血沫翻滚的大铁锅内污秽不堪的景象便消失无踪了。猪头、猪身、猪腰、猪肠，已经看不出原来的形状，在厨师精巧的刀工下，变成一个个整齐的碎片，在各种蔬菜的映衬下，鲜艳生动。厅堂里总共摆了三桌，太后一桌，皇上一桌，皇后和格格们一桌。太监宫女，只能在伺候完主子以后吃点剩饭，但那些残茶剩饭，如今也美不可言。逃出宫殿以后，这是我们第一次开荤，所以，这一天对所有人来说都是一个值得纪念的日子。没有人说话，人们都专注于吃饭，寂静中只能听到碗子与盘子轻轻磕碰的声音，每个人都吃得满脸流油。我突然间看见那不是一群人在吃饭，是一群猪，拱着食槽纷纷抢食，嘴里发出噼噼啪啪的声响。我吓了一跳，突然有种想吐的感觉。我定了定神，发现那群人又复原了，还是大清国的皇族，不分长幼，在满桌的鸡鸭鱼肉面前一往无前。

膳罢，吴永送来了四个包袱。我命几个小太监把这些包袱拿到太后面前，打开一看，有蓝薄呢子整大襟袄一件，深灰色罗纹裤子一条，没领软绸汗衫一件，半截白绸中衣一条——这是给太后的；打开另一包，是江绸大袖马褂一件，蓝绉长袍一件，另备随身内衣一套——是给皇上的；第三包是皇后、小主、格格们的，因为都是旗人，打点的都是男人的长袍丝裤；当打开最后一包时，女人们发出一声齐齐的惊叹，全新的袜子，都是细白市布做的，大约十多双，她们在逃亡中几次遇雨，脚在湿袜子里沤着，苦不堪言，所以，没有什么比这些洁净的袜子更令人惊叹。吴永从某种意义上拯救了太后，不仅因为他牺牲了一头猪的生命巩固和延续了太后的生命，而且因为他坚决地捍卫了太后对于清洁的信仰，那些衣物和袜子都是至为珍贵的，不是因为它们豪华，而是因为它们干净，在仓皇的道路上，干净比豪华更加重要，所有在风雨和泥泞中奔波的人都会认同这一点。在宫殿里，只有我能让太后满意，在宫殿之外，我无能为力，而吴永，则及时地填补了这个空白。连我自己，都要从吴永这里得到好处 —— 我在路上足踝骨被有毒的牛蝇叮了，渐渐肿起来，雨水一泡，流出了白色的脓水，走路一跛一点，老太后就把毡靴子赏给我。太后看着眼前的衣物，微微点头，说：

"这个人有分寸，很细心，是朝廷可以倚仗的人才。"

这时，小太监又抱来两个梳妆盒子，里面装满了梳篦脂粉。太后微微颤抖着，打开一个梳妆盒，说：

"三天没照镜子，不知成什么样子了。"

镜子里映出的是一张苍白、疲软和萎缩的脸，仿佛花的碎屑一般，逃亡已经把她修改成另外一个人，她不再是那个有着严重洁癖的皇太后，而是一个能够吃脏馒头、伴着棺材入眠的农村老太婆。由于沿途没有干净的水，尽管我每天仍然给她梳头，但她的头发已然干枯和蓬乱，发梢飞着，很难梳理齐整，更重要的是，过度的疲劳使她的眼神变得有点游散和呆滞，很难聚拢起来。我原想为她梳洗打扮之后再让她照镜子，但她迫不及待，镜子里呈现的那张脸，一定让她感到陌生。

荣子和娟子赶紧打水，为太后洗头洗脸擦身。我给老太后细心地梳头，湿漉漉的头发像干净的河水从我的指缝间流过。我把过去的盘羊式改成了两把头，然后，又给她上了妆，此时，从镜子里浮现出来的面容已经改进了许多，她又恢复了从前的高雅华贵，只有一份倦容无法掩盖。太后轻轻叹了口气，想说什么，又咽回去了。

太后从这一天开始，脱去了那身粗布蓝褂，恢复了旗装。那个困苦不堪的老太婆，又恢复成我们记忆中的皇太后。

这时，人们听到一阵嘚嘚的马蹄声，自远而近，越来越清晰。狐疑中，一个人已经冲到太后身前，跪倒磕头。太后像所有的人一样，疑惑地看着他，他抬头的瞬间，太后忽然大声叫出他的名字：

"王文韶！"

这人就是军机大臣王文韶。他给太后带来了一个好消息：军机的一切信印，他都带出来了。说着，他把一个包袱高高举过头顶。无法想象，那个平常无奇的布包，囊括着朝廷的最高权力。控制朝廷的权力，就这样重新回到了太后的手中，她无论身在何处，都能行使她的权力了。所有人都瞬间凝在那里，目光聚焦到那个粗布包袱上，太后的手停顿了片刻，把包袱捧在怀里，轻轻颤抖着，把它解开，那些玉石印玺在灯光下发出润泽的光芒，照亮了她的眼睛。她立即传谕，声音激动得有些发抖：

"明日一早，所有军机上朝议事！"

第二天吃完早饭，太后出现在堂屋东面的太师椅上，梳着两把头，正襟危坐神态端庄；皇上穿青色马褂，浅蓝的绸衫，雪白的袜子，坐在西面，郑重体面。地上铺好拜毡后，所有军机大臣上前，行礼如仪。官衙成为一座临时的宫殿。我退下，在下房侍候，不知他们说了什么，只知道王文韶又骑上那匹快马，连夜回京。那时的京城，早已是洋人的天下，一种预感涌上我的心头——太后对于流亡生活的忍耐已经到了极限，朝廷已经准备议和了。

第八十八章

就在我们的车队出居庸关、岔道城，沿着长城脚下的古道穿行，快到雁门关的时候，在不远处的娘子关，发生了一场血战。

这场战斗在帝国军队与德军之间展开。在帝国的历史中，那场战斗显得颇为奇特，首先，清军只有匆匆凑起来的不足一千人，而德军有三千余人，胜利者却是很久没有尝过胜利滋味的大清军队；其次，德军分成几路通过广袤的平原地带时，清军留下二三百人，在八达岭截断德军的退路，其余几百人从德军的背后追上来，从几路德军的间隙中穿插而过，而德军居然对此一无所知，当德军准备通过娘子关，前往山西追剿帝国的流亡政府的时候，子弹上膛的清军已在他们面前设好了埋伏。

占领北京之后，德国士兵的精神突然放松下来，现在，他们穿越一片平原，深入北京北部山地，追剿大清帝国的最高统帅部——一群手无寸铁的掌权者，离开宫殿之后，他们将百无一用。十一国军队中，或许只有德国人能够取得最为彻底的胜利，这让他们感到有些激动。当娘子关粗糙的剪影在他们的视野里变得清晰的时候，毫无防备地，突然有几颗炮弹在他们中间开了花，紧接着是一排密集的子弹，打断了几棵玉米秆，也打断了几名德国军人的咽喉，大片大片黏稠而透明的血液泼向天空，阳光穿过那些血液照在人的脸上，把他们吃惊的表情染成红色。随着一股又一股的气流，破碎的肢体和破碎的玉米秆有节奏地飞上天，娘子关转眼之间就被浓重的硝烟遮蔽了。德国人叫喊着，向前方盲目地放枪，来自汉堡、不来梅、汉诺威、比勒菲尔德、多特蒙德、科隆、德累斯顿、法兰克福、曼海姆、纽伦堡、慕尼黑的各种不同的口音混杂在一起，被山谷聚拢和放大，那些杂乱的声音变得犬牙交错。

　　训练有素的德军选择好地形，迅速实施反击。德国的炮队发挥了威力，那排在阳光下闪闪发光的铜炮在山谷里接连发出一声声的响屁之后，娘子关的城墙上便冒出一个个巨大的火花，白烟和黑烟交织成团，很多清兵变成燃烧体，在阵地上奔跑和打滚，空气中散发着浓厚的焦煳味道。城墙被轰塌了，德国人涌上来。清军没有了退路，武器又不是德国人的对手，阵地即将崩溃之际，人们看到一杆迎风飞扬的黄龙旗突然冲向敌阵，他们看清了，举旗的不是别人，正是军机大臣、刑部尚书赵舒翘。是他在逃出京城以后，收集了败退中的御林军，重整旗鼓，尾随太后、皇帝的路线而来。他命令清军向敌人最薄弱的环节冲击，在拼死一搏的清军面前，刚才还整齐的德军阵线又被冲乱了。就在这时，天忽然阴沉下来，风雨大作，风是北风，刚好向着德军阵地狂泻，风雨迷得德国人睁不开眼。前锋的心理防线乱了，开始撤退，溃败便一发而不可收，一波一波地，传遍德军阵营。风雨迷蒙中，清军转眼就到了跟前，他们杀红了眼，像狼一样号叫着，挥着刀在敌阵里乱砍，德国人且退且战，忙不过来，就在山谷间的玉米田里留下了零零碎碎的残肢断臂，和七扭八歪的尸体。

　　只有少数的残兵败将逃到八达岭，早已埋伏在那里的清军用密集的枪弹好好招待了他们一番，等追击而来的清军进入德军阵营的时候，除了几名腿部、腰部中弹的士兵在死尸堆里一起一伏地爬行，已经找不到一个能喘气的德国人了。赵舒翘洁白的胡子被潮湿的风吹得老高，他走到那几个幸存者面前，捋了捋胡子，举起佩刀，抡圆了，一个一个的脑袋就飞了出去。

第八十九章

　　太后又坐到她应该坐的椅子上，皇上、皇后、格格、大臣们行礼如仪。四盏吊灯照耀着她，后面飘来丹桂的清香，帘子缝隙里时时钻进木炭燃烧的气味，在深秋夜晚的凉意中，令人有一种恍惚感。在这种气味的熏染中，那颗在黏稠的雨季里缩紧发皱的心，一点点舒展开。在山西巡抚府衙门官廨，帝国的临时宫殿，金银器皿都是当年康熙皇帝巡幸五台山时使用过的，在灯光下，闪烁着帝国辉煌时代的圣洁光泽。

　　然而，还存在着另外一个太原，一个饥饿、寒冷、肮脏、混乱的太原。前往太原的途中，我对那个太原就充满了不祥的预感。长时间的干旱使我们脚下的土地板结成坚硬的石头，大地上只有零星的树木，早已枯干，像僵尸一样挺立在那里，浑身伤痕累累，都是人牙啃的痕迹，有些伤口上还残留着人的牙齿。或许太后抵达太原的消息早就传开了，我们屁股还没有坐定，大片的饥民就像一大团乌云飘移过来，仿佛在示威，用他们饥肠辘辘的肚子示威。也许，那根本不是什么示威，是绝望中的一种本能。他们更像是一群鬼魂，行走在通往阴间的道路上。那是一片澎湃的人海，他们的身影，边际模糊，相互粘连在一起，一团一团地向前涌动。女人们衣衫褴褛，有的怀里还抱着死婴，已经从五官、手指和脚趾开始腐烂，一团团的苍蝇围着它们打转，但女人们坚定地抱着它们，始终不肯放手；男人们几乎赤裸着身体，只有裆下松松垮垮地垂着一块脏布。汗水沁出他们的身体，仿佛动物分泌的黏液，在阳光下发出黏稠的光。我突然想起子牙河边的那种被我们称为"肮鼻子"的青蛙，皮肤松弛地覆盖在单薄的骨架上，像一层半透明的薄膜。我有点反胃，想吐，但还是把翻到嗓子眼的食物又咽了回去。

　　我站在院子里，仰头望着天空，心里怀念着紫禁城上空洁白的鸽群，但视野里除了纤细的枯枝，什么也没有，铅色的天空上，连一丝云都没有。这样的情况已经持续很久了。天空、大地、所有的人，表情都是一样的冰冷麻木。这是逃出北京以后的第一个深秋，从街上走过的时候，时常看到一些残缺不全的尸体，瑟缩在墙脚。窗玻璃破了，寒冷的北风像一条敏捷的蛇，从窗子的破口钻进来。

太后冻病了，在夜里不时传来她深深浅浅的咳嗽声。太后厌倦了这种不人不鬼的生活。她居住的官廨已经荒草丛生，破败不堪，犹如一片废墟，太后到达之前，毓贤曾下令对衙门进行过修缮，使它至少可以遮风挡雨，但依然十分简陋，与宫殿相去甚远。她没有埋怨过什么，但从她的眼神里我能看出来她在想些什么。她在咳嗽的间隙里怀念着北京，怀念着她的旧宫殿，回忆着宫殿的每一个细节，这也给我的超强记忆能力提供了用武之地。好几个晚上，太后用完晚膳，都会把宫殿作为话题，喋喋不休，那座圣洁、光明、盛大、永恒的城，是她精神和物质的双重圣地，也是她的精神支柱，没有了它，就像鱼儿离开了水，她会整个垮下来。那时，我突然间明白了太后对修建颐和园始终充满执著的真正原因——它延续了以往的皇帝们对于"九州清晏"的完美想象，它们美观、圣洁、气势磅礴，它们是他们心中一个不灭的模型，一个圣洁的理想国，它们不仅是最高掌握者想象和塑造世界的基本模型，也是他们的避难所，因为它掩盖了残酷的现实，让他们的雄心得以安慰和满足。

在太原，太后闲置已久的洁癖终于开始发作。她让我带领几名小太监，用杏花村酒把她的房间内部，从墙壁到家具、床榻全部擦洗了若干遍，我们把杏花村酒倒入几个大盆，把一块又一块抹布投进去，晶莹剔透的酒液转眼间就变成漆黑的污水，而官廨的房间，却一点一点明亮起来。那些发黑发霉的家具，在我们的反复摩擦之下露出了木头的本色。我们再用龙井茶水除去酒的味道，点上熏香，使整个屋子充满一种淡淡的雅香。这样的洁净与芳香，使黄土高原上这座普通的房屋与记忆中的宫殿建立了联系。太后让荣子和娟子用红纸剪出一些窗花，粘住破碎的玻璃，那间居室于是有了一点美感。当我们把太后请进屋子时，光洁的房间照亮了她的眼睛，她不由自主地叹了口气，其中有如释重负的轻松，也有某种不可言喻的忧伤。

荣禄来了，没有人知道他突然是从哪里冒出来的，总之是一脸狼狈，满面风尘，与临时宫殿的整洁气氛不相匹配。他带来的，没有一个是好消息。他向太后禀报，北京已成一座屠城。他讲述了大学士徐桐的死；宗室奉恩将军札隆阿和儿子、儿媳、女儿、孙子一起自缢；宗室侍读宝丰在城破之日企图追上太后的马车，没有成功，回到家中，全家吞金而死；宗室侍读崇寿用一把雪亮的快刀，把全家老小全部杀死，然后自刃胸腹以死；奉天

府尹福裕全家七人全部溺死；二等侍卫全成全家五人服毒；一品
官富谦全家十二人自焚；都统御前侍卫奕功，当联军冲到他家门
口的最后时刻，插紧大门，匆匆忙忙把全家妻妾子女共十人带
到后院，推起柴草，阖家自焚，当联军把大门撞开，冲进来时，
没来得及烧死的人，爬到井边，投井而死；国子监祭酒王懿荣，
看到洋兵破城，马上赶回家中，与妻子投井而死；集体自杀人数
最多的是三品衔兼袭骑都尉员候选员外郎陈銮一家，达三十一
人。而曾任户部尚书、盛京将军、翰林院侍讲的崇绮 —— 那位
冤死冷宫的阿鲁特皇后的亲生父亲的死，则是荣禄亲眼看见的。

　　据说城破之日，崇绮的家人没有来得及逃出去，被一些持
枪的洋兵团团围住。他们抓走了女人，放走了男人。崇绮的女
儿、儿媳等人被关在天坛，这些蒙古贵族的女人，被扒光了衣
服，每天都有数十名军人对她们进行轮奸。很多天后，她们被
释放了，披头散发、衣着凌乱地回到家中，崇绮的儿子崇葆公
爵已经挖好了大坑，把她们，连同她们年幼的孩子全部活埋了，
然后自缢身死。那时荣禄还不知太后的去向，跑到塞外草原上，
见到了年迈的崇绮。当崇绮得知京城的消息，嗓子里打了一个
奇怪的嗝，眼泪喷薄而出。荣禄听见他沙哑的哭声响了一夜，
终了，想寻死，但他手中没有利器，连一根绳子也找不到，后来，
他找来了一些稻草，神情呆滞地坐到地上，嘴里絮叨着，手里

搓着绳子。哭声停止的时候，荣禄跑去开他的门，发现门已从里面顶上了。他使尽浑身解数把门撞开，看到崇绮的尸体在空中微微地晃动着。

太后穿着毓贤奉上的绣花长袍，浆过的浮云月牙领衬托着她红润的脸颊，但她的表情是阴沉的，一言不发，她的眼睛里始终含着眼泪，专注地倾听着荣禄的讲述。荣禄还说，就在他急忙逃出京城的那个晚上，内阁六部衙门已经空无一人，只有一些来路不明的枯焦的碎屑，在空气中疯狂地飘飞着。他无意中看见内阁衙门里还亮着一盏灯，荣禄觉得奇怪，踏着满地狼藉的碎屑，悄悄走进去，发现有一个人，正在灯下读书。荣禄说："这衙门，人都跑光了，你还在这里做什么？"那人并不认识荣禄，起身回答说："如今京府空虚，下官深恐署衙文书遗失，所以在这里看守文书档案。"荣禄心生疑惑，不知此人是人是鬼，便问："你叫什么名字？"他答："浙人许善长也。"说完，他又回到灯前，专心读他的书了。

太后略微点点头，沉思着说：

"许善长，我记住他的名字了。"

荣禄还带来了一个坏消息：德国人在娘子关战败后，联合其他各国军队，准备卷土重来，扬言要踏平山西，活捉太后和皇上。

这天晚上，太后一夜未眠，天气很热，连绵的雨后，土地被白日里的太阳一晒，满院子的泥浆都晒得臭烘烘的，夜里，我不断给太后递上湿手帕，把她脖上、身上的汗擦干净，鸡鸣时，我看见她歪躺着，合着两眼养神，跟我闲聊，像在宫里时一样，仿佛什么都没有发生，她回忆毓贤为她备的御膳时，对我说：

"有个菜叫烩鸽雏，这是个时令菜，也是个寿菜，是大热的东西。目前已经是秋分了，阳气下降，阴气上升，正是吃这菜的时候，给老人吃，等于吃一副补药。难为毓贤想得周到。"

很多人——包括我在内——事后才想到，太后在说着这些话的时候，心里正在做出一个无比重大的决定。她对毓贤的夸奖，意味着毓贤的脑袋即将搬家。就在这天早饭后，她让荣禄草拟了一份谕旨，授权李鸿章与庆亲王奕劻与八国联军正式展开和平谈判。

她是个性格桀骜的女人，她不是被列强的枪炮吓怕了，她是被肮脏吓怕了。在枪炮的奋起直追下，她的逃亡不知何时结束，至少，太原并不是她逃亡的终点，那个终点，可能是西安，可能是兰州，甚至可能是张掖、酒泉，只要列国不罢兵，她的逃亡就不会结束，而只要逃亡不结束，肮脏就会接踵而至，无休无止。成群结队的苍蝇、堆得很高的粪便、沿途腐烂的尸体、腥臭的食物、胶水一样粘在身上无法清洗的臭汗，使她的心理防线终于崩溃。八国联军彻底打垮了太后，但连他们自己也不知道，他们在一个看似无关紧要的细节上摧毁了太后，摧毁了她的尊严，使她终于失去了耐心。

她重返圣洁之城的心情变得急迫起来，为此她必须杀人，杀帝国要员，杀她宠爱的大臣。她杀人，是表演给洋人看的，她不能心软。那些天，我看见她的目光一天天坚硬起来。只有杀人，才能熄灭洋人们的怒火，才能得到他们的"原谅"，才能与他们"和解"，才能真正铺平她的回銮之路。这是一场空前的宫殿清洁运动，扫除妨碍她重返宫殿道路上的所有障碍，它的工具不是扫帚、抹布，是刀，只有飞旋的屠刀能够缩短她与旧日宫殿的距离。北京发来的电报越来越多，也越来越急，上面全是洋人惩治"祸首"的名单，有端郡王载漪、辅国公载澜、庄亲王载勋、大学士徐桐、都察院左都御史英年、刑部尚书赵舒翘、礼部尚书启秀、刑部左侍郎徐承煜、协办大学士兼吏部尚书刚毅、兵部尚书徐用仪、户部尚书立山、吏部左侍郎许景澄、内阁大学士兼礼部侍郎衔联元、太常寺卿袁昶、山西巡抚毓贤、前四川总督李秉承……包括三个王爷、六部的主要首脑，以及多名封疆大吏，大半个朝廷的官员，都成为洋人必须惩办的祸首分子，除了已经死的，其余人等也必死无疑，一个也不能少。这些日子在她的眼前晃来晃去的毓贤，是她将要杀掉的第一个对象。

第九十章

那些消失了的金漆木制台座、金漆大龙椅，以及香几、甬端、香筒、香炉，又回到了太后的面前，它们光洁的表面照亮了太后的面孔。那是山西巡抚毓贤特地安排制作的，原来属于旧宫殿的一切，太后一件也没有带上，许多成为洋兵们的囊中之物。当毓贤吩咐衙役把它们一一摆放在官廨里的时候，我的眼睛里放出奇异的光。我把它们擦得锃亮——我是说，我是亲自把它们擦亮的，因为那些金漆的器具唤起了我对于光洁的欲望。如同将军的刀，永远不会染上一点尘灰，它们是宫殿的产物，它们拯救了我，我全部的安全和幸福都蕴含其中。那是一些圣物，在擦拭它们之前，我先去茅厕出恭，而后焚香沐浴，我要把自己清理干净，才能使自己的污秽不至于污染它们。不再有汗和粪便的味道，哪怕是一丝一毫。那是西藏喇嘛进贡的尼木藏香，一种已经传承了一千二百多年的传统藏香，太后特别赏赐给我的。它带来一股清澈透明的气息，夹杂着西藏高原深山密林中千年古柏及各种植物的芳香，袅袅上升的青烟，丝丝缕缕地进入我的肺腑，同时，污浊之气正随同我的呼气远离我的身体。小太监把清水撩到我的身上，我反复地擦拭着皮肤。我

老了，皮肤上已经有了皱褶，我的手巾深入每一个皱褶，让任
何污秽都没有存身之所。后来我想，太后是怀着同样的心情清
除朝廷的大臣的，正是那些无知的大臣将整个帝国引入了歧途，
与洋人和解之后，他们已经没有存在价值。然后，我穿好衣服，
跪在那些圣物的面前，觉得浑身的血液幸福得沸腾起来。如同
清洗自己的时候一样，我小心翼翼地擦拭着它们的每一个局部，
眼睛里看到了宏伟的宫殿，鼻子嗅到了龙涎香的芳香，耳朵听
见了百鸟朝凤的悦耳和鸣。两行泪水落下。哭是一种味觉——
嘴里的感觉是咸，心里的感觉是酸和苦。

逃亡的日子里，只有它们能令我兴奋起来。我深信自己就
是为它们存在的，宫殿中，没有人比我更能令这些圣物永远发
出灿烂的光辉。所以，无论它们走过多么复杂的路程，最终都
将抵达我这里。就在太后对她圣洁的昨日宫殿充满怀念的时候，
有许多个车队，满载绫罗绸缎、狐貂皮张、玉器宝石、工艺古
玩、山珍海味，向太原进发。平时朝廷总是因为各地上缴岁银
而费尽心机，此时，那些满载宝物的车子却争先恐后。据我所知，
这是毓贤和赵舒翘等人阻止太后回銮的一个方法，所有的车队
中，来自他们的势力范围的车队显得最为急迫。他们试图用这
种方法，给深处在寒冷、混乱和肮脏中的太后带来温暖、洁净和
幸福，让那个蜷缩在燕山脚下的宫殿失去它原有的效用——它

已是洋人的宫殿，来路各异的洋人成了它的新主人，他们轮番坐在龙椅上，向那个流亡中的朝廷发号施令，帝国的法律已经百无一用，他们的枪就是法律，他们用枪声，向帝国的大臣们发出死亡的咒语。毓贤、赵舒翘和其他大臣们不知道朝廷的未来在哪里，但有一点他们确信无疑，就是绝对不能回銮，回到北京，就是回到洋人的陷阱里，昔日的宫墙，如今已经成为洋人摆好的一个巨大的圈套，等待着他们自投罗网。他们于是用那些奢华的贡品熄灭太后对旧宫殿的渴望。他们用那些奢侈品营造了另一个太原，一个令太后心满意足的太原，与那个肮脏、破烂的太原毫无关系。他们至少希望把山西巡抚官廨变成一座临时的宫殿，这不仅是因为这是一个表现孝心的大好机会，而且因为只要熬过这一段非常时期，他们的个人安危就有了保证。

我给太后梳好了头，扶着她坐在衙门正中的座椅上，然后，我站到一边，低眉敛目。我偷偷看她一眼，就像四十年前第一次走进宫殿时偷偷打量她那样。从前那个庄严神圣的太后又出现了。她老了，但还是那么美，那不是衰老，而是时间赋予她的风度，与前些日子穿着粗布衣的老太婆已判若两人。她光洁的面孔似乎永远与衰老无缘，只是在经过这么长时间的离乱之后有些苍白，白到可以清晰地看到她皮肤下边青紫的血管。庄重典雅的太后，与宫殿那么和谐相配，或者说只有宫殿，赋予她超凡脱俗的容颜，尽管我们面前的，只是一个临时的宫殿、一个宫殿的替代品，远比真正的宫殿局促、矮小、昏暗。

这个临时宫殿的营造者们忽略了一点 —— 他们越是急于在遥远和寒冷的黄土高原上再造一个宫殿，那个宫殿与北京城的宫殿的差距就越大。山西巡抚官廨的规模无论如何不能与紫禁城同日而语，在它的内部，那些从四面八方源源不断运来的奢华贡物很快拥挤不堪。他们的本意是企图使这里远离野蛮和肮脏，结果却是把官廨变成一座仓库。它的伪宫殿性质暴露无遗。但他们试图使这里成为永久的宫殿。于是，当太后手里拿着张之洞的电文，告诉他们，张之洞主张朝廷放弃北京这个国都，迁都到湖北当阳时，他们脸上露出古怪的表情。毓贤说：

"当阳是张之洞的老家，他想把太后置于他的势力范围之内，然后挟天子以令诸侯，太后不可不防！"

赵舒翘说：

"如今京城已被洋人占领，洋人据此向朝廷要价。当年甲午一役，我国赔偿日本白银两亿两，此番西洋十一国来战，要价必几倍于此，朝廷如何承受？清国西北山林广袤，民众悍勇，如以太原为都，必能与西洋长久作战，我泱泱大国，岂能听凭几个西洋番国随意宰割？"

可以想象，当毓贤得知慈禧决定与洋人议和时内心的绝望。

他看到了自己的结局，他知道自己将成为被朝廷精心挑选的替罪羊。帝国需要"补天裂"，所以急需借他的脑袋用用。没有人比他更胜任这一角色了 —— 他是主战派，杀了许多洋人，又是皇室宗亲，可以代表皇室接受胜利者的惩罚。据说洋人在议和时提出了杀掉太后的条件，毓贤认为自己是代替主子而死，所以死得其所，死得比泰山还重。这是他最后一次孝敬太后，对此，他和太后都心照不宣。早上请安的时候，他们谁都没有多说什么。太后领了毓贤的情，知道在他死后好好照顾他的家人。毓贤跪拜太后时，眼睛湿润了，眼泪差点摔在青砖的地上。

就在这时，屋子外面传来怪异的响动，太后和毓贤同时扭头，朝窗外看去。我忙跑出去，看见那个等待着取代光绪的大阿哥溥儁正在院子里耍刀，刀光在半空中乱飞，停顿的时候，上面刻的"毓"字清晰可见。我对大阿哥说，别耍了，以免惊了圣驾，就跑回来，不知他们前面说了什么，此时听见太后叹了一口气，问道：

"听说山西的棺材贵了？"

毓贤一下子就明白了太后的意思。他没有回答，只是深深地叩了一个头，算是最后的谢恩。

毓贤问斩的时候，义和团民们集体为他喊冤，甚至有人请求代他伏法，被毓贤制止了，他大义凛然地说：

"死何足惜，但愿继事吾志者，慎勿忘国仇可耳。"

刑官李廷箫曾是毓贤的手下，他不忍下手，又圣命难违，于是在一个寺院里为毓贤安排一桌酒席，准备乘毓贤不备突然下手。毓贤盛装出席，饮酒正酣时，李廷箫突然说：

"动手！"

刽子手领命，手起刀落，毓贤的人头飞了出去。

死前，毓贤给自己写下两副挽联。

其一是：

> 臣罪当诛，臣志无他，念小子生死光明，不似终沉三字狱；
>
> 君恩我负，君忧难解，愿诸公转旋补救，切须早慰两宫心。

其二是：

> 臣死国，妻妾死臣，谁曰不宜，最堪悲老母九旬，娇女七龄，毫稚难全，未免致伤慈孝意；
>
> 我杀人，人亦杀我，夫复何憾，所自愧奉君廿载，历官三省，涓埃无补，空嗟有负圣明恩。

第九十一章

　　毓贤死后，帝国的许多官员都觉得自己的脑袋不太牢靠了。一种恐怖和血腥的气氛，再度笼罩着整个朝廷。他们眼睁睁地看着帝国差不多半数的官员的脑袋都远离了各自肥嘟嘟的身体。随着死亡人数的增加，没有人感到如释重负，相反，他们的恐惧与日俱增。那时山西巡抚毓贤的人头，已经被曾任他部下的甘肃总督李廷箫砍了下来，埋葬了毓贤，李廷箫回到官邸，写了一封报告毓贤已死的奏折，然后紧闭房门，神色平静地吞下了毒药；甘肃提督董福祥的人头，已经被刀斧手一刀剁了下来，脖子的断口像一张白纸一样干净整齐；都察院左都御史英年已被赐服毒身死；庄王载勋写完遗书之后，颤颤巍巍地站到绳套前，向空中啐了一口唾沫，大骂道："要的是死，我早知道。他们不得我死，不能甘心。恐怕我们的老佛爷，也不能长久！"说完把绳套套在脖子上，一脚踹倒了脚下的板凳；军机大臣刚毅死得最为狼狈，他是在西逃的路上吃变质的食物中了毒，饥渴难耐中，又捧起一块烂西瓜拼命地啃，这位堂堂的帝国军机，像一只猪那样吮吸着瓜瓢，蹲在地上，一边吃，一边拉稀，最后把啃干净的西瓜皮扔掉，身子一歪，就毙命了。

正当在娘子关大败德军的赵舒翘认为自己即将得到朝廷奖赏的时候得到了死刑通知。他的胜利正是他的罪名。

赵舒翘，这个义和拳的铁杆支持者，在被处死的时候，太后让我代替她，最后看他一眼，但我却对他的一腔热血情有独钟。

电报是李鸿章从北京发来的，我很想知道电报上的内容，又不便打听，只听见太后手里捏着电报，呆坐在那里，嘴里反反复复念着：

"迅速乾断，迅速乾断……"

第一批"惩办祸首"的名单里，赵舒翘的名字就赫然在列，当时的处罚是"交都察院和吏部议处"，在李鸿章的催促下，在第四批"惩办祸首"的名单里，赵舒翘的命运便急转直下，变成了"斩监候"。七天之后，一道懿旨从太后手中慢慢飘落，上写：

斩立决！

从太后的院子里出来，我顺着起伏不定的石阶，跟在岑春煊的身后，走进陕西衙门深不见底的大狱。出现在我眼前的是大狱里漆黑污秽的墙，一道一道的墙，被粗糙的木栅连在一起。岑春煊站定，我知道，赵舒翘的牢房到了。我透过木栅往里看，除了一片黑暗，什么也看不到，过了好久，赵舒翘的轮廓，才在墙面上一点点浮现出来。他发际散乱，遮住了他的脸，使他的面孔模糊不清，身体松松垮垮地倚在墙上，鼻息轻轻地撩动着鼻孔边上的发梢，否则无法判断他此时是活是死。谁也无法想到，那个在娘子关打马飞奔、砍头无数的将军，转眼之间，就成了西安牢狱里的囚徒。

实际上，自从赵舒翘被列入惩办名单的那一天起，岑春煊就把他敬为上宾，尽管身陷图圄，酒肉却不曾断过一天。他神态自如，张嘴便吃，倒头便睡，这不仅因为他与赵舒翘是好友，更因为他和赵舒翘都相信一个事实：这只是朝廷的权宜之计，他的替罪羊身份只是暂时的，只要局势稍有好转，朝廷的赦令就会到达。赵舒翘对此胸有成竹，万万没有想到，他等来的不是赦令，而是"斩立决"的懿旨。霎时，赵舒翘的脸变得煞白，精神立刻垮了，整个身体变成了一个不由自主的皮囊，无法支撑和站立。

岑春煊是来执行死刑的，但赵舒翘却以为岑春煊给他带来了免死的好消息，眼睛里骤然放出光来。他眼睛里的光在黑暗中寻找着岑春煊的目光，但岑春煊的目光在黑暗中兜了一个圈子，躲开了它们，二者的目光并没有相遇。于是，赵舒翘的目光又收拢回来，回到赵舒翘的眼睛里，不知所措，赵舒翘的眼睛于是显得空洞和茫然。两人坐到了粗糙的地面上，哑然无语。

岑春煊对赵舒翘说，太后最终还是显示了她的菩萨心肠，把"斩立决"，改为"赐自尽"，舒翘兄还是自己选个死法吧。赵舒翘颓然地靠在墙上，嘴里嗫嚅着，嘴角还冒着白沫。岑春煊凑上去，想听清他的话，但什么也没有听清。然后一摆手，狱卒端上酒菜，岑春煊说：

"舒翘兄，今天送你上路，愿兄一路走好。"

说完，眼睛有些湿了。

半晌，赵舒翘才缓过神来，嘴里含混不清地说：

"且慢，且慢……"

赵舒翘说，当初太后逃离京城的时候，如果没有他的帮助，太后和皇上断然会被困在城内，被洋兵所俘；还说戊戌年如果不是他和董福祥的部队控制了城门，戊戌六逆贼便会一个接一个地跑掉，成为朝廷的后患，说完，他的脸上露了一种古怪的笑容。那笑容把我吓了一跳，觉得有些不对，仔细看，才发现他的鼻翼两侧滚下晶亮的泪珠。

唯有赵舒翘执著地相信自己不会死，他觉得，"斩立决"既可以改为"赐自尽"，"赐自尽"同样可以改为"斩监候"，只要刀下暂且留人，他就给自己的生命赢得了时间，所以，绝对不能死在眼前，因为朝廷赦免他的旨意，可能转眼即到。

他断断续续说出的话，岑春煊全听清了。于是，他们就坐在牢房里等，赵舒翘心神不定，请岑大人派人去打探，一个又一个打探的人派出去之后，便不见了影踪。我叹了口气，赵舒翘的目光就在这时落在我的身上，突然爬到我的面前，磕了个头，说：

"太后定然会有为臣免死的懿旨，恳请公公立刻前去领旨，立刻前去……"

我心想自己应该看罢赵大人的死刑，又不忍当面拒绝他的请求，突然踌躇起来，岑春煊这时对我使了一个眼色，我会意，站起身来，拍拍屁股上的尘土，朝牢外走去。

走出牢门，我的眼睛受到外面的光线的刺激，突然感觉一阵酸痛。我闭上眼，慢慢睁开。此时我才发现，刚才派出去打探朝廷消息的人早就回来，他们一个个面容愁苦地蹲在门口，显然没有带回好消息，他们不敢进去向岑大人和赵大人禀报，我一抬头，一幅更加不可思议的画面出现了——一片黏稠的人海，已经围成一个严严实实的圈儿，层层叠叠地把我和衙役们包裹起来。西安的灾民，成千上万，齐刷刷地跪在大狱的外面。我看了看他们，说：

"太后从自己的用度里面抠出钱来给你们开设粥场，你们还有什么不满意的吗？"

有位枯瘦的白须老者上前跪下，说：

"赵大人为百姓，杀洋人，是朝廷的忠臣！ 西安乃赵大人本乡，西安愿以全城之人保赵大人免死！ "

我说："太后、朝廷，没有人不知道赵大人是忠臣，但眼下洋人占了京城，不斩'祸首'，不能罢兵，斩赵大人，上为宗社，下为臣民，实在没有办法，只好委屈他了，回头朝廷会厚葬他的。"

老者说："如若太后不答应我们的请求，西安民众就会去劫法场！ "

他说话的时候，神态果断坚决，我心生不祥之感，对他说："待我进去和岑大人商量一下。"扭身便往里走。

我回到牢房，趴在岑春煊的耳边说了一句，岑春煊脸色骤变，慌忙举起酒杯，说：

"赵大人，时候不早了，怕是等不来圣旨了，我送大人上路吧！ "

赵舒翘的眼泪汹涌而出，像一只受伤的狼，嘤嘤地哀鸣着，绝望地看了看我，又看了看岑春煊。岑春煊冷静地说：

"大人可以服毒，可以吞金，可以自缢，可以以刀自裁，大人自己选吧。"

赵舒翘手在绳索、刀刃，还有装满鸦片的茶碗上颤抖着摸索了一遍，最后固定在金锭上。岑春煊会意，我拿起金锭，轻轻放在赵舒翘的手心里。

　　赵舒翘眼睛死盯着手里的金锭，像在运气，停顿了很久，终于下了决心，把它们一一送进自己的喉咙。

　　我和岑春煊躲在黑暗里，耐心地等待着他气绝的时刻，却迟迟没有动静。我和岑春煊对望了一下，我们都知道，耽搁了死刑时间就是抗旨，于是岑春煊把满满一碗的鸦片水递到赵舒翘面前，赵舒翘一饮而尽，喉结一动一动，如饮琼浆，没过多久，他就燥热得满地打滚，呼喊着口渴，我把一碗凉水递给他，又把一碗凉水递给他，他咕咚咕咚，一碗碗地喝下去，脸肿成了一个大南瓜，经络分明可见，折腾了一个时辰，还是没死，嘴里不停地念叨："圣旨……""圣旨……"他仍然顽强地等待着最后获救时刻的到来，但那道虚拟的圣旨一直踪迹全无。复旨的时刻已到，岑春煊早已不耐烦了，叫人找来砒霜，心急火燎地全部倒进赵舒翘的嘴里，赵舒翘口吐白沫，眼睛翻白，痛不欲生地呻吟和喘息，我听见了各个器官在他身体内部相继迸裂的声音——一种隐约的山崩地裂，但又一个时辰过去了，他依然没有咽气。岑春煊于是发了狠，命手下衙役把烧酒倒在厚纸上，一层一层地封在赵舒翘的脸上。开始的时候，赵舒翘脸上的厚纸是透明的，在倒了烧酒之后，把赵舒翘的面孔映衬得红润鲜艳，他的鼻孔和嘴挣扎着呼吸，濡湿的纸就在他的脸上一起一伏，两条腿配合着，一蹬一踹，随着层层的覆盖，他脸上的纸的透明度逐渐降低，直至完全不透明，他的呼吸才平静下来。

这时岑春煊已经满头大汗，他拍了拍手，如释重负地说：

"死了。复旨吧。"

赵舒翘的遗体十分干净，没有伤口，也没有血痕，这十分符合太后的趣味，却令我无比失望。我让狱卒们把他的遗体擦洗干净，又穿上石青色的官袍，于是他又回复成一个体面的帝国官员了，只是他与太后的距离，已经变得遥不可及。

第九十二章

当猪的肠子肚子还没有在我的肠子肚子里消化，我就在暗夜里把太后的密旨呈递到荣禄面前。荣禄从那道密旨里感觉到一种冰冷的杀气。

帝国的大臣，被接二连三地杀死了，现在，摆在太后面前的，只有一道难题：光绪。

他知道，逃离北京以前，太后就已经下了废帝的决心，并且早已准备好一个接班人 —— 端郡王载漪的儿子溥儁，因为如此不堪的局面，必有一个人来承担罪责，那个人如果不是她自己，就只能是皇上，那些死掉的大臣，只是一些普通的替罪羊而已，他们的尸体填不满那个巨大的血窟窿。很多年前，荣禄曾经把太后的打算透露给李鸿章，那时李鸿章正准备去南方赴任，前来给荣禄辞行，当时李鸿章忽地站起来，气愤地说：

"如此重大之事，怎能草率施行？"

他镇定了一下，又说：

"太后为什么不想一想此事的后果？一方面，各国驻华使节首先会抗议；另一方面，各省封疆大吏有仗义执言者，也会出来反抗，一旦无端动天下之兵，为害曷可胜言！"

荣禄或许没有想到，太后除掉皇上的念头始终不曾泯灭。在太后的宫廷大扫除中，皇上将作为妨碍她视线的最后一滴污渍，被她轻轻抹去。

荣禄在那道密旨上只扫了一眼，就捂着肚子，说要去茅厕。他急匆匆地离开了，我知道，穿越漆黑的回廊，等待他的不是茅厕，而是他的幕僚。

片刻之后，他回到我的面前，说：

"刚才那件东西写的什么？我没有看清，请再拿来看看。"

我又把那道密旨递到他的手中。

没等我反应过来，荣禄已经把密旨丢到火炉中。我失声大叫。荣禄用火钎拨弄着火苗，看着那道密旨突然一亮，在火焰中膨胀起来，随即迅速暗淡和收缩，像一片焦黑的枯叶。

荣禄说：

"我不敢再看了。太后不会做这样的事。我马上去向太后问个明白，如真是太后的旨意，我愿一人认罪，与公公无干。"

那天夜里，从荣禄的临时住所返回的时候，我发现天空仿佛被干枯的树枝撑开的一把伞，只是伞的骨架有些松脆，巨大的伞面随时可能坠落下来。天会塌下来吗？自从洋兵冲进我们的紫禁城，我开始觉得一切都有可能。我想努力看清迷乱的星空对我的暗示，我知道我自己的命运就夹杂其中，但风吹痛了我的眼，我什么都看不清。

天亮以后，侍女们一如往常，伺候着太后沐浴、熏香、更衣，我又为太后梳发，修剪指甲，描了眉眼，扑了淡妆。早膳后，荣禄果然出现了。他跪伏在太后面前，说：

"微臣已连夜同各国联系，各国皆曰，以往国书都是向光绪皇帝呈递，如果更换皇上，是否继续承认，还须向本国政府请示，实际暗示他们可能不会承认未来的皇帝。各国都认为皇上是明主，非臣等口辩所能解释。"

太后端坐在御座上，面无表情地看着他，在袅袅的香烟中，像一尊真正的佛像。

然而，宫殿里的故事永远不会终止。正当临时宫殿里紧张的气氛刚刚缓和下来的时候，一件意想不到的事情发生了。

皇上在那间狭小昏暗的房子里睡到中午还没有起来，他从来没有睡得这么晚。我觉得蹊跷，蹑手蹑脚走到他的榻边，轻轻地叫声：

"皇上！"

没有回答。

我连叫三声，房间里没有丝毫声息。

我上前，心突突跳着，一把把皇上的被子掀开。我被眼前的景象惊呆了。

被子里没有人，只有一个手撕的白色纸人，用空洞的眼睛瞪着我。

我倏地想起宫殿里的白色幽灵，不由得倒退几步。

皇上去向不明。

他一定是跑了。

第九十三章

　　皇上在那个漆黑的夜里神不知鬼不觉地踏上了逃亡之路。他从逃亡中逃亡，是双重的逃亡。他并不想杀掉太后，不想背负这个不肖的骂名，更不希望帝国皇室的尊严在那个草莽山贼手中以如此不堪的方式坠落，与其死在几个毛贼手里，他宁愿留守在宫殿里，手持利刃，与冲上来的敌人拼死一决。他没有权利选择生，却有权利选择死。但他决计脱离太后，兵荒马乱之中，正是光绪这只孙猴子逃离慈禧这个如来佛的掌心的最佳时机。如果他能抓住时机逃跑，塞外荒疏萧瑟的山谷林野会湮没他孤瘦的身影，慈禧率领的那支筋疲力尽的小型队伍将无力追踪到他，而且他们更主要的职责是保护慈禧的安全，他们很难分身。对于一个囚徒来说，实在值得一搏。皇上出逃的时候，或许没有经过太过周密的考虑，因为一个问题一旦进入了深思熟虑，最初的冲动就会烟消云散。机会一闪即逝，逃离的冲动照亮了他的前程，他无暇多想。

　　我被皇上孤注一掷的勇气震撼了，在想象中还原着昨夜发生的一切：他一定在晚宴时就做好了准备，趁着人们专注于那顿久违的美餐，在衣袍中暗藏了干粮，因为在荒凉的山野中，他可能一连几天见不到人家。他坐在屋子里，眼睛不时地望着窗外，耐心地等待着夜幕一点一点地浓重起来。等待的时刻，每分每秒都是煎熬。他会让自己尽量平静下来，心却在平静的外表下狂跳不止。太后、皇后、格格们已经睡熟，他就穿好吴永送来的干净的粗布衣褂，蹑手蹑脚地从太后的窗前穿过，投入深不见底的黑暗。

溜出院子以后，他一定会不自觉地加快步伐。秋夜里沁凉的空气一定会让他感到无比舒爽，荒草上挂满的露珠会在他的脚下四处飞溅。等他跑出一段距离，他会选择一个山包坐下来，狼狈不堪地喘着粗气，觉得整个身体都被掏空了，但他内心却充满狂喜。他会一遍一遍地告诫自己："我自由了！"他疲惫不堪，感到自己已经跑了二十五年，这种奔跑，从他被别人像安放一件玩具那样安放到龙椅上时就开始了，他会想起亲额娘、亲阿玛和皇额娘的死，想到他童年在巨大宫殿里的奔跑，想到他化装成白色幽灵在宫殿内部游走的快乐——这一切都逃不过我的眼睛，只有那时他才是自由的，但他的自由是有限的，他的自由，被四四方方的宫墙规定了面积和形状。他的自由，取决于太后的心情和眼神。戊戌年后，他的自由缩小到只有一间宫室那么大。而此刻，无边无际的空间一定会令他感到不知所措。天下之大，莫非王土；率土之滨，莫非王臣。这是他的世界，他的王朝，他是天地的主宰，为此，他已经等待了二十五年。二十五年来所有的道路，都通向这个无名的山包。他会记住这个山包，尽管他知道，过后自己将再也找不到这座山包。他觉得这一刻他才真正地出生，他是在三十而立的那一年出生的。他不再是玩偶，他又变回了自己。亲额娘、亲阿玛造就的那个生命，又回到了他的身上。他或许会哭，在他摆脱了身边无数的眼睛之后，他一定会手掩脸颊，在北方冰凉的秋夜里，失声痛哭。

夜风如刀，使他脸上冰凉的泪痕疼得发麻。等他的眼泪风干的时候，饥饿便会从身体的深处悄无声息地蔓延上来，黑暗也会像新一轮的潮水涌上来，呛到他的喉咙。他咳嗽了几声，获得自由的兴奋被无边的恐惧吞没了。旧的问题解决以后，一个新的问题应运而生——他不知道方向，不知道自己该往哪里去，就像我们当初离开宫殿时一样，一出海淀，马车就失去了目标，浩瀚的国土上，没有人知道我们下面的路程将通向哪里。他在黑暗中丢失了自己，他感到了自己的渺小。

如同奔向暗涛汹涌的大海，他抱着必死的决心，投入无边的黑暗。他知道，黑暗将在它最黑的地方消失，那时，被黑暗吞没的一切事物，都会显露出原有的形迹。我不知他是沿着哪一条路走的，但我能够想象出他在黑暗中摸索前行的笨拙的样子，在失去宫殿之后，他的威严与风度荡然无存，一个农夫在山地间行走的姿态会无比优美，唯有皇帝的身姿无比丑陋。是宫殿使他的双脚功能退化 —— 宫殿里的龙椅赋予他的屁股以神圣的功能，却忽视了他的双脚，除了童年的梦游和以鬼魂身份进行的游走，他几乎没有真正地走过，与走相比，他对坐与跪的动作更驾轻就熟。这增加了他逃亡的难度，却没有减少他逃亡的决心。

天亮的时候，他发现自己睡在一棵树下。鸟的叫声把他惊醒，我这样想，是因为这样清脆的鸟鸣在我们直隶的山野间司空见惯。醒来的时候，他的江山，以空旷的北方山野的形式，一点点显露出来，那些山、那些树、那些沟沟坎坎，在稀薄的阳光下，显得格外憔悴。他站起身，拍拍身上的泥土，开始向东，向日出的方向走，太阳的光辉像一团火，照亮了他年轻的脸颊，使它具有了与朝阳相同的色泽。

快到晌午的时候，他来到一处村庄。村里的景象，与来时所见没有什么两样，只是草窠里那些尸体，腐烂的程度更高而已。有些尸体，已经与泥土融合在一起，边际模糊。由于很难分辨，所以他不时会踩上一脚，于是，花花绿绿的五脏六腑，便会从已经松软的肌肉内部喷溅而出，粘住他的腿脚，甩也甩不掉。他找来叶子，尽可能擦干净，却怎么也擦不干净，而且，臭味比那些秽物有着更强的附着力，很久以后，仍然尾随着他。他会本能地捂住鼻子，让自己尽量不会吐出来。他看见草丛中有影子在晃动，他一点点靠上去，里面忽然蹿出一条野狗，嘴里叼着人的半条手臂，他大惊失色，转身就跑。野狗发现了活人，十分激动，松开嘴里的手臂，向他冲来。他落荒而逃。野狗与他之间的距离迅速缩短，就在犬齿即将抵达他的脚踝的时候，他跑到一处石壁的面前，手抓藤蔓，攀爬上去。他只爬到一米多高就无法再向上了。他的手用力抓住树藤，双腿打着战，野狗在他的脚下狂吠了半天，才心有不甘地离去。

　　从此他没有再度进入任何一个村庄。他四顾茫然。在他的国土内，居然没有他的立足之地——对此，他或许未曾想到。只有一个地方能够成为他的目的地，那就是紫禁城。只有在那座华丽庄严的城池，才能把他的尊严还给他。当然，那座宫殿是与许多恐怖和痛苦的回忆联结在一起的。那里是刑具，是囚房，曾带给他永难愈合的伤痛，荒诞的是，此时的他，除了奔赴他昔日的监狱，居然别无去处。在污秽荒芜的山野间，只有那座亮丽的昨日之城能够照亮他的瞳孔。他的天下很大，但它只在想象中存在，他可触可感的天下实际上只有那座孤岛似的宫殿，一个精心装饰的壳，刚好可以安放他的野心。那里是他的死穴，也是他的生门。总之，那里是他无法逃脱的宿命。他习惯了那里的夜与昼，习惯了那里的洁净与肮脏，他已经与那座宫殿长到一起了。宫殿的台基不是石头，宫殿的廊柱不是木头，那些都是他的血肉。那时，他一定已经决定回到昨日的宫殿，主导与八国联军展开的停战谈判，早停战一天，就可以少死许多无辜百姓。如果他能活下来，那么，等慈禧回銮时，她已经很难插手朝廷的事务。

皇上在途中经历的艰辛，后来以传说的形式在民间广为流传，除了这些传说，我只能依赖想象，重新建构那些中断的环节。我无法确切地知道他后来经历的一切，作为宫殿里的奴才，我更无法知道，在他与太后的角逐中，谁将成为最后的胜者。人们都知道李连英的威风，但没有人知道这威风下面的恐惧和辛酸，在宫里当差，就和走钢丝一样，永远不能失神，脚一歪就会栽下去，那结局就只能是万劫不复。安德海就是前车之鉴。当我被太后推至太监总管的位置上，我的小心便加了一百分，光绪十四年，我随同醇亲王和李中堂巡阅北洋水师，虽是太后恩典，实际上等于把我放到火上烤，文武大臣们尖刻的目光，随时可能把我烤成灰烬，况且，那些目光最终会变成一道道奏折，字字见血地落到太后的案前。我深知自己的处境，出发之前，我特地把二品顶戴换成四品。上船后，当醇亲王把他特地为我准备的豪华舱舍呈现在我的面前时，我连连退避，连连作揖，说：

"我怎能和七王爷、李中堂平起平坐呢？"在我的坚持下，我住在七王爷的套间里，不和任何官员接触，白天在七王爷面前站班伺候，拿着七王爷的长杆烟袋，提着麂子皮的大烟袋荷包，往侧面一站，低眉敛目，头都不抬一下，晚上，我预备好热水，伺候醇亲王洗脚，说："我平日没机会伺候七王爷，现在请赏脸让我尽点孝心！"让醇亲王热泪盈眶。回来以后，太后笑着说："还是小李子会办事，我没白疼他！"我小心周旋，才躲过一劫，否则，我可能像安德海一样，死无葬身之地。如今，在太后与皇上之间，我一定谨慎行事，绝不可得罪任何一方，太后毕竟要比皇上走得早，如果处处顺着太后的意，得罪了皇上，太后百年之后，自己的脑袋就会搬家，如果得罪了太后，更是性命攸关，所以，既要顾眼前，也要留后路，稍有闪失，不是人头落地，而是满门抄斩，这是一种超难度生存，只有适应它的人，才能做太监总管。我不是宫殿的主人，只是宫殿里的一粒灰尘，落在上面是偶然，被吹走却是必然。我心一动，想起爹，想起娘，想起活不见人死不见尸的兄长，想起"快刀刘"那间污秽血腥的净身房，想起我从山野奔赴宫殿，又从宫殿逃向山野的每一个细微的瞬间。

第九十四章

当初给李鸿章的懿旨发出后，所有人都伸长脖子，等待着李的回应。帝国内许多焦灼的目光，都投向那个偏居岭南的白发老人身上。

但是岭南太遥远了，所有的目光都半路夭折了。没有李鸿章的任何消息。

李鸿章只能以只言片语的形式，在太后与荣禄、王文韶、赵舒翘、载漪等人的议论中存在。这些只言片语慢慢在我的心中黏合起来，形成了一个关于李鸿章的模糊不清的轮廓。

据说李鸿章在收到荣禄草拟的要求"即刻北上，协助总理衙门与洋人交涉"的电报时，正在庭院里散步。那时广州刚刚下过一场雨，院落里的芭蕉绿得诱人，空气里散发着醉人的味道。李鸿章读罢电文，张开鼻翼，贪婪地吸着空气，然后把手中的电报纸捏成一团，扔到墙角里，自嘲地说：

"朝廷的电报发错了吧，太后是不是忘了，老夫是有罪之臣，如今的朝廷，是荣禄的天下！"

李鸿章在岭南闲云野鹤的生活被来自太行山麓的一封封加急电报打断了。帝国中那个缺席的大臣，几乎每天都在军机大臣们的庭辩中出现。载漪是各国事务衙门的总理，但他的办事能力远远无法与李鸿章相比，更重要的是，在这个沦落的帝国内部，唯有李鸿章压得住场，能在洋人面前保持体面和威严。

十三道金牌接踵而至：

"凛尊前旨，迅速来京，毋稍刻延。"

"前迭经谕令李鸿章迅速来京，尚未报启程。如海道难行，即由陆路兼程北上，并将启程日期先行电奏。"

……

"命直隶总督由李鸿章调补，兼充北洋大臣。"

"北洋大臣"，这个词像一粒火星，把李鸿章烫了一下，他一定想起了什么。我猜，他一定想起了一片海，想起了海面上列队而行的一支雄壮的舰队。突然，他哭了，老泪纵横，还发出呜呜的声音。

侍女小红拿来手帕，为李鸿章拭泪。小红说：

"爷爷身体虚弱，请一定保重身子。"

李鸿章扭头，逼视着小红，问道：

"红儿，你说我是卖国贼吗？"

小红望着李鸿章，目光清澈：

"爷爷日夜为国操劳，哪里是卖国贼，分明是大大的忠臣！"

李鸿章胡子一抖，苦笑了一下，说：

　　"红儿真是稀罕，全天下恐怕只有你一个人说我不是卖国贼。当年甲午战败，老夫在日本春帆楼签下《马关条约》，老夫写的不是一般的名字，而是千古骂名啊。赔偿日本两亿两白银，割让台湾和澎湖列岛，那还是老夫在日本挨了一个枪子儿换来的。不然，大清国就要赔出三亿两白银。那粒子弹不偏不倚，打到老夫脸上，卡在老夫左眼下的骨头缝儿里，没有一个医生敢在这个位置下手术刀。老夫给朝廷的电报只有六个字：'伤处疼，弹难出。'老夫脸上缠着绷带签下条约。一个枪伤，值一亿两，如能免除赔款之苦，老夫就是浑身被打成筛子也在所不辞。可是老夫手腕一抖，两亿两白花花的银子，转眼就不见了踪影。全国上下，皆曰杀李鸿章。所有的杀李奏折中，唯有湖南巡抚陈宝箴的奏折与众不同，其他皆因我浩浩大清国败于一个弹丸小国而杀李，陈宝箴则因我李鸿章明知黄海一战不能取胜，却不能坚持避战，在皇上的压力和主战派的鼓噪下，贸然开战，是因老夫不能坚持己见而杀李——正是因为老夫不能固守己见，顶住压力，方酿成此祸。总之，从日本人那里归来，老夫突然发现自己已成全民公敌，面对满朝文武，老夫已经没有活路。老夫不战，逼迫老夫开战的是他们，开战不赢，要老夫的脑袋谢罪的也是他们。我大清国皇恩浩荡，满朝却尽是酒囊饭袋，说起贪污受贿，个个是行家里手，说起为国尽力，他们一不能拉弓，二不会放箭，除了纸上谈兵，对江山社稷，没有丁点裨益。而自咸丰三年，老夫的家乡安徽被长毛军攻陷，安徽巡抚江忠源战死，老夫便放下笔杆子，拿起枪杆子，加上家父和舍弟，吾家父子三人一起为朝廷打仗，老夫追随先师曾国藩，戎马关山，不知死了多少回。同治元年，老夫率领刚刚组建的三千淮军在上海虹桥与十万长毛军作战，当我军阵地就要支撑不住的时候，突然一杆大旗出现在最前面的阵地上，红儿，你道是谁？"

小红一脸茫然地摇了摇头。

李鸿章接着说：

"不是别人，正是我李鸿章。那年我正值不惑之年，血气方刚，举着大旗，亲自率领三个营向敌军的正面阵地上冲，居然冲乱了长毛的阵地，在老夫身后，我军大炮齐发，一场暴雨，也倾盆而至，长毛军顽固的心理防线开始动摇，终于在大雨中开始后撤，混乱中自相践踏，死者万众，浦东一带尸堆如山。我们这些脚穿草鞋、头裹破布、满嘴安徽土话、被人瞧不起的'大裤脚蛮子兵'，居然以三千敌十万而胜，一举扭转了帝国大军在东南战场上屡战屡败的被动局面。好汉不提当年勇，但老夫毕竟是从成千上万的尸体中爬出来的，现在却轮到他们说话，声称唯有杀李才能雪他们心头奇耻大辱。老夫不服，回来面见太后，把一件血衣呈递到太后手上，然后就一言不发，跪在那里，等候太后发落。那是老夫在日本中弹时血溅的朝袍，太后的手紧紧抓着朝袍，凝视良久，突然间，她放声大哭，眼泪珠子似的，噼噼啪啪地落到朝袍上，一边抽泣，一边说，李鸿章是忠臣，不能杀，得活下去，他活着，朝廷就有希望，但北洋覆没，必须给朝廷一个交代，于是留了老夫的命，降了老夫的官，褫夺了太后御赐的黄马褂。你没有听见义和团进京时喊着要'杀一龙二虎三百羊'吗？'一龙'是指皇上，他反对义和团杀洋人，说这是以卵击石，必遭大祸，义和团恨他，认为他是洋人的走狗；'三百羊'是指一切办理洋务的国人；那'二虎'呢，一个是庆亲王、总理各国事务衙门的奕劻，另一个，就是我李鸿章了。"

我相信李鸿章一定对他的侍女说过这样的话，只为那个年轻的侍女，几乎是唯一一个可以让他说出心里话的人。李鸿章把血衣呈递给太后的时候，我就站在太后的身边。

小红扶着李鸿章坐下，诧异地看着他，他已经很久没说这么多的话了。

李鸿章手里捏着朝廷的电报，晃了晃，说：

"你看见了吧，现在朝廷缺卖国贼了，又想起我李鸿章了。看来我李鸿章真是一个天生的卖国贼啊！"

说完，李鸿章一阵大笑，紧接着咳嗽不止，身体随着咳嗽不住地颤抖。小红赶紧为他拍打后背。他把那只手帕捂到嘴上，拿开时，上面溅上了一团血迹，像一朵鲜艳的梅花。

李鸿章花了半天时间才把气喘匀，断断续续地说：

"他们没饭吃了，要我李鸿章把饭喂到他们嘴里去，不然，他们都得饿死。"

小红端来一盏茶，就在这时，又一封电报到了，李鸿章嗫动着嘴唇，轻轻念着电文：

现在事机日紧，各国使臣亦尚在京，迭次电谕李鸿章兼程来京，迄今并无启程确期电奏。该大臣受恩深重，尤非诸大臣可比，岂能坐视大局艰危于不顾耶？著接奉此旨后，无论水陆，即刻启程，并将启程日期速行电奏。

李鸿章读罢，从桌案上摸到一支笔，饱蘸浓墨，写了八个字。写字的时候，他的手腕微微抖着，他几度试图让手腕静止下来，但每次都事与愿违。写完后，他静静地打量几番，摇摇头，说笔力大不如从前了。然后把它交到下人手中，说：

"照此回电！"

那八个字是：

　　鞠躬尽瘁，死而后已。

　　他在小红耳边，小声把这八个字翻译成自己的话：

　　"满朝文武，也只有我李鸿章能当这个卖国贼了。"

　　沉吟半晌，又自言自语：

　　"一万年来谁著史，三千里外欲封侯。我李鸿章，道光二十七年进士，四十二岁任江苏巡抚，封肃毅侯、一等伯爵，戴双眼花翎，可谓雄心勃勃，如今却已两鬓皆白，垂垂老矣，怕是连卖国，都卖不动了。"

　　庚子年六月，那个满朝注目的老人终于走到了广州的"天字"码头上。那天刚好下了雨，广州闷热的天气里透入了几丝清凉。他高而瘦，双颊深陷，眼袋垂挂着，里面仿佛装着两个核桃，白胡须的末端倔强地向上耸着；青缎的官袍在风中抖动着，发出哗啦啦的声响，很有气势。士兵分列两旁，手持洋枪，神态庄严地向着这个颤巍巍的老头行注目礼，那是一个不平凡的老头，即使换上一身平常的装束，他也不会是市井里的那种老头，在夏日里坐在石阶上昏昏欲睡，帝国几十年的历史浓缩在他枯瘦的身体上，使这个貌似平常的老者拥有了一种不凡的气势，即使在人群里，也一眼能看出他的不同。他的表情，在雍容与凡俗之间划出了一条永远无法逾越的鸿沟。这个世界上没有一个人能够扮演李鸿章，他们可以穿上中堂的衣服，模仿中堂的神态，但一举手，一投足，就和李中堂差出了十万八千里。

　　船终于开了，细雨霏霏中，向着多事的北方行进。我在聆听大臣们召对时知道，那时的南方，在李鸿章、张之洞等人的号召下，签订了《东南互保章程》，即使在义和拳"扶清灭洋"最惨烈的时候，作为洋务运动大本营的南方半壁也没有与洋人分庭抗礼，在庚子事变之后居然安然无恙。帝国已经不知不觉地分成了南北两个阵营，南方开放活跃而北方保守沉闷，而后来孙文乱党在南方的成功，想必也与这一政治环境密切相关。这是后话，根据朝廷的线报，那时的李鸿章，被幕僚刘学询搀扶着走过跳板，然后让刘学询找来一只藤椅，放在甲板上。开船后，他长久地坐在那里，一言不发，只是呆望着翻卷起伏的海面，那时他的表情无论怎样平静，内心一定是波涛汹涌。他或许在想，自己已经时日无多，这是他一生中最后一次眺望大清的江山了，所以每一排海浪、每一片岩岬，对他来说都有着特别的意义。若有若无的细雨濡湿了他的官袍，侍卫请他回舱休息，他不与理会，这个曾经的直隶总督，帝国最重要的封疆大吏，透过迷蒙的雨雾，已经看不清帝国的北方，不知道那一片混沌的景物中，暗藏着自己和整个帝国怎样的命运。

第九十五章

当那座灰色的大城在北方的天际线下浮现出来的时候，皇上的心情一定复杂而激动，就像一个战士回到了他久违的战场。那时的皇上什么样？我无法想象。当我在太原巡抚衙门官廨给太后梳头，太后圆润的面庞在镜子里再度浮现，蓬头垢面的皇上正站在城门外的官道旁呆呆地凝望他的昨日之城，以至于追踪他的密探都很难将他辨认出来。如同我们出城一样，他应当是从西直门进城的，那时的城门已经由洋兵把守，对于眼前这个外表污秽的年轻人，他们根本没有给予任何关注。八国联军无所不能，他们捣毁了清国的都城，占领了清国的皇宫，但清国的皇帝与他们擦身而过，他们竟一无所知。这或许会使他在紧张之余，心底升起一种恶毒的快意。

那时的皇上最着急的事情只有一件，就是立刻看一眼他的宫殿。他进不去，他所能到达的最接近宫殿的位置就是景山。他一定会想到这一点，也一定会像我猜测的那样，偷偷溜进景山，避开山上的石阶，穿越成片的松林，一路爬到山顶。所以，如果我是追捕皇上的人，我会哪里都不去，只在景山的顶上守株待兔。但我还看不出这着棋谁赢，所以最好默不作声。那时的洋兵已经占领了这个制高点，并且在景山的顶上架了炮，但皇上看上去就像一个乞丐，所以他的举动不会引起任何人的注意。他会坐在万春亭的下面 —— 刚好是崇祯皇帝吊死的地方，凝望紫禁城。那时，秋风涨满了他的衣裳，把他蓬松的头发掀起老高。宫殿的飞檐就像一排一排的浪，从远方一直汹涌到他的脚下。那曾经是明成祖朱棣的宫殿、崇祯的宫殿、康熙的宫殿、光绪的宫殿，那座被无数诗人和铺张、奢靡的句子描绘过的神秘宫殿，如今几乎已经空无一人，只有金发碧眼的洋兵，把守着各处的宫门。在光绪眼中，它或许就是一只巨大的钟表，有着隐秘的机芯和复杂的齿轮，从每一座宫室、每一条回廊、每一个花园，直到每一只斗拱、每一片栏杆，都是那么严丝合缝、榫卯相接，彼此连动，环环相扣，它迷离、复杂，却准确、有效，整个帝国，都必须依据宫殿的时间表核准自己的时间，决定各自的行动。皇帝御门听政，常在拂晓前进行，整个朝廷的办公时间，都必须根据帝王的生物钟制定；帝国的时间表 —— 科举、征税、征兵等，决定着日常百姓的命运；钟鼓楼上的晨钟暮鼓，更把帝王的权威渗透到市井生活中。宫殿通过时间将政治权威合法化，将帝国的一盘散沙纳入一个完整有序的网络中，它对帝国的控制，比空间更加有力和彻底。这是一只运行了五百多年的钟表，五百年中，血，是它唯一的润滑剂，但是它如今已经瘫痪，沦为一只失血的钟表，它的机械系统已经锈蚀不堪，像一堆巨大的废物铺展在大地上。他流泪了，想面对宫殿长啸一声，但他忍住了。

如果他坐到深夜，在那里一动不动，那么，他或许会见到崇祯，那个两百多年前的皇帝。所谓崇祯，不过是从树林背后闪出的一个白色身影而已，血红的舌头，还吊在胸前。他死的时候以发掩面，此时他的长发还像瀑布一样遮着他的脸，只不过那长发已经一片雪白。崇祯看见了光绪，便问：

"你认识我吗？"

皇上摇摇头。

白色身影说：

"我就是被你的祖先打败的大明王朝末代皇帝崇祯。"

皇上轻轻仰起脸，诧异地望着他，问道：

"你为什么不称'朕'？"

"亡国之君，有何脸面称'朕'？"

皇上说："你无能，所以亡了国。"

崇祯说："可是你与我一样，也是亡国之君。"

"你是亡国之君，我不是。"

"你是。尽管你的身后还会有一个可怜的孩子，继承你的皇位，但你是名副其实的亡国之君。甲午一战败在你的手上，庚

子一战又败在你的手上，前面赔了日本两亿两，这一次你至少
又要赔上四亿两，你的帝国的血已经被外国抽干了。我虽无能，
但大明王朝从来没有被倭寇打败过，我是败在自己人的手上，
而你们却把自己身体里的血液输给了洋人，使他们变得更加凶
恶和强大，你死以后，你的子孙还会受到他们的欺凌。我们大
明王朝最无能的皇帝也比不上你。你的帝国，不是亡在你的手
里，又是亡在谁的手里？"

皇上痛苦地低下了头，说：

"朕努力了，但朕没有办法……"

"这不是借口。你做了皇上，就不再有借口。"

"一切还没有结束，现在还有机会。"

崇祯不屑地一笑，说：

"当吴三桂发誓对我效忠时，我还相信过机会，可是你的手
里连吴三桂都没有。"

"上至李中堂，下至吴知县，清国有无数的忠臣，他们个个
都比吴三桂忠心。"

"你想错了，那些满嘴仁义道德的臣子，个个都为自己。不
然，你的帝国也不会败到这份田地。李鸿章会和孙文勾结的，
就如同吴三桂和多尔衮勾结一样，这是王朝的运道，由不得我，
也由不得你。我的死，是对我的报应，而此时，你的船要沉了，

所有人都急着跳下去，那是对你的报应。"

"那我该怎么办？"

"只有一个办法。"

皇上瞪着眼睛，等待着崇祯说下去。那团白色的身影顿了一下，幽幽地说：

"像我一样，在这里，看春夏秋冬，看皇帝像走马灯似的来来去去，看王朝如何前赴后继地重蹈覆辙。"

"朕还有很多事情没有做，朕不甘心。"

"来不及了。"

"亡羊补牢，犹未晚也。"

崇祯似乎没有听他说了什么，长吁了一口气，说：

"天者，夜昼；地者，枯荣；人者，灭生。"

皇上站起身，拍拍身后的尘土，说：

"朕要走了。朕与你不同，你什么都来不及了，可我还来得及。朕要走了。"

说完，他急匆匆向山下跑。

崇祯在他身后，发出一连串令人毛骨悚然的笑声。

洋哨兵背靠着万春亭睡着了，鼾声如雷，听不见中国鬼魂的笑声。

没有人看见皇上。

他是在我的猜测里去的，至于我的判断是否准确，我始终没有验证的机会。

第九十六章

我猜皇上秘密回京以后必然去寻找一个人，那个人就是李鸿章。太后派人密查此事，却一直没有下落，李中堂自始至终守口如瓶，他后来再度下野，在贤良寺咽气的时候，这个秘密也永远封存在他的肚子里。

或许只有在这个时候，皇上才发现，满朝文武，居然没有一个能为自己办事的人。翁师傅远在异乡，其他变法重臣早已身首异处，而他的亲生兄弟——载沣、载洵和载涛，兵荒马乱中已去向不明，唯有李鸿章，对变法持同情和支持的态度，而且与皇上的生父——醇亲王奕譞私交甚笃，是可以信任的人。只因戊戌年他早已被发配岭南，所以，未能对朝政施加影响，如果他在朝中，一定会给变法加上重重的砝码。现在，李鸿章又出山了，大清王朝岌岌可危的政治局面，唯有李鸿章能够收拾。

　　李鸿章拄着细细的拐棍走进总理各国事务衙门，此后的事情，在朝廷里广为流传。虽然他身材枯瘦，身板却依然挺拔，他步履矫健，载漪在他的身后亦步亦趋，十分吃力，看上去不像是帝国的王族、总理各国事务衙门的首脑，而像李鸿章的一个跟班。总理衙门巨大的厅堂内，各国使节正争吵不休，李鸿章进来的时候，所有人都不自觉地站立起来，大厅里突然沉寂了，有人看看手表，是约定会谈的时间，下午三点，一分不多，一秒不少。

　　缔结城下之盟，这样的场面，任何人都会战战兢兢，唯李鸿章例外，他看上去不像一个战败者，倒像一个胜利者。满朝文武没有不骂李鸿章的，但满朝文武又没有不佩服李鸿章的，连我也不例外。

　　李鸿章在长条会议桌中间的位置坐下来，从怀里掏出一支古巴雪茄，含在嘴里，一名年轻的英国武官眼疾手快，啪的一声引燃了手中的银质打火机，为李鸿章点燃了雪茄。一阵芳香的烟雾腾起来，李鸿章严肃的表情松弛了几分，说：

　　"我认识你，詹姆斯上尉，我访问英国、检阅你们仪仗队的时候，你就站在女王的身边。"

　　说完，他又抬头，对站在人群里的一名德国绅士说：

　　"克虏伯先生，别来无恙啊？在你们经济危机的时候，我拉了你们一把，一口气订了你们十数艘超级巡洋舰，我们的订单足以买下你们的一座城市，现在你们坚船利炮打到我的家门口，太不够朋友了吧？"

那个克虏伯先生用手扶了扶眼镜框，尴尬地笑笑，没有说话。

李鸿章脸上没有一丝笑容，继续说：

"诸位文明世界的先生们，不错，我国的乱民，烧教堂，杀洋人，干了对不起你们的事，但那也是事出有因，你们的传教士中，确有少数的害群之马，在我国的土地上，不守教规，为非作歹。对于我国的那些乱民，自有我国的法律予以惩处，实际上，我国朝廷已经对那些草菅人命的乱民绳之以法，该杀的杀，该抓的抓，只因你们不肯善罢甘休，打到我们的家门口，事态才逐步升级，而且，就在你们各国驻京使馆被围期间，朝廷还特别派人送水送饭予以慰问，足见我朝求和平友谊的心愿。对于这场战争，你们必须负你们应负之责。"

"可是你们毕竟战败了，这就同赌博一样，愿赌服输。"一个声音从人群中传来。

李鸿章转过脸，把目光聚焦在他的脸上，说：

"这位先生说得很好，我们也要负我们应当负的责任，所以我才坐在这里，与你们进行谈判。如果我猜得不错，你们也希望谈判取得成果，否则，在这样一个国度，不要说由你们来长久统治，恐怕连一年你们也混不下去。现在，我们的国都被你们占领了，我们的政府被你们打散了，只有我 ——"

他扭头看看载漪，接着说：

"还有载漪先生，得到朝廷的授权，与你们进行谈判。实不相瞒，老夫今年已经七十有七，且重病缠身，说不定哪天就会倒下，所以，希望我们的合约，会在我死以前签订下来，如果我死了，一切都无法预料。顺便提醒一句，只有朝廷在时，这份合约才有效，如果你们的强取豪夺使我国的经济彻底崩溃了，那么你们谁也拿不走一两银子。我想你们懂得我的意思，那就让我们共同珍惜机会吧。"

德国公使说：

"战争是公平的，战败赔偿，是公平的体现。"

李鸿章被雪茄呛了一口，突然有些激动了：

"公平？你们把枪指到我的脑门上，让我在城下之盟上签字，然后告诉我这就是公平！总有一天，我们会同样把枪顶到你的脑门上，让你领教你所说的公平！"

德国公使一耸肩，笑着说：

"对不起，我们德意志帝国永远不可能战败！"

李鸿章也一笑，说：

"那我们就拭目以待吧。"

据说李中堂是在夜幕渐起的时分回到宅邸的，或许正当他下轿的时候，人影一闪，一张熟悉的面孔出现在他面前，让他大吃一惊。

我想他不会下跪——他环顾一下左右，一把拉过皇上，只说了一个字：

"走！"

他们二人于是消失在门内。

此后，皇上没有像我们，也像他自己料想的那样出现在金銮殿上，他从此销声匿迹了，但人们能够感觉到朝廷在一点一点地发生变化，借着洋人的压力，李鸿章向身在太原、西安的太后发了无数电报，朝廷里那些骄横排外的保守势力被一个一个地杀掉了，而主张立宪的官员，正悄然取代他们……

第九十七章

无论临时宫殿里的太后，还是逃亡路上的皇上，至死都不会想到，在李鸿章乘船北上的途中，曾经发生过一件耸人听闻的事情。此事如果被登在报上，这个国家里几颗最重要的人头都会相继落地，甚至，此后的历史都要大幅度地改写。当大清帝国土崩瓦解之后，这件事情，才慢慢露出蛛丝马迹。

那时我已出宫，在北京宣南的南花园隐居。至于海淀黄庄彩和坊和阜成门外恩济庄那两处传说中的住宅，只是掩人耳目而已，我一天也没有在里面住过。秋风把落叶旋转成一片金色的旋涡的时候，一个身影穿越了空气中飞扬的落叶，叩响了我在南花园的房门，他就是李鸿章从前的幕僚，也是我的朋友——刘学询。

我为他烫了一壶江南的加饭酒，黏稠的酒液给我们带来些许暖意。我们在一起呷酒，说民国以来的诸种新鲜事，突然，他话锋一转，问：

"你知不知道，李中堂在由广州北上京城的途中，曾经与孙文见过面？"

我心一惊，手哆嗦了一下，杯子里的酒液洒出几滴。我定睛看着刘学询，他面孔潮红，却不像醉的样子。我知道，他所说的，绝非戏言。

李鸿章在给朝廷回电之后，下人递上一张名片，说有人求见，李鸿章看了一眼名片，上写：

中国日报社　陈少白

李鸿章略微踌躇了一下，说：

"见！"

庭院里没有一丝风，只有那个戴着金丝眼镜的中年人穿过庭院时，他所挟带的风，把院子里的花叶略微拂动了几下。李鸿章没有说话，而是打量着他的面孔，心里揣测着他此行的用意。李鸿章一定知道，无论陈少白说出什么，那一定是非同寻常的话。但是当陈少白坐定，一字一句地说出他此行的目的是劝说李鸿章实行"两广独立"时，李鸿章还是吃了一惊。如果说"东南互保"只是抗命不遵，那么"两广独立"就是密谋造反了。李鸿章或许像一个缜密的数学家，对未来中国的命运进行层层推算，但最后还是没有答案。陈少白并不知道李鸿章的底细，他的贸然来访，是冒着杀头危险的。李鸿章对此心知肚明，心底对陈少白的胆量也暗暗有了几分赞赏。听到"两广独立"这四个字时，李鸿章的脸上并没有流露出愤怒的表情。事态已经发展到今天，他已经没有必要演戏了。对于这个病入膏肓的国度来说，这未必不是一项选择，只是时机未到，他不能贸然表态而已。

就在这一天，李中堂命我起草了一份电文，电文是："因北方拳乱，欲以粤省独立，思得足下为助，请速来粤协同进行。"

收电人，是孙文。

孙文如约而来，他和扬衢云乘坐一艘由日本横滨起航的轮船，在薄暮中缓缓抵达香港海面。他们站在甲板上，注视着那艘名为"安澜号"的军舰靠了上去。这艘军舰，是李鸿章专门派来迎接他们的。两船交错之间，帝国的政治要犯孙文与帝国重臣李鸿章之间的距离，只剩下几米。

船停稳后，一把梯子架在两船之间。一个年轻人向孙文伸出了手，他官袍宽阔的袖子在晚风中瑟瑟发抖，那个人是曾广铨——曾国藩的长孙，如今是李鸿章的幕僚。孙文也把手伸出去，他西服里面的衬衫袖口白得耀眼。就在孙文准备翻过甲板栏杆的时候，他的衣服突然被人拽住，他回头一看，是随行的陈少白。

陈少白说："你不要去。"

孙文说："我一定去。"

陈少白说："这很可能是诱捕。李鸿章嗜血成性，杀人不眨眼。当年攻打苏州，太平天国的八位王爷与他秘密谈判，集体投降，达成协议的时候，是英国人作保，那八位王爷才交出武器，投降李鸿章，没想到投降之后，李鸿章把他们全部斩首。英国人十分气愤，向清廷施压，说李鸿章不守信用，要求严惩李鸿章，李鸿章说，长毛作乱，是背叛朝廷，如今投降，又是背叛他们的天国，这是双重的背叛，这样的人不杀，天理难容！因此，我们现在还不能相信李鸿章。"

孙文说："少白同志，策动'两广独立'，对于驱逐鞑虏、恢复中华的革命事业至关重要，这个险值得冒。"

陈少白握住孙文的衣服不撒手。他的眼睛里有泪，说："这个手我不敢撒！"

扬衢云说：

"我同意少白同志的意见，没有把握的事，不能冒险。"

陈少白于是向扬衢云使了一个眼色，扬衢云紧紧抱住孙文的身体。

孙文抗争着，等他挣脱时，陈少白已经溜入"安澜号"的甲板。

"安澜号"在海面上留下一条白亮的划痕，在视野里消失了。

刘学询说，这一次，陈少白的身份有所不同，他是作为孙文的特使，与两广总督李鸿章与特使刘学询进行谈判的。当晚的会谈，就在他的广州寓所里，围绕着一张牌桌进行。那天夜里的每一句话，都可能决定这个国家未来的政治走向，每个字都仿佛一张即将打出的牌，经过仔细揣摩、反复掂量，才能啪的一声，落到桌面上。烛光晃动着，他们面孔上的影子也随着晃动，使他们的表情令人捉摸不定。一出牌，刘学询就知道自己遇到了一个非同寻常的对手。这是因为这个陈少白打牌没有规律可循，有时非常理性，对牌局做非常细致冷静的分析，有时又率性而为，随时改变自己的操作程序。他们谈判的时候，李鸿章就在不远处的居所里，坐在一张藤椅里独自吸烟，屋里没有开灯，窗外的星光射进来，为李鸿章勾勒出一个清晰的剪影。有时，房间里会突然一亮，是刘学询将那扇黑暗中的门忽然打开，走廊里的灯光涌进来，李鸿章就像坐在舞台上，被一束追光照亮。刘学询俯在那个剪影的旁边，窃窃私语。当谈判陷入困难时，牌局便会戛然而止，刘学询会立即起身，离开牌桌，到李鸿章的居所请示，然后，迅速离开，在身后关上那扇门，使李鸿章重新跌入到黑暗中。那天夜里，刘学询在自己的寓所与李鸿章的宅邸之间走来走去，以至于谈判结束的时候，他已经疲惫不堪。那天晚上没有达成任何协议，唯一的收获，就是陈少白连战连胡。陈少白临走的时候，刘学询开玩笑道：

"我输了。"

说着，他从皮包里掏出一张三万两的银票交到陈少白的手里。陈少白诧异地望着他。刘学询说：

"这笔钱是李中堂特别嘱咐我交给您的，就做你们的活动经费吧。"

陈少白把银票握在手里，感激地说：

"雪中送炭啊，谢谢！"

刘学询一笑：

"希望我们的牌还能打下去。"

"一定。"

"只是不知我们谁输谁赢？"

"让我们的国家赢吧！"

刘学询护送着陈少白重返香港码头的时候，天已经大亮，海面上漂浮着轮船巨大的轮廓。陈少白的目光从那些轮廓一一扫过，没有发现孙文乘坐的日本海轮——它已经返航。海水抹平了它的痕迹，仿佛它从来不曾来过。如果他的身边没有刘学询，他甚至认为昨夜的一切都未曾发生。

或许，在孙文判断里，不测已经发生，陈少白，不可能再回来了。

摇曳的树枝是风的皮鞭，拼命地抽打着空中的飞叶。刘学询打了一个酒嗝，说，这并不是我所说的那件耸人听闻的事情。我就望着他，听他慢慢讲下去。

刘学询接着说，自从李鸿章在六月里的那个雨天里上了船以后，那艘船曾经在香港停泊。陈少白再度上了船，与李鸿章进行了磋商。然后，李鸿章的"安平号"就拔锚起航，穿越茫茫的大海，向遥远的北方海岸挺进。李鸿章坐在前甲板的藤椅里，望着远方的海面，一言不发。没有人知道他在想什么。在海的背景下，他的身体显得那么单薄和瘦小，仿佛一阵海浪就能将他击碎，然而，没有人想到，整个帝国跟随着他来到了一个岔路口，帝国复杂、迷离的政治局势，关乎未来的所有线索，都汇聚在李鸿章一个人的身上。即使是李鸿章，也一定会感到一种不可承受之重。他向我要了一支雪茄，陶醉地吸了一口，强劲的海风使他嘴里喷出的青烟转眼就没了踪影。他的表情波澜不惊，但他的心里一定是翻江倒海，他一定在心里尝试过了各种方案，但他的身体却向着北方的暮霭，越靠越近。

如同他没有放弃革命党，革命党也没有放弃李鸿章。陈少白主张，如果李鸿章不合作，就把他暗杀掉，但孙文不同意这样做。李鸿章或许没有想到，当自己抵达上海的时候，孙文已经尾随着他到达了上海，并且与李鸿章的幕僚刘学询接上了头。

李鸿章在上海有一幢很漂亮的别墅——丁香花园。那是一幢中西合璧的花园洋房，据说是盛宣怀办洋务发达后，用来感谢李鸿章的。它坐落在海格路的法租界里。李鸿章一听租界二字就头皮发麻，坚决不进租界，没有办法，刘学询就把自己的宅院腾出来给中堂下榻。丁香花园里面有一个莲花状的水池，整个莲花边就是一条盘旋而卧的龙，龙头昂首向着水池中央高高矗立、兼有喷水功能的凤凰，人们后来把它称为"龙朝凤"。作为朝廷重臣，李鸿章被赏穿方龙补服，所以家中可以塑龙，但那高高竖起的凤，才是它孝忠的对象。就在李鸿章在上海盘桓的时候，慈禧的密探也悄悄到了上海，发现丁香花园一切依旧，包括"龙朝凤"的喷水池也原封未动，回报给慈禧，慈禧这才放了心。

那时只有刘学询知道，孙文已经秘密住进了南京西路的宋家，与自己提供给李鸿章下榻的宅子只有一箭之遥。有一天，就在李鸿章坐在沙发里闭目养神的时候，听到两个人的脚步声，等那声音由远及近，一步一步抵达他的面前的时候，他突然睁开眼睛。

刘学询的身后，站着一个穿西装、留八字胡的人。

李鸿章说：

"孙文先生，别来无恙啊？"

刘学询说，那一刻他退了出去，房间里只留下孙文和李鸿章两个人。

孙文上书李鸿章六年之后，他们终于见了面。

没有人知道他们都说了些什么。

第九十八章

所有神秘的故事，都随李鸿章的死灰飞烟灭了。他没有时间了，太后没有时间了，整个帝国都没有时间了。时间留给了孙文。他用了十年的时间，彻底摧毁了这个不可一世的帝国。或者说，这个帝国并不是孙文那一小股革命党摧毁的，而是它自己摧毁的。它早已成为一座外表华丽威武、内部的廊柱早已朽烂的大厦，只要轻轻地撞击，就会轰然倒下。所谓的九州清晏，不过是这个王朝自欺欺人的一个谎言而已，这个王朝的所有努力，都不过是强化这一谎言，直到它自己也信以为真。整个王朝都沉迷于谎言中而忘记了自身的脆弱。李鸿章的余生里唯一所做的事情，就是完成了与列国的谈判。这是这个帝国最后一宗，也是最大一宗卖国条约。在《辛丑条约》上签字的当天夜里，李鸿章就吐血身亡。他咽气的时候，嘴角抽动着，似乎想说什么，却终于没有说出。

帝国的黄龙旗，覆盖在他骨瘦如柴的身体上。那是一具已经被他的帝国榨干了汁液的尸体。那具身穿蓝缎官袍的身体，一旦倒下，就不再有往日的挺拔，在巨大的黄龙旗下，像一只孤独的蚂蚱。

他平生最后一首诗，以电报的形式传递到西安。我捧着那页电文，毕恭毕敬地递到太后手中，然后低着头，听太后用颤抖的声音把它读完：

> 劳劳车马未离鞍，
> 临事方知一死难。
> 三百年来伤国步，
> 八千里外吊民残。
> 秋风宝剑孤臣泪，
> 落日旌旗大将坛。
> 海外尘氛犹未了，
> 请君莫作等闲看。

读完李鸿章的诗，太后突然双手掩面，号啕大哭。

自从这个悲伤的日子过去以后，就不再有坏消息传到太后的耳朵里。太后那颗发皱发紧的心，在西安她的临时宫殿里一天天舒展起来。那些死去的大臣，用自己的血为太后铺就了回銮之路。辛丑年初冬时节，一条华丽的车队，逶迤在帝国西部荒凉的旷野上，向昔日的都城，进发。

与出逃时不同，此时有皇家卫队，骑着高头大马，旌旗猎猎，护卫着车队的安全。从某种意义上说，他们更像是清洁队，沿途任何有碍观瞻的事物，包括灾民、乞丐在内，都在他们清除之列，所以，庚子之变后满目疮痍的国土在太后看来并不那么不堪入目。车队在太后的好心情中到达保定时，壬寅新年已过。刚刚接任李鸿章任直隶总督的袁世凯率领官员们在保定火车站迎接太后圣驾。太后款步走上站台的时候，乐队奏响了《马赛曲》，迎驾的官员全部跪倒，像一片深蓝的海潮，有节奏地匍匐下去。袁世凯步伐稳健地走上前，手里托着一只鹦鹉。鹦鹉看见太后，用标准的北京话说：

"太后吉祥如意！"

太后把眼睛笑成了一条线，把它捧在手心里，爱惜地抚弄着它的羽毛。

那天夜里，天上落下了雪花，似乎有意在太后面前凭吊这座伤城。袁世凯说："大雪难行，恳请太后在天津稍驻几日。"于是，在袁世凯的精心照料下，太后在天津小住几日，彼此心满意足之后，太后才被袁世凯迎上他特意准备的豪华的"龙车"。镶金嵌银的"龙车"车厢照亮了太后的面孔。太后在金漆大椅上刚刚坐定，车身一晃，轰隆一声，启动了。

此时，我和几名太监已先行回宫，对太后回銮做最后的准备。进北京城时，风雪弥漫，仿佛在天地间撒下了一张白色的大网，宫阙、城墙、枯树、行人……天地间的一切，尽在它掌握之中。我们从永定门火车站下火车，换乘豪华的轿舆，逆着风雪，穿越这座城市的中轴线向北行进。京城里那些焦黑的王府废墟、城墙上残留的斑斑血迹，此时踪影全无。大雪抹去了所有的血迹，仿佛不久前的惨剧只不过是一场噩梦，它们根本就不曾发生。当我们穿越大清门，远方的天际线下，那座巨大的白色宫殿出现在我们面前时，所有人都惊呆了。那是一座雪白的宫殿，比它初建时更加宏伟和壮观。雪白的宫殿，如妖魅般，有一股摄人心魄的力量。这既令我深感陶醉，也令我感到恐怖，由美和壮观带来的恐怖。我看见身边所有的太监都大张着嘴，半天合不上。虽然过去宫殿里不止一次地下过大雪，但是我手下的太监们会及时除雪，此时，整座宫殿空寂无人，雪肆无忌惮地在宫殿上堆积，仿佛有一支巨大的画笔在空中飞扬，把它彻底变成一座白色宫殿，仿佛这座宫殿不在人间——它或者属于天堂，或者属于地狱。宫殿似乎从来没有这么干净过，一尘不染。连我用混合着鲜血和花瓣的水辛苦擦拭过的金银铜器都没有像此时的宫殿那样反射着圣洁的光。我不敢往里走，因为每走一步都会留下肮脏的脚印。我知道，一旦我们进去，圣洁就不复存在。

　　所有人的身上都被雪涂成白色，我们迎着宫殿走，穿过金水桥，鱼贯而入。冰天雪地之中，我们行走的姿势非常僵硬，在空寂而壮丽的背景下，像一群小丑，更像传说的白色幽灵。我突然感到浑身一阵发麻。

　　宫殿空了。里面的许多宝贝都成为联军的囊中之物，没过多久，就出现在伦敦、巴黎、纽约等地的拍卖场上；那随同太后和皇上逃亡的半个朝廷，也早已成了冤魂，在那条冷寂的道路上徘徊游荡，四处寻找着回宫殿的路；连宫殿里的太监都所剩无几，我让敬事房加紧搜罗少年，阉割入宫，许多太监就是这样诳来、偷来，甚至抢来的。那段时间，北京的街市间，无论白天夜晚，都游走着一支恐怖的队伍，人们谈虎色变，因为他们的手就像魔术师一样快捷，一些十来岁的少年只要被他们看见，瞬间就没了踪影，他们的母亲可能就在扭头买菜的工夫，儿子就不见了，那些痛哭流涕的母亲不会想到，当她们在车水马龙的大街上苦苦寻找，孩子们正一个接一个地排着队出现在净身房中，他们的胯下之物将被作为多余之物，被一把锋利的刀片旋下来。最悲惨的是，隆裕皇后在天安门宣读皇帝退位诏书的那个时刻，还有一批少年遭到阉割，他们的太监生涯只维持了一分钟，便被逐出宫，驱赶到京城的破庙里，面对漫长而不测的未来。

此时，宫殿已变成一具空壳、一件皮囊。我站在空荡的殿堂里发呆，心里空落落的，仿佛这并非从前的那个宫殿，而是另外一个宫殿，一个似曾相识，又从来不曾到过的宫殿。时间和空间的变化，都给我带来几分错乱感。在落满尘土的储秀宫，我指着一片虚空，念道：

"这里有朱红油贴金龙凤三屏风宝座一份，上设：金黄妆缎坐褥一个，随红毡一块，白毡一块，地平上铺栽绒花毯一块。

"两边设：铜烧古垂恩香筒一对，铜烧古用端一对，随红油香几一对，铜烧古炉瓶一对。

"东边设：花梨木案一张，上设：官窑铜镶口盖罐一件，紫檀座，丙；青绿汉素扁壶一件，紫檀座；月白瓷海棠式罐，紫檀座。

"西边设：花梨木安一张，上设：青绿周女盉一件，紫檀座；白玉磬一架，紫檀座，丙；青花白地瓷双宝月瓶一件，黑漆座。

"左右设：紫檀木雕山水楼台顶柜一对，随锁；洋漆椅子八张，随锦椅垫；羊角套头戳灯二只；羊角香几二对；宫训图挂屏二面；铜火盆一对，随铜丝罩。

"……"

我喋喋不休地说着，仿佛那些消失的事物，在述说中一一复现，这令我感到无限快感。小太监眨巴着眼睛，说：

"李总管，我怎么什么也没看见啊！"

他打断了我的兴致，我瞪了他一眼，说：

"你没看见，是因为你当初没有用心伺候它们，如果你用心去伺候它们，它们就永远不会消失，因为它们已经长在你的心里了。要知道，心里的事物，别人即使用枪、用炮，也是夺不走的。"

他想了半天，一副似懂非懂的样子。

我说："还不快去找！搜遍整个宫殿，即刻找些宝贝过来，哪怕是差不多的也行，快！"

太监们惊恐万状地四散而去，不到半天工夫，太监们从各个宫殿里搜罗了一些残余的家具器物，堆放到我的面前。我一一遴选，按照记忆中的样子，把养心殿重新布置一番，然后，我们用同样的方法布置好其他宫殿。剩下的事情，就是打扫卫生。没有花，也没有血，甚至连水都没有 —— 金水河和水井，都已经干涸。我就叫太监们提着铁桶到庭院里装雪，用白雪搓拭那些器物。雪是冰凉的，器物是冰凉的，他们一个个冻得缩手缩脚，手指冻成了冰棍儿，趁我不注意的时候，偷偷把双手往袖子里藏，试图以此获得一点温度。这种行为令我怒不可遏，因为我无法允许他们以这种方式怠慢那些圣洁的物件，于是照着他的脸一脚踢上去，把他的门牙踢出三丈远。他们就流血了，血水恰到好处地滴在那些业已暗淡的金箔上，被它们擦拭得晶莹雪亮，仿佛帝国强盛时代的光泽丝毫也没有褪色。

　　大雪停止的时候，太后又出现在她从前的宫殿里。展现在她眼前的，仿佛一座崭新的宫殿，雪亮的宫殿和雪亮的器皿晃得她睁不开眼。她既兴奋，又忧伤。旧的大臣所剩无几，他们应当站立的位置被新任军机大臣填满，他们是：礼亲王世铎、荣禄、王文韶、鹿传霖、瞿鸿禨。太后望着他们，嘴唇有点哆嗦，想哭，又咽回去了，表情恍惚地喊道：

　　"奕䜣 ——"

　　所有大臣都低着头，心里却是一惊。没有人回答。

　　她接着喊：

　　"李鸿章 ——"

　　没有人回答。

　　"徐桐 ——"

　　没有人回答。

　　"毓贤 ——"

　　没有人回答。

　　"刚毅 ——"

　　没有人回答。

　　"赵舒翘 ——"

　　没有人回答。

除了太后的喊声，宫殿里一片空寂，那些大臣们，连咽唾沫都小心翼翼。终于，太后忍不住了，痛哭失声：

"你们都在哪儿啊？！"

窗外突然卷起一阵风，夹杂着地上的雪雾，从殿门涌进来，风声中仿佛夹杂着一阵隐约的人声，令每个人都觉得毛骨悚然。

他们回来了吗？

第九十九章

有一个细节是不能忽视的——那个逃跑的皇帝，也出现在回銮的队伍中。自从皇上失踪的第一天起，临时朝廷就派出了追踪他的人，但他们一无所获。皇上还活着，所有人都相信这一点。他躲在暗处，或许在等待着立宪派一天一天地掌握朝廷，等待太后咽气时突然返回朝廷，重掌大权，重振这个衰朽不堪的帝国，但李鸿章的死斩断了他的道路，使他真正变成一个断线的风筝，从此不再有人知道他的下落。历史的另外一条线索，就这样戛然而止了。

此时，临时朝廷无奈之中已经为他选好了一个替身，既然废帝会引起巨大的动荡，那么留给太后的只有一条路——寻找一个貌似皇帝的人。这项秘密而光荣的任务于是落到我的身上。不出七天，我就找到三百多人，全部关进大牢。荣禄来了——所有的朝臣中，只有他是太后最信任的人——一个一个地过目，最终站定在一个人面前，他的面孔令他倒吸一口凉气，因为他令他误以为，站在自己面前的，正是光绪皇帝。荣禄问：

"你叫什么名字？"

"李二傻。"

荣禄仔细端详着他，仿佛在欣赏一件艺术品。眼前的这个人，从身材到样貌，都与光绪如出一辙，只可惜是淘大粪的，嘴唇上还拖着长长的清鼻涕，说话有浓重的鼻音。荣中堂踌躇良久，最终还是下了决心，把他领到太后跟前。

当皇后、娘娘、宫女们看到他时，都立即跪下来，口呼万岁。那时他已被换上了华丽的朝服，不管是谁，只要穿上那身衣服，都会下意识地挺胸收腹，此时的"皇帝"已梳洗一新，清鼻涕没有了，我才发现，他的面孔还真的很白，不禁佩服荣中堂的眼力。他依照荣禄事先的吩咐，面无表情，一言不发。他不需要做别的，只要他每天老老实实坐在御椅上，什么也不说，就足够了。太后只需要这样一个人，过去如此，今后更是如此。

　　只有一个人发现了破绽，那就是皇后。那天散朝的时候，皇后俯到我耳边，压低声音说：

　　"我不和他睡觉。"

　　作为宫殿里的一个道具，李二傻的幸福生活维持了六年，这六年中，他吃香的喝辣的，身体日渐发福，从前呆若木鸡的表情，如今总是挂着油腻腻的笑。他整天寻欢作乐，找宫女陪宿，还找来藤条抽打她们赤裸的身体，有时他的鎏金大床上，同时躺着十余个赤裸的宫女，他狂饮滥醉，吐得满地秽物，还叫太监宫女像狗一样趴在地上，把他腥臭的呕吐物舔干净，大清国真正的皇帝，都没有这般无耻。太后曾经不止一次地把他宣到跟前，罚他下跪，他不但不跪，还指着太后的鼻子破口大骂，骂她是王八蛋，老不死的。这是诛九族的罪，但他是光棍一条，没有九族可诛，如果杀了他，将很难再找到一个酷似光绪的人了，显然，杀死他，太后付出的代价更大，因为他只是滥命一条，而太后却可能失去垂帘的理由。所以，那段日子，太后总是说，别为难他了，就让他待在瀛台，别惹是生非就是了。我们背着太后打过他，饿过他，但他是个疯子，宫殿里的所有惩罚都对他无效。他会装死，只要经受过惩罚他就装死，上朝的时候，几名太监把他像拖死狗一样往朝堂上拖，但一只死狗显然无法面对文武百官庄严的朝贺，我只好一声令下，让太监们把他扔在半途。他于是四脚着地，像狗一样往回爬——令光绪皇帝受尽折磨的涵元殿，如今是他不忍舍弃的安乐窝，一边爬，还一边汪汪叫着，回头看着我们，脸上露出恶毒的笑容。他骂太后的时候，聚集在两个嘴角的唾液一起一伏，我看见太后被他气得浑身发抖，脸色由煞白变成青绿，因为一个长着光绪面孔的人瞪着牛眼对她大骂，她显然不能习惯，于是，在经历了一系列的打击、屈辱、奔波、惊吓之后，白发苍苍的太后终于被那根名叫李二傻的稻草压垮了。终于有一天，太后把我叫到他的跟前，声音微弱地说：

"送他走吧。"

我点点头，明白她的意思，含着眼泪说：

"老太后，您放心吧，一定办好。"

辞别太后，已是黄昏，只有西边，还有太阳的一丝余光。暮色自东向西，向宫殿压过来，宫墙下那些空树枝，一点点消失在暮色中，宫殿只剩下一个大而无当的轮廓，一只只乌鸦，聒噪着从中穿过。我匆忙向东，赶往御膳房，吩咐了晚膳之后，又向西折回瀛台。进涵元殿时，看见一个宫女匍匐在地，李二傻正骑在她的背上，用藤条抽打着她的屁股，嘴里喊着：

"驾！驾！"

宫女瘦小无力，表情痛苦，勉强向前爬着，稍微慢些，藤条就不失时机地落在她的屁股上。那时已是晚膳时分，送膳的太监跟在我的身后，鱼贯而入。不需要尝膳的太监了，因为晚膳已经照我的吩咐下了砒霜。李二傻看饭菜来了，急忙从宫女的背上下来，坐到桌旁，不等食物摆好，就迫不及待地用手往嘴里塞，一边塞一边说：

"好吃！好吃！"

我站在暗影里，不动声色地看着他。他吃饭的速度极快，手像上了发条一般，把食物高频率地往嘴里塞，仿佛没有咀嚼，而是在吸、在吞，仿佛不是用嘴在吃，而是用整个身体在吃。这的确是一种高超的本领。他并不知道皇上用膳的规矩 —— 任何菜肴，都不许吃过三匙，因为对某一道菜的偏好，会给投毒者提供目标。他筷子的运动杂乱无章，没有规律可循，几乎每道菜，都能激起他的极大兴趣，在筷子把它们夹起来之前，他充血的眼睛早已把它们吞了下去。对此我心知肚明，所以，致命的砒霜，分散在每一道御膳上，这是宫殿中最明目张胆的一次暗杀，因为它得到了宫殿最高统治者的许可，它体现了宫殿的意志。在宫殿里的规则面前，李二傻无所顾忌，这既成全了他，又毁灭了他。终于，那些以山珍海味的形式出现的毒药汇聚在他的肚子里，变成一把利剑，刺破了他的肠、他的胆、他的肺、他的心，让他井然有序的五脏六腑，瞬间就被切成一堆碎片。

终于，当他倒在床上，叫宫女给他摩挲肚子的时候，我听到他突然大叫一声，眼睛也瞪得像灯泡一样，栽倒在地上，口吐白沫，张牙舞爪，拼命地打滚。他看着我，表情中充满疑惑。他把手伸向我，似乎在乞求我的援助。我安静地看着他，面无表情，心里在想，此时一定有许多白色的幽灵在他的眼前纷飞晃动。就在他紧绷的鸡爪似的手离我的脚还有一尺远时，他浑身一松，瘫在一边，不动了。

我叫太监们给他收尸，按皇帝的规格入殓——没有人知道，棺材里的不过是皇帝的一个替身，真正的皇帝已经去向不明，此后，历史学家们便对光绪的死因争论不休，即使他们在一百年后能够打开光绪的陵寝，开棺验尸，他们最多也只能知道棺材里遗体是用砒霜毒死的，却无法证实他是否光绪本人。光绪皇帝生前的替身，死后仍然以替身的身份，躺在他的棺椁里。只有我知道真相，但我从此对它守口如瓶。李二傻死后，我急匆匆跑回储秀宫时，太后刚刚发出她平生最后一道谕旨。或许对于光绪皇帝重返宫殿心怀恐惧，太后以最快的速度，宣承袭了醇亲王爵号的载沣带着他的儿子溥仪入宫，继承大统，这使宫殿的运转致为周密，在伪皇帝的死和新皇帝的诞生之间，没留丝毫缝隙。光绪回不来了，取代他进入宫殿的，是他年仅四岁的侄儿。当光绪的弟弟载沣把儿子抱到太后的眼前时，太后的表情僵在一个异样的笑容上 —— 那个曾经让无数的暗杀者望尘莫及的太后，这一次，真的走了。

太后死了。她在宫殿做的一个超长的噩梦也戛然而止。

凌厉的猫叫声，又从乾清宫檐角上滑落下来，在它的带领下，一片猫叫自各个看不见的角落涌上来，像合唱，又像狂笑……

宣统元年正月底，我来到隆裕跟前 —— 那时她已经是新的太后 —— 向她磕头告退。我说：

"我前后伺候老太后五十二年，蒙老太后恩典，我这辈子报不完，只有下辈子报答了。我离开皇宫以后，要给老太后守孝三年，稍尽奴才的一点孝心。"

离开宫殿的时候，我只带了一个粗布的包袱，此外什么也没有带。我把历年太后赏赐的珍宝，攒了七大捧盒，全部献给了隆裕太后，说：

"这是皇家的东西，不该流入民间，奴才我小心谨慎地替皇家保存了几十年，现在年老体衰，即将离开宫廷，所有这些宝物，全部奉还给主子。"

隆裕当时感动得落了泪，说，还是老人忠心。她或许不知道，老太后一死，我没了靠山，只有新太后能够成为我的靠山。这是我保全自己的唯一方法。

　　三千太监，没有一个知道我是何时离开宫殿的，也没有人能够查访到我的下落。我就像一股烟，从宫殿中突然蒸发了。我对大清帝国的最后印象，被一扇沉重的宫门永远关在了里面。他们只是发现，太后死后，她寝宫里所有的器物家具都被擦拭一新，光芒四射，而他们的太监总管，已经去向不明。

　　三年后，秋阳如水的湖北武汉，燃起了一场大火。那仿佛是一场命中注定的大火，比宫殿里的任何一场大火都更加猛烈，整个武昌城，都变成了一只巨大的火把，火焰起伏、变幻不定。皇上和太后（隆裕）在皇宫里就看见了那高耸的火焰，刚刚抵达美国丹佛城的孙文也看到了火焰。那时，一条恐怖的消息在武汉街头不胫而走——革命党将在中秋节杀鞑子。十月九日是中秋节后的第三天，武汉的街巷中弥漫着一层潮湿的水雾，中秋的花灯还没有熄灭，一场大火就随着一声骇人的巨响，从汉口宝善里腾空而起，汉口人的目光在穿越了一串一串的花灯之后，惊恐万状地落在那束火光上。第二天，武汉三镇的人都获知了一个消息，昨日的火光，是湖北革命党的军火意外爆炸，之后，湖北新军这支帝国最好的军队中的诸多营队，在大火的声援下攻占了武昌。

　　新军与前往增援的清军发生了激烈的交火。武昌城在交火中变成了瓦砾。火在战斗中蔓延开来，一直烧了三天三夜，将武昌城数万间房屋变成一片瓦砾。武昌城外，湖北、四川、浙江、江苏、云南……火热在各省迎风而起，渐渐烧遍了帝国的版图，到处散发着一种焦煳的味道，连坚硬的木头、石头、骨骼，都在大火中变成粉末。那是一场真正毁灭帝国的大火。它映红了所有人的脸。隆裕太后流着泪，眼睁睁地看着大火烧到自己的脚下。

　　新年过后，北京城又下了一场雪，起初是三片两片雪花，后来才纷纷扬扬下起来。我顺着城墙根走时，抬头仰望着雪花飞舞的天空，希望在大雪铺天盖地降临以前回到我在城南的家。我从冀南河间大城县出发，在至高无上的皇宫里落脚，走遍了紫禁城的每一个角落之后，西华门外南长街一个名叫南花园的地方，成了我的归宿，从此隐姓埋名，我的街坊，没有一个人知道我的来路。那一天，我没有想到，隆裕太后刚刚用一纸皇帝退位诏书，结束了所有的血雨腥风。我双手缩在袖笼里，在风中打了一个慷慨激昂的喷嚏，心想，是不是有人在念叨我，然后，慢慢腾腾地往屋里走，准备泡一壶烧酒，度过一个寒冷的冬夜。没有父母，没有老伴，没有儿女，只有一两个下人，围着我转。这个普通的老头普通的一天，却是大清王朝的最后一天。这一天，人们都躲在家里，瑟缩在炉火旁，闭门不出，只有走街串巷的货郎，在胡同中留下一串串黑色的脚印，传布着皇帝退位的消息。没过多久，人们从货郎们口中听说了另外一个不可思议的消息——孙文到了北京，一辆黑色轿车，把他拉到醇王府，载沣，这位曾经不可一世的摄政王，在门口站成了一个雪人，恭敬地迎接这位远道而来的客人。然后，他们就坐在一扇镂花屏风下，慢慢地呷着茶水，炭火和茶水的温暖融化了他们身上的寒意。据说孙文称赞载沣，在大革命爆发后自动退位，承认共和，避免了国内一场大血战，为国家民族做了一件大好事。

寒露以后，一场秋雨荡涤了北京城积累了一个夏天的暑热。转眼间，已是民国元年。我顺着南花园的胡同往回走，望着仿佛被擦拭一新的天空，心想，后宫的花应该开了，菊花、桂花、大丽花、木芙蓉、蜀葵、荷花、睡莲、万寿菊、紫茉莉、玉簪、晚香玉、丝石竹、唐菖蒲、扶郎花、百合、秋海棠，还有老太后最喜欢的兰花——葱兰、蝴蝶兰、文心兰，在宫殿的内外彼此呼应，不失时机地把旧宫殿装饰一新，慈宁宫花园荒寂的野草间，无数的野花会展露出它们粉嫩的笑颜。我站在破旧的胡同口，抻着脖子向皇宫的方向张望，一寸一寸地回想着宫殿的每一个细节。突然听见有人喊：

"李公公！"

我心里一惊，猛然回头，看见胡同里除了几个倚着墙根捉虱子的叫花子，只有来去匆匆的过客。我怀疑自己产生了错觉。正当我犹疑时分，一个叫花子像一条蹒跚的狗，从墙根一路爬到我的面前。我仔细打量着他。那是一张肮脏的、枯骨似的面孔，脸上的脏垢已经结成厚痂，像一副黑色的口罩，颇有质地地糊在脸上，五官被粘成一绺一绺的长发遮掩着，我盯着他的面孔端详了半天，记忆正被那张熟悉而又陌生的面孔一点点唤醒，突然间，我大叫起来——

如果把他头上成绺的长发和脸上的厚痂去掉，就是一张无比熟悉的面孔，在跟随老太后逃亡的路上，这张面孔几乎与我朝夕相处。他不是别人，正是差点取代了光绪皇位的大阿哥溥儁！

一万个念头同时在我的脑海里盘旋纠缠。正当我无所适从的时候，大阿哥突然跪下，双手颤抖着抱紧了我的裤脚，仿佛一撒手我就会从他面前消失。他干涩的嘴唇一嚅一嚅，带着哭腔乞求：

"李公公，赏碗粥喝吧！"

花草的芳香和滋润的水汽让秋天的风变得柔软，我突然感到有些腿软。

就在这一天，有一双健硕的腿，蹚过石缝间的野草，踩着迎风舞蹈的野花，奔向他的新办公室 —— 太和殿，这个人，就是从前的直隶总督、军机大臣，如今的中华民国大总统 —— 袁世凯。这一天，京城的所有报纸都登载了他身穿大元帅服的照片。我做梦也不会想到，袁世凯，这个醇亲王载沣最痛恨的人，笑到了最后。太和殿正中那把雕龙鎏金大椅，正对他虚位以待。微醺的风中，他的笑容肥硕饱满，像沉甸甸的果实。我想，这个金碧辉煌的办公场所一定令他感到十分满意。他的总统府秘书长，正是吴永 —— 当年那个忠诚的怀来县令。

看到那个脸色煞白的老太婆咽气时狰狞的笑容，那个四岁的小皇帝在父亲怀里撒了一泡热辣辣的尿，然后大哭不已。他说他看到许多无头的人在宫殿上晃动着，他们浑身发出一种惨白的光，比风还轻。

我急忙上前逗他，听见年轻的醇亲王叹了口气，说：

"这孩子八成是中邪了。"

一个声音说：

"这孩子恐怕只有早日出宫，才能避邪。"

我扭头，殿堂幽暗，

人影晃动，不知是谁说的。

后卷

他一眼看见了花园内的那口井，像一个逝去女人的腰，细小、光滑，透着孤单和冰冷。

他突然间浑身颤抖起来，不顾一切地扑上去。

公元一九二五年（中华民国十四年）阳春三月，颠覆满清、却壮志未酬的革命家孙文在北京的一张病榻上黯然辞世。七个月后，秋风又起的十月十日，北平又发生了一件改变历史的大事。那一天的午后二时，故宫博物院在乾清门内举行开幕典礼。昔日紫禁城的称谓从这时起被"故宫"取代，帝王的宫殿从这时起变成民众的博物馆。

浓郁的秋阳，像一把明晃晃的雕刻刀，让宫殿雕栏、门扇、檐脊，以及琉璃构件上的每一个细节都清晰地凸现出来。后花园的树林达到了深秋前的极盛，蓬蓬勃勃，一直蔓延到景山的顶端。在荒寂的野草间，无数的野花展露笑颜，与建筑上的花朵相映成趣。空气中飘荡着温厚而辽阔的芳香，这种神秘的香气从庭院一直延续到殿堂里，让人恍惚觉得它们并非来自秋天的大气中，而是从那些陈旧的家具和器物的内部透射出来的。

庄蕴宽主席宣告开幕典礼开始，一片掌声中，一个面容瘦削、目光炯炯的中年人出现在台上，他就是晚清重臣李鸿藻的公子、清室善后委员会委员长李石曾。李石曾报告了筹备故宫博物院的经过，之后，黄郛用难懂的上虞话讲话，说："今日开院为双十节，此后是日为国庆与博物院之两层纪念。如有破坏博物院者，即为破坏民国之佳节，吾人宜共保卫之。"

接下来，西装革履、书生意气的王正廷、那个去年秋日将末代皇帝赶出皇宫的鹿钟麟，以及于右任、袁良相继讲话。散会后，由清室善后委员会向段祺瑞执政府及全国发出一封通电：

> 北京段执政钧鉴，各部院、各机关、各省督办、省长、各总司令、各都统、各法团、各报馆钧鉴：本会成立半载有余，竭蹶经营，规模粗具，现已遵照去年政府命令，将故宫博物院全院部署就绪，内分古物、图书两馆，业于本日双十佳节举行开院典礼。观礼者数万人。除该院临时董事会、理事会各规程前已正式披露外，特电奉闻，诸希匡翼。临电无任翘企之至！清室善后委员会叩。

黄郛在讲话中提到的"破坏博物院者"，并非指游客，而是另有所指。果然不出所料，不出一年，真正的破坏者浮出水面，掌权者看中了故宫这块肥肉，故宫的主要领导人李石曾、易培基、陈垣等不是被逮捕，就是亡命天涯。

然而，在故宫开放的第一天，有两万人涌进故宫，人们都要在那一天，一窥这座神秘的旧宫殿。宫殿是隐秘的，而博物院则要最大限度地呈现。从那一天起，那些宫室、古物，再也不能躲避公众目光的扫视，它们积累的所有秘密，都将在日复一日的注视中被破解。这座旧宫殿第一次毫无顾忌地袒露在世人面前。它们不再属于私有，在它们面前，所有人都是平等的。故宫几乎每个角落都充满了眼睛，那些眼睛紧紧贴着宫殿的玻璃窗，养心殿体顺堂、燕喜堂、东暖阁，坤宁宫，储秀宫……帝国宫闱的一切秘密，似乎与他们只有一窗之隔。几百年不曾看过，这使所有的目光都变得急切和贪婪，甚至为了争夺一个有利的观看位置，许多人拳脚相向。那天，为了公平观看，发生了多起殴打事件，满脸血污的游客，为这座博物院平添了一种不祥的色彩。故宫周边的道路彻底梗阻，勉强进宫的人们，也在宫殿的夹道间堵塞了数个小时，方能缓慢前进。

在那些兴奋的面孔中，有一张失魂落魄的面孔引人注目。那是一张五十岁上下的中年面孔，面孔羸弱、失血，在阳光的照耀下，像一个白色的鬼魂。他头发很长，脑后蓬乱地系成一条粗黑的辫子，身上衣着破旧，有几处被撕开的洞口。他似乎对刚刚开放的宫殿毫无兴趣，而是用虚弱的臂膀努力分开着人流，顺着夹道，向后宫的东北角挣扎，似乎有什么在吸引着他，迷离的目光中透射出几许焦灼。高高的宫墙和装饰华丽的宫门在他的面前接踵而至，层出不穷。一切都是那么熟悉，又那么陌生，他已经无法分辨自己身在前世，还是身在今生。他只觉得自己的心很柔弱，像一件不堪一击的瓷器，而沿途所见的一切景物，无不击打着那内心的瓷器，他可以清晰地听到自己内心碎裂的声音。不知过了多久，他终于挤到宁寿宫花园，他一眼看见了花园内的那口井，像一个逝去女人的腰，细小、光滑，透着孤单和冰冷。他突然间浑身颤抖起来，不顾一切地扑上去，抱着那口井痛哭失声。所有人都惊呆了，围成一个圈，吃惊地看他。在他声势雄壮的哭声里，人们不知所措，直到荷枪实弹的军警冲进来，把他连拉带拽，拖出花园，他的哭声也没有停止。

那张与秋日金黄的阳光不相配的面孔，很快在人们面前消失了，粗犷的风中，人们听到他撕心裂肺地叫喊，像被砍断的胳膊，一截一截地扔过来：

"这座宫殿到处是血腥，只有这口井是干净的。我要下去……下去……好好洗洗自己……洗去身上的血污……把自己……洗干净……"

像溺水一样，他在风中呛了几口：

"我最爱的人……在最干净的地方……等了我……

二十五年！……"

声音消失了，又出现：

"我什么都没有了，我什么都不要……"

模糊的声音，突然间像风筝一样轻捷地飘起来：

"我只要她，只要她——"

军警们不耐烦地骂道：

"敢在这里胡言乱语，知道这是什么地方吗？皇家禁地！太岁头上动土，活腻味了！"

另一个声音说：

"少跟他啰唆，拉出去一枪毙了算了！"

又有人说：

"是啊，老子杀人如麻，毙了他，不就是踩死个臭虫嘛！"

中年男人的叫喊，在北洋士兵枪托的击打声中断断续续。粗暴的击打并没有使他的声音沉寂下去，反而变得嘹亮和放肆：

"放开我！我要飞……"

"飞——"

花园外的游客看到四名全副武装的军警把一个中年男人从宁寿宫花园里拖出来，一路穿过漫长的夹道。他们不知道那个人犯了什么罪，也不知道他们要把他拖到哪里去。他们眼中的中年男人面目不清，蓬乱的长发掩盖了他的大半张脸，与污黑的长袍融为一体，像阳光下一滴不肯融化的污渍。只有他的脖子是苍白的，从撕开的领口露出来，白到可以清晰地看见皮肤下边凸起的紫色血管。对于在第一天游览故宫的人来说，对他的印象很多年中挥之不去。当他们靠近的时候，拥挤的人群像一条伤口，裂开了一条缝，四名士兵像拎小鸡一样，拎着中年人，从中一闪而过。在他们的身后，那条伤口又迅速愈合，仿佛什么都不曾发生。

八十五年后，一个名叫祝勇的作家坐在国家图书馆的微缩胶卷前，为一部名叫《血朝廷》的长篇小说准备资料。他看到当年北平《益世报》在故宫博物院开院的新闻旁边，还报道了一则花絮：一个疯子闯入宁寿宫花园，在珍妃井前痛哭流涕。

花絮还说，就在军警们松开手，准备抽一支烟的工夫，疯子突然不见踪影，像一条泥鳅，消失在人流中，几名军警愣在原地，在琳琅满目的面孔中寻找了许久，一无所获。

可是，关于八十五年前的故事，关于那些他只能从历史书上知道的名字，关于那些血统高贵却命运悲惨的皇族，以及帝国版图上像蚂蚁一样爬行的臣民们，关于他们的爱、他们的恨、他们的希望与失望、挣扎与痛苦，关于他们在无人的黑夜里内心的独语与呼告，那个年轻的作家，又能知道多少呢？

那一天，疯子消失后，人们重新被皇家花园的美景所吸引，刚刚发生的一切好像一场突如其来的白日梦，唯有那疯子的哭喊声，仿佛角楼上的铜铃声，在风中缭绕不去。

后

记

我相信，作为一部历史小说，它越是主观，就越是客观，因为那些历史人物，在历史中从来都不是作为一个带有强烈意识形态色彩的名词存在的，而是作为一个有苦有乐、有喜有悲、有血有肉的人存在的，我所做的，只是在想象中将历史教科书中抽空的血肉复原而已。

一、关于争议

　　无论人们如何评价这部小说，我预感到，这些评价的差异会是很大的。这注定将是一部会引起争议的小说。

　　这种争议其实在出版以前就开始了。一种观点对小说中的一切情节安排无法接受，如珍妃自杀，李鸿章暗通革命党，尤其对光绪没有死，而是由别人替死这样的结局无法接受，认为我这部小说不仅虚构历史，而且篡改历史。在小说初稿流传过程中，曾有一位专家提出过这样三点批评：

　　"一、主要写的是光绪、皇后、慈禧和珍妃的故事，（第三卷）一开篇就是大段大段的皇后心理描写，写她听到光绪和珍妃如何如何缠绵、做爱，自己如何受到煎熬，渴望被宠幸。写的都是皇帝后宫的儿女情长，低级趣味，没有看到思想上拔高的东西。我觉得这种意淫式的描写没有什么吸引力，读者还是喜欢看到独到、有新意的内容。

"二、演绎成分过多，不大尊重历史史实。比如小说的结尾，竟然说光绪皇帝从紫禁城逃跑了，不知去向，后来慈禧在民间找了一个貌似光绪的人，此人是个淘大粪的，后来被带到宫里假扮光绪，然后此人淫乱宫廷，辱骂慈禧，体罚宫人。最后慈禧在死前，把此人给毒死了，装进棺材里。这个段落显然太过了。

"三、书稿中知识性的错误不少，例如：紫禁城大火是在光绪大婚前一个月左右，可稿子里写的是大婚当天。"

显然，他是根本没有弄清史学与文学之间的区别。就在这部小说即将出版的时候，我正在担任北京电视台大型历史纪录片《辛亥年》（暂定名）的总撰稿，作为一部纪录片，那将是一部集历史性、学术性和思想性于一身的作品，每一个细节都要经过严格的查证，必须与事实吻合，然而，我想告诉他的是，《血朝廷》是另外一种作品，是文学，不是史学，如果用史学的眼光看待文学，那才是地地道道的"知识性的错误"。萝卜不是白菜，这是简单道理，却需要一再申明，原因是有人固执地要求萝卜有白菜的味道，或者白菜有萝卜的味道。让它们各自成为自己，岂不更好！文学可以让一个人变成甲壳虫（卡夫卡《变形记》），可以让一个人四百年不死（波伏瓦《人都是要死的》），这并非不真实，更不是所谓的"知识性错误"，它呈现的是另一种真实——一种与史学的真实所不同的真实，甚至，文学里的真实更加真实。我愿意将史学的真实称为写实性的真实，有点像油画，面对客观的实物，比如水，必须画得十分写实、逼真，甚至一模一样；而将文学的真实称为写意性的真实，有点像中国画，面对客观的实物，同样是水，则用余白来表现，也就是什么都没有。齐白石画虾，只画虾，不画水，水是余白，却栩栩如生，没有人说不真实；相反，是一种更高层次的真实。紫禁城大火，以及光绪之死，并非"知识性错误"，因为紫禁城大火的时间，以及光绪死时的情况，稍有历史常识的人都知道，是常识的一部分，是可查证的，但小说不是历史辞典，而是个人，乃至民族的心灵史，它有它自身的逻辑，更有它属于自己的真实原则。把紫禁城大火的时间放在大婚之日，是文学的需要，所以，尽管他的认真十分"可爱"，但我不会照他的意见改。

至于第一点，即所谓"儿女情长"的"意淫式的描写"，更见出不同的阅读者对这部作品的不同看法。我自己先不回答这个问题，而且引用另一个人给我写的信，信是这样写的：

"在短短的两天时间里，我非常酣畅地读完了35万字。明年是辛亥革命一百周年，要找应景的小说，自然不难，但是我还是怕作家们的应景之作会糟蹋了这样宏大的主题和叙事。说老实话，在读您的作品之前，我还是有点担心的，一怕是应景之作，二是担心您一直写散文的笔能否力挑虚构和历史，请您谅解我的担心，我不是怀疑您的文字能力，而是散文与小说有太大的区别。（后来，我想了一下，您其实在《旧宫殿》的写作中已经在往虚构处奔跑）我想，您很好地破除了我的担心，我觉得您回避掉实写时代风云，而是潜入人心深处感受时代的策略非常正确，在您的作品中，我真切地感受到了一个王朝忽剌剌似大厦倾的前夜，那种无可挣脱无法祛除的黑暗和鬼气，是的，就是临终前的鬼气，皇帝、太后、太监，这些身处王朝核心的人物都感受到了，他们恐惧，他们挣扎着要逃离这鬼气；而洋务派、维新派的风云人物，他们也感受到了，他们妄想像萨满一样以一己之力祛除这鬼气。古老王朝的气数已尽，让所有人在历史的宿命中被放逐，他们有的被钉上耻辱柱，有的被载入史册，还有些成为时代的小丑和殉葬品，但是又有什么分别呢？历史总是自顾自走过去的。《血朝廷》让我读到的是每一个具体的人在纷乱时代中的痛与挣扎，而掩卷，感到的却是人背后的一种巨大的向下的沉没感，它不由分说地拖着承载着所有人的这个王朝、这个时代向地底走去，越陷越深，永不救赎。多年前，我在钱宁的《秦相李斯》中读到过这种历史的'悚然之气'，此番又读到了。

"我赞同您的说法，革命只是爆炸前的火光一闪，而黑屋子早就蓄势待发半个世纪了，是时代和历史的必然，是时势的风云际会选择了革命的人和事。必然有一人要去引燃这巨大的王朝的毁灭，这样的人、事便是历史的精魂所在。有必然有偶然，在这样的意义上纪念辛亥革命，庶几贴近历史本意。"

也就是说，这部小说还没有出版，就已经有了这两种截然不同的看法，而且，持这两种看法者都不在少数。我预料到小说的一些艺术处理，比如光绪的结局，会引起一些人的非议，但没有想到他如此泾渭分明地分开了两种读者的行列，没有中间地带。

我想说，后一封信，几乎准确地传达了我写这部书的初衷。

二、关于真实

先放下文学不说，在历史学界，有些人把历史当作一个固体，有确定的形状、容量和体积，而且是一成不变的。坚持历史的客观性，实际上是一种实证主义的立场，实证主义者以纯自然科学的眼光看待历史学。但实际上，正如克罗齐和科林伍德所认为的，历史是一门特殊的科学，与自然科学不同，后者是从自然界的外部来研究自然界的，而历史科学则是从人的内部研究人的思想和经验，科林伍德认为历史学是一门自律的科学，它不受自然科学的支配。罗兰·巴尔特的《历史的话语》和卡尔·贝克尔的《什么是历史事实？》无疑是20世纪历史哲学的两个重要文献。法国著名符号学家罗兰·巴尔特认为，历史存在于叙述之中，即："在组织完好的'流动性的'话语中"①，美国历史学家卡尔·贝克尔说："由于这些事件已不复存在，所以，史学家也就不可能直接与事件本身打交道。他所能接触的仅仅是这一事件的有关记载。…… 因此就出现了一个很大的差距，即：已经消失了的、短暂的事件与一份证实那一事件的、保存下来的材料之间的差距。"②

关于历史的主观性与客观性问题，一直是学术界的一个热点话题，在《散文：无法回避的革命》中，我曾经说："他们所强调的（绝对）真实，首先是不存在的，其次也是无法验证的。时

---

① ［法］罗兰·巴尔特：《历史的话语》，见《历史的话语》，第121页，桂林：广西师范大学出版社，2002年版。
② ［美］卡尔·贝克尔：《什么是历史事实？》，见《历史的话语》，第287页，桂林：广西师范大学出版社，2002年版。

间每分每秒都在改变着现实的局面，对于流逝的事物，我们如何证明它们的本来形态？记忆显然不能依赖。如果我们把记忆比作一个容器，它的四面充满了缺口和裂隙，它盛载的内容随时可以溜走。当我们试图用忠诚来为记忆命名，它却在暗地里背叛我们。"

　　我还举了一个例子：博尔赫斯曾经描写过一个具有超级记忆能力的人，他能够准确地复述他见过的每一个水纹，他的记忆能力滴水不漏，以至于他要回忆一天的事情，同样需要一天的时间。《纽约时报》图书奖有一部获奖小说，名叫《列宁格勒的圣母像》，作者是黛博拉·迪安，小说描写"二战"时期，俄罗斯爱尔米塔什博物馆讲解员玛丽娜与其他工作人员一起，为了保护藏品，撤下了博物馆展出的那些价值连城的名画，但她仍然每天带领着参观者，面对墙上那些空旷的画框，做细致的讲解，用记忆和语言还原那些展品，在想象中搭建了一座"记忆宫殿"。可惜这样的人，在现实中几乎不存在。我们也无须苛求每个写作者，有如此精准的现实复制能力。至于历史 —— 如果私人的历史都无处安置，又有一个什么容器能够承载群体的历史？历史究竟是主观的还是客观的，这个问题复杂，姑且不论，但有一点可以肯定，落到纸页上的历史肯定是主观的。即使掌握着"确凿"的资料，却有更多未知的部分永远被埋藏在时间深处。

　　历史叙述存在着无穷的可能性，没有一种关于历史的叙述是可以通用的。而小说，表达的更非对历史的通用性的看法（实际上它并不存在），而是对历史的个性的表达，越是个性越好。关于这一点，美国历史学家卡尔·贝克尔做过一个精彩的比喻："卢比孔河是一条小河，我不清楚恺撒的军队渡过这条河用了多少时间，但是，这次渡河肯定伴有许多人的许多动作，许多语言和许多思想。这就是说，许许多多较小的'事实'组成了一个简单的事实，即恺撒渡过卢比孔河。如果有一个叫詹姆斯·乔伊斯的人知道并且叙述所有这些事实的话，那么无疑需要有一本七百九十页厚的书来描述恺撒渡卢比孔河这个事实。"①那么，如果有一百个乔伊斯呢？就会有一百本七百九十四页厚的书来描述恺撒渡卢比孔河这个事实。如果有一万个乔伊斯呢？就会有一万本七百九十四页厚的书来描述恺撒渡卢比孔河这个事实。如果乔伊斯是无穷无尽的呢？那么，恺撒渡卢比孔河这个事实，也会呈现出无穷无尽的面貌。

　　所以，古斯塔夫·勒庞说："只能把史学著作当作纯粹想象的产物。它们是对观察有误的事实所做的无根据的记述，并且混杂着一些对思考结束的解释。……假如历史没有给我们留下它的

---

　　① ［美］卡尔·贝克尔：《什么是历史事实？》，见《历史的话语》，第284页，桂林：广西师范大学出版社，2002年版。

文学、艺术和不朽之作，我们对以往时代的真相便一无所知。"①

　　历史是过去发生的事情，它在时间中消失了，又在叙述中复活，它虽然存在于叙述中，甚至存在于想象中。在不同的叙述中，事实不是一根准确无误的线条，而是像心电图一样，有一个上下摆动的幅度，即误差的幅度。

　　当然，历史也不是虚无的，它并非漫无边际，杂乱无章，它的波动是在一定的范围内的，也就是说，作为叙述的历史，不可能精准到一个点、一条线，它是粗略的，但还是有一定的区域范围，就是建立在考据之上、大家公认的基本"事实"，不同叙述版本，都会在这个范围幅度内重叠和交叉。所以，历史的主观性与客观性，都是相对而言的，就像评论一个人高矮胖瘦，都是相对而言，离开前提条件，抽象地强调某一个方面，都是没有意义的，即使争论三天三夜，也争不出结果。因此，这个命题可以说是一个伪命题。

　　现在回到文学。以往的历史小说，都是尽可能地还原所谓"事实"的"真实"，即"历史"本来是怎样的，只是用文学的语法，对历史的考订和历史材料的积累进行复述而已，比如光绪在史书里是怎样死的，文学必须在自己的领域里复制一遍，只

---

① ［法］古斯塔夫·勒庞：《乌合之众》，第 34 页，北京：中央编译出版社，2000 年版。

不过加上文学的修辞而已。这实际上大大削弱了文学自身的价值，或者像本文最前面所引的那种批评那样，混淆了史学与文学的界限。这种写作和阅读风气的形成，在一定程度上受到实证主义的影响——文学领域里的现实主义，是自然科学里的实证主义的近亲。现实主义并非坏东西，但现实主义在中国文学中一枝独大，形成话语霸权，就成了坏东西了，对中国文学的戕害十分严重，中国文学，尤其是小说，看上去更像报告文学，贴在大地上、现实中行走，飞不起来，与世界文学的差距，就这样越拉越大。所以，中国不会产生卡夫卡、纳博科夫，在当代，像聚斯金德《香水》这样不朽的作品，在许多人眼里一定显得荒诞不经，"知识性的错误不少"，但是，他并非为"知识"所写的，而是为想象、为文学自身的逻辑（而不是其他学科的逻辑）而写，它营造的是人类的大真实。只有从"客观现实"中挣脱出来，做大胆的"漂移"或曰"逃离"，中国文学才有希望。这一方面考验作家，另一方面也考验读者。

　　我记得余华曾经回忆过一件往事：史铁生坐在床上向他揭示这样一个真理：在瓶盖拧紧的药瓶里，药片是否会自动跳出来？余华说，我们无法相信不揭开瓶盖药片就会出来，我们的悲剧就在于无法相信。如果我们确信无疑地认为瓶盖拧紧药片也会跳出来，那么也许就会出现奇迹。可因为我们无法相信，奇迹也就无法呈现。

　　科学主义不相信奇迹，但文学相信。

三、关于戏说

　　在对本书所有的指责中，"戏说""篡改历史"的指责最甚，对此，首先必须指出，我对历史的所有描述都是严肃的，而所谓"戏说"，则完全出自娱乐目的，没有任何反思价值。其次，前面已经说过，小说中的虚构部分，是出于重构历史的需要，我试图通过它们来建立另一种真实，珍妃的死、光绪的逃跑，都是符合人物的内心逻辑的，是"写意性真实"。作为一部文学作品，"写意性真实"比"写实性真实"更加重要，它会在另一个维度上向历史的真实长驱直入，其原因如卡尔·贝克尔在《什么是历史事实？》中所说："一个历史事实越简单，越清楚，越明确和越可以证实，那么从其本身来说，对我们的用处就越少。"[1]

----

[1]　［美］卡尔·贝克尔：《什么是历史事实？》，见《历史的话语》，第286页，桂林：广西师范大学出版社，2002年版。

古斯塔夫·勒庞则说："实事求是地说，他们的真实生平对我们无关紧要。我们想要知道的，是我们的伟人在大众神话中呈现出什么形象。打动群体心灵的是神话中的英雄，而不是一时的真实英雄。"①"写实性真实"很容易把活生生的人沦为历史进程中的棋子或者道具。以往很多历史小说在现实主义或曰科学主义的号召下狂奔，它们只对所谓的"历史"负责，而越来越疏远精神的本质，它们试图为历史确定一条客观存在的、公认无误的逻辑线索，尽管其中也有想象成分，也只不过是它们的科学逻辑之上的修饰品而已，它们看不到精神的复杂性，所以那些历史小说描写的是固定的、平面化的、死去的历史。它们试图沿着真实的道路行进，最终反而走向彻头彻尾的虚假，它越是努着劲儿"真实"，在今天看来就越令人喷饭，姚雪垠的《李自成》便是一例。我喜欢余华说过的一句话："生活对于任何一个人都无法客观。……对于任何个体来说，真实存在的只能是他的精神。"将精神的意义置放于所谓客观史实之上，我所提倡的"新历史主义小说"就在这里与传统的历史小说划清了界限。

　　当然，正如前面所说，历史并非漫无边际，杂乱无章，它的波动是有一定的区域范围，就是建立在考据之上、大家公认

---

① ［法］古斯塔夫·勒庞：《乌合之众》，第35页，北京：中央编译出版社，2000年版。

的基本"事实"。因此，我所说的文学的想象力，与历史学一样，有一定的幅度和范围，并非完全随意。历史小说与其他类型的小说 —— 比如现实题材小说不同的是，历史学研究会对小说的写作进行限制，而其他许多题材的小说则可以天马行空，即使百分之百的"戏说"，也无人非议。因此，历史小说与其他小说的区别，并不仅仅是题材的区别，而有着本质的不同。但如果历史小说因此成为历史学的附庸，跟在历史学的后面亦步亦趋，历史小说（文学）就失去了自身的价值。实际上，历史小说的价值，在于既尊重历史的基本真实，又超越历史学的限制，从这种限制中获得解放。历史只为我们提供了一个粗略的框架，剩下的空间足够我们闪展腾挪。历史小说的特殊性与它的魅力共存 —— 限制性越强，从限制中突围的冲动就越强 —— 它是一个矛盾统一体，它的限制性和超限制的冲动，缺一不可，这就像足球比赛，它的规则是限制性，而场上球员是超限制的，他们试图在限制中获得自由，比如越位是对攻方队员的限制，但是攻方队员可以反越位，他们的进球，就是从限制中突围，如果没有限制（规则），大家随便踢，足球的观赏性也就荡然无存了，其他体育项目，如跳水、体操，都是这样，限制性越强，难度越大，超越限制的力量就越能发挥得淋漓尽致。从这个意义上说，历史写作，是一种更加惊险和刺激的写作。

　　历史小说的写作有点像侦探推理，要在细节中重建现场，使想象和推理有所依附。历史小说是一门"以假当真"的艺术，越是"假"，就越是"真"，在弥合"假"与"真"的鸿沟时，细节显得格外重要。只有通过细节，在想象和叙述中建立起来的历史才能真正成立。

　　顺便说一句，《血朝廷》写珍妃死于自杀，而不是人们熟知的慈禧命人强推入井，也并非没有史料依据，罗惇曧在《庚子国变记》记载，珍妃"既不及从驾，乃投井死"，就明确表明珍妃之死出于自杀。但这条史料，只是关于珍妃死因的众多史料之一，证明珍妃被慈禧害死的史料，亦不乏其数，《宫女谈往录》便是其一。至于真假光绪、李鸿章会晤孙中山等，皆有史料证明。辛亥革命元老刘成禺的《世载堂杂忆》中，就记录了一则真假光绪案，"谓光绪由消亡瀛台逃来湖北"[1]，"当局以光绪照像，与假者比对，而貌似相仿佛"。[2]只不过这位假光绪，是出现在武昌而已。应当说，这部小说，是建立在我对明清历史多年关注，以及对紫禁城比较深入的了解上（感谢包括文化部副部长兼故宫博物院院长郑欣淼先生在内的故宫博物院同人对我长期

---

[1] 刘成禺：《世载堂杂忆》，见《民国笔记小说大观》，第一辑，第七卷，第 76 页，太原：山西古籍出版社，1995 年版。

[2] 同上书，第 77 页。

的支持和关怀，使我得以有机会进入诸多常人不能进入的宫殿、庭园调查和研究），至少，我是以严肃的态度、而非戏说的态度进行本书的写作的，如果有人一定说这些是篡改历史，或者说是充满"知识性的错误不少"，我只好用这些确凿的史料来回答他们 —— 对于这些熟知历史的专家来说，这些史料，或许正是他们所忽略和遗漏的，是他们"知识性错误"的一部分。

　　然而，令这些专家们失望的是，我并不在乎这些所谓的"知识性的错误"，甚至以制造这种"知识性的错误"为乐。历史存在于不同的，甚至是相互矛盾的版本中，至于谁更真实，对于一个历史学家来说或许重要，但对一个小说作者来说并不那么重要，这样的历史记载，对我的写作并不能起到决定作用，我在写到这一段的时候，并没有看到这一则史料 —— 它是我在后来发现的，如果有人指责我捏造或者篡改历史，我就会用这条史料作挡箭牌。历史小说在自己的叙述体系内建立了属于它自己的自治性，自治性越强，就越令人刮目相看。在文学的疆域内，常识的权威摇摇欲坠，所有的事件都将重新组合，从而展示其新的含义。我一向推崇安东尼奥尼的电影《放大》。它把我们带入一个由作者虚构的空间中，但它带来的却是犹如纪录片一样强大的真实感（它是依靠大量琐碎的细节实现的）。虚构比真实更加真实，但只有大师能够做到这一点。而我，只是赋予小说更加大胆的想象，对人们业已形成的历史知识形成挑战。我相信，作为一部历史小说，它越是主观，就越是客观，因为那些历史人物，在历史中从来都不是作为一个带有强烈意识形态色彩的名词存在的，而是作为一个有苦有乐、有喜有悲、有血有肉的人存在的，我所做的，只是在想象中将历史教科书中抽空的血肉复原而已。

2010 年 12 月 2 日